WHAT IF...

E SE... WANDA MAXIMOFF E PETER PARKER FOSSEM IRMÃOS?

MARVEL

WHAT IF...

E SE… WANDA MAXIMOFF E PETER PARKER FOSSEM IRMÃOS?

UMA HISTÓRIA DA FEITICEIRA ESCARLATE E DO HOMEM-ARANHA

SEANAN McGUIRE

SÃO PAULO
2024

EXCELSIOR
BOOK ONE

© 2024 MARVEL. All rights reserved.
What if… Wanda Maximoff and Peter Parker were siblings?

Todos os direitos de tradução reservados e protegidos pela Lei 9.610 de 19/02/1998. Nenhuma parte desta publicação, sem autorização prévia por escrito da editora, poderá ser reproduzida ou transmitida sejam quais forem os meios empregados: eletrônicos, mecânicos, fotográficos, gravação ou quaisquer outros.

EXCELSIOR — BOOK ONE
COORDENADORA EDITORIAL *Francine C. Silva*
TRADUÇÃO *Lina Machado*
PREPARAÇÃO *Thaís Mannoni*
REVISÃO *Daniela Toledo e Lucas Benetti*
ADAPTAÇÃO DE CAPA E DIAGRAMAÇÃO *Victor Gerhardt* | CALLIOPE
DESIGN ORIGINAL DE CAPA *Cassie Gonzales e Jeff Langevin*
ARTE ORIGINAL DE CAPA *Jeff Langevin*
TIPOGRAFIA *Adobe Caslon Pro*
IMPRESSÃO *COAN Gráfica*

Dados Internacionais de Catalogação na Publicação (CIP)
Angélica Ilacqua CRB-8/7057

M127w	McGuire, Seanan
	What if… E se Wanda Maximoff e Peter Parker fossem irmãos? / Seanan McGuire ; tradução Lina Machado. — São Paulo : Excelsior, 2024.
	304 p. (Coleção WHAT IF… Vol 2)
ISBN 978-65-85849-77-7	
Título original: *WHAT IF… Wanda Maximoff and Peter Parker were siblings?*	
1. Ficção norte-americana 2. Wanda Maximoff (Personagem fictício) 3. Peter Parker (Personagem fictício) I. Título II. Machado, Lina III. Série	
24-5410	CDD 813

Para Hillary.
Vejo você no Grande País.

A CENA DO CRIME

WANDA É SENSÍVEL A SONS, SEMPRE FOI. ISSO CAUSOU MUITOS PROBLEMAS quando ela e Peter eram pequenos — ele mastigava com a boca aberta de propósito para enojá-la ou tentava escapar do beliche de cima no meio da noite, esquecendo que o rangido da escada a acordava todas as vezes. Ruídos previsíveis podem desaparecer no plano de fundo de sua mente, podem se tornar parte da música diária da vida na cidade de Nova York, mas sons novos se destacam, não importa quão silenciosos sejam.

O som do sangue escorrendo pelo braço de um homem até a mão, depois descendo até a ponta dos dedos, formando gotas pesadas antes de cair — *plic, plic, plic* — para se juntar à poça que surgia ao seu redor, é um som novo.

Wanda Parker já viu pessoas mortas antes — viu pessoas mortas antes mesmo de ter idade para se lembrar, viu seus pais biológicos morrerem quando era jovem demais para saber o próprio nome, viu seu tio Ben morrer quando era velha demais para apagar de sua mente a última imagem dos olhos dele abertos, viu Gwen Stacy morrer quando o mundo desmoronou e tudo mudou para sempre — mas ela nunca tinha ouvido esse som. Esse é o som de tudo dando errado. Esse é o som do futuro — o futuro *dela* — desmoronando.

Esse é o som da história do Capitão América chegando ao fim.

Ela não o tocou desde que chegou à mansão nem, com certeza, desde que entrou no cômodo e encontrou o corpo dele esparramado na poltrona de couro, onde claramente estava esperando sua chegada. Ele parece não ter tido tempo de revidar; não há feridas defensivas em suas mãos, e seu escudo ainda está encostado na lateral da poltrona, sem marcas de dedos ensanguentados. Elas teriam sido inevitáveis se ele tivesse conseguido pegá-lo. Mas está limpo, ao contrário das mãos. Ao contrário do chão. Ao contrário da frente de seu uniforme, que está coberta de sangue, que vai secando em ritmos diferentes, de modo que seu peito se torna um quebra-cabeça marrom, bordô e de um vermelho muito, muito intenso. Ela nunca tinha pensado no quanto essas cores refletem seu próprio uniforme. Talvez devesse ter considerado isso antes de se vestir para combinar com o irmão. Talvez ela devesse ter levado mais tempo *pensando*.

Ele não teve tempo. Quem o atacou foi rápido e entendia o bastante para saber exatamente onde cortar o Primeiro Vingador da América e atravessar sua pele sobrenaturalmente resistente. A garganta do Capitão está arruinada, uma massa de carne desfiada que mais parece carne picada do que qualquer coisa que devesse fazer parte de uma pessoa. É horrível. É a pior coisa que ela já viu, de alguma forma ainda pior que tio Ben, ainda pior que Gwen caída e quebrada na base da ponte do Brooklyn. Pelo menos, quando esses horrores aconteceram, ela não estava sozinha.

Ela está sozinha agora. Nunca se sentiu tão sozinha em toda a sua vida.

Os únicos sons são o do vento do lado de fora da janela aberta, a respiração tensa dela e o gotejar constante do sangue no chão. Ela deveria chamar alguém. Deveria chamar alguém *agora mesmo*, antes que esse momento congelado passe e ela seja encontrada sozinha com o corpo frio do homem que pode muito bem ser — e foi — o maior herói do mundo.

Ela precisa se mover. Mas, antes que consiga, há um novo som.

Uma chave está girando na fechadura.

Ela encontrou o corpo do Capitão América na sala da Mansão dos Vingadores. Era onde ele estava quando ela chegou para o encontro individual, e a porta destrancada e entreaberta a convidou a entrar como se zombasse dela. Ela estava tão animada, tão esperançosa, e já parece outra vida, outra versão de si mesma. Aquela garota esperançosa é a segunda vítima desta cena terrível, tão morta quanto o próprio Capitão América.

O convite dela informava que Jarvis a levaria até o Capitão América quando ela chegasse, mas ninguém veio recebê-la quando ela tocou a campainha, e empurrar de leve a porta destrancada fez com que se abrisse facilmente. Ela não queria deixar o Capitão América esperando, sendo assim, entrou, fechando e trancando automaticamente a porta atrás de si, um hábito nascido de milhares de sermões da tia May sobre responsabilidade e segurança doméstica. Neste momento, ela quer agradecer à tia May acima de tudo. Sem aqueles sermões, ela não receberia nem mesmo o aviso de uma fração de segundo que acabou de receber. É neste momento que ela deve fugir.

Ainda não consegue se mover, e o que parece ser todo o restante dos Vingadores se reúne na porta atrás dela, e ela sabe quão ruim isso parece. Sabe exatamente o que parece, e a imprensa atacou tanto seu irmão quanto ela tantas vezes por coisas que não pareciam tão ruins que ela mal consegue respirar. Suas mãos estão limpas, mas isso não vai importar; suas luvas não mostrariam o sangue.

Jewel — ela se lembra de quando seu nome era Jessica, quando ela era a garota tímida nos fundos da aula de espanhol, que não fazia contato visual com ninguém, e agora Wanda daria o que fosse para ver aquela garota de novo — é a primeira a se recuperar do choque, a primeira a encontrar os olhos de Wanda e sussurrar a palavra que ela mais teme no mundo:

— Assassina — fala Jewel, e é a coisa mais alta que Wanda já ouviu.

Os outros Vingadores passam por sua companheira de equipe, enchendo a sala, cercando uma Wanda aterrorizada, e ela não pensa, apenas reage: ela não hesita ao buscar a luz que preenche e ilumina o mundo, o caos que canta em suas veias como uma canção de ninar do velho país, a voz há muito esquecida de sua mãe biológica chamando-a através do vazio. Ela enche as mãos de vermelho, vermelho, vermelho, como sangue, como caos, como liberdade, e envolve-se dele, como uma garota aterrorizada em um casulo de rubi, e, como Dorothy deixando Oz na luz resplandecente de dois sapatos roubados, desaparece, deixando os Vingadores piscando para afastar imagens residuais, fantasmas carmesim que não mudam nada em uma situação brutal.

O Capitão América queria dar à Feiticeira Escarlate uma chance de provar que, afinal, ela não era uma vilã, e agora ele está morto, e ela fugiu da cena do crime.

— Temos que encontrá-la — declara o Gavião Arqueiro, com voz sombria. — Ela tem que pagar por isso.

Ninguém discorda.

Em algum lugar fora da realidade de Wanda, mas profundamente inserido nela ao mesmo tempo, em um universo que existe entre palavra e definição, onde nasce toda a compreensão, uma mulher observa um espelho que também é uma janela conforme passa da atividade frenética na Mansão dos Vingadores para Wanda, que agora está despencando pelo vácuo de luz vermelha do infinito. Observar Wanda quando ela se move pelo caos exige induzir o espelho a empilhar universo dentro de universo, uma cadeia fractal de realidades possíveis que é seu próprio tipo de caos. Ela não pode fazer isso por muito tempo, mas parece importante ficar de olho nessa Wanda, principalmente porque seu espelho buscou a jovem heroína por conta própria. Esta é uma Wanda no início de sua carreira heroica, com pouco mais de vinte anos e ainda incólume em alguns aspectos fundamentais. Esta é a época em que Wanda quase sempre se junta aos Vingadores, universo após universo, mundo após mundo.

Provavelmente não desta vez.

Nossa estranha Vigia assistiu a toda a cena se desenrolar, viu quem segurava a faca, viu o Capitão América morrer, ofegando, enquanto seu próprio sangue bloqueava sua garganta. Ela é a única em todo o cosmos que entende toda a situação.

E ela é aquela que não pode fazer nada a respeito. Uma lágrima solitária escorre por seu rosto enquanto América Chavez se obriga a manter os olhos na janela. Afinal, ela tem um dever a cumprir.

Ela tem que observar o que acontece.

A QUEDA É BREVE; A QUEDA É ETERNA. WANDA DESABA PELO ESPAÇO EM questão de segundos e em questão de anos ao mesmo tempo, e não importa o que seja verdade, porque o resultado é o mesmo: um portal com borda vermelha se abre a cerca de um metro e meio acima do piso de mármore da sala no saguão do Sanctum Sanctorum, e ela cai, aterrissando de bruços com força suficiente para fazê-la perder o fôlego. Ela bate o cotovelo ao mesmo tempo, e parece ridículo que algo tão pequeno lhe cause uma dor tão intensa, em especial agora, mas causa; ela se encolhe em uma bola apertada, abraçando o cotovelo contra o peito, e fica grata pela dor, porque ela desfaz o nó rígido de pânico atrás de seus pulmões por tempo o bastante para que ela inspire fundo, ofegante, e comece a soluçar.

É um som terrível e primitivo, o lamento de um animal inteligente o suficiente para entender que foi aprisionado de forma que não pode escapar, e, por mais que doa ouvir, dói ainda mais para Wanda produzi-lo. O dr. Stephen Strange, que estava esperando por aquele som — ou algo parecido — havia uma hora, larga o livro que fingia ler e sai apressado de seu escritório, com a capa esvoaçando atrás de si, enquanto corre a curta distância até o saguão de entrada.

Ele poderia se teletransportar. Ele poderia abrir um portal de trânsito com muito mais habilidade e facilidade do que Wanda. Ao contrário dela, ele sabe o que está fazendo, não é um estudante nos estágios básicos de sua educação, e, quando fazia jornada, o tempo dentro e fora do portal tinha exatamente a duração que ele desejasse. No momento, porém, ele quer dar a ela a chance de recuperar o fôlego quase tanto quanto deseja alcançá-la. Ele a conhece bem demais para acreditar que ela vivenciou a hora completa entre a ligação que lhe contou que ela era uma fugitiva e agora. Para ela, os terríveis acontecimentos da tarde, quaisquer que tenham sido, poderiam ter ocorrido há apenas alguns momentos.

Mas, ainda assim, ele corre. Ainda assim, ele não vai fazê-la esperar. Ele se choca contra a porta entre eles, abrindo-a, e é recompensado com a visão de Wanda Parker de 22 anos e claramente aterrorizada, vestida com aquela fantasia ridícula que ela chama de seu "uniforme de super-herói", toda encolhida e soluçando como se seu coração estivesse fatalmente partido. Ele entra na sala, e aquele som chama a atenção dela como a porta batendo não conseguiu; ela se desenrola e se senta ereta, erguendo ambas as mãos em uma ameaça com os dedos rígidos. Mesmo em seu terror, sua forma é perfeita, e ele fica obscuramente orgulhoso dela por isso; foram necessários meses de treinamento para que ela aprendesse a posicionar os pulsos com a quantidade exata de tensão de que precisa para ter certeza de que poderia iniciar qualquer movimento necessário para completar o feitiço desejado.

Não que a maioria dos feitiços se comporte como desejado quando Wanda os lança. Ela tem um verdadeiro dom para consequências inesperadas.

Ela não está mais produzindo aquele som terrível, mas está respirando com dificuldade, inspirando e expirando de forma curta e cortante, que soa quase como um ofegar, e seus olhos estão brilhantes de medo. Faíscas vermelhas caem em cascata ao redor de seus dedos, o caos do qual ela é herdeira ameaça se espalhar antes que ela possa invocá-lo. Isso, mais do que qualquer outra coisa, decide por ele: o Doutor Estranho ergue as próprias mãos, com as palmas voltadas para ela, em um gesto ritual que não precisa de magia para ser usado e de nenhum treinamento para ser entendido.

— Está tudo bem, Wanda — diz ele, e sua voz é gentil, sua voz é bondosa, sua voz é exatamente o que ela precisa ouvir naquele momento. — Eu sei o que aconteceu. Eu sei que não foi culpa sua.

Ele se aproxima dela e fica satisfeito quando ela abaixa as mãos, embora o medo não abandone seus olhos.

— Quanto tempo eu fiquei fora dessa vez?

— Se eles me contataram imediatamente após você desaparecer, pouco mais de uma hora — responde o Doutor Estranho. — Acredito que sim, se isso ajuda em alguma coisa. O Cavaleiro Negro sabia que você estaria lá hoje, estava ansioso para recebê-la na equipe. Ele entrou em contato assim que pôde. Como falei, eu sei o que aconteceu.

De todos os Vingadores, Wanda é mais próxima do Cavaleiro Negro. Strange confiou nele para patrulhar com ela de vez em quando, e ele nunca foi nada além de justo e razoável. Ela relaxa um pouco e uma faísca de desafio brilha em seus olhos.

— Eu não o matei.

— Eu sei que não. Você é capaz de muitas coisas, Wanda, algumas mais perigosas que outras, mas não acredito que seja capaz de matar.

Wanda se levanta e corre para se jogar nos braços dele, tremendo. Ela parece muito mais jovem naquele momento, como se o medo por si só tivesse sido suficiente para reduzi-la à adolescente que ele conheceu há muito tempo. O Doutor Estranho não é muito de abraçar, mas ele passa os braços em volta dela, concedendo-lhe o conforto de que ela tão clara e desesperadamente precisa.

Depois de vários minutos, ela se afasta, enxugando os olhos com uma das mãos.

— Os Vingadores me viram — fala ela, com a voz baixa, como se estivesse fazendo uma confissão.

— Estou ciente. Como eu disse, eles me ligaram.

— Eu não… eu não sabia… Eles devem pensar que eu sou culpada.

— Sim.

A admissão é pequena, uma única palavra, uma única sílaba, e ainda assim paira entre eles como um encantamento condenatório, a magia mais suja que já foi proferida. Wanda recua, com choque e um sentimento de traição em sua expressão, e o Doutor Estranho estende as mãos para segurar seus ombros.

— Respire, Wanda — pede ele. — Você precisa respirar. A maioria dos Vingadores pensa que você é culpada. Dane não acha que você é. Eu *sei* que você não é. Mas fugir do local quando a encontraram… não causa boa impressão. Teremos que trabalhar duro para convencê-los de que isso não foi obra sua.

— Eu estava com medo — admite ela. — A maneira como eles estavam olhando para mim… eu não sabia o que iam fazer. E eu não… — Ela gesticula com as mãos em frustração. — Eu não tive intenção de fazer aquela coisa das faíscas. Ainda não consigo controlar por completo. Acontece quando estou muito assustada e muito travada. Você pode contar a eles? Pode dizer a eles que não fugi de propósito?

— Por todo o bem que isso fará, vou tentar — promete ele.

Alguém esmurra a porta do Sanctum, o som ecoa pela câmara. Wanda recua, sua respiração começa a acelerar de novo, e ela levanta as mãos em um gesto defensivo. O Doutor Estranho suspira. Ele não quer castigá-la, não quando ela tem bons motivos para estar perturbada, mas quer que ela comece a pensar. Ela precisa analisar, e não apenas reagir.

— Wanda — chama ele, com a voz baixa e tensa. — Wanda, olhe para mim.

Ela olha para ele, e suas pupilas estão banhadas em vermelho. Nunca é um bom sinal.

— Quem quer que seja, não quer lhe fazer nenhum mal.

— Como você...

— Se alguém que quisesse lhe fazer mal chegasse perto da porta, as proteções me notificariam imediatamente, assim como fariam se alguém que quisesse *me* fazer mal se aproximasse. Você é minha aprendiz. Você pertence a este lugar. As proteções sabem e vão protegê-la. Você *sabe* disso, Wanda. Esta é a sua casa. Você precisa respirar.

Wanda respira fundo, a luz vermelha pisca e então deixa seus olhos.

— Eu sei. Eu sei disso. Eu... desculpa. Foi um dia muito difícil.

— É por isso que você ainda é uma aprendiz, Wanda. Aprendizes podem se dar ao luxo de entrar em pânico. Eu não. Agora fique aqui e continue respirando até eu voltar.

Ele sente por se afastar dela, deixá-la sozinha, mas o faz mesmo assim e vai até a porta. Ela se retira para o fundo do saguão de entrada, e ele fica orgulhoso dela por ter tanto bom senso; quem quer que esteja aqui pode não querer fazer mal a ela, mas isso não significa que lhe deseja o melhor. Somente quando ela entra no armário de casacos estreito entre o saguão de entrada e a sala de estar é que ele termina sua jornada até a porta e a abre, revelando um jovem ilusoriamente magricela, com quase a mesma idade de Wanda.

Assim como ela, ele está vestindo uma criação ridícula de Halloween em vez de roupas sensatas e também parece ter regredido na última hora, reduzido de volta a um adolescente pelo medo e pela lealdade aterrorizada. Está tudo na maneira como ele se comporta — seu rosto está escondido por uma máscara vermelha, estampada com o padrão preto de teia de aranha que ele estabeleceu como seu.

— Ela está aqui? — questiona ele, provavelmente tentando parecer autoritário e oficial, como alguém cujas perguntas são respondidas. A maneira como sua voz vacila o trai. Ele parece assustado e pequeno, e o Doutor Estranho franze a testa para ele.

— Ela não fez aquilo de que é acusada — declara. — Se veio levá-la à justiça, ela já mora com ela.

— Eu sei — responde o Homem-Aranha.

— Então por que você está aqui?

— Ela é minha *irmã*, caramba, eu tenho o direito de... por favor. Ela está aqui? Wanda está aqui?

O Doutor Estranho não fala nada, apenas olha para ele e permanece em silêncio.

Do outro lado da janela cósmica, América Chavez estremece com a cena que se desenrola à sua frente, o pânico na voz do lançador de teias e o frio desdém na voz do feiticeiro. Ambos estão tentando proteger a versão de Wanda de seu mundo, porém, estão adotando abordagens tão diferentes no processo, que ela não tem certeza se algum dia conseguirão entrar em acordo.

E em acordo é o que Wanda precisa que eles estejam, porque todas as versões da mulher que América viu em todo o Multiverso estavam cercadas pela morte, sim, mas também estão cercadas pela vida. Seja Maximoff, Frank ou Parker — ou, em algumas realidades particularmente desagradáveis, Wyndham —, toda Wanda caminha em uma aura tanto de vida quanto de caos. Onde ela pisa, o mundo floresce.

E América não pode ajudá-la.

Ela fecha os punhos, olhando para esta câmara de cristal, que já foi seu paraíso e agora é sua prisão. Ela não pode fazer nada para mudar o que está por vir, porque, se fizer isso, se intervier novamente...

É um risco que ela não pode correr, portanto, tudo o que pode fazer é observar.

— Daí o nome — ela fala desanimada e desvia o olhar, olhando para outra janela. Está aberta na mesma realidade, na mesma linha do tempo, mas em um ponto anterior. Ela não estava aqui quando esta história começou, não se juntou a ela até que seu espelho focasse nela como se fosse a única narrativa essencial existente. Ela precisa entender por que isso aconteceu. Por que *esta* versão de Wanda, por que *esta* realidade? O que faz dela aquela que América deve observar?

— Nossa história começa... — diz, para ninguém além de si mesma, e o eco de suas palavras é o assobio do vento da Latvéria soprando pelas árvores...

CAPÍTULO UM

CONHEÇA OS PARKER

— COMO O INVERNO NA LATVÉRIA É TÃO MAIS FRIO QUE O INVERNO EM NOVA YORK? — Mary olhou pela janela, e seus grossos painéis de vidro distorciam a paisagem nevada. — Quero voltar para casa, para Peter.

— Peter está bem — disse Richard, no tom de um homem que está repetindo algo que já disse uma dúzia de vezes ou mais. Ele não tirou os olhos dos papéis na mesa do hotel. — Ben e May estão mimando-o muito. Sabe disso.

Se ele tivesse que deixar o filho com alguém, Ben e May sempre seriam sua primeira escolha, mesmo que não fossem da família. Ele virou uma página, fazendo uma marca rápida na margem, e continuou lendo.

— Eu sei. E também sei que ele tem nove meses — respondeu Mary, afastando-se da janela. — Fury prometeu que reduziria nossas tarefas de campo depois que Peter nascesse, mas aqui estamos, na Latvéria. Isso parece o campo para mim.

— Eu sei, querida — falou Richard. — Mas esses eventos têm aumentado. As distorções da realidade tornaram-se suficientemente fortes para que possamos detectá-las na América do Norte. Isso significa que precisamos encontrar sua fonte antes que haja um desastre do qual não possamos nos recuperar.

— Existem outros agentes.

— Tão bom quanto nós?

Mary não respondeu.

— Fui eu quem isolou e triangulou o padrão desses eventos. Teria sido um insulto pessoal Fury enviar qualquer outra pessoa.

— Você não poderia ter feito isso sem as denúncias anônimas. Ainda acho estranho que um delator entre em contato diretamente com você em vez de contatar a agência.

Era ainda mais estranho que o denunciante em questão tenha deixado a documentação que mostrava as cascatas matemáticas na casa dos Parker, em vez de entregá-la nos escritórios da S.H.I.E.L.D. Era como se alguém *quisesse* que eles realizassem a investigação. Mas era aí que as coisas começavam a fazer sentido. Não havia agentes de campo melhores que os Parker quando se tratava desse tipo de evento. Era por isso que estavam ali, seguindo uma pista tênue pelo interior congelado, tentando coletar dados suficientes para convencer Fury a conseguir autorização diplomática para uma equipe completa.

Reconhecimento não era a parte favorita do trabalho de ninguém. Mas pelo menos não era chato.

— Quem quer que seja, veio até nós, Mares, porque sabia que buscaríamos isso até os confins da Terra — declarou Richard, com o tom calmo e sereno de alguém que já teve essa discussão muitas vezes; eles não estavam brigando, estavam recitando dois lados de um roteiro bem conhecido. — Ciência que deu errado é uma fera arriscada de se enfrentar.

— Sim, bem, a maioria dos homens não arrasta suas esposas para situações em que elas possam se transformar em algo menos atraente do que os pôneis de exposição de Xavier — retrucou Mary, caindo de costas na cama. — Ainda vai me amar quando eu estiver suando ácido e tentando abraçar você com meus dezoito tentáculos?

— Vou sofrer uma mutação juntinho com você e teremos muitos anos amorosos e ácidos pela frente — respondeu Richard. Ele fez uma pausa, com os olhos percorrendo as colunas, comparando os números. — Mary, venha aqui.

— O quê? — Ela se sentou. — Por quê?

— Porque acho que encontrei a chave para prever onde o próximo evento vai ocorrer. Venha ver isso.

Diligentemente, Mary se levantou e foi até a mesa, checando os números indicados por Richard. Seus olhos se arregalaram um pouco enquanto ela os estudava.

— Acho que estou vendo.

— Se estes números estiverem corretos, esses eventos têm correspondido a flutuações específicas no campo energético da Terra, e o próximo grupo de condições ideais ocorrerá amanhã à noite, a cerca de onze quilômetros daqui. Estaremos em casa no fim de semana.

Mary sorriu para ele com uma luz selvagem nos olhos.

— Essa foi a coisa mais doce que você disse desde que chegamos aqui. Agora, isso significa que você terminou por hoje?

— Sim. Podemos dormir um pouco.

Mary agarrou a gravata dele e o puxou para fora da cadeira.

— Não era exatamente isso que eu tinha em mente — falou ela, em voz baixa.

Richard Parker era um homem brilhante e, entendendo o que a esposa queria dizer, retribuiu o sorriso dela, depois tomou-a nos braços e carregou-a de volta para a cama.

Do lado de fora do hotel, o vento soprava e a aurora dançava pelo céu, numa elegante ondulação de luz criada pelos ventos solares que entravam na atmosfera da Terra. Não era algo que precisava ser interrompido, mas um belo lembrete de que a ciência era uma coisa gloriosa quando não era direcionada para fins errados.

OS NÚMEROS DE RICHARD LHES DISSERAM QUANDO E ONDE UM INCIDENTE provavelmente ocorreria, mas não a forma que ia assumir. Sem mais provas, Fury não conseguiu autorização para enviar reforços ou suporte: eles estavam por conta própria até confirmarem os cálculos.

Saíram do hotel às sete horas na manhã seguinte, tendo esperado que o sol estivesse apenas alto o bastante para não viajarem no escuro; ambos estavam armados até os dentes, e Richard deixou Mary assumir a liderança conforme caminhavam até sua moto de neve. Dos dois, ela era a melhor motorista *e* a melhor atiradora; ele cuidava da teoria, e ela frequentemente se via gerenciando os aspectos práticos do trabalho de campo. Embora ambos pudessem se virar sozinhos em uma luta, essa divisão de trabalho era parte do motivo pelo qual estavam entre os analistas mais eficazes da S.H.I.E.L.D. Qualquer um poderia aprender a trabalhar com um parceiro. Eles não precisavam aprender. Trabalhavam juntos instintivamente e tinham total confiança um no outro.

Enquanto corriam pela floresta coberta de branco da Latvéria, com o motor da moto de neve acelerando em um vibrar uniforme, Richard teve que se perguntar — não pela primeira vez desde o nascimento de Peter — se a insistência deles em trabalhar juntos deixaria o filho órfão um dia. Eles o amavam mais do que tudo, mas sabiam no que eram bons e, mais ainda, sabiam como o que faziam era importante para a segurança nacional. Sem eles, os Estados Unidos estariam numa posição mais precária, e nenhum dos dois conseguiria suportar isso. O diretor Fury já havia sugerido a ideia de separá-los caso não quisessem deixar por completo o trabalho de campo, e a ideia lhe revirava o estômago. Já era ruim estar na linha de frente com a esposa. Se ela estivesse lá sem ele para mantê-la segura, ele não tinha certeza se conseguiria dormir de novo — ou vice-versa. Mary salvou a vida dele tantas vezes quanto ele salvou a dela.

As árvores chicoteavam como golpes pretos contra a neve. As sempre-verdes estavam exuberantes e verdes, fazendo jus ao nome, mas os carvalhos e olmos tinham os galhos nus e esqueléticos, acrescentando uma aura fantasmagórica à cena. Então, sem qualquer aviso, as árvores desapareceram quando a moto de neve entrou em uma ampla clareira que não deveria estar ali. Richard vinha estudando mapas da área desde que sua pesquisa começou a apontar nessa direção; cada clareira, cada trilha mais larga do que um caminho de cervos foi meticulosamente mapeada pelos habitantes locais, que queriam que seus filhos soubessem como sair da floresta que tudo consumia quando ouvissem lobos à distância ou quando se afastassem muito de suas rotas familiares.

Essa clareira facilmente consistia em um acre de espaço aberto onde deveria haver floresta. Mais ainda, não havia nenhum sinal de que a floresta tivesse *estado* ali; o solo nevado estava liso e intacto. Um cubo preto fosco ocupava o centro da clareira e era pouco maior que o depósito que Ben construiu no quintal da casa deles no Queens. Um adulto poderia ficar de pé nele se não se importasse com espaços apertados; teria que ser sozinho, no entanto. Qualquer companhia tornaria o espaço insuportavelmente apertado.

Supondo que *houvesse* espaço lá dentro e não fosse apenas um pedaço sólido de… alguma coisa. Mary deu ré na moto de neve até o abrigo das árvores e desmontou dela cautelosamente, com a pistola de serviço já nas mãos e apontada para o chão. Não olhou para ver se Richard a estava seguindo. Eles trabalhavam juntos havia tempo demais para ela insultá-lo assim; ele já estava desmontando da moto e sacava sua própria arma, assumindo uma posição defensiva.

— Lá se foi o elemento surpresa — murmurou ela.

— Isso não deveria estar aqui — falou Richard.

— *Aqui* não deveria estar aqui; aquilo não deveria estar em lugar algum. — Ela apontou o queixo em direção ao cubo preto. Olhar para aquilo parecia o equivalente visual de arrastar um prego de ferro em um quadro-negro, o metal raspando na pedra, deixando todos os seus nervos à flor da pele. Aquela coisa era perigosa. Era sobrenatural. Ela não queria chegar mais perto daquilo, mas seu trabalho dizia que precisava fazer exatamente isso, e, em momentos como esse, ela desejava ter escolhido uma carreira menos perigosa. Imobilizadora de tubarões, talvez, ou engenheira municipal de controle de qualidade de fogos de artifício.

Eles continuaram se aproximando devagar, expostos contra o fundo nevado, sem suporte, sem plano de fuga. Se algo acontecesse, estariam em apuros de verdade.

Naturalmente, algo aconteceu.

O cubo começou a zumbir, uma única nota grave, de certa forma em desarmonia com sua aparência geral, tornando ainda pior a sensação de pregos contra um quadro-negro. Mary ergueu a mão, gesticulando para que Richard parasse. Ele parou. Não havia discussão no campo; eles precisavam confiar um no outro e saber quando ceder a liderança. Neste momento, aquele era o show de Mary.

O zumbido continuou, mas, quando nada mais mudou, Mary começou a avançar de novo, Richard ia logo atrás. Por fim, eles estavam perto do cubo o suficiente para poder estender a mão e tocá-lo. Em vez disso, circundaram a estrutura, lentos e cautelosos, procurando uma fenda ou abertura.

Somente quando encontraram o rastro de suas próprias pegadas é que a coisa que procuravam se apresentou. Ao retornarem ao ponto onde se aproximaram do cubo pela primeira vez, uma porta apareceu na lateral. Não houve nenhum som; apenas a abertura, uma grande parte da parede desaparecendo no nada.

Isso tinha *de outro mundo* estampado por todo lado.

O sensato teria sido recuar. "Encontramos uma estrutura impossível feita de material não identificável" seria bom o suficiente para Fury;

porém, não seria bom o bastante para o governo da Latvéria. Seria improvável que a S.H.I.E.L.D. conseguisse aprovar uma missão maior sem mais informações do que "o grande cubo nos deu sensações estranhas".

Mary e Richard trocaram um olhar, assentiram e entraram.

A porta levava a um armazém cavernoso, maior que toda a clareira. O tamanho era pura arrogância: metade dele estava sem uso, grandes extensões de piso de concreto apareciam entre montes de máquinas misteriosas e pilhas de caixotes de madeira. Uma figura estava parada diante de um grande monitor, estudando dados que passavam rápido demais até mesmo para os olhos de Richard acompanharem.

A figura estava vestida com uma brilhante armadura vermelha e cromada, tinha a frente coberta por algo que parecia um avental ou uma tentativa de imitar o caimento do jaleco de um cientista. O rosto estava coberto por um capacete vermelho de aparência robótica e era impossível dizer se era humano ou máquina. Sua aparência provavelmente havia sido planejada para causar essa confusão.

Não parecia ter notado seus visitantes indesejados.

Richard e Mary se esconderam silenciosamente atrás de uma pilha de caixotes, desaparecendo de vista, enquanto planejavam o próximo movimento. Mary guardou sua arma no coldre, sinalizando:

— E agora?

Richard franziu a testa antes de responder, movendo as mãos rapidamente:

— Continuamos com a missão. Reunimos todos os dados que conseguirmos. Não fazemos contato. Levamos de volta para Fury. Ele decidirá o que acontece a seguir.

Qualquer pessoa que estivesse assistindo teria dificuldade em decodificar seus gestos, que eram uma mistura de ASL, BSL e Auslan[1], uma língua de sinais falada apenas na Austrália por menos de dez mil indivíduos. Por ser um método de comunicação sintético com vocabulário limitado, servia para momentos como este.

O cenho franzido de Mary em resposta foi mais acentuado.

---

1 ASL: American Sign Language (Língua de sinais americana); BSL: British Sign Language (Língua de sinais britânica); Auslan: Australian Sign Language (Língua de sinais australiana). (N. E.)

— Não fico satisfeita em deixar um super-humano desconhecido solto na Latvéria.

— É a missão.

Mary assentiu, espiando por cima das caixas e observando a figura passar do monitor para uma máquina complicada que parecia uma combinação de pulmão de ferro e incubadora de gado. A figura acionou vários interruptores na lateral da máquina, fazendo a tampa se erguer devagar da sua estrutura e subir no ar.

A figura enfiou a mão na máquina e pegou algo. O choro de uma criança cortou o ar e, quando a figura se voltou para o monitor, estava segurando um bebê aos berros, enrolado frouxamente em um pedaço de tecido bege. Mary reagiu primeiro.

— Esqueça a missão. — Sinalizou e sacou a arma antes que Richard pudesse responder. Ela saiu para o espaço aberto, com a arma erguida. — Você está infringindo uma dúzia de leis europeias neste momento — declarou. — Estávamos dispostos a deixar isso de lado por enquanto, contanto que você não parecesse estar fazendo nada malicioso, mas nem mesmo está apoiando a *cabeça* desse bebê.

— Você fala como se eu praticamente não os tivesse convidado para cá quando abri minhas portas para vocês — respondeu a figura, com uma voz masculina, aristocrática e despreocupada. — Quanto ao bebê, não importa. Eu tenho um sobressalente.

O bebê continuou chorando.

Parecendo quase entediada — se é que um capacete de metal podia transmitir tédio —, a figura deixou o bebê cair na pilha de caixotes mais próxima, atordoando-o a ponto de silenciá-lo, depois estendeu as duas mãos para Mary. Jatos de energia saíram de suas palmas, mas ela não estava mais lá. Havia reconhecido os sinais de um ataque iminente, e ela e Richard estavam a cerca de dez metros de distância, atrás de uma pilha diferente de caixotes.

Richard olhou para Mary e estremeceu. Ele não tinha certeza se seria capaz de deixar o bebê para trás, mas, pela expressão no rosto dela, ela nem estava disposta a pensar nisso. Não poderiam recuar e pedir ajuda sem deixar o bebê fora de vista, e, se ele tentasse obrigá-la a fazer isso, ela perderia o tênue controle sobre seu temperamento. Mesmo que ela concordasse, a ajuda estaria a um dia de distância, talvez mais.

— Por que nos deixou entrar se ia apenas nos matar? — questionou Mary.

— Meus sensores detectaram vocês quando entraram na clareira. Vocês atrapalham menos quando não estão tentando invadir, e meu trabalho estava em um estágio delicado. Terminei agora. Posso lidar com vocês e não perder nenhum dado.

— Não precisamos lutar! — gritou Richard. — Você pode se render.

— Engraçado — disse a figura. — É sempre uma surpresa quando vocês, criaturas primitivas, são engraçadas de verdade. Isto não é uma luta. É uma luta quando uma cobra entra no galinheiro ou uma raposa entra no meio dos coelhos? Isto é um extermínio, e vocês são a praga que se intrometeu em meus planos.

Richard acenou com a cabeça para Mary. Ela acenou de volta, depois se virou e começou a se afastar esgueirando-se, movendo-se pelas sombras atrás das caixas, mantendo-se fora de vista.

— Praga? Isso não é muito gentil.

— Invasão também não é.

O bebê, recuperando o fôlego, recomeçou a chorar.

— Ainda assim, terminei aqui e posso me livrar de vocês enquanto lido com os subprodutos.

— Os subprodutos?

— Os... é... bebês com os quais vocês estavam tão preocupados.

Richard ouviu um rugido de raiva e o som da arma de Mary disparando, seguido por outro daqueles raios de energia e, logo depois, um estalo elétrico profundo que não tinha relação com os sons anteriores. Ele olhou pela lateral das caixas atrás das quais estava se abrigando. A tela estava partida ao meio, cuspindo faíscas e lançando arcos de eletricidade. A figura vermelha e cromada ainda estava ali, mas, quando os arcos elétricos se espalharam até a incubadora, ela balançou a cabeça, depois cruzou os braços sobre o peito como um cadáver sendo preparado para o enterro e desapareceu.

A tela explodiu um momento depois.

CAPÍTULO DOIS

ACIDENTES, ABDUÇÕES, ADOÇÕES

A EXPLOSÃO ATIROU DETRITOS PELA SALA, DERRUBANDO A PILHA DE CAIXOTES atrás dos quais Richard estava escondido. Ele bateu a cabeça ao cair e, quando tentou se sentar, sua visão estava embaçada, atrapalhando-o de enxergar o que de fato estava acontecendo.

Pernas vestidas de cinza passaram correndo, avançando mais fundo no armazém, e Richard franziu a testa. Por que Mary o deixaria preso se ela estava perto o bastante para tirá-lo de lá? A figura — o robô cientista ou o que quer que fosse — havia desaparecido, e ela com certeza poderia ter parado para mover as caixas. Ele caiu, pressionando o rosto no chão frio.

Depois do que pareceram segundos, ele sentiu as caixas sendo puxadas de cima dele, e a voz de Mary perguntava:

— Richard? Richard, você está bem? Reporte-se, Parker, *agora mesmo*!

— Relaxe, Mares, não estou ferido — resmungou ele, voltando a abrir os olhos.

Sua visão ainda estava embaçada, mas não tão ruim que ele não conseguisse vê-la curvando-se acima dele, com o joelho no chão próximo à sua cabeça e a expressão preocupada. A luz doía. Ele estremeceu e fechou os olhos.

— O que aconteceu?

— Aquele… robô estava alcançando o bebê, então atirei nele, mas ele desviou a bala para a tela antes de disparar outro raio de energia em mim. Ele se teletransportou logo antes de a tela explodir. E deixou o bebê. — Ela fez uma pausa, arregalando os olhos. — O bebê!

Era isso que estava faltando, percebeu Richard. O bebê não estava mais chorando. Estava chorando depois da explosão? Ele achava que sim. Achava que podia se lembrar de seus berros. Mas agora só havia silêncio.

Mary se pôs de pé e correu. Ela tinha feito o suficiente para mover as caixas de modo que ele conseguisse se levantar, com uma mão pressionada na têmpora dolorida, enquanto se virava para olhar na direção dela.

Ela estava perto dos restos fumegantes da tela, vasculhando os escombros. Não havia sinal do bebê. Isso possivelmente era uma coisa boa: nenhum sinal significava que não havia sangue ou outra indicação de que ele tinha sido ferido na explosão. Ele parou, notando a cor das calças de neve dela. Elas eram marrons, para ajudá-la a se misturar com a floresta. Mas estavam cinza quando ela passou por ele antes. Como?

— Richard! Venha me ajudar a procurar!

Ele afastou a pergunta, descartando-a como um sinal da concussão que tinha quase certeza de ter sofrido quando sua cabeça bateu no chão, e atravessou o armazém até a esposa, olhando para os escombros que a cercavam. Depois foi em direção à estranha incubadora, que estava quebrada ao meio, mas ainda praticamente intacta, e espiou dentro dela.

Duas minúsculas calhas mecânicas estavam instaladas no corpo da máquina, cercadas por tubos e fios pendurados. Uma estava vazia. A segunda continha um bebê, que mastigava silenciosamente o punho e olhava para o teto da máquina com olhos arregalados e desfocados.

Richard enfiou a mão lá dentro. Ele pegou o bebê, tomando cuidado para apoiar sua cabeça, o que o cientista não fizera, e virou-se para Mary.

— Encontrei — chamou ele.

O alívio tomou conta de seu rosto quando ela se moveu para pegar o bebê, sem arrebatá-lo de seus braços, mas definitivamente se movendo com uma velocidade nascida do pânico persistente. Ele não resistiu. Ela sem dúvida reconheceu o quanto ele estava tonto com a pancada na cabeça e não confiava que ele não deixaria o bebê cair. Tudo bem. Ele também não confiava em si mesmo.

— O cobertor — disse ela. Ele lhe lançou um olhar perplexo. — Era bege. Este cobertor é verde. Ele disse que precisava se livrar das *crianças*. Acho que o primeiro ainda está faltando.

Richard olhou para ela sombriamente.

— Então nós procuramos.

Eles caçaram pelos destroços por quase uma hora, até que o bebê que conseguiram localizar começou a chorar em pequenos soluços.

A incubadora emitiu um sinal sonoro. Richard, cuja cabeça ainda latejava, lançou-lhe um olhar cauteloso.

O bipe continuou.

— Mary.

Mary gentilmente balançava o bebê, tentando acalmá-lo.

— *Mary*.

Ela ergueu o olhar, piscando para ele.

— Temos que ir.

O bipe estava ficando mais alto. Richard estendeu a mão e agarrou o pulso de Mary, arrastando-a com ele enquanto corria para a porta.

Eles mal haviam saído quando a incubadora explodiu. O cubo tremeu e depois começou a implodir. Mary uivou algo furiosa e tentou se afastar, movendo-se como se fosse voltar correndo para dentro, mas Richard não a soltou. Ele a puxou em sua direção, passando um braço em volta de sua cintura e segurando-a até que o cubo terminasse de desmoronar em um único ponto e desaparecesse. Somente então ele a soltou.

Mary cambaleou alguns metros à frente, com os olhos voltados para a marca que o cubo deixara na neve.

— Havia outro bebê! — Ela se virou, olhando para Richard. — Havia outro *bebê*, e não o *encontramos*!

— E, se você tivesse ficado lá dentro, teríamos perdido este — argumentou Richard, apontando para a criança nos braços dela. — Mary, tivemos que fazer isso.

Ela não respondeu.

— Enquanto eu estava preso sob aquelas caixas, vi alguém passar correndo por mim. Achei que fosse você, mas é como o que disse sobre os cobertores: as calças eram da cor errada. Acho que havia mais alguém lá. Foi por isso que não conseguimos encontrar o bebê. Alguém o pegou. Enquanto estávamos nocauteados, alguém o pegou.

Mary olhou para ele com tristeza.

— Isso não torna as coisas melhores — respondeu ela.

— Eu sei.

Ela voltou sua atenção para o bebê chorando em seus braços.

— Precisamos tirar esse pequenino do frio — disse ela. — Vamos voltar para o nosso hotel.

— Estou pronto se você estiver.

Os três subiram na moto de neve, Mary passou o bebê para Richard com instruções para segurá-lo com força e avisá-la se a dor de cabeça dele piorasse, o bebê choramingava, mas ainda sem gritar, e eles dispararam para a floresta, afastando-se da clareira impossível, afastando-se do começo e nem um pouco perto do fim.

— O QUE ADORO NESTES HOTÉIS RURAIS É QUE NINGUÉM FAZ PERGUNTAS — comentou Richard, engolindo a seco três comprimidos de ibuprofeno enquanto Mary levava o bebê ao banheiro para limpar o que certamente seria uma fralda cheia. — Você sai de manhã cedo, volta horas depois com um bebê, ninguém nem pisca. Turistas voltam com bebês o tempo todo.

— Provavelmente — disse Mary. — As adoções ilegais são reais. É isso que vai acontecer com ela se não conseguirmos encontrar seus pais. Ela vai parar em um orfanato e provavelmente vai acabar sendo adotada por algum casal americano rico que quer uma menininha bonita para colocar em seus cartões de Natal.

— Menina?

— É. — Mary saiu do banheiro com o bebê enrolado em uma toalha e em uma de suas camisetas. — Wanda.

— Como você sabe que o nome dela é...?

— Sabe como às vezes bebês têm pulseiras hospitalares?

— Sim.

— Esta tinha uma etiqueta. Como a de um cadáver. "Cobaia B — Wanda." Não vou chamá-la de "Cobaia", e isso quer dizer que o nome dela é Wanda. Pelo menos ela terá *alguma coisa* familiar.

— Mary... — Richard se levantou, cambaleando apenas um pouco. — Temos que levá-la às autoridades. Sabe que não podemos ficar com ela.

— Neste momento, precisamos levar *você* para receber atendimento médico — respondeu Mary. — Seus olhos não estão focando direito.

— Odeio protocolos de concussão, e você está tentando mudar de assunto.

— Eu sei que não podemos ficar com ela. Os pais dela provavelmente estão muito preocupados. Mas vamos mantê-la conosco até os encontrar. Qual é o sentido de tudo isso se não podemos nem salvar uma criança?

Richard encarou a expressão determinada dela e fechou os olhos, tentando reduzir o latejar em sua cabeça. Não funcionou. Ele suspirou.

— Vamos à embaixada americana, então — declarou.

A EMBAIXADA AMERICANA NA LATVÉRIA FICAVA A MAIS DE UMA HORA DE CARRO de seu hotel, grande parte do caminho por estradas estreitas e sinuosas, que mal eram largas o suficiente para reconhecer a existência de carros. Richard teve a nítida sensação de que a terra se ressentia da intrusão e esperava ficar livre para recuperar logo o que lhe pertencia. As árvores pairavam por todos os lados. Pela primeira vez, a floresta densa e antiga era mais reconfortante do que opressiva. Onde havia árvores, não havia estruturas terríveis sendo alimentadas com corpos de bebês.

Mary insistiu em parar no pequeno mercado do vilarejo para comprar artigos para bebês e analgésicos antes de partirem, e, uma vez que Wanda e Richard estavam preparados para a viagem, ela se concentrou na estrada, dirigindo com a eficiência que ganhou com a prática. No banco do passageiro, Richard aninhava a forma embalada de Wanda, alimentando-a com uma mamadeira preparada às pressas. A garota estava quieta desde que chegaram ao hotel e ela foi aliviada da fralda encharcada; entretanto, ela parecia apreciar a comida e agarrou o bico sem hesitação.

— Estamos quase lá — falou Richard, olhando de Wanda para Mary. — Tenho certeza de que há um sistema para esse tipo de coisa. Eles vão saber o que fazer com ela.

— Porque não podemos ficar com ela. Os pais dela devem estar morrendo de preocupação.

— Isso mesmo.

— Mas o que acontece se eles não conseguirem *encontrar* os pais dela? E se ela estiver mesmo sozinha? Peter adoraria ter uma irmã mais nova.

— Peter não tem idade suficiente para ter opiniões sobre irmãos.
— Então seria como se ela sempre tivesse estado lá, e ele nunca ia questionar. Não seria maravilhoso para eles crescerem juntos? Ela deveria ser uma de dois, e não conseguimos salvar ambos. E se ela ainda puder ser uma de dois?
— Bebês não são suvenires.
— Eu sei disso.
— Não é o que parece.
— Eu só quero que ela seja cuidada.

Já era noite, e, ainda assim, a embaixada estava iluminada por fora, com holofotes potentes iluminando a entrada e o pátio. Era uma forma sutil de proteção, e Mary admirou sua elegância enquanto estacionava o carro e se movia para ajudar Richard e Wanda a sair. Ninguém ia se aproximar às escondidas do lugar, não com tanta luz. Nada ali acontecia na escuridão.

Os edifícios ao redor eram mais modestos, suas próprias luzes eram fracas em comparação àquelas. Mary teve que se perguntar o que seus funcionários pensavam de seus vizinhos espalhafatosos. As outras embaixadas entendiam? Ou será que encaravam isso como mais um caso de americanos sendo demasiado barulhentos, demasiado espalhafatosos, demasiado egocêntricos? Não importava de qualquer maneira. Ela se sentia mais segura andando na luz.

A porta se abriu quando se aproximaram, um funcionário já estava preparado para ajudá-los a subir os degraus até a porta. Richard entregou o bebê a Mary, não confiando em si mesmo para subir os degraus baixos de pedra com uma concussão e um bebê nos braços. Eles caminharam juntos, mostrando suas credenciais ao funcionário, e foram rapidamente conduzidos, desaparecendo no labirinto de corredores nos bastidores, aqueles que visitantes comuns nunca veriam. O médico da embaixada veio fazer um exame completo em Wanda; além de alguns ferimentos que pareciam ter sido feitos por agulhas intravenosas, ele não achou nada de errado com ela e deu-lhe um atestado de saúde completo depois de coletar suas impressões digitais para procurar no sistema.

Richard e Mary retiraram-se com Wanda para uma sala de espera para aguardar os resultados, e, depois de uma hora, o embaixador americano na Latvéria apareceu na porta.

— A menina não existe — declarou ele, sem rodeios.
— O quê? — perguntou Richard.
— O quê? — questionou Mary. — Ela está bem aqui. Ela é real.
— Seja como for, não há registro de seu nascimento em nenhum lugar da Latvéria ou dos países vizinhos. Suas impressões digitais não estão arquivadas. Salvo a aparição de um parente que possa reivindicá-la, ela será colocada no orfanato nacional para aguardar adoção.
— Podemos ajudar na procura por eles? — perguntou Mary.

O embaixador a encarou com calma.

— Temos nossos próprios métodos, e eles serão procurados exaustivamente. Mas parece provável que todos tenham morrido tentando evitar que ela fosse levada. Duvido que essa criança ainda tenha alguém no mundo.
— Bem, se não conseguirem encontrar a família dela, podemos nos candidatar? — perguntou Richard.
— Bebês não são como cães perdidos — respondeu ele. — Ela será mantida aqui por uma semana, para dar a qualquer familiar a chance de aparecer. Depois disso, candidaturas serão consideradas. Tenho certeza de que um casal estável com emprego verificado poderia começar no topo da lista. Presumo que gostariam de começar a papelada, certo?
— Ela não tem ninguém — respondeu Mary. Ela olhou para Wanda adormecida. — Ela merece coisa melhor do que isso.
— Dadas as circunstâncias, se estiverem dispostos a preencher os formulários e concordarem que, caso seja encontrado um membro da família que deseja a custódia, vocês a devolverão, acho que podemos seguramente permitir que a levem para casa.

Mary quase riu.

— Basta um pequeno perigo mortal, e a adoção fica tão fácil.
— Considere isso um gesto de gratidão tanto do seu país quanto da Latvéria, que gosta de não ser destruída por superpotências descontroladas.
— De nada — disse Richard secamente.

E SE... WANDA MAXIMOFF E PETER PARKER FOSSEM IRMÃOS?

MESMO COM O APOIO DO EMBAIXADOR, PASSARAM-SE QUASE TRÊS SEMANAS ATÉ que Richard e Mary chegassem à rua que levava à casa deles. Sua bagagem estava consideravelmente maior do que quando partiram; bebês exigiam mais infraestrutura do que a maioria das pessoas imaginava.

Mary foi a primeira a sair do carro, com Richard logo atrás, e, enquanto subiam a varanda, encontraram a porta aberta, a luz acesa e May parada na porta com os braços estendidos.

— Peter foi para a cama — informou ela. — Deixe-me vê-la.

Richard obedientemente passou Wanda para a cunhada.

May olhou para o bebê adormecido, e um sorriso se espalhou por seu rosto.

— Olá, Wanda — disse ela. — Bem-vinda ao lar.

CAPÍTULO TRÊS

LAR É ONDE MORA A ESPERANÇA

América suspira, lágrimas escorrendo por suas bochechas. Então esse foi o ponto de divergência: foi neste momento que tudo mudou. Ela toca a janela, congelando a imagem de onde está, tia May segurando Wanda, e os Parker, cansados, mas vivos, observando a poucos passos de distância. Tudo isso aconteceu. Mesmo que quisesse intervir — e ela não o faz; esta versão de Wanda tem tanto direito de existir como qualquer outra, nascida no fogo e no medo na paisagem nevada da Latvéria, separada do gêmeo que deveria ter tido pelas maquinações da entidade sombria que deu a Richard Parker as figuras que o levariam até o Alto Evolucionário, criada em amor e luz por sua tia e seu tio, com o irmão ao seu lado —, ela não podia. O que está feito, está feito, mesmo para uma Vigia.

Esta não é a Wanda que ela conhecia antes de assumir o cargo. Esta não é uma Wanda que ela poderia ter conhecido. Mas ainda não entende como foi percorrido o caminho de lá até aqui, como ela passou de uma menina órfã a uma suposta assassina. Um movimento cintila no canto de sua visão. Ela se vira para sua janela original e observa conforme ela tremula pelo tempo, passando por eventos que ela viu centenas de vezes, passando pelos Parker e a queda de seu avião, passando pela aranha afundando as presas na mão de Peter, até que seu olhar encontra algo novo, e ela interrompe o fluxo de imagens em uma pequena casa no Queens, familiar e transformada ao mesmo tempo, refeita pela presença de um novo membro da família.

A adoção de Wanda não moveu paredes nem alterou a planta da casa, mas todo o resto é diferente, às vezes, de forma sutil. Há dois conjuntos de marcas de lápis na parede, contando sua própria história de surtos de crescimento e emparelhamento. As fotos nas paredes são diferentes: Wanda encarando carrancuda em seu recital de dança do jardim da infância, claramente ressentida por ter sido forçada a usar *collant* e tutu; Peter em sua festa de aniversário de 6 anos, sentado no chão de um castelo inflável com Wanda puxando as mãos acima de sua cabeça, os dois às gargalhadas. Essa é a primeira coisa que América de fato nota ao estudar a casa no Queens. Houve tantas risadas ali.

Esta não é apenas uma Wanda que cresceu com uma família estável e amorosa que tinha os recursos para atender a todas as suas necessidades de infância; este é um Peter que cresceu com uma melhor amiga e companheira, que sabia que não importava o que acontecesse, nunca estaria totalmente sozinho. Há fotos deles indo para o acampamento de verão, nadando na piscina comunitária, jogando xadrez na mesa da cozinha com as expressões tensas e decididas. Eles cresceram tão unidos, que parece impossível que algum dia tivessem sido outra coisa, impossível que pudesse existir qualquer realidade na qual não fossem unha e carne. Esta versão de Peter merece existir tanto quanto esta versão de Wanda: uma pequena mudança a colocou nos braços de Richard e Mary Parker, mas cada hora desde então foi outra pequena mudança, até que ambos chegaram a um lugar que nunca poderiam ter visto do ponto de partida.

América respira fundo. Ela ainda está se acostumando com as ferramentas de trabalho dos Vigias, e é estranho como sempre consegue saber que momento está vendo através de suas janelas para os mundos. Esta janela indica que ela avançou pouco mais de quinze anos. Peter e Wanda têm dezesseis. Os Parker já se foram. Tio Ben ainda está vivo.

A imagem na janela muda, deslizando em direção ao alvo de América. Wanda está acordando.

O quarto dela é bastante normal para uma garota americana de dezesseis anos: roupas espalhadas pelo chão, estantes cheias não apenas de livros, mas também de bibelôs e brinquedos, coisinhas que ela encontrou e guardou. Assim como Peter, ela era jovem demais quando Richard e Mary morreram para se lembrar deles de verdade, mas, ao lado da cama, ela tem uma foto do dia em que foi formalmente adotada, com Richard segurando-a, Mary segurando Peter, todos de frente para a câmera. Os Parker mais velhos sorrindo radiantes como se tivessem acabado de ganhar o mundo. Wanda gosta de se lembrar que, embora não tenha mais seus pais adotivos, ela os fez sorrir daquele jeito uma vez. Ela os fez felizes.

Alguém com um olhar atento poderia distinguir as peças de arte tradicional da Latvéria escondidas no meio da desordem, algumas trazidas por Richard e Mary, algumas adquiridas de vendedores online quando Wanda atingiu idade suficiente para decorar o próprio espaço. Richard e Mary fizeram repetidas viagens de volta à Latvéria enquanto esperavam que a adoção dela fosse totalmente finalizada, tentando aprender tudo o que pudessem para mantê-la conectada à sua ancestralidade. Mary encarava cada viagem com o coração na mão, metade convencida de que um primo ia aparecer e levar embora sua filha recém-encontrada, metade esperando que isso acontecesse, pelo bem de Wanda.

Mas os primos nunca apareceram. Três semanas após a recuperação do bebê, o governo da Latvéria descobriu os destroços de um acampamento romani a pouco mais de oito quilômetros de distância da misteriosa clareira. Todos ali estavam claramente mortos havia algum tempo, e seus corpos, preservados pelo frio. Richard e Mary não perguntaram a fundo sobre o estado do acampamento, e o alívio no rosto do burocrata lhes informou, claramente, que essa era a escolha correta: o que ele lhes contou foi que, entre os corpos, havia um jovem casal, a mulher se recuperando de um parto recente, o homem próximo dela.

— Parece que eles morreram tentando se barricar na carroça — dissera o homem da embaixada, sombriamente. — E encontramos isso nos destroços.

Ele havia produzido duas pulseiras de contas grossas de madeira, esculpidas à mão e polidas até não haver mais chance de soltarem farpas. Duas contas em cada pulseira haviam sido gravadas, uma com o formato de uma roda de carroça e a outra com uma inicial. W e P. O homem ofereceu a pulseira W a Richard, que a pegou com cuidado.

— Não acho que precisamos nos preocupar com o aparecimento de membros da família — comentou o homem na embaixada, e mais tarde Richard diria que foi o momento em que começou a parecer que Wanda seria deles para sempre, ao mesmo tempo que ele e Mary passaram a compreender a responsabilidade que tinham para com ela, de garantir que ela soubesse de onde tinha vindo. Ele deu a pulseira ao bebê assim que chegaram em casa, e ela está em uma das prateleiras de Wanda, com marcas fundas de dentes de sua primeira infância.

A janela se mantém ali. América respira fundo e a deixa ganhar vida de novo, permitindo que o tempo avance no reflexo, permitindo que Wanda tenha sua história de volta.

ESTAS SÃO AS COISAS QUE WANDA PARKER SABE SEREM VERDADEIRAS, MESMO enquanto ela nada do sono de volta à consciência, com outro dia começando: que ela ficou órfã duas vezes e de alguma forma ainda tem uma família que a ama; que ela é romani-americana e não sabe tanto quanto gostaria sobre sua ancestralidade; e que, se o irmão entrasse furtivamente no quarto dela e mudasse as coisas de lugar enquanto ela dormia, ela ia começar o dia cometendo um assassinato.

Seus sonhos tinham sido estranhos de novo na noite passada, com cores, formas e transições impossíveis sem nada que lembrasse uma história coerente. Ela sabe que os sonhos são a mente processando o que aconteceu no dia anterior, mas não consegue ver como o derretimento de Nova York como se fosse feita de sorvete está relacionado a algo que ela precisa processar. Sonhos como esse sempre a deixam com os nervos à flor da pele e perturbados, e hoje não é diferente.

Não seria um problema tão grande se tivessem uma causa óbvia, algo que os desencadeasse, mas não. Não era "coma antes de dormir e tenha um sonho estranho". Isso seria fácil demais.

Wanda se espreguiça, boceja e se senta na cama, atrasando o máximo que pode o momento de abrir os olhos. Não entende o que Peter ganha ao se esgueirar para seu quarto enquanto ela tenta dormir ou por que ele não para se isso claramente a incomoda. Ela respira fundo e abre os olhos.

— *PETER BENJAMIN PARKER!!!*

Peter ergue os olhos das panquecas e olha para o teto.

— Wanda está acordada — declara.

— Está mesmo — concorda tio Ben, afastando-se do fogão com uma espátula na mão para pegar o prato onde está colocando as panquecas prontas assim que elas saem do fogo. As manhãs de domingo ficam sob seu comando: ele prepara o café da manhã e não aceita ajuda de ninguém até a hora de lavar a louça. — Ela com certeza tem pulmões fortes.

— Ela puxou isso de Mary — afirma tia May, inclinando-se para beijar a bochecha dele antes de ir até a geladeira e tirar o suco de laranja.

Peter bufa com a velha piada enquanto volta a atenção para suas panquecas.

Ben balança a cabeça.

— Coma, Peter. Eu diria que temos cerca de trinta segundos antes que o furacão Wanda desça as escadas e as coisas fiquem muito menos pacíficas por aqui. Precisa parar de implicar com sua irmã.

— Eu não estou implicando! — protesta ele, da mesma forma que protesta sempre que isso é mencionado. — Ela diz que estou entrando escondido e mexendo em suas coisas enquanto dorme, mas *não estou*! Mesmo se eu quisesse, sabe que eu a acordaria assim que abrisse a porta!

Tia May e tio Ben trocam olhares.

— Peter tem razão, May — admite tio Ben. — Ele não é exatamente o que as crianças chamam de "gracioso" hoje em dia. Lembra quando ele quis ir à aula de dança da Wanda?

— Você quer saber se lembro quando ele expulsou Wanda da aula de dança?

Os dois riem e ainda estão rindo quando Wanda fala da porta:

— Vocês dois esqueceram que fui eu quem colocou na cabeça dele a ideia de ir comigo. Eu queria ser expulsa. Eu odiava aquela aula.

— Bom dia, querida — cumprimenta tia May, atravessando a cozinha para dar um beijo na bochecha de Wanda. — Suco de laranja?

— Com xarope de bordo? Não, obrigada. Prefiro panquecas pegajosas a beber esse suco.

— Você acordou fazendo barulho — comenta tio Ben, colocando várias panquecas em um prato para ela e estendendo-o.

— Isso é porque *alguém* — ela lança um olhar venenoso para Peter, que se encolhe e enfia mais panquecas na boca, comendo como se temesse que a comida estivesse prestes a ser cancelada para sempre

— reorganizou meu quarto novamente ontem à noite. A essa altura, estou quase impressionada. Como moveu a mesa sem me acordar?

— Eu não movi — guincha Peter.

— Não tenho certeza do que me chateia mais. A invasão da minha privacidade ou o fato de você continuar mentindo sobre isso. — Wanda derrama calda sobre as panquecas e se senta. — Se acha que sou estúpida, devia me insultar dizendo isso na minha cara, e não criar planos elaborados para me fazer questionar minha sanidade e me sentir insegura em minha própria casa.

— Wandy, sabe que não sou tão malvado assim — protesta Peter.

Wanda torce o nariz para ele.

— Você acha que eu caio nessa. Precisa parar com isso.

— Eu não estou *fazendo* nada, isso não é...

— Ah, então meu quarto está se reorganizando sozinho, é isso que está dizendo?

Ambos estão falando mais alto e mais rápido, sobrepondo-se um ao outro, tornando impossível para qualquer outra pessoa dizer uma palavra; tornando impossível, até mesmo para eles, ouvir um ao outro. Eles não estão representando uma cena, estão recitando monólogos, em que Wanda está chateada demais e Peter defensivo demais para enxergarem a diferença.

— Privacidade...

— Histeria...

— Talvez se você não implicasse comigo por diversão, eu não tiraria conclusões precipitadas o tempo todo!

— Talvez se você não fosse uma *fedelha* tão reativa, você teria amigos e não teria que me culpar por tudo!

— CHEGA! — berra tio Ben.

O som dele gritando é suficiente para fazer os dois adolescentes se calarem. Eles se viram para encará-lo, ainda com os garfos nas mãos. Ele balança a cabeça.

— Acham que ficamos orgulhosos de ver vocês se atacando assim? — pergunta ele.

— Não, senhor — responde Peter.

— Acham que isso nos faz querer apontar para vocês e dizer "aí estão eles, esses dois são nossos"?

— Não, senhor — replica Wanda.

— Acham que isso nos faz amar vocês menos?

Eles sabem a resposta — qualquer pergunta que siga dois *"nãos"* será a mesma. Tio Ben adora uma corrente. Mas eles têm dezesseis anos e são órfãos, e, desde que começaram a brigar um com o outro, o mundo parece estar saindo dos eixos, torcido por um conflito que eles não conseguem evitar ter.

Dizer que a puberdade os atingiu como um martelo é ser superficial, mas totalmente correto. Seus temperamentos são explosivos, seus hormônios estão elevados, e não há nada pelo que eles não consigam brigar. Coisas que sempre consideraram garantidas parecem subitamente maleáveis, como se tudo pudesse escapar. Tio Ben conta até dez em silêncio, depois se inclina e apoia as mãos na mesa.

— Agora vocês me escutem. E ouçam bem — fala ele. — Não há nada que qualquer um de vocês possa fazer, jamais, que faça sua tia e eu amarmos vocês menos do que amamos, nem um pouco. Nós amamos vocês dois desde o momento em que os conhecemos, e, se amamos Peter há mais tempo, é apenas porque o conhecemos há mais tempo. E não fique preocupada com sangue, Wanda. Sua tia May não é biologicamente parente de Peter, assim como eu não sou seu parente, mas ainda somos uma família. Ficamos sentidos por vê-los brigando. Vocês são tudo o que têm, vocês dois contra o mundo, e não importa o quanto nós os amemos, sempre seremos aqueles velhos antiquados que vocês inevitavelmente vão deixar para trás.

— Você não é velho, tio Ben — diz Wanda.

Ele ri, e, se há uma nota de alívio ali, todos educadamente ignoram.

— Ah, estou velho, mas ainda há vida no velho. Agora, acha que pode parar de trucidar seu irmão por tempo suficiente para que possamos tomar um café da manhã civilizado?

— Posso tentar — responde ela, olhando de volta para suas panquecas.

— Peter?

— Claro — afirma Peter.

— Muito bem, então. — Tio Ben finalmente pega o próprio prato, e ele e May se juntam aos adolescentes à mesa, os quatro quase formando um quadro de livro de histórias infantis enquanto comem. Não há mais gritos. Há alguns olhares penetrantes, mas esse é um pequeno preço a pagar pela paz.

O RITMO DE VIDA ESTÁ BEM ESTABELECIDO, APESAR DAS BRIGAS À MESA DO CAFÉ da manhã, e rapidamente se restaura. Peter vai de bicicleta até a biblioteca no meio da manhã, enquanto Wanda fica em casa e tenta colocar seu quarto em ordem. É difícil, com tantos móveis movidos durante a noite, e por fim ela precisa chamar o tio Ben para ajudar com a mesa.

— Achei que tivesse dito que estava pensando em mudar isso para cá de qualquer maneira — comenta ele, segurando uma das pontas em preparação para o "erguer e empurrar" que a colocará de volta no lugar ao qual pertence.

— Eu estava — confirma Wanda.

— Então por que...?

— É o princípio da coisa. — Ela dá de ombros. — Este é o *meu* quarto. Ele não devia entrar aqui para mexer nas minhas coisas, principalmente quando estou dormindo. Este é o meu espaço privado, e ele sabe disso.

Ela soa tão indignada que Ben não consegue evitar um sorriso. Ela sempre foi teimosa, a Wanda deles, pronta para lutar contra o mundo caso ele atrapalhasse. Ele não está acostumado a ver essa teimosia dirigida ao irmão dela, mas acha que era inevitável: as crianças desafiam as coisas à medida que envelhecem. Pais, em geral, mas irmãos também. Eles sempre serão próximos. Quando terminarem o Ensino Médio, talvez sejam menos unidos, e isso pode não ser a pior coisa do mundo. Peter precisa aprender a se impor; Wanda precisa aprender a ficar sozinha com os próprios pensamentos sem entrar em pânico. Esta é apenas mais uma parte do crescimento.

De certa forma é bom vê-la tão possessiva com seu quarto. Ele se lembra de quando a tiraram do quarto que ela dividia com Peter, de como ela chorou até dormir na primeira semana, de como ele e May tiveram que fingir que não sabiam que Peter estava se esgueirando para dormir com ela. O truque com Wanda e Peter sempre foi afastá-los o bastante para que eles lembrassem que conseguem ser felizes sozinhos.

— Se ele diz que não está movendo, tenho certeza de que não está, docinho.

— Então acha que movi minha mesa *sozinha*? Enquanto eu *dormia*? Também estou alugando uma empilhadeira enquanto durmo?

— A mesa é um quebra-cabeça, mas vamos descobrir. Sempre descobrimos.

DEPOIS QUE SEU QUARTO VOLTA AO NORMAL, WANDA SE SENTA NA CAMA E OLHA para a parede, para sua confusão de pôsteres coloridos, fotos e cartões-postais. Peter deu a ela um livro de cartões-postais da Latvéria de aniversário no ano anterior — aniversário do dia de adoção, na verdade, mas é a mesma coisa para ela — e escreveu "Gostaria que você estivesse aqui" e "Te amo" no verso de cada um, no canto, com sua caligrafia meticulosa, para que ela ainda pudesse usá-los se quisesse.

Ela os usa, mas não da maneira que as gráficas provavelmente planejaram. Eles são uma janela para um mundo ao qual ela poderia ter pertencido, mas nunca pertenceu, um lugar do qual ela sente saudades, mas sem desejar visitar. Não é o lugar ao qual pertence. Essa é uma linda história do passado dela, e ela pode contá-la sem querer vivê-la.

As fotos a lembram de seus pais, tanto aqueles de quem ela mal se lembra quanto aqueles de quem ela não se lembra de jeito nenhum, e de seu irmão, de quem ela se lembra melhor do que qualquer outra pessoa no mundo. Ela suspira, esfregando a testa com uma das mãos. Ela sabe que Peter não moveu as coisas dela. Se ela parar para pensar nisso, como o tio Ben sempre fala para ela fazer quando ela está perdendo a paciência, é óbvio que ele não pode ter feito isso, mesmo que fosse o tipo de brincadeira dele — o que não é. Ele não tem força na parte superior do corpo para mover a mesa dela sem arrastá-la pelo chão. Não há marcas de arrastar, e o som *definitivamente* teria sido suficiente para acordá-la.

Contudo, da mesma forma, ela não pode tê-la movido enquanto estava em algum tipo de estranho transe sonâmbulo: ela também não tem força. Ela só queria conseguir parar de culpá-lo por isso sem pensar duas vezes. Não é legal e não é racional, mas ela *continua culpando*.

Ela pega a conta de roda de carroça da prateleira onde está, girando-a entre os dedos e tentando encontrar conforto no lembrete tátil de que tudo foi real, a Latvéria realmente aconteceu, e, mesmo que ela não se lembre de nada, esse país ainda é dela. Ela ainda existia antes de chegar aqui e escolhe esta vida todos os dias. Vale a pena escolher esta vida.

O dia está passando, a luz do sol vai se transformando em sombras, e já está quase anoitecendo quando ela coloca a conta de volta no lugar e desce para jantar, e a cadeira vazia de Peter é como uma acusação que tio Ben e tia May não conseguem parar de olhar. Tia May se vira para Wanda, com uma expressão preocupada no rosto.

— Petey disse alguma coisa para você sobre ficar fora até tarde?

— Não — responde Wanda, espetando o purê de batatas com o garfo. — Ele não me conta mais nada. Não desde que ele saiu naquela excursão.

Foi então que tudo começou — a raiva, a culpa. Ele saiu em uma excursão, enquanto ela ficou em casa com um problema estomacal, e algo aconteceu. Ela tem certeza disso. Ele voltou para casa calado e se encolheu, do jeito que fazia quando Flash o intimidava, mas, pela primeira vez, não estava disposto a conversar com ela sobre isso. Ele foi para o quarto, fechou a porta e a deixou do lado de *fora*.

Ele andava estranho desde então. Já se passaram semanas, e ele anda se esgueirando, sobressaltando-se quando ela entra em um cômodo e, em geral, agindo como se tivesse um segredo. Eles nunca tiveram segredos, não um com o outro. Ela sabe todas as paixonites que ele já teve, todas as garotas que ele sonhou em convidar para ir ao cinema, e ele sabe todas as vezes que ela ficou vermelha quando um colega de classe pediu seu lápis emprestado. Ele estava lá durante o verão, quando ela descobriu os meninos e caiu da plataforma alta no lado fundo da piscina comunitária. Eles não *escondem* coisas.

Mas ele está escondendo algo dela e não está na mesa de jantar, e isso a deixa tão furiosa, que ela não consegue pensar direito, tão furiosa, que a raiva continua vazando pelas bordas de quem ela é, grande demais para seu corpo conter. Enquanto tio Ben e tia May trocam olhares infelizes, ela se concentra na comida e na teimosa determinação de descobrir de uma vez por todas o que ele está escondendo dela.

Depois do jantar, ela sobe e vira à direita, entrando no quarto de Peter, em vez de virar à esquerda e entrar no seu próprio. A cama dele está feita. Ele sempre foi arrumadinho desse jeito e costumava provocá-la pelo caos controlado do quarto dela quando eram pequenos, quando entravam e saíam do espaço um do outro a cada cinco minutos. Ela nunca pensou que sentiria falta daqueles dias. Ela se senta na beira da cama, apoiando seu peso nas mãos, e espera.

Ela espera, espera e, em algum momento no meio da espera, ela adormece e desliza devagar para o lado, com a cabeça pousando no travesseiro de Peter, os pés ainda firmemente plantados no chão. Os sonhos surgem quase de imediato, estendendo a mão para agarrá-la e puxá-la ainda mais fundo.

É a janela se abrindo que a acorda, seguida pelo som de Peter caindo catastroficamente no chão. Wanda se senta ereta em um instante, com as mãos erguidas na defensiva, encarando a janela aberta.

Peter caiu porque sua mesa tinha sido movida para debaixo da janela, tornando a abertura alguns centímetros menor do que ele esperava. A visão dele caído no chão em frente à mesa é muito menos surpreendente do que a roupa que ele está usando: um traje de elastano colado ao corpo, vermelho e azul, com uma aranha no peito. Ela deixa escapar a primeira coisa que vem à mente:

— Foi por *isso* que você pegou minha máquina de costura no mês passado? Peter, que diabos... Você sabe que eu teria ajudado você com suas costuras.

— Wanda, o que você está fazendo no *meu quarto*?!

Eles se encaram por um longo momento, pegos na futilidade de suas respectivas perguntas. Wanda é a primeira a se recuperar.

— É por isso que você parece culpado quando o tio Ben lê artigos sobre o Homem-Aranha, em vez de ficar curioso sobre a física de um homem capaz de se balançar em uma teia como um aracnídeo, não é? *Você* é o Homem-Aranha.

— Eu sou — admite Peter. Ele para na frente de sua mesa realocada, com uma expressão perplexa. — Por que você moveu a mesa?

— Eu não movi, mas, se eu tivesse movido, você ia ter merecido, por ter começado isso. Por que *você* moveu a *minha* mesa?

— Eu falei para você, não movi sua mesa! E também não movi esta. Eu não teria tropeçado nela se... Esta é mesmo a conversa que estamos tendo agora? Você acabou de descobrir que sou o Homem-Aranha, sou a droga de um *super-herói*, e quer falar sobre mesas?

— Sim — responde Wanda.

— Por quê?

— Porque, se estamos falando de mesas, não preciso ficar brava com você por esconder isso de mim. E eu realmente quero ficar brava com você agora. Aconteceu durante a excursão, não foi?

Peter pisca.

— Eu... como você...?

— Essa foi a única vez que você saiu sem mim por tempo o bastante para ganhar superpoderes, idiota. Estava todo esquisito quando voltou para casa e não me contou o que havia de errado. Você *escondeu* isso de mim.

— Fui picado — conta Peter. Ele ergue uma das mãos, com o dorso voltado para ela, como se ela ainda pudesse ver a marca. — Uma aranha com a qual estavam fazendo experiências escapou e me picou.

— Isso é segurança de laboratório ruim — comenta Wanda, quase automaticamente. Por dentro, ela está entorpecida de horror. Não vale a pena mencionar uma picada de aranha semanas depois, a menos que seja grave. Algum tipo de aranha venenosa, algo que o *machucou*.

Peter ri nervosamente.

— Acho que é por aí mesmo — diz ele. — Ela me picou bem nas costas da mão e doeu… muito, Wandy. Nunca senti nada parecido. Eu me sacudi, e ela saiu voando, e Flash e os parças dele começaram a rir de mim, me chamando de todo tipo de coisas horríveis por ter medo de uma aranhazinha. Não vi com clareza suficiente para saber de que espécie era, então, apenas desenhei um círculo ao redor da picada para marcar a progressão da inflamação e fui dormir cedo, para ver se passava.

— Você nunca deve tentar apenas "dormir para ver se passa" uma picada potencialmente perigosa, Peter! — ralha Wanda. Seu horror está se transformando em raiva, gota a gota. Ai, ela quer ficar tão brava com ele, seu irmão, o garoto que ela ama mais que tudo neste mundo, e quer abraçá-lo com tanta força, que ele não consiga respirar. A ideia de que ela podia tê-lo perdido é devastadora, quase afasta a racionalidade. — Isso foi…

— Uma atitude bem estúpida, né? — Peter esfrega a nuca. — Eu não estava pensando com muita clareza. Estava me sentindo péssimo. Então, só fui para a cama.

— Todos nós achamos que você tinha pegado minha virose. — Ela tinha se sentido mal por isso por dias. — Quer dizer que foi a picada da aranha?

— Sim. Só que, quando parou de doer e eu parei de me sentir mal, eu me senti *incrível*. Tipo, melhor do que nunca. Eu não precisava mais dos meus óculos; minha visão está perfeita. E veja. — Ele ergue a mesa com uma das mãos, movendo-a sem esforço de volta para onde ela pertence.

Wanda fica olhando.

— Você *podia* estar reorganizando meu quarto.

— Mas eu não estava, juro. Tenho estado muito ocupado aprendendo como meus novos superpoderes funcionam. Posso saltar e me agarrar às paredes e sou forte; é como se eu tivesse a força proporcional de uma aranha! É incrível!

— Estou feliz que você ainda coma alimentos sólidos...

— O quê?

— Deixa pra lá. Só que, se você começar a sentir vontade de embalar as pessoas em casulos e bebê-las, por favor, me avise antes que eu concorde em almoçar com você de novo?

— Claro... — concorda Peter, perplexo. — Wandy? Estamos bem?

— Não gosto que você tenha escondido isso de mim. Não temos segredos, Peter. Nunca tivemos segredos. Faz eu me sentir... mal.

— Sinto muito. Eu só precisava de algum tempo para descobrir por mim mesmo. Eu ia contar para você, juro que ia.

— E promete me contar se mais alguma coisa acontecer ou se esses seus novos poderes mudarem? Se você os pegou porque uma aranha venenosa o picou, eles podem se tornar ruins para você.

— Prometo.

Ele parece tão sincero e com tanto medo de que ela o julgue por isso, que Wanda suspira, se levanta e cruza o quarto para passar os braços em volta dele, segurando-o com força. — Você é meu irmão, e eu amo você, nerd — declara ela. — Nunca mais faça uma coisa dessas.

— Juro de pés juntos, e que eu viva uma vida longa e tranquila, morrendo de velhice extrema, ou uma agulha será enfiada no meu olho — recita ele.

— Isso não rima.

— Não achei que você ia querer que eu tivesse esperança de morrer.

Ela sorri.

— Não. Acho que não.

Ela acha que não vai dormir mais esta noite, mas, quando volta para o próprio quarto e para sua cama, adormece quase no mesmo instante em que sua cabeça toca o travesseiro, caindo na tapeçaria emaranhada de seus sonhos, como se ela não tivesse acordado em nenhum momento. Manhãs de segunda-feira significam despertar com alarmes em vez de acordar tranquilamente no próprio ritmo, mas ela não fica surpresa quando se senta e descobre que todo o seu quarto foi reorganizado de novo.

Ela deveria estar ainda mais convencida de que Peter fez isso, agora que sabe que ele é o Homem-Aranha — e, ah, ela vai processar isso por um tempo, mas pelo menos ele não guarda mais segredos —, mas ele ficou tão surpreso na noite anterior, quando a própria mesa tinha sido movida, que ela não suspeita mais dele. Alguma outra coisa deve estar fazendo isso, mas, seja o que for, ela não sente que lhe represente algum mal.

Talvez Richard e Mary tivessem finalmente voltado para casa. Ou, talvez, seus pais biológicos a tenham seguido atravessando o oceano, como pedaços de seu passado vindos para protegê-la, criticando seu gosto para decoração de interiores.

— Bom dia, fantasma — fala ela para o quarto. Então pega as roupas para o dia e as leva para o banheiro. Se a casa for mal-assombrada, não vai se trocar no local onde um *poltergeist* pode estar observando.

Lá embaixo, Peter olha para o teto, seguindo o som dos passos dela. Eles aprenderam anos atrás que programar seus alarmes com vinte minutos de diferença levava a menos brigas por causa do chuveiro, e ele se levanta primeiro porque, se ela for primeiro ao banheiro, ele acaba de pé no corredor por meia hora esperando que ela termine. Contanto que ela esteja pronta para chegar na hora certa, tia May e tio Ben não se importam com quem se levanta quando ou quem chega primeiro à porta.

Wanda desce limpa, úmida e cheirando a cerejas — um daqueles géis de banho sofisticados que ela economiza a mesada para comprar e que defende com unhas e dentes de qualquer tentativa de empréstimo. Ela sorri para Peter enquanto vai se servir da frigideira no fogão, misturando ovos mexidos, bacon e batatas de café da manhã para empilhá-los em uma torrada.

Qualquer coisa pode ser um sanduíche se você se esforçar o bastante, esse é o lema de Wanda, e, se não conseguir se esforçar o bastante, você é um perdedor. Ela se senta e vê o rosto radiante da tia May.

— O que foi? — pergunta.

— Você não desceu gritando com seu irmão pela primeira vez em uma semana — explica tia May. — Estou muito feliz em ver a paz de volta a nossa vida.

— Que seja — diz Wanda.

Peter revira os olhos para ela, e ela quase inspira os ovos tentando não rir com a boca cheia. Tia May e tio Ben trocam olhares.

— Adolescentes são estranhos — declara tio Ben.

— E nós temos dois — diz tia May.

— Temos dois — concorda ele, sorrindo para ela. — Não temos sorte?

Wanda e Peter reviram os olhos ao mesmo tempo, levantando-se e tirando seus pratos de café da manhã. Depois beijam seus guardiões na bochecha antes de se dirigirem para a porta. A rotina é praticada a ponto de se tornar quase instintiva; contanto que não haja nada de incomum acontecendo, podem apenas segui-la sem nunca parar para pensar nela.

— Tchau, tia May! — despede-se Wanda.

— Tchau, tio Ben! — despede-se Peter.

E então eles vão embora, e o último dia normal vai com eles.

CAPÍTULO QUATRO

COM GRANDES PODERES...

— QUER DIZER QUE VOCÊ JÁ APARECEU MUITO NO JORNAL — COMENTA WANDA, quando estão a cerca de um quarteirão de casa e não precisam se preocupar em serem ouvidos por seus tutores.

— Sim — assente Peter. — Posso ganhar um bom dinheiro fazendo truques para os espetáculos no centro da cidade. Há sempre um circo por aí que precisa de um homem forte ou alguém que pague para eu me equilibrar no topo de um poste ou algo assim. Posso nunca ser ultrafamoso, mas acho que consigo ganhar o suficiente para que tia May e tio Ben não tenham que se preocupar tanto com dinheiro. Eu ouvi os dois depois da última ida ao mercado. Os ovos aumentaram de novo.

— Então, é só não comermos tantos ovos.

— Você fala como se fosse fácil.

Wanda suspira e continua andando, tentando não deixar transparecer seu descontentamento. Por fim, ela diz:

— Acho que você não está me escutando.

— Estou escutando exatamente o que você está falando.

— Acho que você está ouvindo as palavras, mas não o que quero dizer.

— Subtexto é apenas uma forma de construir uma negação plausível. O que você *quer* dizer?

— Quero dizer que o tio Ben sempre diz...

— Ah, não — geme ele. — Não me venha com esse velho ditado.

— ... com grandes poderes também devem vir grandes responsabilidades — completa ela. — Talvez você devesse usar esses poderes para algo melhor do que ganhar algum dinheiro durante as noites no meio da semana.

— Não são alguns dólares, Wandy. É dinheiro de verdade. Vou lutar hoje à noite em um daqueles ringues particulares e, se as apostas correrem do meu jeito, posso ganhar *centenas*. O suficiente para cobrir nossos custos escolares pelo resto do ano! Posso não estar fazendo diferença para o mundo, mas posso fazer uma diferença de verdade para nossa família, e é isso que importa.

Ela franze a testa para ele, incapaz de articular exatamente por que isso parece tão errado. Finalmente, ela diz:

— Só até terminarmos a escola, certo? Depois você vai fazer algo melhor?

— Não há nada melhor do que cuidar da minha família — declara Peter. — Ah, ei, você pode me cobrir esta noite? Dizer à tia May e ao tio Ben que estou na biblioteca ou fazendo algo no clube de robótica? Vou chegar tarde e vai ser muito mais fácil se não tiver que me esgueirar.

— Claro — concorda Wanda. — Sabe, você não teria se esgueirado nas últimas semanas se tivesse confiado em mim.

— Sim, sim — diz Peter. — Desculpe, nenhuma daquelas conversas horríveis sobre a puberdade incluía "como contar à sua irmã que você desenvolveu superpoderes".

— Bem, eles deviam ter incluído — afirma ela, convencida, e ele ri, e tudo vai ficar bem. Tudo está normal.

Tudo está como deveria ser.

O dia na escola é, de fato, normal: salas de aula, cantina, conversas nos corredores. América observa por um tempo, fascinada pela normalidade de tudo, pela forma como as vidas se desenrolam no Multiverso, diferentes e iguais ao mesmo tempo. Ela observa Wanda sentada na frente de uma garota de cabelos castanhos em sua aula de espanhol, sem saber que ela e Jessica Jones estão destinadas ao heroísmo. O acidente que dará poderes a Jessica ainda está distante, enquanto a apoteose de Wanda se aproxima depressa. Relutante, América toca o espelho e diz para ele avançar mais uma vez, em busca da próxima grande mudança. O que acontecerá quando os poderes de Wanda se manifestarem por completo? Quando o segredo de Peter é revelado? E depois?

O primeiro salto de América a levou ao dia anterior, porque foi nesse momento que Wanda descobriu no que Peter havia se tornado; isso poderia ser uma barreira entre eles ou um segredo que os aproxima ainda mais. Ela fica surpresa quando sua observação alcança o próximo ponto importante da história deles menos de um dia depois: a imagem mostra tia May, tio Ben e Wanda na mesa de jantar, Peter não está presente.

— NÃO GOSTO QUE ELE PERCA REFEIÇÕES — DIZ TIA MAY, COM ANSIEDADE EM seu tom. — Ele é um menino em fase de crescimento.

— Tendo sido um menino em crescimento na minha época, digo que ele pode perder uma refeição de vez em quando — afirma tio Ben. — Além disso, não disse que ele está na casa de Harry hoje?

— Um-hum, com o resto da equipe de robótica — confirma Wanda. Ela não gosta de mentir para eles, mas é surpreendentemente boa nisso. Quando ela e Peter eram mais jovens, ela sempre era a responsável por tirá-los de apuros. Tio Ben percebeu cedo que, quando algo quebrava, eles deviam perguntar a Peter caso quisessem a verdade. — Ele vai estar em casa antes do toque de recolher.

— É estranho que marquem uma reunião tão em cima da hora — comenta tia May.

— Não sei ao certo o que aconteceu — fala Wanda. — Acho que ele disse que alguém quebrou alguma coisa, então, estão tendo que reavaliar seu plano de competição para a temporada ou algo assim. Vocês deveriam perguntar a ele quando ele chegar em casa.

— Nós vamos — afirma tio Ben, e Wanda resolve interceptar Peter antes que eles possam interrogá-lo, dando-lhe os escassos detalhes que ela foi forçada a inventar.

O resto do jantar segue com tranquilidade, levando a uma noite normal de deveres de casa e tarefas leves. Wanda completa seu exercício de matemática em sua mesa realocada, sem se preocupar em movê-la de volta; ela andava dizendo que a queria debaixo da janela, afinal de contas. Sua única objeção tinha sido à intrusão, não ao posicionamento.

Ainda está em seu quarto, preparando-se para escovar os dentes e vestir o pijama, quando ouve a janela do outro lado do corredor ser aberta com força. Peter está indo e vindo em silêncio há semanas; algo deve estar errado se ele está entrando com tão pouca preocupação em ser ouvido. Ele pode estar ferido.

O medo toma conta de sua mente quando ela sai correndo do quarto em direção à porta de Peter, abrindo-a sem parar para bater ou perguntar se ele está bem. Se ele quisesse tia May e tio Ben envolvidos, teria entrado pela porta da frente. Algo deve estar muito, muito errado.

O que há de errado é que o homem que acabou de subir pela janela de Peter não é Peter. Ele é mais velho, mais alto, mais largo, com roupas cinza-escuras, como se quisesse se misturar à noite enquanto se aproximava da casa.

E ele tem uma arma.

Essa é a primeira coisa que Wanda realmente registra, acabando com seu choque e deixando-a com nada além de medo. Ela inspira fundo, ainda parada com a mão na maçaneta, e grita enquanto se vira para fugir, tentando bater a porta ao mesmo tempo.

Não funciona. O homem reconheceu o que ela estava prestes a fazer assim que a viu empalidecer e já está avançando contra ela; o pé dele diante da porta a impede de fechá-la, e, então, ele está apenas um passo atrás dela, agarrando seu braço com a mão livre e fazendo-a parar.

— Este lugar parecia vazio — rosna ele, puxando Wanda contra si para que possa passar o braço ao redor de seu pescoço. Ela agarra o braço dele, tentando afastá-lo, mas é como se uma barra de ferro a prendesse no lugar. — Não devia ter gritado. Você viu meu rosto. Lamento, garota.

Wanda se debate, mas está presa; ela nunca foi muito atlética, e esse homem claramente sabe o que está fazendo. Ela nunca se sentiu tão assustada, não que se lembre, mas esse homem, esse homem desconhecido entrou pela janela, achou que a casa ia estar vazia, isso é um assalto. Ele tem uma arma, e ela viu seu rosto. Ela assiste à televisão. Sabe como isso termina.

A adrenalina inunda seu corpo, e seus nervos começam a se encher com a estática instável e estridente que ela associa aos seus sonhos. Se pudesse se ver, veria suas pupilas ficando vermelhas, como se alguém tivesse acendido uma vela dentro de seu crânio. A arma é pressionada contra sua têmpora, e o barulho fica pior, até que todo o seu corpo está formigando, como acontece com seu braço quando ela fica deitada em cima dele por tempo demais durante a noite e ele fica dormente. Alfinetes e agulhas a tomam de alto a baixo, perfurando e arranhando, e sua pele está esticada demais, seus ossos são feitos de gelo, e seus músculos são feitos de luz, ela está queimando, ela está...

— Tem mais alguém aqui? — A pergunta é áspera, quase um rosnado.

Ela consegue balançar a cabeça. Se ele achar que ela está sozinha em casa, talvez não vá procurar a família dela.

— Que azar — diz o homem, e ela sente os músculos do braço dele ficarem tensos conforme ele se prepara para puxar o gatilho. É como se o mundo tivesse desacelerado, lançando tudo ao seu redor em um relevo brilhante e ardente.

Ela não ouve a porta no final do corredor se abrir. Ela não ouve tio Ben sair do quarto, segurando o taco de beisebol que ele deixa debaixo da cama para emergências, pronto para defender o que importa.

O vermelho se acumula em suas mãos, os dedos brilham como fogos de 4 de julho, enquanto ela continua a arranhar inutilmente seu captor. Então, com uma sensação que é quase, mas não exatamente, como um espirro, a luz vermelha salta das mãos dela para a carne dele, atirando-o para trás vários metros; seu ombro se choca contra a parede e seu dedo aperta o gatilho pouco antes de ele deixar cair a arma. O som do disparo é quase insuportavelmente alto no corredor estreito. Wanda tapa os ouvidos com as mãos, recuando.

O homem não a agarra de novo. Em vez disso, ele se vira e corre para as escadas, sem olhar para trás.

Wanda se sente oca, vazia e leva muito tempo para levantar a cabeça e ter certeza de que ele está fugindo. O alívio toma conta dela. Ela se vira, com a intenção de correr até a porta no final do corredor e acordar tia May e tio Ben, mas congela ao ver o que está atrás dela.

A porta do quarto deles está aberta. Tio Ben está no chão, imóvel, com uma mancha vermelha se espalhando pelo peito. Tia May está de pé acima do corpo dele, com as mãos tapando a boca, contendo os gritos, enquanto seus olhos se arregalam cada vez mais. Ela está pálida feito um lençol. Tia May vai desmaiar em breve, Wanda sabe, e o pensamento parece a melhor ideia que ela já teve na vida, e ela desaba, mole, no chão do corredor.

PETER DESCE DE VOLTA AO NÍVEL DA RUA QUANDO VÊ OS CARROS DE POLÍCIA estacionados em seu quarteirão, com as luzes piscando em um pulsar constante de vermelho-azul-vermelho, e seu sentido-aranha começa a berrar. Ele coloca roupas normais atrás de uma mercearia e depois caminha pela calçada, tentando parecer indiferente. Está preocupado que sua desculpa tenha sido muito superficial, que Wanda tenha falhado e o denunciado, que tia May tenha insistido em telefonar para os Osborn para ter certeza de que ele estava bem e descoberto que não havia reunião do clube. Ela teria chamado a polícia se pensasse que ele estava desaparecido. Ou tio Ben teria feito isso, para lhe ensinar uma lição sobre comportamento responsável.

Aquele organizador miserável pagou menos do que ele esperava ganhar esta noite, e ele já está de mau humor. Ele se afunda cada vez mais em seu ressentimento conforme caminha, até ficar furiosamente zangado com todos os membros de sua família.

Um fio de medo começa a abrir caminho através da fúria quando ele se aproxima o suficiente para ver que suas suspeitas estavam corretas: a porta da frente de sua casa está aberta e há policiais uniformizados na varanda. Não há sinal de tia May, tio Ben ou Wanda. Algumas dezenas de vizinhos estão espalhados pela rua, observando a casa com o horror extasiado de quem presencia um acidente de trem, e ele quer agarrá-los, sacudi-los e exigir saber o que está acontecendo.

Ele não o faz. Se está prestes a saber de algo horrível, quer ouvir isso de seu tio Ben, do único homem que sempre foi capaz de convencer o mundo a fazer sentido. Ele quer ouvir dentro de sua própria casa, que sempre foi segura e sólida, uma espécie de santuário, um lugar onde ele podia se refugiar quando surgia a necessidade.

Ele se aproxima da varanda. Uma das policiais dá um passo à frente, com as mãos no cinto.

— Podemos ajudá-lo, garoto? — pergunta ela.

— Meu nome é Peter Parker — responde ele. — Eu moro aqui. Esta é a minha casa. O que está acontecendo?

A policial é bem treinada; ela mal faz uma careta, os músculos ao redor dos olhos e da boca se contraem como se ela quisesse dizer alguma coisa, mas sabe que não deve cruzar essa linha, e Peter sabe. Ele sabe que, assim que passar por aquela porta aberta, tudo vai mudar. Este é um momento tão crucial quanto a fuga da aranha da gaiola.

(Observando do outro lado do espelho, América sofre por ele; por que é que todas as versões de Peter Parker devem permanecer neste horrível e congelado fragmento de tempo, enfrentando o fim do mundo? Nenhum dos outros heróis que ela conhece é torturado assim através das realidades. Nenhum deles tem negada até mesmo a possibilidade de um final feliz. Os mundos nunca são gentis com Peter Parker. América só pode esperar que este momento não o destrua.)

— Sua tia está lá dentro — informa a policial, e se afasta. Esse garoto e seu trauma iminente são assuntos com que seus superiores devem lidar. Portanto, ela permite que ele se afaste dela, com seus olhos sérios e o tom tenso de ansiedade antecipada em sua voz.

—

PETER ENTRA NA BOLHA BEM ILUMINADA DA SALA. HÁ MAIS TRÊS POLICIAIS parados conversando em voz baixa, como se estivessem em uma igreja ou algo do tipo. Tia May está sentada no sofá com um quarto policial, com as mãos entre os joelhos e a cabeça baixa. Ela parece ter sido esvaziada, drenada da vitalidade que a torna quem ela é. Há sangue debaixo das unhas dela.

Ele não sabe por que notou esse detalhe em detrimento de qualquer outro. Seu sentido-aranha está tão alto neste momento, que ele acha que é um milagre poder ouvir qualquer outra coisa — perigo, Peter Parker, perigo, *perigo* —, mas não parece o tipo de perigo contra o qual ele possa fazer alguma coisa, sendo assim, ele responde com banalidades educadas quando um dos policiais se aproxima dele, perguntando por que ele está chegando em casa tão tarde em uma noite de semana, perguntando onde ele esteve, perguntando se ele viu alguma coisa...

Espere. Viu alguma coisa? Peter pisca, saindo do véu de confusão entorpecida e ansiedade estridente que se apoderava dele, e pergunta:

— O que está acontecendo? Cadê meu tio? Cadê minha *irmã*?

O olhar de desconforto do policial é pronunciado e sincero, e é provavelmente por isso que Peter não dá um soco nele quando ele fala:

— Sr. Parker, houve um incidente. Um intruso invadiu sua casa pela janela de um quarto no segundo andar, pouco depois das 22 horas, e uma altercação se seguiu...

— Essas são palavras muito bonitas para aquilo que você não quer me contar — interrompe Peter. — Cadê minha *família*?

— Sua tia recebeu um sedativo — diz o policial. — Ela está bem, como pode ver. Agora, se não se importa, podemos voltar às minhas perguntas?

— Não antes de voltarmos para a minha.

— Filho, não sou eu quem deveria lhe contar essas coisas.

— Bem, você sedou minha tia, então quem vai contar?

— Tivemos que sedá-la para evitar que ela se machucasse — argumenta o policial, mas Peter não está ouvindo. Sua atenção foi atraída pelo movimento vindo das escadas, e o breve aumento de esperança de que seja Wanda ou o tio Ben se extingue tão depressa quanto surgiu. Um paramédico aparece, segurando uma das pontas de uma maca, e ele sabe, ele *sabe*. A única questão é quem estará na maca quando terminarem de descê-la.

E que os espíritos de seus pais o perdoem, mas ele não sabe quem espera que seja. Como se decide entre duas das pessoas que mais se ama em todo o mundo? Portanto, ele não se permite ter esperança. Ele fica perfeitamente imóvel e os observa descer, até que a forma familiar do tio Ben aparece, coberta por um lençol branco e imóvel, mas ainda distinta de qualquer outra pessoa que poderia ser. Peter encara, impotente, o policial com quem está conversando.

— Onde está minha irmã?

— Lá em cima — responde o homem. — Mas você não pode...

É tarde demais. Peter é rápido — mais rápido do que qualquer pessoa sem reflexos sobrenaturais — e está preparado para se mover; ele já está a meio caminho da escada, passando correndo pelos paramédicos até o segundo andar.

Há mais policiais no corredor, ao redor da porta do quarto de tia May e tio Ben, mas não em número suficiente para esconderem a mancha de sangue no chão. Wanda não está em lugar algum.

A porta do quarto dela está aberta, e Peter corre em direção a ela, agarrando o batente e olhando para dentro.

Wanda está encolhida em posição fetal na cama, os joelhos contra o peito e os olhos fechados. A respiração dela é regular e não muda quando ele entra no quarto.

— Wanda? Wanda, pode me contar o que aconteceu? Cadê o tio Ben? — A pergunta não é justa: ele sabe a resposta melhor do que ela, acabou de vê-los carregando o corpo do tio Ben porta afora até a ambulância que os esperava. Ele pergunta de qualquer forma.

Wanda não reage.

— Wanda? — Peter se aproxima dela, coloca a mão em seu ombro e a sacode. Ele não espera que ela se mova como uma espécie de boneca de pano, totalmente desprovida de resistência. Ela rola de costas, com os membros balançando em todas as direções, e, quando ele recua, seus olhos se abrem. A respiração dela não muda; ele não acha que isso queira dizer que ela acordou.

Suas pupilas parecem cabeças de alfinetes, mas não importa, visto que estão brilhando vermelhas como rubis, tão brilhantes, que ele não consegue olhar para elas por muito tempo. Ele não sabe o que está acontecendo. Ele não sabe como isso poderia ter acontecido.

Ele apenas sabe que, de alguma forma, é culpa dele.

Ele se senta ao lado da cama dela, com os cotovelos nos joelhos e a testa nas mãos, e espera que o mundo comece a fazer sentido de novo.

CAPÍTULO CINCO

PARA ONDE WANDA FOI

WANDA NÃO PERDE A CONSCIÊNCIA IMEDIATAMENTE DEPOIS DE CAIR NO CHÃO; ela fica acordada tempo suficiente para puxar os joelhos até o peito e abraçá-los, tentando se confortar com a lembrança de que ela existe, ela está ali, ela não é uma invenção da imaginação de ninguém. Não funciona do jeito que queria, e ela sussurra o nome do tio Ben no momento em que sente o chão desaparecer embaixo dela, e ela está caindo, ela está caindo, como Alice na toca do coelho, ela está caindo, em um túnel de interminável luz vermelha.

Quando isso acontece, o espelho de América congela com o padrão elétrico de um raio parecido com uma teia de aranha, que se torna momentaneamente branco como uma rede. Então a brancura se desfaz, e ela observa Wanda despencar através do vermelho, e a magia do caos da mulher mais jovem de alguma forma alcança os universos para emaranhar sua janela de visualização. É quase como um convite, por isso, ela se aproxima e cumpre seu dever: ela observa.

Essa não é como a queda em que América a viu (verá? — ah, a cronologia é sempre difícil, e, quando se está fora do tempo de uma centena de linhas de tempo diferentes, com todas se movendo no próprio ritmo, torna-se quase impossível) tomar o futuro, onde ela imergirá todo o seu corpo nas marés caóticas de sua magia; o corpo de Wanda permanece no chão do corredor, vazio e abandonado. É apenas a mente de Wanda que cai, mergulhando em um infinito que ela sabe, em algum nível, que pode durar para sempre; ela poderia continuar caindo até o sol se apagar se não suportar retornar.

A percepção de que é uma escolha e de que ela pode parar de desabar se quiser muda as coisas. Wanda não tem olhos neste espaço interior, mas os abre mesmo assim e vê o que a rodeia, vê a luz vermelha que deveria ser assustadora e de alguma forma lhe dá a sensação de lar, de segurança, de uma promessa de que nada a machucará de novo; vê as placas de "vidro" de um vermelho mais profundo flutuando ao seu redor, acima, abaixo e aos lados, passando conforme ela cai. Parecem feitas de luz, apenas pressionadas e solidificadas, até se tornarem objetos em vez de ambiente.

    Ela tenta se concentrar em uma das placas maiores quando esta surge e vê uma imagem carmim de Richard e Mary, seu próprio eu bebê nos braços de Richard e a sala de estar atrás deles. Há uma faixa na parede, parcialmente encoberta por suas cabeças, que diz "Feliz dia de adoção, Wanda Parker!". Ela não se lembra daquele dia, mas é óbvio quando foi; ela se recorda da faixa que ela e Peter encontraram no sótão quando tinham cinco anos e correram pela casa, fingindo ser aviões transmitindo mensagens importantes relacionadas a alguma guerra nebulosa. A faixa estalava e tremulava perfeitamente, até se rasgar em duas. Ela ainda tem um pedaço em sua caixa de memórias.

    Ela está tão concentrada no momento, que não lembra que não vê a placa diretamente abaixo de si até se chocar contra ela e atravessá-la com um som semelhante ao de vidro se quebrando e com uma sensação de estar mergulhando em água gelada. Depois a sensação passa e a leva consigo, e o túnel vermelho desaparece, e alguma outra coisa é deixada em seu lugar.

PETER E WANDA TÊM SEIS ANOS. PETER É FACILMENTE SEIS MESES MAIS VELHO, e ele nunca a deixa se esquecer disso — nessa idade, isso significa que ele é mais alto, mais forte e mais rápido de uma forma que vai desaparecer nos próximos anos e, embora possa não saber disso conscientemente, está aproveitando sua breve superioridade enquanto a tem. Eles passaram todo o verão com tia May e Tio Ben, e tem sido *maravilhoso*. Na verdade, a tia e o tio não os mimam, mas são mais liberais com o sorvete e as noites de TV do que os pais deles costumam ser. Eles já foram ao zoológico *três vezes*, algo para o qual mamãe e papai nunca têm tempo, por causa de seu trabalho, suas viagens e tudo mais.

Os Parker amam os filhos, e os filhos amam os pais, mas às vezes é bom estar perto de pessoas que não são responsáveis pela hora de dormir e por levá-los à creche, que podem se concentrar no amor em vez da disciplina.

Mamãe e papai estão no trabalho novamente. O que eles fazem não tem muito sentido, mas tem a ver com fazer ciência, e eles viajam muito para isso. Peter e Wanda não se importam. Uma das histórias de ninar favoritas de Peter é sobre como o trabalho levou seus pais para um lugar distante chamado Latvéria, e, quando eles voltaram, não trouxeram uma lembrança boba, trouxeram para ele uma *irmã inteira*. Isso é melhor do que um cartão-postal ou um globo de neve, e agora ele fica um pouco desapontado toda vez que eles vão embora, mas não trazem outro irmão para ele.

Wanda não está decepcionada. Ter um irmão parece certo, como se o mundo devesse ser assim, e ela não quer compartilhá-lo com mais ninguém. Ela não quer ser uma de três, ou uma de muitos; ela quer ser metade de dois, sempre e para sempre.

Mas mamãe e papai estão no trabalho, e Peter e Wanda estão correndo pelo quintal como somente as crianças são capazes, com energia ilimitada até o momento em que a exaustão os domina e eles desabam, rindo, na grama. Tia May está de olho neles desde o almoço; tio Ben logo vai aparecer com limonada, e todos vão estar juntos, e tudo vai ser perfeito.

Dentro da casa, o telefone toca; o som atravessa a janela aberta da cozinha. Wanda congela onde está, ouvindo. Ela é uma criança mais ansiosa do que Peter: o que ele vê é que seus pais foram viajar e lhe trouxeram para casa uma irmã, mas o que ela vê é que as coisas podem mudar. Ela vê o caos subjacente do mundo, mesmo que ainda não tenha palavras para descrevê-lo, e vive eternamente ansiosa pelo momento em que as coisas vão mudar de novo.

Wanda é quem escuta a mudança de voz do tio Ben e seu tom se tornando chocado e distante, é ela quem o ouve começar a chorar. De todos eles, Wanda é a primeira a entender que algo está errado de verdade. A temida mudança que ela esperava desde que tinha idade suficiente para saber que teve pais antes da chegada dos Parker finalmente chegou.

Tio Ben aparece na porta dos fundos, com lágrimas escorrendo pelo rosto. Ele sai e vai primeiro não até May, mas até Peter, envolvendo o menino em um abraço de urso, esmagador. Wanda ainda não se mexeu. Ela não conhece a forma dessa mudança, mas sente-a no ar, sente-a como eletricidade, como estática, e a odeia, como a odeia!

Tio Ben coloca Peter no chão e se vira para tia May. Não há discussão, não há dúvida sobre contar a ela em particular; essa não é uma notícia que qualquer um deles saiba como dar, desse modo, é melhor contar de uma vez. Não há segredos nesta casa.

— May — começa ele. — Era... um colega de Richard e Mary. Vamos receber uma notificação mais formal amanhã, mas ele queria que soubéssemos vindo de alguém que os conhecia e os amava. O avião deles... — Ele faz uma pausa para respirar, embargado e irregular. — O avião deles veio ao chão enquanto eles voltavam para casa. Não houve sobreviventes.

May começa a chorar, alto e sem controle, e Peter parece assustado. Ele ainda não entende o que está acontecendo. Aviões têm que vir ao chão. Pensando bem, é isso que significa pousar. Ele olha para tio Ben, em busca de conforto, e só encontra mais lágrimas. Ele se vira para Wanda e a vê chorando também. Ela não é mais esperta do que ele — apenas conhece a expressão *nenhum sobrevivente*. Ela a ouviu sendo usada para falar de um acampamento na Latvéria quando as pessoas perguntaram de onde ela era. *Nenhum sobrevivente* significa que ninguém vai voltar para casa.

Nenhum sobrevivente significa que ela perdeu outro casal de pais e que tudo vai mudar.

Peter corre até ela, como sempre faz quando ela está infeliz, e passa os braços em volta dela, como um reflexo de Ben abraçando May, e a puxa para perto. Ela continua chorando, deixando-o segurá-la; ela não se afasta. Ele olha para Ben, esperando que seu querido tio dê sentido a tudo isso e explique por que todos estão chorando.

Ben finalmente solta May e se volta para Peter e Wanda. Ele parece velho. Ele sempre foi velho — todos os adultos são velhos, é isso que significa ser adulto —, mas nunca pareceu ser, nunca pareceu que o peso do céu inteiro estava desabando sobre seus ombros, ameaçando derrubá-lo no chão.

Ele olha para os dois, para as lágrimas de Wanda e para a confusão de Peter, e respira fundo, escolhendo as palavras com doloroso cuidado.

— Peter, Wanda — diz ele, muito sério —, o avião em que seus pais estavam para voltar para casa sofreu um grave acidente. Ele caiu. Sinto muito. Eles não vão voltar. Eles morreram.

Peter precisava ouvir isso sem rodeios. As lágrimas de Wanda fazem um sentido repentino e terrível, e essa constatação leva Peter a chorar também. Por algum tempo, os quatro ficam no quintal, abraçados e chorando, até que as crianças começam a cair de exaustão, e Ben e May as carregam para dentro, colocando-as em seus respectivos quartos, mas deixando as portas abertas o suficiente para que ainda consigam ouvir a casa.

Peter está cansado, primeiro de brincar e depois de chorar, mas ainda não está pronto para dormir. Ele desliza para fora da cama e atravessa o corredor até o quarto de Wanda, passando pela porta entreaberta. No andar de baixo, Ben ergue o olhar para o suave rangido das tábuas do corredor e consegue sorrir, apesar das próprias lágrimas.

— Eles têm um ao outro — afirma ele. — Eles vão ficar bem.

— Mas, Benjamin... nós vamos? — pergunta May.

Wanda está acordada, mas não está na cama. Ela está ajoelhada em frente à cômoda com a bolsinha que arruma sempre que chega a hora de ir entre a casa deles e a casa que às vezes dividem com tio Ben e tia May. Ela está chorando sem parar e colocando roupas dentro da bolsa com uma constância robótica. Ela não olha ao redor.

— Wandy?

Ela funga, mas não dá outra resposta.

— Wandy, por que você está fazendo as malas? Não vamos para casa se a mamãe e o papai não vêm nos buscar.

— Não há sobreviventes — declara Wanda.

— Eu não...

— Não houve sobreviventes quando mamãe e papai me trouxeram para morar aqui com você — explica ela. — Se não há sobreviventes agora, as pessoas que os deixaram ficar comigo vão vir e me levar de novo.

O grito de Peter é alto o bastante para fazer tio Ben e tia May subirem as escadas correndo; em parte, eles estavam esperando por isso. Nenhum dos dois tem experiência com luto infantil, mas sabem que as emoções das crianças tendem a ser enormes e confusas, menos limitadas pela experiência e moderação da idade adulta.

Eles chegam ao quarto de Wanda e encontram Peter ajoelhado ao lado dela, abraçando-a, balançando-os para frente e para trás.

— Não — diz ele. — Não, não, não, não.

— Ah, Peter. — tia May se move depressa para pegá-lo. Ele grita e se agarra a Wanda com mais força, até que ela o solta e dá um passo para trás, desnorteada. — Peter, não vou perguntar o que há de errado, mas por que está gritando?

— Não! — repete ele, focando nela. — Eu *não me importo* se nossos pais estão mortos, isso não significa que podem levar Wanda embora! Ela é minha irmã, mesmo que não tenhamos mais pais! Ela é *minha*.

Tia May compreende imediatamente. Ela cobre a boca com a mão, olhando para o tio Ben antes de olhar de volta para Peter.

— Ah, meus amores — fala ela. — Vocês não precisam ter medo disso, nunca. Richard e Mary conversaram conosco anos atrás sobre o que aconteceria com vocês caso alguma coisa ocorresse com eles. Eles prepararam toda a papelada. Nós somos seus guardiões. Nós dois e vocês dois. Somos uma família. Nada vai nos separar.

— De verdade? — pergunta Peter, fungando.

— De verdade.

— Wandy, você não precisa ir embora! — grita Peter, virando-se para encará-la.

Wanda sorri por um momento, depois recomeça a chorar. Tio Ben se junta ao abraço em grupo, e eles ficam abraçados e chorando conforme a tarde passa.

… e Wanda cai para fora da memória, mergulhando pelo outro lado de volta ao seu eu de dezesseis anos, lutando para retornar a um momento em que seu querido tio estava vivo, mesmo que os pais — dos quais às vezes ela não tem certeza de que realmente se lembra — não estivessem. 6 anos é idade suficiente para que memórias se formem; e 16 é longe o bastante para que essas memórias tenham se distorcido da verdade. Ela realmente se recorda da voz de Mary ou é uma amálgama de agradáveis vozes maternais da televisão? Ela se lembra da colônia de Richard ou da colônia de sua professora da terceira série? Ela não sabe. Talvez ela nunca saiba. Eles morreram há muito tempo. Ela ficou de luto por eles naquela época e não está de luto por eles agora. Eles deram a ela sua família. Isso bastava.

Isso tinha que bastar.

Ela mergulha em outra placa de tempo vermelho congelado e está sentada na cozinha, com tia May ao telefone conversando com alguém invisível. Wanda tem um livro de jogos de palavras que ela vem tentando resolver a semana toda. As férias de verão já começaram, e ela não gosta da biblioteca tanto quanto Peter, não consegue passar horas e horas lá sem ficar entediada. Ela fica mais feliz à mesa da cozinha fazendo caça-palavras e palavras cruzadas e podendo tomar um copo de suco sempre que quiser, em vez de ter que usar o bebedouro, que sempre tem gosto de metal e dá uma sensação esquisita em seus dentes no fundo da boca.

Ela tem doze anos. Idade suficiente para ter decidido que ela e Peter não precisam estar sempre no mesmo lugar, fazendo a mesma coisa: às vezes é seguro deixá-lo fora da vista dela por um tempo. Ela chorou até dormir por três anos depois da morte de Richard e Mary, mas agora é uma menina grande e quase não chora mais à noite.

Tia May agradece à pessoa com quem está conversando e desliga, virando-se para Wanda.

— Wandy — fala ela, um tanto abruptamente. — O que acha de sair em uma aventura?

Wanda ergue a cabeça e pisca para tia May, depois larga o lápis e parece pensar com muita seriedade sobre a questão.

— É o tipo de aventura em que me meto em problemas por ir sem Peter?

— Não, docinho, este é o tipo de aventura que se espera que você tenha sem Peter.

A seriedade de Wanda se torna cautelosa.

— Não quero comprar roupas íntimas de novo.

Tia May ri.

— Não, não, não é nada disso! Bem... Lembra que Richard e Mary adotaram você de um lugar chamado Latvéria?

Wanda assente.

— Eu lembro.

— Certo. Bem, as pessoas que pensamos serem seus pais antes deles pertenciam a um agrupamento chamado romani. Comprei livros sobre eles para você, mas isso não é o mesmo que conhecê-los. Eles são sua ancestralidade, assim como todas as pessoas nos álbuns de fotos antigos são de Peter.

— Certo — responde Wanda.

— Tenho tentado encontrar pessoas romanis que estejam dispostas a conversar com você sobre sua família. Tem sido difícil, porque existem muitos grupos diferentes de romani, e a maioria é bastante isolada; eles não querem estranhos observando-os como se fossem algum tipo de atração de circo.

Wanda, que também acha que não gostaria disso, acena com a cabeça para mostrar que compreende.

— Devido à localização da Latvéria, a sua família provavelmente era parente de um dos grupos que chamamos de romanis húngaros ou valáquios, e não consegui encontrar ninguém desses grupos que estivesse disposto a se encontrar com você. Mas há um restaurante perto de Hell's Kitchen que pertence a um grupo de romanichal, um conjunto diferente de romani, e eles concordam comigo que, embora não seja tão bom quanto encontrar e conversar com seu próprio povo, seria bom para você falar com *alguém*. Sendo assim, eles estão dispostos a permitir que eu a leve para conhecê-los.

Como sempre, quando alguém menciona seu tempo antes dos Parker, Wanda sente o medo apertar seu estômago, uma sensação aguda de abandono ainda por vir. Ela consegue reprimir, lembrando a si mesma que tia May a ama e nunca tentaria entregá-la a ninguém. Tia May é sua família.

— Está bem, tia May — responde. — Poderia deixar um bilhete para o tio Ben e Peter, caso não voltemos antes deles?

— Vou deixar — promete tia May, que estava preocupada que Wanda fosse lutar mais contra a ideia de ir conversar com um bando de desconhecidos sobre a família da qual ela não se lembra. — Vá buscar seus sapatos.

Enquanto Wanda sai correndo, ela vê May indo tirar seus papéis da mesa, deixando a cozinha tão limpa quanto a encontraram. Sempre há algo mais a ser feito...

Essa memória é mais curta que a anterior. Wanda mal teve tempo de relaxar nela antes de desabar do outro lado, caindo, caindo como se nunca fosse chegar ao fundo.

Ela se choca contra o próximo painel de "vidro", atingida pela memória e levada pelo caos, e parece que a luz vermelha que preenche o mundo está tentando ajudá-la e comê-la viva ao mesmo tempo. Wanda cai na memória e ainda tem doze anos, ainda é pequena e atenta como as meninas com instintos de sobrevivência aguçados: ela e tia May estão usando as mesmas roupas que usavam na cozinha. É o mesmo dia.

Elas estão paradas em uma calçada em Manhattan, olhando para um lance de escadas que leva a uma porta discreta sob uma marquise.

Há uma vitrine com o nome *Dosta* escrito em tinta dourada, e um pequeno cardápio em uma placa promete o que há de melhor na culinária italiana. Com base no movimento dos pedestres, isso não pode ser verdade; não viram ninguém entrar desde que chegaram ali e já estão do lado de fora há algum tempo, e Wanda segura a mão da tia May como uma tábua de salvação.

— Não muda nada se entrarmos — declara tia May. — Eles não vão levar você de volta para a Latvéria. Não vou amá-la menos se você quiser saber mais sobre a origem de seus pais. Está *tudo bem* em querer saber essas coisas. Conhecer suas raízes ajuda você a saber quem é. Richard e Mary teriam desejado isso para você.

— De verdade?

— Verdade verdadeira. Eles amavam muito você. Mas ainda procuravam sua família biológica. Eles queriam que você entendesse de onde veio.

Wanda respira fundo e, enfim, começa a subir as escadas. Ela não solta tia May. Juntas, elas se aproximam da porta, e Wanda ergue a mão para bater, mas tia May balança a cabeça.

Sorrindo, ela comenta:

— É um restaurante. Podemos simplesmente entrar.

— Ah. — Com as bochechas ardendo, Wanda abre a porta.

O Dosta é pequeno e aconchegante e, apesar do cardápio, não tem cheiro de comida italiana. O ar está picante pela pimenta e pelo alho, pesado pelo óleo. Wanda inspira, apreciando, olhando ao redor. A decoração é escura, as mesas, pequenas e de madeira, e vários funcionários estão espalhados pelo salão, aparentemente, no meio de suas tarefas padrão, sejam elas quais forem. Um homem alto, com cabelos como os de Wanda e pele alguns tons mais escura que o bronzeado médio dela, se aproxima com dois cardápios na mão.

— Bem-vindas ao Dosta, senhoras — cumprimenta ele. — Vocês perderam nossos almoços especiais, mas ficamos muito satisfeitos por ter vocês conosco para jantar.

— Não estamos aqui para jantar — informa tia May. — Olá. Meu nome é May Parker. Acredito que conversamos por telefone. Esta é minha sobrinha, Wanda.

E SE... WANDA MAXIMOFF E PETER PARKER FOSSEM IRMÃOS?

O homem volta sua atenção para Wanda, e ela engole a vontade de ficar atrás da tia May. Ela não é mais uma criança. Ela consegue fazer isso.

— Olá, senhor — diz ela educadamente.

Ele sorri.

— Ah, olá, *tikna*. Então você é a criança que precisa aprender de onde vem seu povo, não? Onde ficava sua *familia*?

A forma como ele fala a palavra é semelhante o bastante a *família* para que Wanda entenda.

— Da Latvéria — ela diz. — Cerca de duas horas da capital.

— Ah. — O homem volta sua atenção para tia May. — Somos de uma família diferente aqui. Mas vamos ensiná-la como pudermos, se puder confiá-la a nós. Que tal duas horas por semana, para começar? Nós lhe ensinaremos a língua romani adequada, o que ela precisa saber e como cozinhar as coisas que seu estômago precisa conhecer para desejar.

— Acho que podemos confiar em você — tia May responde e sorri antes de olhar para Wanda. — O que acha, docinho? De passar o verão tendo algumas aulas extras?

Wanda não quer ficar sozinha com estranhos, mas quer aprender as coisas que o homem promete lhe ensinar e quer saber mais sobre o mundo de onde vieram seus pais originais. Por isso, acena com a cabeça, e todos estão sorrindo, todos estão felizes, essa foi a escolha certa para ela...

Sai dessa memória para a próxima, e desta vez é apenas um lampejo, passando tão depressa que, se piscasse, a perderia.

Peter está com raiva porque Wanda está fazendo algo sem ele, com raiva porque ela quer aprender a falar com pessoas de uma forma que ele não é capaz, e Wanda, garantindo-lhe que ela sempre será irmã dele, não importa o que aconteça, eles nunca vão mudar o suficiente para perder um ao outro.

Nunca.

CAPÍTULO SEIS

AFUNDANDO MAIS

WANDA ESTÁ CONSEGUINDO TER MAIS CONTROLE DE SUA DESCIDA. AINDA ESTÁ desabando pelo caos, mas agora está se mirando, parecendo escolher entre as memórias abaixo de si de uma forma que mostra estar aprendendo como esse lugar e esse poder funcionam. Esta é a magia dela, enfim despertada e preenchendo as mãos de Wanda, dando-lhe uma espécie de tutorial sobre como deverá interagir com ela a partir de agora. Ela está conectada ao coração caótico do universo, e não o está desfazendo, e ele não a está consumindo, porque esse é seu direito de nascença. Ali é seu lugar.

A próxima memória que ela tem é de dois anos depois. A puberdade tomou o controle da casa dos Parker: portas são batidas com mais frequência do que abertas a convite, perguntas são respondidas com bufadas e olhos revirados em vez de explicações. Peter ainda vai à biblioteca. Wanda ainda frequenta aulas de idioma no Dosta; ela está aprendendo a cozinhar muito bem, mesmo que as coisas que ela afirma que são temperadas de leve façam Peter engasgar e buscar um copo de leite. Eles vão sobreviver a esses dias.

Wanda está no restaurante quando a lembrança começa, repassando a lição da semana com Django, o homem que a cumprimentou no primeiro dia, e ao mesmo tempo mexendo uma panela de molho de espaguete. Eles fazem algumas receitas italianas básicas, como parte de um esforço para permanecerem abertos — a culinária romani é específica e não é popular o bastante para mantê-los funcionado sem o dinheiro extra trazido pelas massas e pelos risotos. As questões de trabalho infantil eram evitadas ao salientar que se trata de uma empresa familiar e que Wanda é da família. Eles apenas não especificam de *que* família.

Wanda não se importa. É bom ter pessoas que a querem o suficiente para reivindicá-la como família, e é bom ter um lugar para onde pode ir quando a casa parece pequena e lotada demais, quando ela e Peter inevitavelmente brigam por algo que seria pequeno dois anos atrás, antes de começarem a se tornar os adultos que em algum momento serão, e a crescente complexidade de suas vidas tornava tudo muito mais difícil do que deveria ser. Peter fica com a biblioteca, e ela com o restaurante. Ele também está aprendendo a cozinhar com tia May, que insiste que é uma habilidade para a vida que ambos precisam dominar antes que ela os deixe ir para a faculdade; mas a faculdade está no futuro, um problema para versões deles mesmos que ainda não surgiram, e neste exato momento Wanda está fazendo espaguete.

A sineta acima da porta toca. Django se levanta e vai ver quem entrou, deixando Wanda sozinha. Ela se concentra no que está fazendo, acrescentando mais alho e mais pimenta. Os temperos ainda são sua parte preferida. Ela adora poder comer coisas que pegam fogo em sua boca, iluminam seus sentidos e limpam seus seios da face ao mesmo tempo, trazendo novas cores ao mundo. Às vezes, quando morde algo particularmente maravilhoso, parece que consegue ver aquelas cores secretas que só os camarões conseguem perceber, aquelas que o olho humano não foi feito para entender.

Ela está tão concentrada no molho, que não ouve Django voltar até que ele a empurra para o lado e pega sua tigela de pimenta picada.

— Ei! — protesta Wanda. — Essa é minha porção!

— Sim, mas temos dois convidados especiais, e eles vieram especificamente para o nosso espaguete.

Wanda pisca. Ninguém vem especificamente para comer espaguete, lasanha ou qualquer outro prato supostamente "italiano". Esses podem trazer as vendas que mantêm o restaurante aberto, mas seus tipos de tempero são totalmente errados em vista do que deveriam ser. Ninguém que realmente *goste* de comida italiana vem procurá-la aqui.

— Como é?

— Eles ouviram dizer que era o mais apimentado da cidade. Um deles quer ver por si mesmo e arrastou o amigo junto. — Django despeja as pimentas. — Vá, seja útil, veja se ele quer uma bebida enquanto espera o pedido, rápido!

E é assim que Wanda, que nunca trabalha no atendimento, é empurrada para fora da cozinha e olha boquiaberta e incrédula para o rosto bonito e familiar de um certo Johnny Storm, também conhecido como "Tocha Humana", um integrante do Quarteto Fantástico. Ele está parado ao lado de outro homem loiro de ombros largos, mas, como seu amigo observa as fotos na parede, acaba ficando em segundo plano, atrás do belo adolescente que ela reconhece das revistas, aquele por quem metade de suas colegas é completamente apaixonada, e a outra metade finge que é boa demais para isso. O *super-herói*.

— Aah — diz ela.

O Tocha Humana sorri — ele sorri especificamente *para ela* — e fala:

— Tenho esse efeito nas pessoas. Eu meio que gostaria de não ter, mas acho que faz parte. A senhorita está bem?

Wanda engole em seco. Há um tom convencido na voz dele que ela reconhece em Flash, quando ele está falando sobre esportes, ou em Peter, quando ele está falando sobre ciência. Parece ser o tom que garotos usam quando pensam que são as coisas mais legais de todo o universo, e ela tenta não encorajar Peter a fazer isso. Ela não precisa encorajar Johnny Storm. Ela não tem certeza se ele tem muitas pessoas em sua vida que lhe digam quando ele passa dos limites.

— Estou bem — responde ela. — Django me mandou perguntar se vocês gostariam de um pouco de água?

— Isso seria ótimo.

Wanda se ocupa em buscar uma jarra e dois copos, sem enrolar, mas também sem se esforçar para se mover particularmente rápido. Esperar é outra coisa que Johnny Storm talvez pudesse aguentar um pouco mais.

Ele sorri mais uma vez quando ela lhe entrega o copo, e ela já ouviu pessoas dizerem que o Capitão América é bonito, mas acha que elas nunca viram o Tocha Humana de perto para fazer uma comparação adequada. Esse homem é… bem, ele é *perfeito*.

Contudo, nesse momento o amigo dele se vira para aceitar o segundo copo, com um sorriso educado nos lábios, e é o *Capitão América*. Johnny Storm não está apenas ali, em *seu* restaurante, mas trouxe o *Capitão América* com ele. Capitão América, que salva o mundo da mesma forma que Peter pega crédito extra nas aulas de ciências — de forma casual, indiferente e como se não fosse nada especial.

Ela não consegue decidir se quer abraçar Django ou matá-lo por deixá-la ali sozinha. De alguma forma, consegue não desmaiar nem suspirar. Apenas se recosta no balcão com a indiferença de uma garota de quatorze anos e pergunta, da maneira mais casual possível:

— Realmente veio tão longe por causa do espaguete?

— Não é "tão longe"; você deve ter visto o Edifício Baxter. Fica bem ali. Na esquina da 42 com a Madison. — Johnny aponta com a mão que não segura o copo de água. — E, sim, eu vim. Meu cunhado encomendou alguns há algumas semanas, para entrega, e disse que era tão picante, que basicamente não era comestível. Queria ver se ele estava exagerando. Steve aqui concordou em vir comigo, porque ele não pode ver uma empresa familiar sem querer ter uma desculpa para lhe dar dinheiro.

Capitão América parece envergonhado.

— Ele só não contou que eu lhe devia um almoço por nos ajudar com um pequeno problema na semana passada, e é assim que ele queria que eu retribuísse.

Com esses dois, "pequeno problema" pode significar qualquer coisa, desde uma torneira vazando até uma invasão de uma dimensão paralela. Wanda os encara e decide que eles não querem que ela pergunte. Eles não estão ali como super-heróis, estão ali como Johnny e Steve, homens que querem espaguete, e ela os tratará assim, mesmo que escreva sobre isso em seu diário mais tarde, mesmo que queira gritar e bater palmas. O Quarteto Fantástico salva o mundo quase com a mesma frequência que o Capitão e os Vingadores, mas eles fazem isso com ciência, e isso os torna incríveis, enquanto o Capitão América é *basicamente* ciência, e isso também é incrível. Ela seria capaz de conversar com eles o dia todo. Ela ainda falaria com a ciência, mesmo que estivesse falando com a ciência como Johnny e Steve, e não como uma dupla de super-heróis.

Ela abre a boca para dizer algo espirituoso, e o que sai é:

— Os cavalheiros gostam de comida picante?

— Não tenho estômago para isso — admite Steve. — Eu adoro, mas não me faz bem. Vou pegar um galão de leite antes de nos sentarmos para almoçar.

— Iogurte vai ajudar ainda mais — informa Wanda. — E talvez acrescentar um pedido de jaxnija ao seu almoço. É uma sopa bem simples de carne e feijão, e a nossa não é muito picante. Vai ajudar a enchê-lo.

— Obrigado pela dica — diz Steve, com sinceridade audível.

Wanda sorri para ele. É fácil sorrir para ele, e não apenas por ele ser tão lindo; algo nele irradia sinceridade e um desejo sincero de tornar o mundo um lugar melhor.

Johnny dá um meio sorriso para ele e levanta a mão que estava apontando. Ela explode em chamas.

— Sempre peço picante quando é minha vez de escolher — declara ele. — Tudo em mim é tão resistente ao calor quanto minha pele. Coisas sem um nível de tempero decente poderiam muito bem ser feitas de grude. Lembro de gostar de salada de ovo antes de adquirirmos nossos poderes. Não tanto hoje em dia.

— Você ia gostar da minha — comenta Wanda automaticamente. Suas bochechas ardem quando ela percebe o que acabou de dizer. — Quero dizer, se adicionar páprica o suficiente e um pouco de caril picante em pó, pode fazer salada de ovo apimentada.

— Talvez eu deva considerar você quando estiver procurando um chef particular — diz Johnny, e as bochechas de Wanda se ruborizam de novo, embora ela saiba que ele está brincando, sabe que não está falando sério; ele é velho demais para ela, e é um *super-herói*! Super-heróis não provocam garotas comuns que encontram em restaurantes.

Algo na maneira como está parado diz a ela que ele também está brincando para manter a atenção dela nele, e não em Steve. Ela já viu Peter fazer a mesma coisa quando ele não queria que os valentões se concentrassem nela. Ela está dividida entre se sentir insultada por Johnny Storm estar agindo como se ela fosse uma valentona e ficar encantada por ele estar protegendo o amigo. O Capitão América é um herói. Ele salva a América. Ele salva o mundo. Steve, porém...

Steve parece um pouco tímido e deslocado, como se só quisesse existir sem ser observado.

O heroísmo deve ser difícil às vezes. É natural querer dar uma pausa. Assim, Wanda mantém os olhos em Johnny, sorri e retribui a provocação com a mesma sinceridade — nenhuma — e, quando Django aparece vindo lá de trás com uma sacola de embalagens de comida para viagem, ela olha para ele e diz:

— Precisamos de uma porção de jaxnija, suave, e um pouco de iogurte natural.

Django pisca e depois sorri.

— Como desejar, madame — responde ele e entrega-lhe a sacola, voltando a desaparecer.

— Obrigado por lembrar — agradece Steve.

— Qualquer coisa para um amigo de Johnny Storm — declara ela, então é recompensada quando Johnny ri. Ela gosta desse som. Quer ouvi-lo de novo.

Django retorna com uma segunda sacola, que oferece a Johnny com um floreio.

— Por conta da casa — informa ele.

— Eu poderia discutir, mas salvamos seu quarteirão na semana passada — fala Johnny, apagando a mão enquanto pega a sacola. — Façamos assim: se for tão picante quanto Reed diz ser, eu volto para pegar mais e posso pagar na próxima vez.

— Ligue antes — pede Wanda abruptamente. — Se eu souber que você vem, posso fazer uma panela especial com os temperos que uso em casa, talvez dê a ele uma segunda impressão melhor.

— Contanto que eu consiga o produto de verdade, por mim tudo bem — concorda Johnny, então pisca para ela antes de se virar para ir embora.

— Obrigado, senhorita — fala Steve. Ele tira algumas notas do bolso e as enfia no pote de gorjetas enquanto Django está focado em Johnny, depois se vira para seguir seu amigo porta afora.

Wanda não desmaia assim que eles saem. Mas é por pouco. Ela viu o Quarteto Fantástico salvar o dia várias vezes desde que começou a frequentar Midtown, mas ter um deles perto — conversar com um deles — é diferente. Ela não pode nem *pensar* em estar tão perto do Capitão América, ou vai entrar em combustão igual a Johnny, e não é tão à prova de fogo quanto ele.

Django lança a ela um olhar astuto.

— Primeira paixão? Não se preocupe em terminar o molho, já o deixei no ponto. Por que não vai para casa hoje?

Wanda não discute, apenas pega suas coisas e segue para o metrô.

Ela ainda está nas nuvens quando chega em casa, destranca a porta da frente e entra para encontrar Peter com seu dever de casa espalhado na mesa da sala de jantar. Normalmente, ela reclamaria dele por isso, falando que ele não tinha consideração por não deixar espaço para mais ninguém, mas agora ela não sente vontade de reclamar.

Sente vontade de sorrir. Por isso ela o faz, irradiando felicidade para ele até que ele perceba.

— O que foi? — pergunta Peter.

— Adivinha *quem* eu conheci hoje!

— Não sei. A rainha da Inglaterra?

— Não. O Capitão América e o Tocha Humana. — Ela se joga em uma cadeira livre, deixando a cabeça cair para trás. — Eles são ainda mais fofos pessoalmente, sabe. O Tocha Humana queria nosso espaguete.

— Não mesmo! Ninguém quer seu espaguete! Você coloca muito molho picante nele.

Wanda parece ofendida.

— Eu não coloco *nenhum* molho picante nele. Eu uso pimenta e muitas outras coisas. E ele queria. Ele gosta de comida picante.

— Sim, bem, eu também serei um super-herói algum dia, assim como o Quarteto Fantástico. E, quando eu for, Johnny Storm vai ver que ele deveria ser *meu* melhor amigo, e eu não vou precisar mais de uma irmã estúpida.

Wanda ri e ainda está rindo quando ele empurra a cadeira para trás e sai da sala, com todo o seu orgulho adolescente ferido e uma inveja para a qual ele nem tem palavras. Ela continua rindo ao sair da memória, e a Wanda que está caindo ainda está sorrindo, e sua alegria é suficiente para romper o pânico que a consumia.

Há outra memória se aproximando depressa, e Wanda gira no ar, ajustando sua posição para bater direto no "vidro" de rubi, caindo em uma sala de aula em seu horário de almoço, apenas um ano atrás. Ela tem quinze anos, está mais alta, mais desajeitada e não está mais tão perturbada pelas mudanças químicas na própria mente. O caos nela também é mais forte, mesmo que ela não tenha percebido naquele momento.

Outros alunos estão espalhados pela sala, divididos em duplas, cada um de um lado de tabuleiros de xadrez. Um adulto está de pé atrás de Wanda, com uma das mãos em seu ombro, no meio de uma apresentação.

— … já conhecem Wanda Parker, mas ela vai se juntar a nós a partir de hoje — fala o homem. — Deem a ela uma recepção calorosa enquanto a testamos e descobrimos onde ela se enquadra em nossa escala de habilidades. Encontre um oponente livre, Wanda.

Ele não precisa falar duas vezes. Ela se afasta assim que recebe permissão, indo se juntar a uma garota que parece alguns anos mais velha que ela, na faixa etária mais alta do Ensino Médio, e pega a caixa de peças.

O restante da hora consiste em uma série bastante normal de jogos de xadrez, mas, com o passar do tempo, surge um padrão. Wanda parece ter uma compreensão incrível de probabilidade inata. Ela lê o tabuleiro como um mapa, e cada caminho aponta sem erro para a vitória. Ela é uma vencedora graciosa, provavelmente porque jogou jogos de tabuleiro com a família durante toda a vida, e é uma perdedora igualmente graciosa — não que ela perca com frequência.

A luz pisca fora da sala de aula. Essa lembrança é menos linear do que as anteriores: eram momentos individuais, captados e guardados por sua importância na vida de Wanda. Isto é um agregado, uma exibição de algo que realmente importou, mas importou porque durou muito, se estendeu por tanto tempo e mudou sua vida de alguma forma.

Os jogos vão e vêm, e Wanda vence cada vez mais, alcançando confortavelmente o topo da faixa de habilidades do clube, até ter dificuldade em encontrar adversários, até inclusive o professor nem sempre querer se sentar diante dela. Mesmo assim, ela continua comparecendo; ela fica feliz em ajudar os novos membros a se familiarizarem e gosta de ter atividades extracurriculares em seu histórico escolar.

Mais ou menos na metade do ano, a luz pisca, e os tabuleiros de xadrez são deixados nas prateleiras, substituídos por mãos de cartas. Apenas cerca de metade dos rostos são familiares, e o relógio indica que o horário escolar terminou; este é algum tipo de clube não autorizado, um jogo que não deveria acontecer ali. Peter, que nunca compareceu aos jogos de xadrez, está sentado em uma carteira no fundo da sala, esperando Wanda terminar para acompanhá-la até sua casa. Ele está concentrado em seu dever de matemática, sem prestar atenção na sala.

No círculo de pôquer, Wanda acaba de ganhar sua quinta mão consecutiva. Ela está retirando seus ganhos, sorrindo de leve, quando um dos outros alunos joga suas cartas nela e fica de pé, com o rosto vermelho.

— Você está trapaceando! — grita ele. — Você é uma trapaceira, mas ninguém fala, porque todos sabemos que você é a favorita do sr. Connolly! Ele não se importa se você trapacear, desde que isso signifique que seu precioso clube de xadrez continue vencendo!

— Eu não trapaceio — declara Wanda, chocada com a acusação. Ela não esperava por isso, está claro; estava jogando limpo, e isso veio do nada.

— Trapaceia, sim — responde o garoto. — Você é uma cigana imunda, e todos os ciganos imundos trapaceiam!

Wanda ofega, o sangue se esvai de sua face, enquanto o garoto dispara até a porta. Mas Peter já está lá.

— Do que você chamou minha irmã? — questiona ele.

— Ela fez um relatório completo sobre isso — responde o menino. — Ela não tem vergonha. Só a chamei do que ela *é*.

— Esse termo é pejorativo — declara Peter. — Ela explicou no relatório do qual você está falando, e, mesmo que não tivesse explicado, você o atirou feito uma pedra. Peça desculpas agora.

— Não peço desculpas a trapaceiros — diz o menino.

Peter dá um soco nele.

Não é um soco muito bom, é mais entusiasmado do que eficaz, e o garoto devolve o soco, atirando a cabeça de Peter para trás. Wanda já está de pé, e, conforme o garoto se aproxima de Peter, ela se aproxima dele, até serem dois contra um, todos batendo, puxando cabelos e se arranhando.

O barulho atrai o zelador, que abre uma sala de aula supostamente vazia e se depara com uma briga e um jogo de cartas ilícito. Ele interrompe fisicamente a primeira; sua presença encerra o segundo.

Peter e Wanda são mandados para casa com um bilhete convocando-os à diretoria logo pela manhã, e, apesar de Wanda estar chorando ao sair da área da escola, suas lágrimas já estão secas quando os dois chegam em casa. Peter está com um olho roxo e um lábio inchado, e tia May os cumprimenta com orgulho consternado, que se transforma em uma oferta para levá-los para tomar sorvete assim que ela entende o que aconteceu.

Na manhã seguinte, os três alunos se encontram na sala do diretor, junto com um convidado-surpresa: tio Ben os acompanha e garante que o diretor saiba, em detalhes, que foi o outro aluno quem começou. Ele não tolera violência, mas não punirá o sobrinho por proteger a irmã. Os dois recebem uma detenção de três dias; o agressor é suspenso pelo resto da semana. E eles sabem, sem dúvidas, que seu vínculo de parceria e proteção sobreviveu a toda a turbulência dos últimos anos. Eles ainda são uma unidade.

Wanda sai da memória entendendo por que teve que cair nela. Não é incomum que irmãos se separem durante a adolescência, quando diferentes interesses e grupos de amigos tendem a se desenvolver; a crescente associação de Wanda com sua ancestralidade e os estudos de Peter poderiam facilmente ter se interposto entre eles. Wanda precisava lembrar como seus laços são estreitos.

Ela ainda está caindo, porém, mais devagar agora, e não há placas vermelhas abaixo dela. Ela abre os olhos, e eles estão vermelhos por completo. Sem esclera, sem íris, sem pupilas. Ela suspira e para, depois gira devagar na vermelhidão, até que seus pés fiquem apontados para baixo. Flutuando, serena, ela abre os braços.

— Chega — diz, e a palavra é um grito no vazio, e o túnel vermelho se desfaz no nada.

JÁ SE PASSARAM TRÊS DIAS. O CORPO DO TIO BEN FOI LEVADO PELA POLÍCIA E entregue ao legista; desde então, ele foi liberado para a funerária e planejam enterrá-lo no final da semana. Peter ainda não consegue acreditar. Como pode tio Ben, uma das pessoas mais vivas que ele já conheceu, ficar contido para sempre dentro de uma caixinha de madeira? Ele já deveria estar de volta. Ele deveria ter se cansado desse jogo e voltado para casa.

Ele nunca mais vai voltar para casa. Peter sabe disso, sabe disso pelas bochechas encovadas da tia May e pelo silêncio na sala de estar, pela forma como a casa parece não respirar mais. Mas não consegue acreditar. Não de verdade.

Talvez fosse mais fácil se Wanda estivesse em casa. Mas já se passaram três dias, e ela ainda não acordou. Ele fica com ela no hospital sempre que permitem, ouvindo o bipe das máquinas que lhe dizem que ela ainda está viva, segurando sua mão e esperando.

Apenas esperando.

— Wanda — chama ele. — tia May não para de chorar. Ela está com medo… ela está com medo de ter perdido vocês dois naquela noite. Mas eu sei que ela não perdeu, porque você não faria isso conosco. Você não faria. Não se tiver escolha. Você é a pessoa mais teimosa que já conheci e daria um jeito de voltar só para gritar com a morte por não querer comer seu espaguete. — Ele funga e aperta a mão dela. — Wanda... eu também não consigo parar de chorar. Eu sei que você gosta de dizer que as regras para você não são as mesmas que as regras para as outras garotas, porque você é minha irmã, e as regras para mim não são as mesmas para os outros meninos, porque eu sou seu irmão. Mas isso é maior do que abrir minha mochila sem pedir, e as regras não são *tão* diferentes para você. Você precisa acordar agora. É uma regra. Porque a regra é que ninguém pode tirar minha irmã de mim, e isso se aplica a você também. Você tem que *acordar*.

Wanda abre os olhos.

Peter não percebe a princípio; ainda está olhando para as mãos.

— Eu não posso fazer isso sem você. Tia May não pode fazer isso sem você. O cara do restaurante fica ligando lá para casa... Django? E ele também está muito preocupado com você. Por favor, Wanda. Por favor.

A mão dela aperta levemente a dele. Ele ergue o olhar, com animação e medo em seus olhos, e fica de pé quando vê que os olhos dela estão abertos.

— Wanda!

Ele se move para abraçá-la. Ela o empurra. Ele pisca, balançando a cabeça, e claramente decide que ela não o reconheceu naquele momento. Tenta abraçá-la de novo, e desta vez, quando ela levanta as mãos, o que o recebe não é um empurrão, mas uma parede brilhante de energia vermelha, como uma concha de rubi envolvendo-a, mantendo-o afastado. Ele encara com medo e confusão em seus olhos.

— Wanda... — chama ele.

Ela vira o rosto, abaixando a cabeça para não poder mais vê-lo.

— Você não entende, Peter, você não estava *lá* — diz ela. — É culpa minha. Eu matei tio Ben.

CAPÍTULO SETE

... TAMBÉM DEVEM VIR GRANDES RESPONSABILIDADES

NÃO HÁ NADA FISICAMENTE ERRADO COM WANDA; RECEBER ALTA DO HOSPITAL leva apenas cerca de uma hora, e a médica — que conhece Peter e tia May melhor do que a própria paciente neste momento — fala com sinceridade que ela precisa se sentar imediatamente caso sinta tontura, ou corre risco de desmaiar de novo. Eles a mandam para casa com uma sacola de remédios ansiolíticos com a intenção de "aliviar" caso ela sinta que tudo está ficando demais, mas no geral o episódio é atribuído ao choque e ao trauma, e não esperam que se repita.

Ela e Peter voltam para casa em um silêncio incomum, como se nenhum dos dois soubesse exatamente como começar. Mas, quando voltam ao lugar a que pertencem, o silêncio se desfaz.

— Não foi culpa sua, Wandy — afirma Peter, acomodando-a no sofá; ela começou a hiperventilar quando viu as escadas, e, embora o corredor do andar de cima tenha sido limpo, sem restar nenhum vestígio de sangue, ele não quer forçar ainda. Tia May está na cozinha, reaquecendo um pouco da caçarola de frango que um de seus vizinhos deixou. — Eles pegaram o homem que invadiu aqui, e eu...

Ele faz uma pausa por um momento, sua expressão se distorce, revelando-se cheia de culpa.

— Eu já tinha visto ele antes. Ele invadiu o ringue de luta livre onde estive a noite toda. Roubou os lucros da noite depois que o organizador se recusou a me pagar. E eu o deixei ir. Falei que, se não queriam me pagar, eu não lhes faria nenhum favor. Eu falei que não era meu *trabalho*. — Ele olha para as mãos. — Eu tenho essas habilidades agora, poderia ter feito muito bem com elas, e disse que não era meu *trabalho*, e agora o tio Ben está morto. Por minha causa.

Wanda balança a cabeça, e é difícil não interpretar sua negativa como uma concordância, como se ela acreditasse quando ele afirma que a culpa é dele.

As palavras dela não concordam.

— Ele me agarrou — fala Wanda. — Lá em cima, quando saí do meu quarto, ele me agarrou, e eu vi o rosto dele, e ele ia... ele ia me machucar, Peter, e eu estava com tanto medo, que só agarrei o braço dele, e tudo o que eu conseguia pensar era o quanto queria que ele se afastasse de mim. Eu puxei essa... essa luz para fora de mim, e era vermelha, e encheu minhas mãos, e eu a lancei no homem, e ela entrou nele, e ele me soltou. Mas, quando fez isso, ele tropeçou. A arma disparou e... tio Ben... — Ela começa a chorar, grandes soluços sacodem todo o seu corpo.

Peter a abraça, tentando consolá-la.

— Não foi sua culpa. Foi minha.

— Você está *errado* — ela consegue dizer, em meio às lágrimas.

— Você *quer* ser responsável por isso?

— Mais do que eu quero que *você* seja!

Eles estão quase gritando agora, Peter ainda a segura, e ambos estão conscientes de que estão se aproximando de palavras que jamais poderão ser desditas, de limites que nunca poderão ser descruzados.

Um barulho alto soa atrás deles. Peter solta Wanda, endireitando-se, e os dois se viram e veem tia May na porta da cozinha, com uma mão tapando a boca, a outra apertando o peito, logo acima do coração. A bandeja que ela trazia para Wanda está no chão, aos seus pés, com o conteúdo espalhado para todas as direções. Ela está chorando, mas sem fazer som algum, apenas com lágrimas escorrendo por seu rosto.

Enquanto eles observam, ela afunda lentamente para o chão, ainda sem dizer uma palavra. Wanda se põe de pé, enquanto Peter salta por cima do encosto do sofá, e ambos correm para o lado de May, movendo-se para confortá-la.

— Tia May, está tudo bem! — Wanda exclama. — Sentimos muito, não vamos brigar!

— Apenas respire — diz Peter. — É tudo o que você precisa fazer agora, respirar.

Ela solta a boca e a camisa para passar os braços em volta deles, puxando-os para um abraço.

— *Não* foi culpa de vocês — afirma ela com urgência. — De nenhum de vocês dois. Ninguém obrigou aquele homem a invadir aqui com as suas más intenções e a sua arma, e nenhum de vocês puxou o gatilho. Não suporto ver vocês brigando, não depois de tudo o que perdemos. Por favor. Preciso que vocês acreditem em mim. Isso não é culpa sua.

Eles trocam um olhar por cima da cabeça dela e não acreditam nela, nenhum dos dois; está escrito em seus olhos. Ambos têm bons motivos para assumir a culpa e motivos ainda melhores para concordar com ela. Assim, eles acenam de leve com a cabeça e concordam, sem palavras, em fazer o impensável: concordam em mentir para tia May.

— Está bem — concorda Wanda.

— Acreditamos em você — afirma Peter.

Eles limpam a bagunça, aquecem outra porção de caçarola e passam o resto da noite fingindo que tudo está normal. Como se as coisas fossem voltar ao normal.

———

QUANDO ELES VOLTAM ÀS AULAS DEPOIS DO FUNERAL, TODOS SABEM QUE ALGO aconteceu. A maioria das pessoas sabe que houve uma morte na família, mas a mãe de alguém trabalha no hospital, e o boato de que Wanda foi internada na mesma época se espalha. Não leva muito tempo para que os fofoqueiros da escola aumentem o fato de ela ter sido internada e atribuam a ela o título de assassina do tio Ben.

Peter se envolve em mais brigas que nunca, tentando acabar com os rumores sobre Wanda, embora, ironicamente, esteja pior em brigas agora do que era antes de se tornar o Homem-Aranha — ele tem que se conter demais por medo de machucar seus oponentes, e isso torna mais fácil para eles acertarem golpes. Ele mata mais aulas, e seus professores fazem vista grossa, desde que suas notas não caiam.

As pessoas começaram a ver mais o Homem-Aranha durante o dia, e isso é bom para a identidade secreta de Peter — ninguém vai achar que ele pode ser o Homem-Aranha e tirar 10 em matemática avançada ao mesmo tempo —, mas Wanda teme que ele esteja se tornando descuidado, principalmente porque as manchetes começaram a apresentar vilões fantasiados, e não apenas assaltantes e ladrões comuns. Algumas parcerias com o Quarteto Fantástico também viraram notícia. Ele não vai mais ficar nas categorias mais baixas e vai se ferir.

Wanda se preocupa, mas ela não o manda parar, apenas faz curativos quando ele chega em casa ferido e o ajuda a tirar o sangue do uniforme sem que tia May perceba. Não parece que seja função dela interferir, não quando ela sabe que ele a culpa pela morte do tio Ben, não quando ela sabe que ele está certo em culpá-la. Portanto, ela não fala nada sobre os riscos que ele está correndo, e ele não fala nada sobre a luz vermelha que viu no hospital, a luz vermelha que ela ainda não entende, e os dois pisam em ovos sempre que estão juntos.

Ovos quebram.

Wanda não fica brava com as coisas que as pessoas falam entre as aulas, embora ela fique um pouco mais cabisbaixa a cada dia, murchando visivelmente conforme caminha pelos corredores. Ela nunca teve muitos amigos, mas os que ela tem começam a abandoná-la, como ratos fugindo do navio que está afundando, e as notas começam a cair. Peter faz o que pode para ajudar, mas há limites, em especial quando ele é mandando todos os dias para a diretoria por brigar com os algozes da irmã. Não há fim para a crueldade criativa de estudantes do Ensino Médio que sentem cheiro de sangue na água, e, na segunda semana, ele ouviu mais maneiras de questionar a saúde mental de alguém do que ele jamais poderia imaginar que existiam, todas elas voltadas contra Wanda.

Ele sente que a dor e a culpa o estão devorando vivo, mas ainda não falhou com ela e não vai falhar agora. Não pode decepcioná-la novamente, não quando sabe que ela o culpa pela morte do tio Ben, não quando ele sabe que ela tem razão em culpá-lo. Por isso, ele vai brigar por ela e vai torcer para que isso seja suficiente.

Mas ele não pode estar com ela o tempo todo. É sua segunda semana de volta à escola quando o garoto que a chamou de trapaceira durante o jogo de cartas ilícito passa na frente dela nas escadas, impedindo-a de ir para a próxima aula.

— Assassina — declara ele, com a voz sombria. — Meu pai é policial. Ele disse que, quando chegaram à sua casa, havia sangue por toda parte, e sua tia estava contando uma história falsa sobre um intruso, mas não havia sinal de nenhum, só você e o sangue. Ele não tem certeza se o cara que eles pegaram é realmente o culpado. Sabe o que eu acho? Você matou seu tio, sua maluca...

Ela não é expulsa, porque todo mundo que presencia o acontecido vê que ela não encostou nele. Ele parece perder o equilíbrio enquanto está de pé, perfeitamente imóvel, e depois cai escada abaixo, batendo nas paredes ao descer. É um golpe de azar incrível: quando ele chega ao fim, seu braço esquerdo está fraturado em três lugares, e seu quadril está quebrado do lado direito. Talvez ele nunca mais ande direito. Wanda não se mexe enquanto isso acontece, não tenta impedir, nem mesmo estremece.

Ela apenas o observa cair.

Algumas pessoas vão dizer mais tarde que viram uma estranha luz vermelha nos olhos dela, mas isso não é de fato possível — ela não é uma mutante, e com certeza apenas mutantes têm olhos iluminados.

Só quando os gritos começam é que ela parece sair do transe e perceber o que está acontecendo. Ela recua, olhando para o pé da escada, para seu algoz, e em seguida se vira e sai correndo.

Ela não para quando chega ao patamar. Continua andando pelo corredor até a escada principal, descendo até a porta e saindo da escola por completo. Ela corre até o metrô, e ninguém pisca ou tenta impedi-la; adolescentes correndo não são uma visão incomum neste bairro, e já é tarde o bastante para que ela possa ter bons motivos para estar fora da escola.

Ela pega o trem para Midtown, abraçando os joelhos contra o peito e suportando os olhares dos passageiros que não gostam que ela esteja com os pés em cima do assento. Quando chega ao seu destino, escolhido por instinto e pânico tanto quanto por qualquer outra coisa, ela se desenrola com cuidado, desembarca e se dirige para a saída do metrô.

O Dosta está aberto, mas não ocupado a essa hora, tão cedo. O restaurante serve principalmente como um centro social entre o movimento do almoço e o do jantar — nunca muito movimentado, pelo que Wanda pode ver —, dando à comunidade cigana da área um local onde se reunir. Ela cambaleia pela porta com lágrimas no rosto e mãos trêmulas, vendo meia dúzia de rostos familiares espalhados pelo espaço. O ar cheira a óleo e especiarias e é tão reconfortante, tão familiar, tão *certo*, que no mesmo instante ela começa a chorar, parando onde está, incapaz de prosseguir.

— Ei, ei, ei, o que é isso? Vem cá, pardalzinho, vem cá, não chore.
— Django aparece de repente, saindo da cozinha para envolvê-la em

um abraço tão reconfortante quanto o ar ao seu redor. Ele a puxa em direção a uma mesa livre. — Venha, venha. Eu estava me perguntando quando você ia voar de volta para nós. Sua tia me contou o que aconteceu. Todos nós sentimos muito, Wanda. Muito, muito mesmo.

Ela se agarra a ele e chora até sentir que não há mais lágrimas dentro dela, como se tivesse gastado todas em sua admissão neste espaço seguro e acolhedor, e, quando ele finalmente a solta, é apenas para pegar um copo de água e uma cesta de pães, que ele deposita na frente dela como se fosse a coisa mais valiosa do mundo.

— Você não tem comido; vai comer agora — determina ele, em um tom que não deixa espaço para discussão. — Você vai comer e vai nos contar o que a trouxe aqui nesse estado. O luto é um predador poderoso, mas isso não se parece com os rastros de sua caça. Isso parece medo. O que aconteceu?

Wanda funga, pegando a água e tomando um gole cauteloso. Está fresca e gelada, acalma sua boca seca e desidratada.

— São… os alunos da minha escola, eles estão me chamando de coisas terríveis. Estão falando que matei meu tio. E não tenho certeza se estão erradas.

— Você segurou a arma? Puxou o gatilho?

— Não. Mas o homem me agarrou antes que tio Ben saísse do quarto, e ele ia me machucar, então eu revidei e… e a arma disparou. — Ela confia nessas pessoas cegamente, confia sua vida a elas, mas não quer lhes contar sobre a luz nas suas mãos ou sobre como seus sonhos brilham vermelhos agora, iluminados por dentro com um poder que ela não compreende por completo. Depois que ela souber o que está acontecendo, talvez possa ser uma heroína igual a Johnny Storm e proteger os tios Bens do mundo. Talvez, então, possa contar às pessoas e exibir seu heroísmo externamente. Mas, por enquanto, acha que Peter teve a ideia certa. Algumas coisas precisam ficar escondidas se quiserem permanecer a salvo.

— Disparou quando ele caiu para trás. Ele nem *mirou* no tio Ben, e só aconteceu porque tentei fugir. Se eu tivesse deixado ele atirar em mim, nada disso teria acontecido. — Ela recomeça a chorar, forte e implacável, e seus ombros tremem com a força.

Os braços de Django voltam a envolvê-la, puxando-a para perto e segurando-a até que suas lágrimas diminuam.

— Isso não significa que a culpa seja sua — declara ele, ferozmente. — A culpa não funciona assim. Você lutou para fugir porque queria viver, e sobreviver está no seu sangue, pardalzinho, é para isso que você foi feita. Você é filha daqueles que sobreviveram, descendente daqueles que não morreram antes que você pudesse começar, e honra todos os que vieram antes de você permanecendo viva. Você honra seu tio sobrevivendo. Ele não escolheu morrer, mas aposto que, se você pudesse ter perguntado a ele, ele teria escolhido. Ele foi seu pai em tudo, menos no sangue, e pais morrem pelos filhos o tempo todo. É o que eles fazem.

Ela se afasta, secando os olhos.

— Eu não… eu não quero que ele esteja…

— Eu sei.

— Eu não posso voltar para lá. Não com as coisas que estão dizendo sobre mim.

Django encolhe os ombros.

— Então, você fica aqui.

— Você não pode contar para minha tia.

Ele faz uma pausa ao ouvir isso.

— Ela acabou de enterrar o amor de sua vida. Você quer desaparecer quando ela já está de luto? Criança, pensei que você fosse uma alma melhor do que isso.

— Vou mandar uma mensagem para ela — argumenta Wanda. — Vou falar para ela que estou segura. Apenas não vou contar onde estou.

Django, que sabe que May Parker é uma mulher inteligente, não fala nada. Ela vai descobrir onde Wanda está com a mais breve das mensagens e, então, virá ou ficará afastada, dependendo do que precisar, dependendo do que ela acha que *Wanda* precisa. Todos estão tentando cuidar de uma adolescente frágil e enlutada agora, e ele está disposto a deixá-la assumir a liderança.

— Mande uma mensagem para ela — diz ele, se afastando. — Você pode ficar aqui. Kezia tem um quarto vago, e tenho certeza de que vai ficar feliz em deixar você dormir lá até estar pronta para ir para casa.

— Obrigada — responde Wanda com fervor.

— Não me agradeça. Temos uma grande festa à noite, e haverá muitos pratos. — Ele volta para a cozinha, e Wanda pega o pão, fungando.

Ainda é melhor do que estar na escola.

PETER NÃO FICA FELIZ QUANDO FICA SABENDO QUE WANDA NÃO VAI VOLTAR para casa naquela noite, mas entende; ele conta para tia May sobre o menino que caiu e como ele estava atormentando Wanda, fazendo com que alguns dos outros alunos dissessem que ela o empurrou. Mas há imagens da câmera da escada, e a administração sabe que Wanda nunca colocou a mão nele; ela é inocente. O outro aluno ficará fora da escola por pelo menos uma semana, talvez mais, enquanto recebe cuidados para seus ferimentos, e seus pais estão furiosos.

Eles ligaram naquela noite, e, enquanto os ouvia gritando pelo telefone, ele acha que Wanda teve a ideia certa ao dar uma sumida. Ele sai escondido pela janela para patrulhar, e até as sirenes e os sons de Manhattan à noite são mais pacíficos do que sua casa.

No dia seguinte, está um pouco melhor. A maior parte do corpo discente aceitou que o agressor caiu; não estão mais culpando Wanda, e ninguém parece surpreso que ela tenha fugido, dadas as coisas que estavam sendo ditas sobre ela. Alguns até demonstram arrependimento por sua participação no assédio. Peter começa a ter esperança de que, quando ela voltar, as coisas possam estar melhores.

O segundo dia o deixa nervoso. Ele não gosta que o que resta de sua família esteja dividida assim: suas tentativas de mandar mensagens para ela foram recebidas com silêncio, e ela desativou o compartilhamento de localização do celular. Ele não está acostumado a não conseguir encontrá-la. Não gosta disso. Mesmo quando ela estava no hospital, ele sabia onde ela estava. Tia May parece conformada em esperar que Wanda volte sozinha, mas Peter não está, e ele sabe para onde ela provavelmente foi.

A correria da hora do jantar está começando, e Wanda está na cozinha fazendo risoto quando uma confusão começa na entrada. Ela olha por cima do ombro. O Tocha Humana ainda vem para pegar seus pedidos, mas é um cliente frequente o bastante para que ninguém mais faça esse tipo de alvoroço por causa dele. Até super-heróis podem se tornar obsoletos quando aparecem demais. Não veem tanto o Capitão América, mas ele desencoraja ativamente que as pessoas façam estardalhaço por causa dele, e esse som não tem o tom certo para ser Steve.

A confusão continua, até que ela abaixa o fogo, deixa a colher de lado e vai ver do que se trata.

Na entrada, Peter está parado ao lado da recepcionista usando seu uniforme, com a máscara puxada por cima do rosto e uma das mãos na nuca. Para quem não o conhece, essa pose provavelmente parece indiferente, até mesmo relaxada, mas Wanda vê a tensão em seus ombros e a maneira como ele segura a cabeça. Ela sai e pergunta:

— O que está acontecendo?

A cabeça de Peter gira.

— Wanda Parker? — pergunta ele. Ela quase se diverte ao perceber que a voz dele está mais baixa do que o normal; ele está tentando manter sua identidade secreta, e isso é adorável. — Sua tia mandou que eu procurasse você.

— Mandou, foi? — pergunta Wanda.

Peter assente.

— Sim, ela mandou. Ela está preocupada com você. Ela me pediu para levar você para casa.

Antes que Wanda possa responder, Django aparece, sorrindo para Peter. É o seu sorriso de "falar com quem realmente precisa ir embora agora", aquele que normalmente aparece depois que alguém diz algo ofensivo a um funcionário.

— Nossa Wanda pode voltar para casa sozinha, quando estiver disposta.

— Por favor — argumenta Peter, e um pouco de sua voz real vaza, colorindo a palavra. Wanda olha para ele e percebe que a tia May não disse uma palavra sobre ir buscá-la; o único que está preocupado aqui é Peter, e ele está pronto para arriscar sua identidade secreta para fazê-la voltar para casa. — Já se passaram dois dias, e a tia dela está muito preocupada.

— Estou faltando à escola, Django — fala Wanda. — Se estão mandando super-heróis para bancar o supervisor de faltas, eu provavelmente deveria voltar.

Ele olha para ela com uma descrença confusa, mas se afasta do Homem-Aranha.

— Se você tem certeza de que está pronta, minha querida... Mas isso significa que temos outro super-herói para o nosso mural! — Ele gesticula grandiosamente para a parede onde fotos da equipe com vários membros do Quarteto Fantástico e alguns Vingadores bônus apareceram ao longo dos anos. — Ari, pegue a câmera.

Um dos garçons sai correndo para fazer o que lhe foi pedido. O sorriso que Django dá a Peter desta vez é menos cheio de dentes, mais acolhedor.

— Vamos preparar comida para viagem para você, como forma de agradecimento por ter vindo buscar nossa garota. Vai adorar nosso ensopado. É o prato mais popular do cardápio.

O Homem-Aranha assente enquanto Django entra na cozinha, preso por sua própria escolha de disfarce, e Wanda sorri, tentando não deixar sua diversão transparecer. Peter odeia o ensopado. É temperado demais para ele. Observá-lo tentar jantar sem chorar quase vai valer a pena ter que ir embora — quase.

E, então, Django está de volta com um pesado saco de papel branco, e Ari tira uma foto de Peter enquanto ele segura a comida. Depois, eles saem porta afora e, por fim, depois de tudo, Wanda está indo para casa.

BALANÇAR É INCRÍVEL, E ELES ESTÃO A MEIO CAMINHO DO QUEENS ANTES QUE Wanda chegue a duas conclusões: a primeira, a de que ela nunca mais quer pegar o metrô e a segunda, a de que seu irmão é um idiota. Ela dá um soco no braço dele quando ele os coloca no chão em um beco, e ele grita, mais surpreso do que ferido, mas esfrega o local enquanto olha para ela melancolicamente. É incrível como é fácil ler as expressões dele através da máscara. Talvez esse seja outro poder de aranha.

— Você escondeu isso de mim! — acusa ela. — Poderíamos estar balançando há *semanas*, e você escondeu!

— Ai, Wandy — fala ele, sem entusiasmo. — Eu queria algo para mim por um tempo antes de compartilhar. Eu ia contar pra você. Sabe que eu ia.

— Acho que sim — admite ela. — Mas balançar é incrível. Podemos fazer isso o tempo todo?

— Ainda não — responde Peter, soltando-a e se afastando. — Aquele idiota que caiu da escada... Eu sei que você não o empurrou.

Ela faz careta e olha para os pés. Mesmo com a máscara entre eles, não está pronta para ver o rosto dele quando fala sobre seus poderes impossíveis e imprevisíveis.

— Eu meio que empurrei — admite.

— Como?

— Da mesma forma que empurrei aquele ladrão. A... energia ainda está dentro de mim, e ele me perturbou tanto, que ela simplesmente saiu sem que eu mandasse. Não pude evitar.

— Foi o que pensei que poderia ter acontecido — diz ele. — Wandy, temos que controlar esse seu poder, seja ele qual for. Não pode simplesmente continuar machucando as pessoas sem querer.

Wanda estremece, certa, sem perguntar, de que ele está se referindo a tio Ben.

— Eu não *quero* machucar as pessoas!

— Então, vamos encontrar alguém que pode ensinar você a não fazer isso. — Peter olha para ela com seriedade. Ele não vai deixá-la cometer os mesmos erros que ele cometeu. Ele não pode.

— Ah, e quem vai fazer isso? Pelo menos sabemos que você obteve seus poderes por um acidente científico, como o Quarteto Fantástico. Eu apenas *tenho* os meus. — Ela faz uma pausa, engolindo em seco para conter a ansiedade. — Talvez eu seja uma mutante.

A maneira como ela fala deixa claro que é algo em que ela pensou muito, e Peter não quer descartar isso de imediato. Wanda sempre procurou uma comunidade, mesmo quando não percebia que estava fazendo isso. Se pensar em si mesma como uma mutante ajuda, ela deve fazer isso. Ao mesmo tempo, ele precisa tranquilizá-la de que isso não vai mudar nada.

— Eu vou amar você, seja você uma mutante ou não, mas, de qualquer forma, acho que precisamos conversar com o Quarteto Fantástico antes que algo mais aconteça — fala ele. — Se não puderem ajudá-la, talvez conheçam alguém que possa.

— Tudo bem, Peter — concorda Wanda, com a voz baixa. Ela passa as sacolas de comida, que está segurando desde que saíram do restaurante, de uma mão para a outra. — Tia May está realmente brava?

— Não. Ela sabe onde você esteve e por quê, não está chateada. Agora vamos lá. Vamos para casa.

CAPÍTULO OITO

EXCURSÃO

TIA MAY FICA ENCANTADA AO VER WANDA EM CASA E IGUALMENTE ENCANTADA pelo fato de ela ter trazido o jantar, embora repreenda um pouco os dois por trazerem tanta comida pelo metrô. O jantar corre normalmente, a hora de dormir corre normalmente, e os sonhos de Wanda são repletos de luzes vermelhas cascateantes. Ela parece ter chegado a um acordo com seus poderes, e nenhum dos quartos se reorganiza durante a noite. Tudo está extraordinariamente calmo.

O dia seguinte é um sábado. Peter esperou o final da semana para trazê-la para casa, imaginando que ela não gostaria de enfrentar seus colegas de classe logo de cara caso tivesse escolha. Ele já está diante da porta dela bem cedo, batendo antes de entrar.

— Precisamos decidir o que vai fazer com relação a uma identidade secreta — anuncia.

Wanda, que acabou de acordar e ainda não penteou o cabelo, pisca para ele, com a visão turva.

— Hã?

— Se vamos levá-la à procura de um mentor super-herói, precisamos decidir qual de você vai — diz ele. — Vai ser Wanda Parker, estudante do Ensino Médio que às vezes faz sair faíscas estranhas de suas mãos, ou será a Luz Vermelha, a mais nova heroína de Manhattan?

— *Não* vou me chamar "a Luz Vermelha" — declara Wanda.

— Por que não? Você cria luz, a luz é vermelha.

— A frase "casa da luz vermelha" significa alguma coisa para você?

Desta vez, Peter pisca para ela antes que suas bochechas fiquem vermelhas de vergonha.

— Certo. Não é um bom codinome. Vamos pensar em outra coisa.

Wanda suspira, afastando o cabelo do rosto.

— Por que eu *preciso* de uma identidade secreta?

— Para que quem for lhe ensinar saiba que você tem algo a proteger e que não quer levar assuntos de heróis para casa e prejudicar sua família. E caso você queira usar seus poderes em público. Pode ser perigoso ser conhecida como uma super-humana. Em especial se você descobrir que é uma mutante no final das contas. Você precisa dessa máscara para que ainda possa ser normal quando for necessário.

— É por isso que você tem uma identidade secreta?

— Não, eu queria uma identidade secreta para não preocupar a tia May e… — Ele hesita, mas consegue terminar: — … tio Ben. E para que os outros alunos da escola não descobrissem e zombassem de mim ou pedissem que eu os levasse para balançar na teia, ou algo assim. Eu adoraria ser popular. Mas não desse jeito. Quero ser popular como Peter Parker, não como Homem-Aranha.

— Entendi — responde Wanda. — Acho… acho que quero usar uma identidade secreta, porque eles já acham que sou uma aberração depois do que aconteceu com… na escada. De repente, ser uma aberração, uma super-heroína e talvez uma mutante seria demais. Uma identidade secreta é melhor.

— Tá bom. Sendo assim, vai precisar de uma máscara.

— Não quero uma igual à sua, que cobre todo o rosto. Estragaria meu cabelo.

Peter sorri um pouco.

— E seu cabelo é realmente a grande preocupação aqui.

Ela franze o nariz para ele.

— Já vou ter que prendê-lo se não quiser que algum criminoso ou outro o puxe, me deixe ter minhas vaidades.

Peter fica sério.

— Criminoso? Você já decidiu que quer combater o crime, então?

— Se meus poderes forem úteis para esse tipo de coisa, sim, acho que sim. — Wanda dá de ombros. — Alguém precisa. O Quarteto Fantástico é ótimo para crimes espaciais e crimes científicos, e os Vingadores são ótimos para crimes realmente grandes, mas precisamos de heróis nas ruas aqui no Queens, para manter as pessoas seguras. Para impedir coisas como… como o que aconteceu aqui.

Peter estremece, desviando o olhar por um momento. Quando ele volta a olhar para ela, sua voz está mais grave, carregada de dor.

— Sim. Acho que sim. Então, não vai ser uma máscara de cabeça inteira. Você tem mais algum pedido?

— Peter, eu não quis dizer que você…

— Porque podemos conseguir outra máscara para você se precisarmos.

— Tenho a máscara para os olhos que usei no último Halloween — fala Wanda. — Tem lantejoulas vermelhas.

— Você vai usar o resto da sua fantasia de Halloween com ela? — pergunta Peter, apenas um pouco sério.

— Não a fantasia do ano passado; não quero aparecer pedindo ajuda vestida de diabinha. Mas tenho a que usei no ano anterior e ainda serve — explica Wanda, muito mais séria. — Com quem vamos conversar?

— Eu lutei contra aqueles caras estranhos da água com o Tocha Humana na semana passada, por isso estava pensando no Quarteto Fantástico para começar. O que acha?

Wanda suspira.

— Acho que vou parecer ridícula na frente de Reed Richards e vai valer a pena.

ELA PARECE RIDÍCULA.

Quando o Homem-Aranha entra balançando na praça em frente ao Edifício Baxter, ele está com uma versão vermelha, rosa e prateada de Glinda, a Bruxa Boa, debaixo do braço. Ela ri sem fôlego quando ele a coloca de pé e se afasta, deixando-a sacudir a saia para ajeitá-la.

— Melhor do que viajar em uma bolha — declara ela. — Eles estão nos esperando?

— Não se pode exatamente ligar para o Quarteto Fantástico para marcar uma reunião — responde ele, no que ela rapidamente passa a considerar sua "voz de herói"; é um pouco mais profunda que a voz normal dele, um pouco mais pomposa. Ela ainda saberia que era Peter, mesmo que não *soubesse*, mas podia entender como alguém que não o conhece tanto quanto ela poderia ficar confuso. É como se ele estivesse lendo um monólogo para a aula optativa de teatro do primeiro ano, aquela que nenhum dos dois queria fazer de verdade, cheia de aspirantes a atores e crianças que pensavam que gritar era a mesma coisa que atuar.

Ela vai precisar desenvolver a própria voz de heroína, algo para evitar que as pessoas adivinhem sua identidade. Mas isso pode vir mais tarde, quando ela souber que *será* uma heroína, quando entender o que pode fazer. Ela segura a mão do Homem-Aranha, e ele deixa, percebendo seu nervosismo, entendendo o quanto ela precisa de apoio.

Lado a lado, eles entram no saguão do Edifício Baxter.

A recepcionista fica surpresa ao ver o Homem-Aranha parado ali — quem não ficaria? — e ainda mais surpresa com a presença da garota desconhecida e claramente ansiosa ao lado dele. Ela liga para o último andar, onde Reed Richards fica mais do que contente em recebê-los, e então o Homem-Aranha e Wanda são conduzidos a um elevador sem botões, cujas portas se fecham suavemente antes que os leve até o topo do mundo.

É tão suave, que nem parece que o elevador está se movendo, mas Wanda pode ver a cidade passando pela janela, diminuindo a cada segundo à medida que se afasta abaixo deles. Ela fica perto do Homem-Aranha, tentando esconder o quanto sua boca está seca, o quanto suas palmas estão suadas; parece que ela está se preparando para o exame final dos exames finais, um único teste que determinará o rumo de todo o seu futuro.

Não ajuda nada que ela esteja vestida como se estivesse planejando ir a uma festa de aniversário infantil assim que terminarem ali. O vestido, que lhe servia bem quando ela tinha quatorze anos, está justo demais em vários lugares e é um pouco exagerado para uma adolescente mais velha: uma de suas amigas havia se comprometido a levar o irmão mais novo para brincar de doces ou travessuras naquele ano, e por isso todo o bando de garotas se esforçou ao máximo em suas fantasias, tentando parecer o mais ridículas possível. Ela não tem penas de avestruz nem nada, mas tem mais lantejoulas do que o razoável, e sua saia longa e rodada deixa claro que, qualquer que fosse essa fantasia, não é o tipo que se usa para combater o crime. Qualquer pessoa não familiarizada com as ilustrações originais de Oz, de John R. Neill, provavelmente teria dificuldade em identificá-la como Glinda. Ela parece uma nobre medieval genérica vestida de rubi e rosa.

O Homem-Aranha solta a mão dela quando o elevador começa a se mover, mas mantém a mão no braço dela, tranquilizando-a com sua presença. Finalmente, as portas do elevador se abrem, e eles saem para o andar reservado ao Quarteto Fantástico. Há outra recepção, esta sem ninguém, e uma área de conversa de aparência confortável. Os sofás parecem um pouco estranhos e ásperos de uma forma que Wanda não esperaria de um lugar com o orçamento do Edifício Baxter, mas ela está impressionada demais com as linhas futurísticas e o vazio elegante de tudo o mais ao seu redor.

Este é um espaço de escritório, não uma casa, e parece exatamente o que é.

— Os sofás são antichamas, para que, quando eu der entrevistas aqui e ficar animado, não coloque fogo neles — explica uma voz atrás deles, e os dois se viram e encontram Johnny Storm usando roupas comuns, jogando preguiçosamente uma bola de fogo para cima e para baixo feito uma bola de beisebol. — Oi, Aranha. Quem é sua amiga?

— É a, bem, Maravilha Vermelha — responde o Homem-Aranha. — Ela é nova. Os poderes se manifestaram há pouco tempo. Esperávamos que Reed pudesse ajudá-la a descobrir como controlá-los.

— É mesmo? — Johnny olha para Wanda com interesse e ela morde o interior do lábio para não sorrir. Pela expressão dele, ele não a reconhece, o que significa que a máscara está funcionando. — O que você faz, senhorita?

— Eu crio luz — responde ela, tentando fazer com a voz o mesmo truque que consegue ouvir Peter fazendo com a dele. Para sua consternação, parece que ela está tentando ser sedutora, que é a última coisa que deseja.

Johnny ri.

— Sinto muito, você deveria ver a expressão em seu rosto. Obviamente, você está tentando manter uma identidade secreta, igual à do Aranha, e eu respeito totalmente, mas, se vai fazer uma voz, precisa trabalhar um pouco mais nisso. Essa *não* está pronta para usar em público. Que tal eu prometer não tentar adivinhar quem você é, e você apenas vai em frente e fala normalmente, hein?

— Isso tudo é tão estúpido — fala Wanda. — Desculpe. Não deveríamos ter vindo aqui. Deveríamos ir embora.

— Ei, não — diz Johnny. — Se você tem poderes, precisa saber como usá-los. O Aranha é um cara muito inteligente. Ele não a prejudicaria trazendo você aqui, e deve haver algo no que quer que você faça que o leve a pensar que Reed pode ajudar. Portanto, vamos lá. Mostre-me o que vai impressionar meu cunhado e aquele cérebro enorme dele.

Wanda tenta alcançar a luz enquanto Johnny e o Homem-Aranha assistem — ela tem que pensar nele dessa forma, não importa o que aconteça, ou vai errar e usar seu nome verdadeiro. Ela vai respeitar a identidade secreta dele custe o que custar; tem que mostrar a ele que ela *é* capaz de respeitá-la, que pode ser aquela em quem ele confia quando o resto do mundo parecer demais — e nada acontece. Há um poço onde deveria estar a energia. O pânico surge para preencher o espaço vazio, e ela o agarra, concentrando tudo o que tem no medo: medo do fracasso, medo de passar vergonha na frente do Homem-Aranha — e, *pior*, na frente de *Johnny Storm*, que ainda tem a graça atribuída pelos últimos resquícios de sua paixão adolescente — e medo do sucesso. Se ela fizer isso, se o poder vier quando ela invocar, o que isso significa? O que isso a torna?

Nada mais será como antes se o poder vier quando ela invocar.

É isso: esse é o ponto crítico de seu medo. Ele a preenche até transbordar, até se espalhar em formas geométricas em cascata, traçadas em luz vermelha que brilha e dança à medida que se dissipa. Não há calor, não é fogo, não é o território de Johnny. É apenas radiante.

— Uau — diz Johnny, e ele parece tão impressionado, que o medo diminui, só um pouco, e a luz pisca. — O que *é* isso?

— Não tenho certeza — responde Wanda. — Pode mover coisas, embora eu nunca tenha feito de propósito, e estava reorganizando meu quarto enquanto eu dormia, antes de eu começar a invocá-la de propósito. Mas, quando eu a empurro contra outras pessoas, parece mudar a sorte delas. Só azar até agora, mas... sinto que também poderia dar boa sorte se eu me esforçasse o suficiente e soubesse como manipulá-la. É difícil descrever.

— Sei o que quer dizer — fala Johnny. — Quando comecei a pegar fogo, era como se estivesse passando por toda uma segunda puberdade, só que desta vez não havia palavras para explicar o que estava acontecendo comigo, nenhum roteiro útil de pessoas que já tinham passado pela mesma coisa. Estava apenas acontecendo, e eu tive que descobrir sozinho.

— Sim — diz Wanda, aliviada. — É meio como espirrar e meio como me espreguiçar depois de ficar parada por tempo demais, como se houvesse uma liberação dentro de todo o meu corpo ao mesmo tempo. Ainda não sou muito boa em invocar quando quero, mas acho que serei, com mais prática.

— É por isso que precisamos encontrar alguém que possa treiná-la — explica o Homem-Aranha. — Se ela estiver lançando energia entrópica pura, pode ser catastrófico em um ambiente residencial.

— Isso cabe aos nerds da ciência descobrir, creio eu — diz Johnny, ignorando o assunto despreocupadamente. — Venham, vocês dois. Só vim aqui para ter certeza de que você precisava mesmo falar com Reed. Tentamos ser atenciosos com outros super-humanos locais, mas Homem-Aranha não é o que eu chamaria de um convidado cotidiano.

— Eu poderia ser — diz o Homem-Aranha.

Johnny ri e acena para os dois o seguirem enquanto ele se vira e segue pelo corredor, levando-os a portas duplas altas de vidro fosco. Elas parecem extremamente frágeis para algo que está tão profundo em uma fortaleza de super-heróis, e esse pensamento aparece com clareza no rosto de Wanda, porque Johnny sorri enquanto segura a maçaneta.

— O vidro é uma cadeia de polímeros superavançada que um dia Reed imaginou no banho. É praticamente inquebrável. E, quando digo "praticamente", quero dizer que "Ben pegou a última rosquinha, por isso eu tentei acertá-lo com uma bola de fogo, então Susie o atirou para o outro lado da sala, e nem a bola de fogo, nem o Coisa voando foram capazes de lascar o vidro".

— Vocês levam suas rosquinhas muito a sério por aqui, entendido — comenta o Homem-Aranha.

— Você não faz ideia — diz Johnny, então abre a porta.

A sala de reuniões do outro lado é espaçosa e agradável, com uma única grande mesa aparentemente de carvalho no meio, cadeiras ao redor e sofás e poltronas confortáveis circundando a sala, proporcionando assentos menos formais. Susan Storm está sentada em uma das cadeiras e se levanta quando eles entram, direcionando um sorriso caloroso para

Wanda, que sente suas bochechas corarem sob o olhar reconfortante e maternal da irmã mais velha de Johnny.

— Olá — cumprimenta Susan. — Quem seria você?

— Susie, você conhece o Homem-Aranha — fala Johnny. — Esta é a amiga dele, a Maravilha Vermelha. Ela está tentando descobrir seus poderes, e eles pensaram que poderíamos ajudar.

— Precisamos de uma escola para esse tipo de coisa — comenta Susan.

— Já existe — fala Reed, entrando por uma porta no fundo da sala de reuniões. Ele tem uma pilha de papéis nas mãos, que no momento parecem prender a maior parte de seu interesse, e seu pescoço é duas ou três vezes mais longo do que o normal, fazendo com que ele pareça, de maneira perturbadora, algo criado pela The Jim Henson Company para uma nova aventura dos Muppets. — É apenas limitada quanto aos alunos que aceita.

— Entendo que os mutantes precisam do próprio espaço, mas precisamos de treinamento para todos os outros tipos de heróis — declara Susan. — Srta. Maravilha, como conseguiu seus poderes?

— Eu não... eu não sei — responde Wanda. Susan inclina a cabeça, ouvindo a dor vazia no cerne das palavras de Wanda. A garota não sabe como conseguiu seus poderes, mas a maneira como ela conta isso faz parecer que é apenas a ponta de um grande iceberg de histórias secretas, coisas que ela passará a vida inteira tentando descobrir.

Susan não tem problemas com segredos, desde que não ameacem sua família, e seu coração dói por essa garota, que tem tantas perguntas e talvez nunca obtenha a resposta para nenhuma delas.

— Se você não sabe...

— Não, eles simplesmente *apareceram* um dia, não sei.

— Então você pode ser uma mutante — diz Susan.

O Homem-Aranha fica um pouco mais aprumado.

— Ela não é.

— Não sabemos...

— Não há nada de errado em ser mutante, e é horrível como as pessoas continuam tentando fazer parecer que existe, mas ela não é mutante — afirma o Homem-Aranha. — Eu a conheço. Se ela fosse uma mutante, eu saberia.

— Não acho que funcione assim — intervém Wanda. — Mas não sofri um acidente científico nem fui exposta a produtos químicos estranhos ou algo do tipo. Meus poderes estavam ativos havia semanas, até que um homem invadiu nossa casa, e eles apenas apareceram. Acertei ele com uma luz estranha das minhas mãos, e a arma disparou, e depois eu... eu caí na luz, e ela me engoliu inteira.

Ela sente o Homem-Aranha ficar tenso ao lado dela. Eles não conversaram sobre sua catatonia desde que ela despertou; ele não sabe como foi para ela nem o que aconteceu enquanto estava presa dentro do próprio poder.

— Fiquei muito tempo dentro da luz, e ela me mostrou coisas que quase esqueci, lembranças como se fossem filmes, como se estivessem acontecendo em tempo real de novo. — Ela encara Susan solenemente. — Parecia que estava tentando me falar que tudo ficaria bem, como se fosse parte de mim, mas não me *pertencesse*, e precisava que eu soubesse que não ia me machucar. Quando acordei, meu irmão estava me esperando. Ele estava esperando o tempo todo. Conversando comigo, falando que precisava que eu voltasse para ele. E a luz estava lá comigo também. Coloquei-a entre nós como uma parede, e ele não conseguiu passar.

Johnny franze a testa.

— Tudo isso faz sentido, se você estiver atirando... como você chamou, Aranha?

— Pura energia entrópica — responde o Homem-Aranha. — Mas é apenas um palpite.

Reed olha para Wanda pela primeira vez. Ele pisca para a fantasia dela e pergunta:

— Glinda, a Bruxa Boa? Das ilustrações de Neill?

— Era uma fantasia de Halloween — explica Wanda. — Se o Homem-Aranha tem uma identidade secreta, achei que poderia usar uma também.

— Eu já falei para ela que ela precisava trabalhar na voz — oferece Johnny, prestativo.

— É uma boa ideia na sua idade, principalmente se não sabe de onde vieram seus poderes — aprova Susan. — Como o Homem-Aranha disse, não há nada de errado em ser mutante, mas nem todo mundo é tão esclarecido, e algumas pessoas são intolerantes. Poderiam reagir mal se pensassem que você é um deles. Alguém pode se machucar.

Ela deixa em aberto se quem se machucaria seria Wanda ou intolerantes.

— Poderes? — pergunta Reed.

— A Maravilha Vermelha aqui veio com o Homem-Aranha pedir ajuda para controlar seus poderes — explica Susan. — Mandei Johnny encontrá-los e descobrir se havia algum sentido em conversarmos com ela, e ela o impressionou o suficiente para que ele a trouxesse aqui.

— Hum — diz Reed. — E o que você faz, srta. Maravilha...?

— Eu dou nós na sorte — revela ela. — Acho que é mais complexo do que isso, mas ainda não sei exatamente como. Tudo isso é muito novo para mim, e ainda estou descobrindo.

— Até agora tem sido principalmente azar, e é por isso que acho que é algum tipo de probabilidade ou manipulação de energia entrópica — explica o Homem-Aranha.

— Fascinante — declara Reed. — Sue, poderia colocar nossa nova amiga em uma bolha? Acho que combina com a fantasia, e estamos tão no alto, que, se ela está espalhando entropia, é melhor evitar que atinja a estrutura.

— Claro — diz Susan. — Srta. Maravilha, você se importa?

— Não, senhora — responde Wanda antes que, como Glinda, seja envolvida em uma bolha, visível apenas pela forma como ela desvia a luz. A voz dela soa distante e um pouco abafada quando ela fala: — Ah, isso teria sido ótimo para minha festa de Halloween! E agora?

— Agora, mostre-nos o que pode fazer — pede Reed. — Acerte o campo de força o mais forte que conseguir.

Ele coloca os papéis em cima da mesa e estende a mão para trás, esticando o braço cada vez mais até retraí-lo a um comprimento mais normal, agora segurando um pequeno objeto cinza que parece um escâner de um dos programas de ficção científica de Peter. Ele aponta para a bolha que contém Wanda.

— Prossiga — diz ele.

Wanda alcança o lugar onde encontrou o poder antes. Não está com tanto medo desta vez, mas está mais familiarizada com a sensação de invocá-lo de propósito, e, depois de apenas alguns segundos, suas palmas se enchem de luz. Elas não brilham exatamente, embora seus olhos o façam: a luz surge do ar, invocada por seus pensamentos, em vez de sair de seu corpo. Parece não haver fim para ela. Ela invoca cada vez mais, preenchendo o espaço dentro da bolha com prismas rubi cintilantes feitos de formas geométricas que se fundem, se dobram e se separam, sempre mutáveis e ilegíveis.

Sue Storm ofega. É um som baixo, mas seus olhos estão arregalados; parece que ela foi espetada com um alfinete. Ela se levanta da cadeira, fazendo um gesto de torção com uma das mãos, e a bolha ao redor de Wanda fica mais espessa. Em resposta, a luz vermelha começa a rastejar por dentro, movendo-se como algo vivo, contorcendo-se e retorcendo-se contra a barreira invisível.

— Sue? — pergunta Reed.

— Estou bem — fala ela, com a voz tensa pelo esforço de manter Wanda contida. — Você é muito forte, srta. Maravilha. Mas isso é tudo de que é capaz?

Wanda faz um movimento brusco com as mãos, movendo-as no ar à sua frente como se estivesse dando um nó, depois vira as duas palmas, unidas, em direção à parede da barreira. Um jato de luz vermelha sai delas, atingindo a barreira, e ela se estilhaça.

Sue cai de volta em sua cadeira, abaixando as mãos, com expressão atordoada. Wanda se vira para o Homem-Aranha, com o cabelo colado na testa pelo suor, respirando com dificuldade.

— Como me saí? — pergunta ela.

— Muito bem, srta. Maravilha — declara Reed, antes que o Homem-Aranha possa responder. — A suposição do Homem-Aranha estava parcialmente correta, é manipulação de probabilidade, mas é mais do que apenas isso. Neste momento, a probabilidade é a maior parte do que você está fazendo, srta. Maravilha. Você está dizendo ao universo como deseja que as coisas aconteçam, e os eventos estão se ajustando. Os escudos de Susan são praticamente perfeitos, mas ainda existem algumas fraquezas que podem ser exploradas. Seu poder encontrou a fraqueza da bolha dela e acertou-a na medida certa para quebrar tudo. Esse é o tipo de coincidência com a qual não se pode contar; só que parece que *você* pode. Para você, boa e má sorte são a mesma coisa, e elas sempre vão acontecer do jeito que você desejar.

Por um momento, ele parece quase ansioso. Mas isso não pode estar certo. Ele é um super-herói, não apenas um sobre-humano, e não é possível que esteja com medo *dela* ou do que ela é capaz de fazer. Ela está imaginando coisas devido a sua arrogância e a sua necessidade de obter respostas.

— Ah — diz Wanda. Muitas coisas fazem sentido quando ele explica seus poderes dessa maneira. Jogos de pôquer, cara ou coroa e tudo o mais que poderia ter sido afetado pela sorte de uma forma ou de outra.

Outras coisas não fazem nenhum sentido. Ela perdeu dois pares de pais. Ela perdeu tio Ben. Ninguém pode olhar para a vida dela e dizer que ela nunca conheceu o azar. Mas talvez fosse só porque ela não tinha controle. Talvez, se tiver controle suficiente, nada de ruim acontecerá novamente.

— Você sempre foi boa em reconhecer padrões?

Ela assente, e outra peça se encaixa, outro pequeno elemento de sua vida faz repentino e brilhante sentido.

— Aí está — fala Reed, com o tom levemente presunçoso de um homem inteligente que acaba de resolver um problema muito difícil.

— Amor — chama Susan.

— O que foi?

— Ela veio aqui em busca de ajuda, não apenas de rótulos. Podemos ajudá-la?

— Ah. Nós? Não. Mas meu gravador registrou uma quantidade excepcionalmente alta de energia do caos no poder que ela estava usando, e acho que há alguém para quem eu possa ligar. — Ele volta sua atenção para Wanda. — Está realmente falando sério sobre conseguir alguém para ajudá-la a entender o que você pode fazer?

Wanda assente vigorosamente.

— Estou. Não quero machucar mais ninguém. — E, se ela conseguisse o controle para proteger Peter e tia May durante o processo, bem, isso seria apenas um bônus.

— O homem em quem estou pensando pode ser capaz de lhe ensinar, mas exigirá sua lealdade absoluta. Não haverá identidades secretas. Não haverá como definir sua própria programação. Ele respeita a necessidade de uma boa educação, então, se estou adivinhando sua idade corretamente, tenho certeza de que ele vai levar em consideração suas aulas; mas só isso. Não pense que ele vai entender namoros, bailes de boas-vindas e todos os outros atributos da adolescência norte-americana. Ainda quer isso?

Wanda ri, bem baixinho.

— Sr. Richards, sou uma nerd. Sempre fui uma nerd. E agora sou uma nerd com superpoderes, o que é um pouco chocante e não necessariamente algo que eu teria pedido se dependesse de mim. Eu não ia ao baile mesmo, e, se alguém estiver disposto a me ensinar a controlar isso, ficarei perfeitamente feliz em informar meu nome.

— E todos em sua vida estão dispostos a fazer a mesma escolha?

Wanda não olha para o Homem-Aranha. Parece que cada fibra do seu ser está ocupada em não olhar para o Homem-Aranha, como se não olhar para o Homem-Aranha tivesse se tornado sua maior motivação na vida. É surpreendentemente fácil e surpreendentemente difícil ao mesmo tempo, como se pendurar na corda na aula de ginástica. Depois de um certo ponto, tudo o que precisa fazer é somente não desistir.

— Muito bem — declara Reed. — Farei a ligação.

DUAS HORAS DEPOIS, O HOMEM-ARANHA E WANDA ESTÃO DO LADO DE FORA da casa mais assustadora de Greenwich Village. Parece o tipo de lugar que abriga uma casa dos horrores todo Halloween e só é visitado por pessoas de fora do bairro, porque todos os moradores são espertos demais para entrar, mesmo com um convite. Wanda pisca, e o contorno da casa oscila, ora quase comum, ora saída de um filme de terror.

Agarrando a mão do Homem-Aranha com força, ela pergunta:

— O que você está vendo agora?

— Você está se sentindo bem?

— Apenas... responda, beleza? O que está vendo?

O Homem-Aranha engole em seco.

— Casa. Marrom, provavelmente precisa de uma demão de tinta. Definitivamente precisa lavar as janelas. Folhas mortas ao redor das escadas. Suja. Não tenho certeza se quero chegar mais perto sem uma vacina antitetânica preparada para uso.

— Veja, quando eu olho para ela, é preta, com detalhes cinza. A ferragem fica assumindo novas formas, e reconheço algumas delas da energia que gero. As janelas estão limpas, mas são todas de cores vivas diferentes, e tem um olho no meio da porta.

— Um... olho?

— Não, tipo, um olho humano. Acho que é feito de bronze e vitral. Mas definitivamente faz parecer que a casa está olhando para nós.

— Como nós dois estamos vendo algo diferente?

— O sr. Richards disse que o homem que mora aqui poderia me treinar, certo? Talvez ele trabalhe com o mesmo tipo de energia, mas ele cria… ilusões, acho.

— Às vezes, sim, mas minha "energia" está mais exatamente voltada para a manipulação da própria realidade; assim como, acredito, está a sua.

Wanda dá um pulo. O Homem-Aranha, cujo sentido-aranha impossivelmente não registrou o homem se aproximando atrás deles, consegue parecer mais calmo e mais controlado ao se virar lentamente. Ambos olham para o homem, que olha de volta com uma curiosidade muito mais visível, embora digna.

Ele tem idade suficiente para ser um de seus professores, com cabelos pretos ficando grisalhos nas têmporas e um bigode cuidadosamente aparado. Mas do jeito que está vestido… não pareceria deslocado no clube de jogos da escola. Ele combinou uma espécie de túnica azul com calças pretas e uma capa vermelha esvoaçante que se move por conta própria, sem levar em consideração o vento.

Os olhos dele rapidamente descartam o Homem-Aranha, e ele se concentra em Wanda, observando sua fantasia com um pequeno sorriso antes de falar:

— Presumo que você seja a aprendiz em potencial que Richards ia enviar para me ver, certo?

— Sim, senhor — responde Wanda.

— Eu sou o dr. Stephen Strange, o Mago Supremo deste mundo, e posso sentir as energias mágicas vindo de você daqui. Estou disposto a tentar ensinar a você, se estiver disposta a aprender.

— Sim, senhor — repete Wanda, e a sorte está lançada. É hora, mais uma vez, de ver se a jogada cai a seu favor.

COMO REED PREVIU, ELES MAL ENTRARAM NA CASA — QUE STRANGE CHAMA DE seu "Sanctum Sanctorum" — quando ele se vira e diz:

— Seu nome, por favor. Gosto de saber com quem estou trabalhando, e qualquer apelido fútil de super-herói que você escolheu para esta tarde ainda não vai me dizer o suficiente sobre você.

— Wanda — responde ela. Então estende a mão para remover a máscara, revelando sombra vermelha borrada e máscara de cílios mal aplicada. — Wanda Parker.

— Descreve você bem, mas acho que não é o nome com o qual você nasceu — declara o Doutor Estranho, começando a andar devagar em círculo ao redor dela. O Homem-Aranha poderia muito bem não estar ali, considerando toda a atenção que ele está recebendo do homem; Strange está focado em Wanda. — Você tem esse nome para me oferecer?

— Fui adotada — informa Wanda, na defensiva. — Se vai dizer que ser adotado significa que meu nome não é meu, isso não vai funcionar.

— Eu jamais diria algo assim. Usamos muitos nomes durante nossas vidas, e eles mudam conosco, como uma borboleta passando pelos estágios de sua metamorfose. Seu nome é Wanda Parker, e esse nome soa verdadeiro para mim, assim como o nome do Capitão América soa verdadeiro para ele, pois ele é mais um mito do que um homem nesta era moderna. Algum dia, o apelido do qual zombei poderá ser um nome mais verdadeiro para você do que o que apresenta agora, como o Mago Supremo costuma ser para mim. Para o seu bem, espero que esse dia demore muito para chegar, pois significará uma metamorfose que deixará esta Wanda na sepultura.

— Entendo — diz Wanda, que não entende totalmente, mas está disposta a tentar.

— E por que está aqui, Wanda Parker, cujo nome original é um segredo até para ela mesma?

— Quero controlar meus poderes, e o Senhor Fantástico disse que você poderia me ajudar. — Wanda faz uma pausa e franze a testa. — Mas você é um feiticeiro... isso não é, sabe, magia? Achei que superpoderes tinham mais a ver com ciência.

— Energia é energia e pode passar por vários estágios. Algumas energias apresentam qualidades que as tornam o que consideraríamos "mágicas". Se Reed enviou você até mim, ele pensa que seus poderes são mais mágicos do que científicos. — O Doutor Estranho faz um floreio com uma mão, e um símbolo giratório aparece acima dela, com linhas douradas contra um fundo de ar, difuso nas bordas, como se tivesse sido gravado literalmente com luz. — Consegue fazer isso?

Wanda tenta imitar o floreio dele, conjurando o próprio símbolo escarlate. Não é idêntico ao dele, mas ele o estuda como se fosse uma obra-prima, então estende a mão e o tira da mão dela, girando-o entre seus longos dedos. Tanto Wanda quanto o Homem-Aranha piscam diante disso e mais uma vez, quando ele o coloca de volta, descartando o próprio símbolo ao mesmo tempo.

— Magia do caos do tipo mais puro — declara ele. — Reed estava certo em enviar você até mim. Seria irresponsável deixá-la sem instrução e solta pelo mundo. Você poderia destruir muito mais do que compreende. Não tenho escolha, agora que você está aqui.

— Não fale isso como se a culpa fosse minha — pede Wanda, e o ar ao seu redor tremula por um momento com faíscas de estática vermelha. — Eu não *pedi* para vir até você. Também não pedi magia do caos!

— Paz, por favor — pede o Doutor Estranho. — O caos vai aonde quer, e, embora você possa ser uma obrigação, estou disposto a aceitá-la. Um aprendiz é uma coisa gloriosa se ensinado e nutrido adequadamente. — O olhar dele se volta para o Homem-Aranha. — E você, garoto. Não há nada de mágico em você.

O Homem-Aranha se sobressalta e depois se aproxima defensivamente de Wanda.

— Não, senhor, não há, mas levo a segurança dela muito a sério.

— Eu não vou machucá-la.

— Creio que eu seja capaz de decidir isso melhor que você. — Os olhos do Homem-Aranha se estreitam.

— Talvez, mas você não vai ficar sob minha responsabilidade. Não tenho nada a lhe ensinar.

— Aonde ela vai, eu vou.

— Muitos homens disseram o mesmo sobre muitas mulheres. Muitos homens não cumpriram suas palavras.

— Não pode me afastar só porque quer a magia dela!

— E você não pode esconder as coisas de mim. Quer me contar sua identidade secreta agora, Homem-Aranha, ou quer esperar até que eu estabeleça isso como uma das muitas condições para estar aqui durante qualquer parte do treinamento dela? Não poderá estar aqui para ver tudo. Parte do trabalho que faremos juntos pode ser muito perigoso para quem não tem inclinação para a magia.

Este é um momento de transição. Wanda consegue sentir no ar. Se o Homem-Aranha se virar e sair, este é o ponto em que começam a se separar. América também consegue sentir isso. Ela fica tensa enquanto assiste à cena em sua janela, sem saber o resultado que deseja, mas certa de que os dois são melhores juntos do que separados.

Segundos se passam antes que o Homem-Aranha erga a mão e tire a máscara, piscando para o Doutor Estranho em repentina vulnerabilidade.

— Peter Parker, senhor — declara ele. — Wanda é minha irmã.

O Doutor Estranho sorri.

CAPÍTULO NOVE

UMA VIDA ESTRANHA

FINGIR QUE AS LIÇÕES DE WANDA SÃO UM GRUPO DE ESTUDO É MAIS FÁCIL COM ambos participando. Tia May não questiona; na verdade, ela está feliz por ter seus dois apetites adolescentes fora de casa três noites por semana, principalmente porque estão se preparando para o futuro. Acontece que o futuro para o qual eles estão se preparando não é aquele em que ela está pensando. Eles pegam o metrô até Greenwich Village, onde Peter entrega Wanda ao Doutor Estranho antes de partir para sua patrulha noturna. Ele está começando a desenvolver seu próprio grupo de vilões recorrentes, e, embora eles a preocupem, ela está mais orgulhosa dele do que consegue expressar. Ela acha que Peter também está orgulhoso de si mesmo. Ele é educado demais para se gabar como Johnny Storm às vezes faz, mas fica mais aprumado depois de ajudar a impedir que algo realmente perigoso aconteça.

Ele também começou a andar mais empertigado porque está saindo com alguém, uma garota chamada Gwen Stacy, que ele conheceu durante um decatlo acadêmico. Wanda gosta dela. Ela é engraçada, mordaz e maldosa quando precisa ser e tem um coração grande o suficiente para toda a pessoa complicada, destruída e maravilhosa que Peter se tornou. Wanda ainda não está pronta para chamá-lo de homem, apesar do nome de herói, mas ele está quase lá, e ela também. Gwen o faz feliz. Ela gosta de coisas que deixam o irmão feliz.

Enquanto Peter mantém a cidade protegida de sua crescente variedade de ameaças, Wanda aprende a controlar seus poderes em evolução e nebulosamente definidos. De acordo com o Doutor Estranho, ela tem uma conexão inerente com o caos no cerne da criação e de alguma forma o canaliza para a luz vermelha que emana de seus dedos, distorcendo-o no que ela deseja que seja. E o caos vem cada vez mais de bom grado e parece gostar do tempo que passam juntos, enchendo-a com o calor borbulhante do afeto verdadeiro.

Seu poder se manifesta principalmente como raios de energia e o que ela chama de "explosões de probabilidade", pequenos choques de luz que podem distorcer a sorte para o bem ou para o mal, dependendo do que ela deseja que seja. Ela pode usá-lo para se proteger, e não demora muito para que dê sinais de que está mudando a estrutura da realidade para atender aos próprios caprichos. Ou para atender ao caos — ele gosta de estar com ela, mas isso não quer dizer que sempre vai obedecer, em especial quando ela pede algo que não deseja ardentemente.

— Concentre-se, Wanda — orienta o Doutor Estranho toda vez que ele nota que ela está perdendo o foco, toda vez que ela transforma um tijolo em ratos, sorvete ou vento, em vez de movê-lo alguns centímetros para a esquerda. — Você tem potencial para ser formidável se aprender a se concentrar.

— Estou tentando, senhor — responde ela. E ela está, de verdade, está fazendo o melhor que pode. Mas ela tem escola, aulas e seu tempo no restaurante e, deixando de lado os avisos de Reed, não está acostumada a ter tantas obrigações assim. Sua concentração está falhando por nada mais do que exaustão.

Já se passou mais de um mês desde que ela teve uma noite para sentar e fazer o que quisesse, para se recuperar. O Doutor Estranho faz uma pausa, olhando para a expressão dela. Então, ele suspira.

— Às vezes esqueço como era ser jovem e estar sempre à disposição de forças fora do meu controle — declara ele. — A vida adulta tem seu próprio tipo de cansaço. Trabalho, deslocamento e coisas do gênero vão deixá-la exausta com frequência. Mas geralmente exigem menos de sua energia mental do que oito horas de aulas e sabe-se lá quantas mais de lição de casa. Vamos aproveitar a noite.

— Para fazer o quê?

— Nada que tenha qualquer importância.

Wanda cede, com a culpa guerreando contra o alívio. Não deveria estar tão feliz por ser liberada de suas obrigações — ela está aqui porque precisa aprender essas coisas. Quanto mais aprendem sobre seu poder, mais perigoso ele se torna e mais perigoso continuará a se tornar, até que ela alcance o tipo de controle que o Doutor Estranho parece achar tão fácil. Ao mesmo tempo, ele está certo. Se ela continuar se esforçando quando já está exausta... ela consegue ver os possíveis resultados espalhados diante dela como peças de xadrez, e os que são ruins são muitos.

— Tudo bem — concorda. — Há uma cozinha neste lugar? Tem que haver uma cozinha. Você come, e às vezes tem lanche, então, deve haver uma cozinha.

O Doutor Estranho pisca, surpreso com a pergunta dela, mas assente e gesticula para que ela o siga mais para dentro do Sanctum.

É assim que, quando o Homem-Aranha termina sua patrulha noturna — sem vilões esta noite, mas dois assaltos, um roubo de carro, uma criança perdida e um acidente de carro —, ele retorna para buscar Wanda em uma casa que cheira a biscoitos de chocolate recém-assados. Ele segue o cheiro até a cozinha do Sanctum, que é menos medieval e imponente que o restante da casa, pois foi visivelmente reformada desde a invenção do encanamento de água. Wanda e o Doutor Estranho estão sentados à ilha da cozinha, com um prato de biscoitos entre eles e copos de leite à mão.

O Homem-Aranha para, piscando, antes de remover a máscara.

— Peter! — exclama Wanda alegremente. — Eu fiz biscoitos. Venha pegar um.

Apesar de tudo mais que ele é, Peter Parker é um adolescente que esteve se balançando por Nova York por horas, fazendo atividades físicas pesadas. Ele se junta aos dois com entusiasmo e só pensa por um segundo na estranheza de sentar-se para tomar leite e comer biscoitos com o Mago Supremo.

Stephen Strange consegue parecer digno e intocável com um bigode de leite. De alguma forma, essa não é a coisa mais imponente sobre o homem. Peter e Wanda conseguem não rir, embora seja por pouco.

(América, sozinha em sua câmara, fora da realidade que observa, não tem essa necessidade de restrição e gargalha alto no silêncio. São esses momentos que tornam o fardo de Vigia mais leve, e ela os valoriza, por mais raros que sejam. Ela valoriza todos eles.)

SEIS MESES APÓS A CHEGADA DE WANDA AO SANCTUM, ELA ESTÁ NO ALTO DE UM telhado, olhando para as ruas. O Homem-Aranha está ao lado dela, e ele parece tão profissional e heroico em seu traje, comparado à calça justa vermelha e à túnica de aprendiz dela. Pelo menos ela tem uma máscara melhor agora, que cobre os olhos e vai se arqueando para cima quando alcança o topo das bochechas, formando pontas altas que emolduram seu rosto e tornam mais difícil saber o verdadeiro formato dele. Pareceu ridícula quando seu mentor a colocou diante dela, insistindo que qualquer aprendiz dele deveria ser devidamente oculto, para que ela não envergonhasse seus ensinamentos quando inevitavelmente se atrapalhasse em suas primeiras missões públicas.

As palavras dele foram frias, até cruéis, mas, depois de seis meses sob sua tutela, ela percebe o carinho por trás delas, a preocupação genuína que ele mascara com sarcasmo e perfeccionismo. Ele é um homem solitário, seu Stephen Strange, e a presença dela em sua vida — e a de Peter, falando nisso — tem sido uma calidez bem-vinda, um abrandamento e um avivamento que ele nem sempre parece compreender. Ele a acolhe, isso é mais do que claro e, embora possa tê-la aceitado como sua aprendiz por obrigação, agora ele ensina a ela pela alegria de vê-la crescer em poder e confiança, vendo-a se tornar a feiticeira que ele sabe que ela tem a capacidade de ser, ao mesmo tempo que Peter cresce em seu heroísmo. À sua maneira, ela acredita que Strange ama os dois, mas ele não tem muita prática nessa forma de afeto e, por isso, faz o que pode para esconder, assim como ela agora esconde o rosto.

A máscara é uma espécie de escudo. Quando ela a usa, pode ser qualquer pessoa. Ela não é Wanda Parker, adotada, imigrante importada, garota que está se tornando mulher e que ainda carrega bem escondida a culpa pela morte do tio Ben, embalada perto de seu coração; todos os protestos de Peter não fizeram nada para abalar a convicção dela de que, sem ela, o tio que ambos adoravam teria sobrevivido. A história dele de ficar parado e deixar o ladrão correr livremente noite adentro é tão incomum, que parece inventada, como se ele estivesse inventando motivos para roubar a culpa dela. Ela o ama, sempre o amará, mas aquela mentirinha irrita toda vez que eles conversam. Ele não podia nem deixá-la ter os próprios arrependimentos?

Mas, quando ela usa essa máscara, fica livre de tudo isso. Ela é uma mestra das artes místicas, treinada pelo Mago Supremo da Terra. Ainda tem anos pela frente antes de poder deixar seu posto como a aprendiz dele, porém, ainda assim, ele acredita que ela está pronta para patrulhas públicas, acompanhada por um herói mais experiente — e, quando ela está mascarada, pode dizer a si mesma que não se irrita ao ouvi-lo chamar o irmão dela de mais experiente. É apenas a verdade. Peter adquiriu seus poderes antes dela, começou a usá-los em público imediatamente e tem uma compreensão quase instintiva do que pode fazer, do que é capaz. Ela tem mais potencial e menos compreensão, e esse é o equilíbrio que ela teria escolhido se tivesse tido a oportunidade de escolher.

O Homem-Aranha se vira para encará-la, a máscara estranhamente expressiva revela sua preocupação, e ela assente com firmeza. Eles estão prontos. *Ela* está pronta.

Ele passa um braço em volta da cintura dela, e ela se inclina para ele, deixando-o sustentar seu peso, enquanto ele sobe na borda estreita ao redor do telhado. Em seguida, ele se afasta, com a linha da teia presa com firmeza na mão que não a está sustentando, e os dois balançam em gloriosa queda livre, e parece que estão voando. Parece liberdade. Wanda quer rir, mas reprime. Rir seria infantil, seria amador, seria um sinal do quanto ela é inexperiente.

Sendo assim, eles balançam em silêncio, e o manto vermelho preso em volta dos ombros dela tremula ao vento que seu balanço cria e, ah, eles devem ser uma visão aterrorizante vista de baixo. Qualquer malfeitor que esteja praticando o mal ficará aterrorizado se sua sombra pousar na cena de um crime.

Ela foi autorizada a se juntar a Peter nesta noite porque nenhum dos criminosos fantasiados da cidade esteve ativo nos últimos dias; parece improvável que encontrem algo de fato perigoso, e Peter prometeu afastá-los caso isso aconteça. Seu mestre quer que ela conheça as ruas antes de começar a enfrentar ameaças de verdade, e, embora a restrição irrite, ela está secretamente grata. Ainda não quer lutar contra alguém que tenha um codinome e um bordão. Nesse sentido, ela *consegue* admitir que Peter é o herói mais experiente e que, além disso, ela fica contente por ele continuar assim, pelo menos por enquanto.

Eles pousam em uma escada de incêndio, e os pés do Homem-Aranha não fazem nenhum som quando ele pousa, mas as solas duras dos sapatos de Wanda batem de leve, fazendo-a estremecer. Ele se vira para ela franzindo a testa através de sua máscara. Ela dá de ombros, fazendo um gesto exagerado de "desculpe", e ele suspira.

O silêncio dessa troca deve significar que ele os trouxe para impedir um crime, e ela desvia seu foco dele para a rua abaixo, procurando por qualquer sinal do que chamou a atenção dele e os trouxe até aqui. Ele não se move para ajudá-la, mas ela consegue senti-lo tenso e sabe que ele *quer* ajudar, sabe o esforço que está fazendo para ficar quieto; isso também é obra de seu mestre, uma condição para deixá-la sair para o mundo como a heroína que ela anseia ser. O Homem-Aranha é seu guia, seu guarda e seu parceiro nesta noite, mas ela deve encontrar seus perigos sozinha.

Tudo está escuro abaixo deles e aparentemente imóvel. Não há gritos convenientes nem exigências para que alguém entregue uma bolsa ou outro objeto de valor. Wanda ergue as mãos na altura do peito, com as palmas voltadas para fora e os dedos sobrepostos, mas não entrelaçados, e, quando ela os separa, uma teia de luz vermelha segue, iluminando a escada de incêndio. O Homem-Aranha fica tenso de novo, desta vez com surpresa, e não com expectativa.

Wanda não se permite olhar para ele, concentra-se em sua teia, que ela alarga até formar uma cúpula vermelha que brilha suavemente ao redor deles. Feito isso, ela expira e olha para o irmão.

— A luz não vai nos denunciar — informa ela. — É um feitiço básico de ofuscação. Ninguém pode nos ver ou ouvir agora. Só meu mestre, suponho, se ele estiver sondando nossa localização, mas mais ninguém.

A ressalva é um aviso acima de tudo: isso não é privacidade de verdade, e eles podem ser observados, apenas não por seus possíveis alvos.

— Hum — diz o Homem-Aranha. — E isso é simplesmente uma coisa que você consegue fazer agora? Há quanto tempo está fazendo esse pequeno truque?

— Alguns meses. Você não se perguntou como eu vivia desaparecendo na hora de lavar a louça?

— Sua trapacei...

— Faça-me o favor. Você usa seus poderes para tirar o pó mais rápido, eu posso usar os meus para transformar a louça em problema de outra pessoa.

Ele ri. Ela sorri, satisfeita consigo mesma, e algo na escuridão abaixo finalmente se move.

A atenção de Wanda se volta para a rua. Há duas luzes apagadas neste trecho do quarteirão, o que explica a escuridão, e, conforme seus olhos se ajustam, ela vê o motivo pelo qual o Homem-Aranha os trouxe aqui. Não há como ele ter visto os dois homens espreitando na parte mais profunda da sombra, o que significa que seu sentido-aranha, como a coisa nebulosa que é, lhe disse onde descer; não é justo que ele tenha um super-radar para problemas além de todas as suas outras vantagens, mas não faz sentido dizer isso. Ela pode discutir o quanto quiser, não vai mudar a forma como as cartas foram dadas.

Ela aponta para os dois homens.

— Foi isso que você sentiu, não foi?

O aceno de cabeça dele é tenso.

— Eles não têm boas intenções.

Não é uma afirmação necessária, mas desde quando algum deles está interessado em contar suas palavras?

— Mas eles ainda não fizeram nada. — Ela olha para o Homem-Aranha, franzindo a testa. — Não importa se eles têm más intenções, não podemos detê-los até que comecem alguma coisa, ou seremos agressores traçando perfis de pessoas que estão no lugar errado na hora errada. E, se sabemos que eles provavelmente têm más intenções e ficamos aqui esperando que machuquem alguém, como somos *heróis*?

— Boa pergunta — diz ele.

Wanda suspira.

— Nem sempre é tão simples quanto "mocinhos, bons; bandidos, maus", não é?

— Infelizmente, não.

— Meu mestre mandou você fazer isso, não foi?

— Ele pode ter me pedido para encontrar algo moralmente complicado, se possível — admite ele. — É bom que você queira vir aqui e fazer o trabalho, Wan...

— *Não* — interrompe ela, bruscamente.

— Encarnada, mas o trabalho tem consequências. Colocar a máscara significa aceitar a responsabilidade pelo que pode acontecer enquanto você a usa. Por exemplo, no tempo que debatíamos a moralidade de esperar enquanto os dois excelentes cavalheiros abaixo de nós se metem em problemas, eles encontraram um problema no qual se meterem.

Wanda ofega ao olhar para baixo. Os homens se deslocaram. Estão fora da faixa de sombra agora, seguindo uma mulher pela rua. Ela está andando rápido, segurando a bolsa perto do corpo, como se a atenção cuidadosa fosse livrá-la das circunstâncias que a trouxeram até aqui tão tarde da noite. Não vai ser como ela espera.

Wanda não tem a habilidade do Homem-Aranha em se mover rapidamente, por isso, puxa o braço dele e aponta, mostrando aonde ela quer ir. Ela estala os dedos ao mesmo tempo, e a cúpula ao redor deles estala como uma bolha de sabão, deixando-os expostos ao ar noturno. Os sons da cidade voltam a preencher o espaço que ela abriu, e o Homem-Aranha faz uma careta ao perceber que ela o impediu de discutir. Portanto, ele passa um braço ao redor da cintura dela e salta, carregando-a com ele.

Eles pousam sem fazer barulho atrás dos dois homens, e o minuto seguinte parece algo saído de uma comédia: a mulher andando rápido e ansiosa, com os calcanhares se chocando contra a rua como as pisadas de um cavalo ansioso; o som ecoando das paredes próximas; os homens seguindo tão silenciosamente quanto podem, com o arrastar ocasional de seus pés encoberto pelo barulho dos dela; e o Homem-Aranha e Wanda atrás *deles*, movendo-se em silêncio absoluto — os passos dele são abafados por uma leveza sobre-humana, e os dela, por uma proteção sobrenatural. Se alguém descesse a rua agora, poderia confundir com um desfile.

Ninguém aparece. Os homens finalmente chegam perto o suficiente para agir, e o da frente agarra a mulher pelos ombros, fazendo-a parar, enquanto seu amigo corre para ficar na frente dela, com um sorriso presunçoso já se formando em seus lábios.

Entretanto, virar-se para encará-la significa que ele vê o que está atrás de seu amigo, e ele congela ao avistar os dois heróis uniformizados, a cor desaparece de suas bochechas coradas, deixando-o paralisado e com aparência de cera, os lábios se movem em protesto silencioso pelo que está vendo. A mulher, gritando, luta para se libertar das mãos que a seguram, sem sucesso — o homem teve tempo de preparar sua pegada e de afundar os dedos na parte macia do braço dela, onde o seu aperto seria mais forte. Ele a segura firme, e ela se debate sem sucesso.

— Ei — sibila ele. — Ei, o que houve? Não podemos ficar aqui *parados*!

O homem cujo trabalho, sem dúvida, era roubar a pobre mulher enquanto seu parceiro a segurava, ergue a mão trêmula e aponta para trás de seu cúmplice. A mulher, sentindo uma chance de resgate, para de se debater, e o homem que a segura olha por cima do ombro.

— Homem-Aranha! — arqueja ele. — E... a companheira do Homem-Aranha?

— Eca — exclama Wanda por reflexo. Mais tarde, vai relembrar esse momento, sua estreia como uma super-heroína atuante, e querer morrer de vergonha de sua primeira palavra nas ruas ter sido *eca*, mas no momento não há mais nada a dizer.

— Não faça suposições — retruca o parceiro do homem. — Só porque ele tem uma moça com ele não significa que haja algo romântico acontecendo.

— Nunca insinuei romance — retruca o primeiro homem, carrancudo. Ele se vira, arrastando sua vítima consigo, e a empurra à sua frente como um escudo humano. Ela grita e se debate, tentando escapar.

— Encontros platônicos podem acontecer.

— Seus assaltos são sempre assim? — questiona Wanda ao Homem-Aranha, amargamente.

— Cerca de metade das vezes. Algo em mim deixa os criminosos tagarelas — comenta o Homem-Aranha.

— Não somos criminosos! — diz o homem que os avistou primeiro.

— Ah, não? Então acho que não vão se importar de deixar a senhora ir, certo?

— Ainda não terminamos — declara o homem.

— Com seus crimes — diz Wanda sem jeito, lembrando de projetar sua voz de super-heroína. É menos sedutora agora, embora faça parecer que ela está se recuperando de um resfriado.

— Um homem tem que ganhar a vida — fala o homem bruscamente.

— Eu sou a *Encarnada* — declara Wanda, dando ao seu codinome atual a entonação firme que seu mestre sugeriu. Um nome citado corretamente pode lhe dar vantagem se for intimidador o bastante.

Ambos os homens franzem a testa. A mulher continua lutando, mas para de gritar, e os três olham para ela.

Ela é uma super-heroína grande e poderosa agora, com máscara, fantasia e tudo mais. Ela não se contorce. Ela quer. Ela quer afundar na calçada e desaparecer.

— O que isso *significa*? — pergunta um dos homens. — Homem-Aranha, claro. Ele tem poderes de aranha. Nós entendemos do que se trata.

— É um tom de vermelho — começa Wanda, antes de o Homem-Aranha balançar a cabeça e fazer um gesto de "pare". Ela para, com as bochechas coradas. Este não é o momento para definições.

— Na verdade, tenho dúvidas sobre a coisa da aranha — fala o outro homem. — Se as aranhas são tão poderosas, como posso colocá-las em um copo de papel e jogá-las fora? A sua maior fraqueza é um copo de papel?

Não era assim que Wanda queria que sua primeira patrulha corresse. Ela fica quase aliviada quando o primeiro homem mostra uma faca.

— Vá *embora*, seja qual for o seu nome — diz ele. — Estamos ocupados.

Ele se aproxima da mulher, que o encara por um segundo antes de começar a gritar de novo, desta vez mais alto, lutando para se libertar. Homem-Aranha salta no ar. Na escala que vai de "agredir pessoas que não fizeram nada de errado" a "deter um crime", a linha é aparentemente traçada quando alguém puxa uma arma.

Wanda transfere seu peso para o pé de trás, preparando-se para o caso de precisar se esquivar, e levanta as mãos até a altura do peito com os dedos bem abertos enquanto extrai energia do ar. Ela preenche suas palmas e desce até envolver seus pulsos, formigando em sua pele. Wanda nunca consegue encontrar palavras para descrever esse momento, mas parece que está de mãos dadas com o universo, e o universo a ama. Ela sabe que o universo a ama acima de tudo.

Isso aconteceu no tempo que o Homem-Aranha levou para saltar no ar e pousar contra a lateral de um prédio próximo, grudando ali como se não houvesse nada de estranho nisso, como se a gravidade fosse feita para ser tratada como um brinquedo. Os homens o estão rastreando com os olhos, deixando-a de lado. Esse é o erro deles.

Eles podem não perceber que já infringiram a lei, agarrar alguém sem consentimento é agressão no estado de Nova York. Isso significa que ela tem o direito de fazê-los parar. Ela abaixa as mãos e uma luz vermelha dispara de sua localização em direção às pessoas na calçada, cortando claramente entre a mulher e o homem que a segura. Ele grita de surpresa quando a energia o empurra e, o mais importante, ele a solta.

Ele tropeça ao se afastar de sua vítima em potencial, batendo a cabeça na parede de tijolos. Não com força suficiente para nocauteá-lo, infelizmente, mas com força o bastante para que ele grite de novo, desta vez de dor, e coloque a mão na têmpora, agora dolorida.

O Homem-Aranha faz seu próprio gesto, mais rápido que o dela, e o homem com a faca se torna o homem sem faca quando uma linha de teias arranca a arma de sua mão. Os dois homens, agora desprovidos de armas e de potenciais vítimas, trocam um olhar antes de correr pela rua, tentando fugir. Wanda lança dois raios de energia vermelha atrás deles, distorcendo a probabilidade ao redor deles até que grite. Um deles tropeça nos cadarços desamarrados de repente. O outro tropeça no primeiro.

O Homem-Aranha os alcança com facilidade, prendendo os dois na parede, enquanto a mulher se volta para Wanda, agradecendo-lhe várias vezes por intervir. Ela parece tão sincera e grata, que Wanda engole sua primeira resposta, que é uma crítica à ideia da mulher sobre onde é seguro para ela andar sozinha tão tarde da noite. E é injusto, ela sabe que é — ela deveria poder andar por onde quisesse na própria cidade, sem medo —, mas esse não é o mundo em que vivem, e não será esse mundo tão cedo, e, se essa estranha tivesse sido mais cuidadosa, Wanda e seu irmão não precisariam intervir.

Wanda consegue sorrir como se a gratidão da mulher fosse o som mais doce que ela já tivesse ouvido, como se fosse o remédio pelo qual ela esperou durante toda a vida. Ela quer ir embora. Seu mestre lhe avisou que ela poderia ter emoções confusas após seu primeiro ato heroico — às vezes, a queda da adrenalina após uma luta pode deixar as pessoas agitadas demais para lidar com as consequências. Ela não esperava que os agradecimentos e elogios parecessem vazios, como se fossem a moeda que você pagou pela proteção. Como se essa mulher tivesse se arriscado apenas porque sabia que provavelmente haveria super-heróis por perto.

Ela não quer que as pessoas fiquem *menos* seguras porque ela está na cidade. Ela quer ajudar a construir um mundo onde não haja mais Tios Bens — ou, mais precisamente, onde *haja mais* Tios Bens, onde homens bons não morrem sem motivo, e, se isso significar que as pessoas começarão a deixar de pensar nela e em pessoas como ela como especiais, ela supõe que esse seja o preço. O Homem-Aranha volta enquanto a mulher tenta apertar a mão de Wanda e se interpõe suavemente entre elas, passando um braço em volta da cintura de Wanda, o que ela sabe que é um sinal de que ele está prestes a tirá-los dali. Ela está grata, está mesmo, e não se opõe quando ele diz à mulher para ir para um local seguro, depois dispara uma teia, fixando-a em algum ponto invisível à distância, e lança os dois para o céu.

— As pessoas que não sabem que você é um completo nerd apenas presumem que seus poderes de aranha incluem geometria? — ela pergunta, uma vez que eles estão altos o suficiente para que ninguém ouça.

O Homem-Aranha ri, e o som é abafado por sua máscara de uma forma que ela acha estranhamente cativante, já que não abafa suas palavras da mesma maneira.

— Não sei — fala ele. — Não é algo muito comentado, exceto por Johnny, e só falei disso com ele porque minha teia é inflamável, o que quer dizer que ele precisa ficar longe dela. Eu contei para *ele* que tirei notas máximas na prova final de geometria avançada, o que ele presumiu ter acontecido anos atrás, e ele me pediu para ajudá-lo com alguns deveres de casa que Reed lhe deu. — Sua voz fica melancólica. — Eu *gostaria* de ter um líder de equipe que me desse lição de casa.

— Talvez você possa se juntar ao Quarteto Fantástico algum dia.

— Eles são um grupo familiar. Eu não me sentiria confortável nem em pedir até que estivesse pronto para contar a eles minha identidade secreta, e, mesmo assim, não seríamos uma família. Não pretendo ser adotado, e Gwen me mataria se eu contasse que estou terminando com ela para poder me casar com o Tocha Humana.

Wanda ri tanto, que pensa que vai passar mal e ainda está rindo quando ele os coloca em um telhado conveniente e se afasta dela para examinar as ruas abaixo deles. Pouco a pouco, ela recupera o controle, e a irritação aumenta de novo, lembrando-a de que ela foi controlada desde o início. Seu mestre e seu irmão conspiraram para garantir que sua noite fosse a experiência de aprendizado que eles queriam para ela, e não a de que ela precisava.

Ela se volta para o Homem-Aranha, carrancuda.

— Sem mais testes éticos esta noite — diz ela. — Prometa.

— O Doutor Estranho me pediu para…

— *Ele* é meu mestre. *Você* é meu irmão. Portanto, prometa que não haverá mais testes éticos.

Ele fica sério.

— Eu sei que você precisa sair para ter uma ideia da patrulha e sei que isso é algo que você deseja fazer.

— Sinto um "mas" chegando.

— Mas eu realmente gostaria que você mudasse de ideia. — Ele dá de ombros. — Doutor Estranho não patrulha.

— Doutor Estranho não enterrou dois pares de pais antes dos dez anos de idade. — Nem ela, tecnicamente: seus primeiros pais foram perdidos quando ela era jovem demais para entender o que estava perdendo, e os restos mortais dos Parker nunca foram recuperados. Mas o sentimento permanece.

O Homem-Aranha estremece.

— Acho que não.

— Podemos fazer um acordo — diz ela. — Eu paro de patrulhar se você parar.

— Não é a mesma coisa. Eu tenho mais prática do que você.

— Só porque conseguiu seus poderes primeiro e começou a sair escondido antes que eu pudesse fazer você concordar em tomar cuidado.

— Achei que você queria que eu lutasse contra o crime.

— Eu quero. Mas também quero você a salvo, e, cada vez que você se machuca, a parte de mim que quer você a salvo fica um pouco mais forte. Por isso, eu desisto se você desistir.

— Sou rápido e forte. Meus poderes são quase todos físicos. Fui basicamente *projetado* para patrulhar — contesta ele. — Você é…

— Cuidado — adverte ela.

— … não tão fisicamente aprimorada.

Wanda cruza os braços e apenas olha para ele. Ela não diz uma palavra. Ela não precisa dizer uma palavra. Ela aprendeu essa técnica com tia May; nunca viu Peter resistir a isso por mais de um minuto.

Há mais distinção entre o Homem-Aranha e Peter do que ela pensa que ele percebe, porque ele resiste por quase noventa segundos antes de se encolher e desviar o olhar.

— Eu só não quero ver você se machucar — murmura ele.

— E eu também não quero ver *você* se machucar — rebate ela. — Você é meu irmão. Você é a única coisa que tenho neste mundo com quem posso contar sempre e sempre, e, se for capturado ou gravemente ferido enquanto estiver uniformizado, talvez eu nunca saiba o que aconteceu com você. Então não vou me ferir se você não se ferir.

— Promete?

É o tipo de promessa que ninguém pode fazer, e ambos sabem disso. Mas ambos são super-heróis adolescentes com teimosia suficiente em seus ossos para acreditar que são de alguma forma diferentes de todo mundo e, sendo assim, unem os dedos mindinhos e dizem, em uníssono:

— Eu prometo.

Além da janela, em sua própria realidade, América se encolhe e suspira. Essa não é uma promessa segura de se fazer. Gostaria que eles pensassem melhor, mas é tarde demais; não podem voltar atrás, não importa o quanto ela deseje que pudessem.

Algumas coisas estão apenas implorando para que o destino intervenha.

CAPÍTULO DEZ

MEDIDAS HEROICAS

ELES IMPEDEM MAIS DOIS PEQUENOS CRIMES NA PRIMEIRA NOITE: UM ROUBO DE carro e uma tentativa de assalto. Wanda nunca se livra da sensação de que o Homem-Aranha a está direcionando para questões éticas — a ladra de carros é mais jovem do que eles, assustada e meio faminta, claramente desesperada. Eles impedem seu crime e dão a ela vinte dólares e uma jaqueta que Wanda invoca de um lenço antes de a encaminharem para o Taco Bell alguns quarteirões adiante, seguindo até ela chegar lá.

— Os super-heróis nunca serão a solução para todos os problemas desta cidade — comenta o Homem-Aranha, um tanto taciturno. — Muitas coisas precisam de mudanças sistêmicas, e mudanças sistêmicas precisam de dinheiro. Talvez se o Homem de Ferro decidir que quer comprar uma rede de segurança social melhor, ou se Thor decidir que os deuses de Asgard precisam se envolver com o sistema de assistência social. Mas, até que isso aconteça, faremos o que pudermos. Estamos remendando buracos na parede de gesso.

— É melhor do que não fazer nada — argumenta Wanda, e o Homem-Aranha não discute.

O assalto não é melhor do que o roubo de carro — a quase vítima é um traficante de esquina que está quase mais chateado por ter sido salvo do que por ter sido ameaçado. Acabam deixando-o preso em uma teia junto com seus agressores, e os três se esforçando para se libertarem antes da chegada da polícia.

— Há respostas fáceis? — pergunta Wanda, enquanto voltam para o Sanctum.

— Às vezes — diz o Homem-Aranha. — Agradeça quando vierem, porque são raras e facilitam muito o trabalho. Situações simples e supervilões.

— Isso significa que você vai me levar para lutar contra um supervilão?

— Você *quer* que o Doutor Estranho me transforme em uma salamandra? Não abuse da sorte, *Encarnada* — fala ele, pousando-os no telhado do Sanctum. O Doutor Estranho deixou a entrada do telhado destrancada para eles, e, depois de Wanda fazer uma pausa para contar às abelhas sobre sua noite — elas têm três colmeias atualmente, todas prosperando, e suas vidinhas naturalmente matemáticas e a física de voo caótica as tornam uma conexão fácil para os poderes dela —, eles descem para o calor da casa.

Ela não percebeu o quanto era frio balançar acima da cidade. O Homem-Aranha tira a máscara enquanto eles descem as escadas, e ela está com Peter de novo, seu irmão amado, não o super-herói mais experiente que foi seu supervisor a noite toda. Ela relaxa, e um pouco da rigidez desaparece de sua postura. As identidades secretas são necessárias por vários motivos, mas ela gosta mais quando não está andando por aí com um super-herói que ela não conhece de verdade.

Ela sabe que são a mesma pessoa, mas as máscaras mudam as coisas. Peter olha para ela, com certa súplica nos olhos, e ela percebe que a própria máscara ainda está no lugar. Envergonhada, mas sem saber ao certo por quê, estende a mão e a remove, e eles terminam a descida como eles mesmos, como sempre fizeram quando eram apenas os dois. Como deveria ser.

— Acho que precisamos trabalhar no meu codinome — declara ela, antes que Peter possa começar a relembrar os encontros com os criminosos da noite. Ela sabe que ele vai querer repassar tudo o que eles falaram, fizeram e viram; ela concordou com isso antes de saírem, e ainda não está pronta. — Não funciona se ninguém souber o que significa.

— Encarnada é um tom de vermelho — diz Peter. — Você gostou hoje de manhã.

— Gosto de como parece com "encantamento" e pensei que poderia dar às pessoas uma ideia do que estavam prestes a enfrentar, parece educado e ajuda criar uma marca.

Peter franze o nariz.

— Eu detesto a forma como você pensa nisso.

— Mas é um fator real — argumenta ela. Eles chegaram ao andar térreo; ela desabotoa a capa e a pendura no cabide próximo à base da escada, indo em direção à cozinha. — É mais fácil administrar o lado psicológico do super-herói quando as pessoas sabem o que esperar. É por isso que você se autodenomina "Homem-Aranha", em vez de, sei lá, "o Mariposa".

— Eu não tenho poderes de mariposa!

— Você tem poderes de inseto.

— Aranhas são aracnídeos, não insetos.

— "Inseto" se tornou genérico o suficiente para significar basicamente qualquer coisa pequena e rastejante que possa ficar presa numa banheira — replica ela. — Mas você também não é o "Cara-Inseto". Não é exato o bastante. Você quer alertar seus oponentes sobre que tipo de inimigo você será e também dizer às pessoas que estiver protegendo o que podem esperar de você. Por isso, eu estava optando por "vermelho" e "encantamentos", e não funcionou do jeito que eu queria. Não é um bom codinome se ninguém consegue pronunciá-lo.

— Você acabou de descobrir por que eu não me chamei de "Aracnídeo".

— Isso. E todos os super-heróis que conheço, exceto meu mestre...

— Que é um super-herói apenas por um detalhe técnico.

Ela franze o nariz para ele. Ele para de falar.

— ...acham que você é um adulto, porque seu nome contém "homem". Mesmo quando você diz coisas estúpidas ou escorrega e admite que precisa estar em casa antes do toque de recolher, eles consideram você um adulto. — Ela ouviu Reed conversando com o Doutor Estranho algumas vezes quando ele veio ao Sanctum para uma consulta sobrenatural, e ele presume que Peter tem a idade de Johnny, idade suficiente para começar a faculdade. Ele o chamou de inspiração mais de uma vez. Ela não contou isso para o irmão. Não há necessidade de inflar seu ego mais do que seus vários sucessos já o fizeram. — Caso você se nomeasse de "Aracnídeo", sabe que alguém o teria apelidado de "o garoto-aranha" no final de sua primeira semana ativa de patrulha, e todos diminuiriam a estimativa de sua idade.

(Em uma sala que existe e não existe, fora dos limites desta fatia da realidade, América se afasta da janela para balançar a cabeça. Viu muitas Wandas em muitos mundos, mas poucas delas falaram assim. Toda Wanda é inteligente — ela tem que ser, para ter pelo menos um pouquinho do controle de que precisa sobre seus poderes —, mas a maioria delas não fala como se fosse. Esta Wanda fala como se considerasse que a melhor forma de passar uma tarde seria discutindo teorias científicas com Reed Richards. A coisa mais fascinante sobre esse pequeno desvio da norma é que ela sabe que é algo que toda Wanda tem potencial para ser. Ela é esperta, entusiasmada e está ansiosa para fazer parte de algo, uma espécie de camaleão para as comunidades ao seu redor. Em uma família de pessoas inteligentes que incentivavam a educação como foco principal, ela sempre seria assim.)

Peter acena com a cabeça, concordando com a avaliação dela, e juntos os dois seguem para o corredor, em direção à cozinha.

— Quer dizer que isso é um não para "Encarnada". Ainda digo que "Maravilha Vermelha" funcionaria.

— Não — responde Wanda com firmeza.

— Por que não? Eu chamava você de "Maravilha" quando éramos crianças.

— E eu fiz você parar porque me deixou desconfortável. Agora, se você me chamasse assim, ficaria tão relaxado que ia cometer um deslize e me chamaria de "Wanda" ou "Wandy" na frente da pessoa errada, e descobririam nossas identidades secretas em um piscar de olhos. Eles poderiam nos seguir até tia May, e *ela* não tem superpoderes. Ela seria um alvo fácil para qualquer um que quisesse nos seguir até em casa!

— Como o ladrão que matou tio Ben — diz ele, subjugado.

Wanda suspira.

Eles têm essa discussão com mais frequência do que deveriam, e cada um deles carrega a culpa pelo que aconteceu junto a seus corações, como ostras acumulando zelosamente pedaços de cascalho ralado. Peter deixou o ladrão ir, mas foi aí que seu envolvimento terminou; o homem não tinha motivos para pensar que o Homem-Aranha estava de alguma forma ligado à casa dos Parker. Se extrapolarem a realidade da situação, podem pensar no fato de que o homem entrou pela janela de Peter, onde a luz apagada fazia com que toda a frente da casa ficasse escura; se Peter estivesse em casa, o homem poderia ter escolhido um alvo diferente, e outra pessoa teria morrido.

Em seus momentos mais amargos, Wanda deseja poder criar aquele mundo, mudar o alvo do homem para uma ou duas casas depois na mesma rua, matar um de seus vizinhos e deixar seu querido tio em paz. E é por isso que é tão importante que ela se torne uma heroína: ela pode não ter mandado o assassino para a janela de outra pessoa, mas já pensou nisso com bastante frequência e sabe que o faria se pudesse. Dado o potencial que seu mestre diz que seus poderes têm para reescrever o universo, ela precisa se manter acima desse tipo de desejo mesquinho. Não importa o quanto queira.

Porque Peter deixou o ladrão ir, mas ela o interrompeu, ela foi pega, ela o atacou com o primeiro uso inconsciente de seus poderes. Ela distorce a probabilidade, sabe disso agora: ela atirou tanto azar naquele homem, que é de admirar que um piano não tenha caído do céu e o esmagado onde ele estava. Ela não consegue deixar de imaginar que um pouco desse azar não tenha se espalhado para a arma, de modo que ela disparou de forma irregular, acertando uma bala no homem mais importante de sua vida. Peter deixou o ladrão ir. Ela deixou o ladrão fazer o resto.

Eles trocam um olhar repleto de culpa e autorrecriminação, e nenhum dos dois fala uma palavra e nenhum deles precisa fazê-lo. Se falarem, começarão a discutir mais uma vez quem é o dono da maior parte da culpa, e este é um momento de alegria. Sua primeira patrulha foi um sucesso. Ela provou que consegue, pelo menos potencialmente, sobreviver nas ruas de Nova York. Este não é o momento de abrir feridas antigas, e, por isso, eles as mantêm cuidadosamente seladas enquanto avançam para a cozinha.

O Doutor Estranho está lá, sentado de pernas cruzadas no ar, vários metros acima da ilha da cozinha. Seus olhos estão fechados, mas ele abre um quando eles entram no cômodo e finge olhá-los de cima a baixo antes de abrir o outro olho e perguntar, com sua voz sempre sonora:

— E então?

— Senhor, você sabe que não posso levá-lo a sério quando está flutuando — diz Wanda. — Existem outros cômodos onde poderia fazer isso.

— Eu sabia que os dois residentes com apetite infinito viriam imediatamente procurar comida quando voltassem, então, este parecia ser o melhor lugar para esperar por vocês — responde ele, recuando até não estar mais diretamente acima da ilha. Isso torna sua flutuação mais impressionante, já que agora ele está facilmente dois metros acima do chão, em vez de apenas um metro acima da ilha.

Peter não sabe por que uma altura maior é tão impressionante, mas é. Ele não é capaz de flutuar nem um centímetro, então, isso provavelmente não deveria importar tanto quanto importa.

— Por que estava esperando, senhor? — pergunta Wanda.

— Eu só tenho uma aprendiz. Se eu perder você, parecerá desleixo, e os outros feiticeiros me julgarão.

Wanda sorri, quase provocando.

— Desde quando se importa com o que os outros feiticeiros pensam?

— Um excelente ponto, aprendiz. Preocupação revogada: saia e seja morta, não me importo, estarei aqui de qualquer maneira. — Ele desce, descruzando as pernas, até ficar de pé no chão da cozinha. Peter olha para baixo. Não: ficar alguns centímetros *acima* do chão da cozinha. Ainda é impressionante. — Como foi sua primeira patrulha?

— Não gosto que você e Peter conspirem contra mim — declara Wanda. O Doutor Estranho levanta as sobrancelhas, tentando parecer inocente. Ele não tem o rosto para isso: o homem poderia fazer a doação de brinquedos com penas para um abrigo de gatinhos parecer sinistro. Mas ele está tentando, e Peter silenciosamente lhe concede pontos por isso.

Wanda, por outro lado, definitivamente não. Ela revira os olhos e vai até a geladeira, abrindo-a para tirar a salada de frutas que fez antes. O Sanctum Sanctorum, como todas as boas mansões vitorianas assustadoras, tem um pomar anexado à parte de trás. Não existe para ninguém fora da casa, mas por dentro é um próspero bosque de árvores frutíferas e arbustos. Não existem frutas da estação, não aqui. Mesmo quando frutas frescas estão caras demais no restante da cidade, a casa de Stephen Strange tem mangas e morangos.

Peter achou injusto a primeira vez que Wanda disse que faria waffles de mirtilo se os mirtilos não estivessem custando oito dólares por meio quilo na bodega, e o Doutor Estranho respondeu levando-os até seu jardim particular para colher o que ela precisava. Agora Peter aceita isso como parte do funcionamento da casa, e cada refeição que faz aqui é uma refeição pela qual tia May não precisa pagar. O Doutor Estranho pode pagar.

— Conspirando? — pergunta o Doutor Estranho. — O que você quer dizer?

— Quero dizer criar desafios éticos na forma de crimes, para que eu tivesse que tomar decisões sobre quando e se devo intervir — retruca Wanda. — Quero dizer tratar minha patrulha como uma espécie de teste.

— Mas foi um teste, aprendiz. Um teste para saber se você conseguiria se virar no mundo real, mesmo com seu irmão ao seu lado.

Peter nem sempre estará lá para ajudá-la. Algum dia você terá que tomar essas decisões por conta própria e, quando esse dia chegar, estará preparada para avaliar a situação e chegar a uma conclusão, em vez de entrar em ação descontroladamente. Você estará mais bem preparada do que seus colegas para sobreviver. Esse, muito mais do que suas boas graças temporárias, é meu objetivo. Quero que você aprenda a controlar seus dons, a aprimorá-los em todo o seu potencial e a permanecer viva tempo suficiente para usá-los para qualquer propósito a que se destinam. Se alguns questionamentos éticos ajudarem você a atingir esses objetivos, então valerá a pena fazer essas perguntas.

Wanda suspira pesadamente, humilhada como nenhuma adolescente jamais foi.

— E *ainda por cima*, eles não entenderam meu codinome.

— "Encarnada" é um vocábulo adorável, mas não tão excelente para gritar no calor da batalha.

— Está vendo? — fala Peter, enquanto Wanda parece magoada.

— Entendo o tema que você está testando, mas talvez seja melhor ser menos polissilábico, para o bem do seu público-alvo. A maioria dos assaltantes não ganhou os concursos de ortografia da escola, infelizmente.

— Ainda gosto de "Maravilha Vermelha" — declara Peter.

— Eu falei que não — retruca Wanda. — Você vai dar um deslize e usar meu nome de verdade.

— Considere, então, "a Feiticeira Escarlate" — sugere o Doutor Estranho. — Ele combina com seu esquema de cores e suas inclinações, enquanto invoca o Pimpinela Escarlate, que foi o modelo para muitos heróis de capa modernos. Você poderia ter uma linhagem muito pior.

— A Feiticeira Escarlate — fala Wanda para si mesma, sentindo as palavras. Elas parecem certas o suficiente. Parecem que podem funcionar. — Acho que gosto desse. Mas como podemos fazer com que as pessoas o *usem*?

— Tive uma ideia — fala Peter pensativo.

— Esta é realmente uma noite notável — comenta o Doutor Estranho.

A cozinha está quente, as frutas, frescas, e as risadas tomam a noite até a hora de voltarem para casa.

NA NOITE SEGUINTE, O HOMEM-ARANHA E A FEITICEIRA ESCARLATE ESTÃO EM outro telhado, este no Queens, perto o suficiente de Midtown para que ela conseguisse ver o contorno do horizonte à distância. Os dois estão uniformizados, e o Homem-Aranha passou os últimos cinco minutos montando câmeras, deixando a Feiticeira Escarlate tremendo e puxando sua capa para mais perto de si.

— Eu me recuso a acreditar que você demora tanto para se preparar toda vez que tira fotos suas para o jornal — declara ela.

— Não preciso fazer isso hoje em dia — responde ele. — Todo mundo sabe quem é o Homem-Aranha. Só preciso de algumas fotos em movimento claras, e posso fazer isso com uma câmera conectada a uma escada de incêndio e com um cronômetro definido. Você é nova e não sabemos como seus poderes vão fotografar. Tenho algumas câmeras digitais, algumas que usam filme tradicional e até uma Polaroid. Descobriremos o que funciona melhor para você.

— Não sabemos se não farei todas as suas câmeras explodirem em pedaços.

— Se fizer isso, vou usar meu telefone e tirar uma *ótima* foto.

Wanda suspira pesadamente. Peter sempre faz pouco caso de como seus feitiços podem dar errado, mesmo quando seu mestre usa isso como justificativa para impedi-la de participar de qualquer patrulha mais perigosa do que a busca por pequenos criminosos. Mas é verdade. Às vezes ela falha, e, quando falha, as coisas podem ficar profundamente estranhas. A realidade se curva ao seu capricho e às vezes nem ela sabe o que quer.

Petulantemente, ela diz:

— Não vejo por que precisamos fazer isso.

— Mais uma vez, você é nova. Algumas boas fotos suas "vazadas" para a imprensa vão estabelecer você como alguém em quem ficar de olho. Faremos outra filmagem em algumas semanas, com nós dois, e deixaremos que isso fixe nossa parceria na cabeça das pessoas.

A Feiticeira Escarlate franze a testa, enrolando uma mecha de cabelo em volta do dedo enquanto o observa mexer com as câmeras.

— E isso não parece, sei lá, desonesto?

— Você tem poderes, quer usá-los para combater o crime, está planejando proteger a cidade; o que poderia ser mais verdadeiro do que ter um pouco de exposição positiva antecipada? — O Homem-Aranha hesita. Ele não gosta de lembrá-la de como seus poderes podem deixar desconfortáveis pessoas que não estão tão relaxadas com a magia do caos quanto o Doutor Estranho. Finalmente, ele diz: — Lembre-se, até o Senhor Fantástico ficou um pouco desconfortável quando você mostrou a ele o que é capaz de fazer. É melhor tirarmos um pouco da novidade e começarmos a construir familiaridade.

— A familiaridade gera desprezo — diz ela, um tanto a contragosto.

— E a novidade traz muito dinheiro — retruca ele. — Posso conseguir muito dinheiro com essas fotos e precisamos do dinheiro.

Wanda faz uma careta, mas se move para onde ele diz para ela se mover e começa a invocar cascatas de luz enquanto as câmeras dele clicam ao seu redor, capturando o momento para as notícias de amanhã.

COM O TANTO QUE AMBOS TÊM QUE PENSAR EM QUESTÕES DE DINHEIRO E NA sua ausência atualmente, fazendo suas refeições na casa de amigos quando podem — e sua definição de "amigos" inclui tanto o Doutor Estranho quanto o Quarteto Fantástico, bem como sobras do Dosta nas noites em que Wanda vai ter suas aulas de idioma e cultura —, é um pequeno alívio que os poderes de Peter signifiquem que eles podem evitar o metrô. Se tia May acha estranho quão raramente precisa recarregar seus cartões de passagem, ela atribui isso ao fato de eles pedirem a outros que passem o cartão por eles ou compartilharem o mesmo cartão para fazer com que o dinheiro que ela tem para lhes dar dure o dobro do tempo.

Ela ficaria horrorizada ao saber quanto tempo os dois gastam se preocupando com as finanças da casa. Acha que está fazendo um excelente trabalho ao esconder como as coisas ficaram difíceis desde a morte de Ben, e nenhum dos dois vai desiludi-la disso. Era melhor deixar que ela tivesse os pequenos alívios que podia criar para si mesma, e eles vão encontrar o restante por conta própria.

Eles pousam na segurança e na penumbra de um beco, Peter retorna às suas roupas civis, enquanto Wanda tira a túnica e a enfia na mochila. Eles emergem como dois adolescentes comuns — e, como para quaisquer dois adolescentes comuns, sua noite extraordinária é quase imediatamente consumida por preocupações mais mundanas.

— Esqueci de terminar meu dever de física — geme Wanda. — Tenho que entregar amanhã de manhã.

— É melhor você ir para a cama e terminar de manhã — aconselha Peter. — Se tentar se manter acordada a noite toda terminando, vai ficar com a mente confusa e cometer erros. Eu sei do que estou falando.

— Pare de tentar parecer mais inteligente do que eu — ralha ela, empurrando-o. — Você está apenas se exibindo.

— Sim, mas no próximo ano nós dois vamos para a faculdade. Como vou me exibir para você, então? Estaremos em dormitórios diferentes. Terei que ligar para você se quiser impressioná-la com meu brilhantismo.

— Nem me lembre — fala ela, taciturna. — Você vai estar tão ocupado com os estudos, com sua namorada e sendo o Homem-Aranha, que vai se esquecer completamente de mim.

— Ei. Não fique triste. Você ainda será minha única irmã, e isso conta para alguma coisa, não importa o que aconteça. Vamos trabalhar juntos o tempo todo. Não confio em nenhum dos outros heróis locais com você, e você ia sentir falta do meu humor brilhante.

Wanda sorri para ele, mas seu humor não melhora enquanto eles caminham. A Empire State University ofereceu a Peter uma bolsa integral para ele cursar ciências, e ele está tentando não esfregar isso na cara dela desde que os resultados chegaram. Ela vai estudar na Metro College em Nova Jersey; eles têm um departamento de matemática melhor, e, mesmo sem bolsa integral, a mensalidade é razoável o suficiente para que ela consiga pagar. No mínimo, a probabilidade a ama. Ela vai simplesmente comprar um monte de raspadinhas em algumas mercearias e conseguir pagar tudo.

É claro que, da forma como sua sorte tende a mudar, se ela fizer isso, ganhará o maior prêmio, milhões e milhões de dólares, e não será capaz de resgatá-lo sem atrair a atenção do mundo. Não é uma boa ideia se ela quiser continuar progredindo no mundo do super-heroísmo, no qual é melhor que os olhos do mundo *não* estejam voltados para você antes que coloque a máscara. Ela apenas terá que fazer turnos mais remunerados no restaurante, algo que Django está cada vez mais disposto a deixá-la fazer, e comer tantas refeições quanto puder no Sanctum.

Ela pode fazer isso. *Eles* podem fazer isso. Eles são quase adultos agora, e tia May não pode cuidar deles para sempre, embora Wanda saiba que ela estaria disposta a se matar tentando.

Peter sabe que estragou o clima, por isso, caminha em silêncio com ela por um tempo, mas nenhum dos dois percebe o quanto seus pensamentos estão alinhados. Ele manteve seus novos poderes em segredo no início, porque eram estranhos e assustadores, e não tinha como saber como a irmã reagiria. Mas, desde que contou a ela, passou a depender da liberdade de ter pelo menos uma pessoa em sua vida que sabe a verdade sobre ele, o que ele é, onde passa seu tempo. Estar em universidades diferentes, em *estados* diferentes... Ele não consegue enxergar como isso não poderia começar a afastar os dois.

Já existe distância entre eles, sempre existiu. Tudo começou quando eram pequenos, quando entenderam pela primeira vez que "adotada" significava que não eram parentes da mesma forma que ele e tio Ben eram, que sempre haveria pessoas neste mundo que não considerariam que eles eram uma família de verdade. Agravou-se quando a puberdade chegou, transformando-os em estranhos de si mesmos, colocando o mundo de ponta-cabeça e complicando-o mesmo antes da entrada de superpoderes na situação. E aumentou ainda mais quando tio Ben morreu e nenhum dos dois se dispôs a ceder a responsabilidade para o outro.

Ele teme que mais um abismo entre eles possa ser o último e não tem certeza se sobreviverá a isso. Ele é inteligente o suficiente para reconhecer o quanto depende dela para ser sua rocha e sabe que algumas pessoas diriam que isso é prejudicial à saúde, que uma pessoa não pode carregar todo o peso de outra. E para elas ele responderia "claro, quando não se está lidando com supersegredos além de todo o resto". Seu relacionamento com Wanda carrega muito peso porque não há mais ninguém para carregá-lo, e ele está carregando quase o mesmo por ela. Apenas "quase" porque o mestre dela carrega parte do peso dos segredos de Wanda.

Ele odeia ter inveja do Doutor Estranho, mas tem.

E em seguida eles dobram a esquina para sua casa, e Peter se aproxima para dar um aperto tranquilizador na mão de Wanda, como sempre faz quando chega perto de casa sem que seu sentido-aranha lhe diga que ele está se aproximando de problemas. Não há ladrões desta vez. Não há balas. Não há corpos.

Wanda exala, relaxando os ombros, e dá um sorriso rápido e agradecido a ele. Este é um pequeno ritual, como muitos outros, e — como tantos outros — desenvolveu-se de forma inteiramente espontânea, sem nenhuma intenção de nenhum dos dois. Isso a conforta mais do que ela pode expressar.

A luz da varanda está acesa, e isso também é um conforto. Tia May provavelmente ainda está acordada, esperando que voltem do grupo de estudo no qual supostamente estão nesta noite, e ela vai fazer chocolate quente, e eles vão conversar até a hora de dormir.

Lar é isso: uma luz acesa na varanda e uma xícara de chocolate com as pessoas que você ama. Sorrindo, Peter e Wanda caminham em direção a ela.

América se afasta do pequeno momento mundano, seus olhos ardem com lágrimas que ela não consegue derramar. Isso não é justo. A distância entre aqui e os eventos que testemunhou na Mansão dos Vingadores parece intransponível, mas ela sabe que são apenas alguns anos. Como eles chegaram lá? Como chegaram a um ponto em que as pessoas veriam essa Wanda e imediatamente pensariam em assassinato, em vilania, em todas as acusações que se lançam contra alguém cujo histórico não é nada bom? Ambos são crianças felizes — e ela sabe que ficariam irritados com esse rótulo, mas já viu versões deles do berço ao túmulo uma dúzia de vezes, viu-os jovens, viu-os anciãos, e estes são crianças aos seus olhos — que se amam tanto, que qualquer pessoa que os encontre por um instante vê isso. Não são do tipo que vira vilão, nenhum dos dois.

As pessoas ainda a surpreendem. Toda esta realidade a surpreende, não apenas por sua existência, mas por quão *certa* é, por quanto sentido faz. Peter Parker sempre foi uma pessoa essencialmente solitária, e Wanda sempre foi uma bússola em busca do Norte verdadeiro, de uma direção para onde ela pudesse apontar e se sentir segura ao buscar. Ele quer ser necessário, ela quer alguém que permita que ela necessite. Essa linha do tempo parece ridícula à primeira vista, mas se encaixa cada vez melhor à medida que ela se aprofunda.

E, em algum lugar entre aqui e ali, tudo vai desmoronar. Ela não quer ver isso acontecer, quer se afastar e deixar que essas versões das pessoas que ela conhece sejam felizes, juntas e intocadas pelo que está por vir. Mas ela não pode fazer isso. Ela é a Vigia deles, e o mundo deles chamou sua atenção por um motivo: ela tem que vigiar. Ela tem que entender por que este mundo, dentre todas as possibilidades que existem, precisava que ela testemunhasse seus acontecimentos. Algo que foi visto não será esquecido.

Por alguma razão, o cosmos quer que essas pessoas sejam lembradas.

América acena com a mão, chamando pelo próximo momento crucial em suas vidas. A janela avança mais uma vez, e ela se inclina, um tanto arrependida, mais para perto para assistir ao que se segue.

CAPÍTULO ONZE

MUTAÇÃO

UM ANO E MEIO DE TREINAMENTO ENSINOU WANDA MAIS DO QUE ELA JAMAIS poderia ter imaginado sobre a magia, como ela é realizada, suas limitações e seus riscos. Ela consegue ler encantamentos em grego, acadiano e latim e traduziu parcialmente alguns feitiços antigos escritos em uma variedade de romani que ela não exatamente fala, mas consegue decifrar por meio das palavras que *de fato* conhece e das lacunas entre elas. O Doutor Estranho diz que esses feitiços não são seguros para uso, já que não há como prever o que podem fazer sem uma tradução precisa, mas ela sabe que ele está orgulhoso dela por ter avançado tanto quanto avançou. Ele não diz isso, mas raramente fala. Em geral, ele expressa sua satisfação com o desempenho dela na forma de lição de casa e acesso a novas partes do Sanctum.

Quando ela lhe apresentou o primeiro de seus feitiços parcialmente traduzidos, ele destrancou um solário com paredes feitas de vidro cristalino banhadas perpetuamente pela luz da lua cheia que sempre pairava bem acima de sua cabeça, mesmo que fosse meio-dia quando ela entrava. Tecnicamente, está mais para um "lunário", mas essa não é uma palavra de verdade, e seu mestre tem a tendência de fungar e dizer que ela ainda não é Shakespeare quando ela inventa palavras: não pode simplesmente mutilar a língua inglesa para a própria diversão. Muitas pessoas fizeram isso durante muitos anos, e agora é algo delicado, algo que deve ser tratado com precisão e cuidado.

Ela acha que ele está fazendo piada quando diz coisas assim. É difícil ter certeza, porque o senso de humor dele é seco e fácil de confundir, mas ela está começando a entendê-lo.

A magia é perigosa. Perigosa e maravilhosa, estruturada e inconstante, uma contradição que nunca se resolve. Ela se senta de pernas cruzadas no chão, no meio da sala reservada para seus estudos, com as mãos apoiadas nos joelhos, e se concentra nas velas ao seu redor. Elas delineiam o círculo de giz que a contém; decoram as prateleiras e superfícies do resto da sala. Até seu mestre segura uma, com uma expressão sarcástica no rosto, inclinado contra a parede.

Ele é uma variável às vezes necessária para esses exercícios.

— Você nem sempre terá as condições perfeitas para realizar um encantamento — declara ele tantas vezes, que ela é capaz de lembrar sua entonação exata se tentar. — É por isso que permito que você saia em patrulha com aquele seu irmão ridículo. Sua magia prospera no caos. Deve aprender a alimentá-lo com variáveis às quais você é capaz de sobreviver, para evitar que ele crie variáveis às quais você *não* é.

Ela deveria estar invocando o fogo, acendendo aquelas velas. Ela entende a ciência por trás do pedido tão bem — se não melhor — quanto entende a magia: tudo o que precisa fazer é agitar as moléculas até que entrem em combustão. Mas, de alguma forma, saber torna tudo mais difícil do que deveria ser. É como se a magia dela, sua magia caótica e caprichosa, odiasse ser compreendida. Ela quer ser surpreendente e livre, fazer coisas que ninguém espera. É por isso que, da última vez que lhe foi solicitado acender as velas, ela invocou uma onda de fogo que reduziu tudo na sala a cinzas, ardente o suficiente para carbonizar as paredes do Sanctum. O Sanctum foi feito para ser intocável, e aquelas manchas de cinzas a assustaram mais do que ela era capaz de expressar.

Mas seu mestre apenas olhou para elas, como se fossem uma aranha que ele encontrou em sua banheira ou um visitante inconveniente, suspirou e fechou aquele cômodo pelo resto da semana.

— Você vai aprender a ter controle, aprendiz — afirmou ele. — Eu dificilmente seria um professor qualificado se você não aprendesse.

As aulas são mais fáceis agora que ela está na faculdade e, ao mesmo tempo, mais difíceis. Não há ninguém garantindo que ela saia da cama de manhã, ninguém trazendo chocolate e biscoitos para ela enquanto faz o dever de casa; às vezes, ela pensa que metade dos professores não notaria se ela parasse de ir às aulas. Mas as aulas em si são mais envolventes, cheias de alunos que *querem* estar presentes, em vez de serem forçados a ocupar seus lugares por exigências acadêmicas. As discussões são vigorosas, animadas e interessantes, e ela acha que ficaria feliz em passar a vida inteira na faculdade, aprendendo cada vez mais, com o mundo se ampliando cada vez mais ao seu redor à medida que ela entende como ele funciona.

Mas o dever de casa, quando tem algum, é mais difícil. Leva mais tempo para ser concluído. Ela sai em patrulha com Peter quatro vezes por semana, e isso ocorre conforme a agenda dele, não conforme a dela, já que é ele quem tem que ir até o dormitório dela para buscá-la. Até agora conseguiram evitar que ele fosse visto no campus, mas os jornais têm comentado que o Homem-Aranha está passando mais tempo em Nova Jersey, e é questão de tempo até que alguém o veja onde um super-herói não deveria estar. Ela está sempre prestes a ficar para trás, e isso sem contar suas aulas com o Doutor Estranho ou seus turnos no restaurante.

É um trabalho de verdade agora, desde o dia em que completou 18 anos, embora ela passe metade de seus turnos em aulas de idiomas e se sinta culpada pelo fato de Django insistir em pagá-la de qualquer maneira.

— Você é da família e nos dá seu trabalho; você nos torna melhores através do seu tempo. Agradecemos como podemos.

É difícil argumentar contra isso, e ela não conseguiria se tentasse — se tentasse demais, ele simplesmente ligaria para a mãe dele, que é muito idosa e assustadora. Ela entende inglês perfeitamente, mas se recusa a falar, e por isso Wanda sempre se sente como se tivesse sido lançada de volta aos seus primeiros dias na sala de jantar, quando a mãe de Django aparecia, tentando entender e se fazer entender através de um abismo intransponível. Ela não quer discutir o suficiente para invocar a opção nuclear, portanto, aceita seus contracheques e suas refeições grátis, come melhor do que metade das pessoas em seu dormitório e ignora a maneira como sua colega de quarto reclama do cheiro das especiarias.

Sua colega de quarto também é estudante de matemática, de Indiana, e, pela maneira como reage até mesmo ao mais leve traço de pimenta em sua comida, ela nunca esteve em um lugar mais desafiador para seu paladar de americana média do que um Taco Bell. Não gostar de comida picante não é crime, mesmo que Wanda às vezes pense que deveria ser, mas ela trabalha no restaurante há tempo bastante para que o aroma penetre em sua pele, e sua colega de quarto age como se isso provasse que Wanda não toma banho. É ofensivo e perturbador, e é fato que "minha colega de quarto é racista de uma forma que não consigo articular" não é motivo para solicitar outro quarto.

Deveria ser. Wanda está certa disso.

Mas as aulas com o mestre valem todo o restante. São os momentos em que ela pode mergulhar as mãos na magia que a percorre, a magia que ainda não consegue explicar, mas que se aproxima cada vez mais da compreensão e dobra o mundo à sua vontade. A magia não precisa se preocupar com trabalhos de conclusão de curso abandonados ou entregas de tarefas perdidas. Seu mestre compreende que a faculdade consome seu tempo e, embora ele espere que ela priorize seus estudos mágicos tanto quanto possível, ele acelera e retarda o currículo conforme necessário.

Ele ainda age como se ensiná-la fosse um fardo, mas ela sabe que não é. Ele demonstra de mil pequenas maneiras, no solário e nas árvores frutíferas do pomar, na forma como os temperos que ela mais usa parecem sempre aparecer na cozinha, sem nunca acabar, mesmo aqueles que ela tinha que trazer no começo. Ele aprecia a companhia dela, ela tem certeza disso. E às vezes ele tem orgulho dela.

Ela quer que ele se orgulhe dela nesta noite.

Desse modo, ela vai mais fundo na fonte do caos e sussurra silenciosamente para as moléculas que obedeçam de uma vez, que façam o que ela sabe que elas querem fazer e que comecem a vibrar rápido o suficiente para acender aquelas velas. Ela não pensa no fato de que desta vez, se encher a sala com um inferno particular, seu mestre estará bem no caminho das chamas. Apenas se concentra no ar.

— Muitas pessoas erram quando se concentram no fogo — ele comentou quando explicou esse exercício. — O fogo é o que esperamos. O fogo é o que está por vir. Agora, neste momento, você tem que trabalhar é com o ar.

Ela se concentra no ar até ouvir um som suave e sibilante vindo de todos os lugares ao seu redor e abre os olhos para se ver sentada em um campo estelar deslumbrante de velas acesas. Cada uma delas está queimando, mesmo aquela que está nas mãos de seu mestre, e nada mais está pegando fogo. Wanda sorri para o Doutor Estranho, muito contente com seu sucesso para se restringir aos modos educados de aprendiz.

— Senhor! Eu consegui!

— Sim, estou vendo — responde ele, e, com um aceno preguiçoso de sua mão livre, todas as velas se apagam. — Agora faça de novo. Uma por uma desta vez. Precisamos trabalhar em sua precisão. Nem todo problema é um prego que precisa de um martelo. Às vezes, você deve ser um bisturi.

O sorriso de Wanda se transforma em uma expressão emburrada quando ele se vira e a deixa sozinha. Ela volta ao círculo, depois retoma sua posição e fecha os olhos de novo. Hora de voltar ao trabalho.

Sempre o trabalho.

UMA SEMANA DEPOIS, ELA DESCE DO TELHADO COM PETER ATRÁS DELA E o que parece ser a maior parte de um burrito espalhada em seu uniforme e em seu cabelo. Ela removeu a máscara: há um contorno de sujeira ao redor da pele que ela protegia. Peter também removeu a sua. Sua pele está limpa, sua expressão, azeda.

O mestre dela está na sala de estar quando os dois descem as escadas. Ele ergue a cabeça e depois as sobrancelhas, questionando sem dizer uma palavra. Peter dá um passo à frente para começar a explicar, e o Doutor Estranho o acalma com um gesto rápido da mão.

— Não — fala ele. — Quero ouvir essa parte dela. Wanda? O que aconteceu?

Ela para e engole em seco, e a garganta trabalha duro para terminar o gesto.

— Eu... nós... havia uma mulher do lado de fora do cinema na rua West 42nd, e alguns idiotas decidiram que poderiam derrubá-la e pegar sua bolsa. Ela estava com o filho. Parecia ter mais ou menos a nossa idade, talvez um ou dois anos mais novo, e, quando empurraram a mãe dele, ele não se moveu para impedi-los, não falou nada, por isso, nós interviemos, e nós... e nós...

Ela fica sem palavras, olhando desesperadamente para Peter, que estremece. Ele não quer desobedecer ao Doutor Estranho, a quem considera racionalmente aterrorizante, mas quer deixar sua irmã sofrer ainda menos. Quando o Doutor Estranho dá permissão para ele continuar, o alívio é indescritível.

— Detivemos os assaltantes — conta ele. — Foi muito fácil, não tinham superpoderes nem armas de fogo. Eram apenas pessoas que ficaram desesperadas e pensaram que encontrariam algo fácil no cinema. Levamos apenas um minuto para tomar suas facas e acabar com *eles*. E foi aí que o filho da senhora...

Ele para, silenciado pela mesma força que prendeu a língua de Wanda, e olha para os próprios pés. Por um longo momento, não há nada.

Nada além da lembrança de Wanda se abaixando para ajudar a mulher a se levantar da calçada e do menino correndo como um defensor, empurrando-a para longe da mãe com toda a fúria que não se preocupou em dirigir aos assaltantes, derrubando-a vários metros para trás.

— Não toque na minha mãe, *mutante* — rosnou ele. E essa palavra foi como toda coisa terrível que ela já havia sido chamada enquanto estavam na escola, todo insulto aplicável ou não. Havia uma grande variedade deles, lançados por pessoas que não conseguiam identificar a etnia de Wanda com um olhar, mas algo nela dizia "eu não sou igual a você", e com seus sentidos apurados, no pátio da escola, farejavam o diferente. A voz do menino deixou Wanda em silêncio antes que ela conseguisse protestar, e é o fantasma desse silêncio que se apega a ela agora, impedindo-a de contar sua versão da história, assim como a impediu de se defender.

A declaração do garoto tinha sido solitária, mas, quando Wanda apenas o encarou com horror e mágoa, em vez de refutar sua acusação, o restante das pessoas que esperavam pelo filme se envolveu.

A associação pública do Homem-Aranha com o Quarteto Fantástico em grande parte o protegeu de pessoas que querem acusá-lo de ser um mutante. Wanda não tem tais associações aos olhos do público. A legitimidade que Peter obtém da equipe não se estende a ela. Ela às vezes é sua estranha parceira com poderes indefinidos e a palavra *feiticeira* em seu nome. Algumas pessoas presumem que ela é uma vilã só por isso. Outras querem que ela lance uma praga em seus ex-namorados ou que pose com elas do lado de fora do teatro que está exibindo *Wicked*.

Mas ninguém sabe de onde ela veio, e os rumores de mutação vêm ganhando força.

— ... eles atiraram coisas — continua Peter finalmente. — Eles atiraram coisas. Em nós dois, mas principalmente nela, e me acertar com um saco de pipoca ou um burrito não é fácil. Wanda, porém, ela apenas... ela apenas ficou lá parada e suportou.

Wanda não diz uma palavra, simplesmente fica parada, miserável e imunda, com porções de arroz e creme azedo pingando de seu cabelo. Doutor Estranho se levanta, e Peter sabe que, toda vez que teve medo do homem, estava absolutamente certo: o Mago Supremo de repente fica aterrorizante, sua sombra, longa demais, e seu olhar, agudo demais conforme ele se aproxima de Wanda.

— Por que ela ainda está coberta de restos? — pergunta ele, a voz baixa e fria.

— Eu... — consegue dizer Wanda. Ela faz uma pausa, engolindo em seco novamente, e depois fala: — Não consegui. Queria me limpar, mas *não consegui*. Toda vez que eu tentava, minha magia corria pelos meus dedos como se fosse água, e eu sabia que se eu... se eu a agarrasse com força suficiente para que ela não escapasse, ia machucar aquelas pessoas. *Eu* ia machucar aquelas pessoas. Elas não mereciam o que eu poderia fazer com elas.

— Não mesmo? — questiona o Doutor Estranho.

— Não — repete Wanda, com mais intensidade. — Elas estavam sendo... ignorantes e mesquinhas, mas isso não quer dizer que eu deveria machucá-las. Somente vilões machucam as pessoas por discordarem deles. Por serem... por serem diferentes do que são.

— Você está certa, embora eu argumente que o preconceito não é um desacordo, mas uma falha fundamental de caráter — declara o Doutor Estranho. Ele move as mãos em um gesto misterioso, e Wanda fica limpa, como se nunca tivesse ficado suja. — Estou orgulhoso de você, aprendiz, por não atacar. Talvez você e seu irmão devam ir até a cozinha e preparar algo para comer. Amanhã é sábado: você não tem aulas. Eu agradeceria a vocês dois se passassem a noite aqui, para que possamos sair juntos pela manhã.

— Não vem comer conosco, senhor? — pergunta Wanda.

— Tenho que cuidar de alguns negócios — informa o Doutor Estranho. — Estarei de volta em breve. — Ele se vira e caminha em direção à porta da frente, deixando-os sozinhos.

Um momento depois, os dois ouvem a porta se abrir e se fechar suavemente. Peter e Wanda trocam um olhar.

— Excursão, talvez? — sugere Peter.

— Vamos — chama Wanda. — Tem sobras de frango do jantar e posso fritar algumas batatas.

— Apenas tente não queimar a minha boca — pede Peter e a segue.

———

O ÓLEO NA PANELA ESTÁ QUENTE E ESTALANDO QUANDO PETER — SENTADO no teto, como se a gravidade fosse algo que acontece com outras pessoas, e não algo com que ele devesse se preocupar — se apoia nas mãos e sugere:

— O Estranho acabou de dizer que deveríamos passar a noite, não que tínhamos que ficar aqui dentro o tempo todo.

— Não o chame só de "Estranho" — diz Wanda, cortando uma batata em cubos de tamanhos uniformes. — Ele detesta, e não quero que ele transforme você em uma salamandra.

— Ele não faria isso — diz Peter. — Quero dizer... Peraí. Ele pode fazer isso?

Wanda faz um som evasivo e continua cortando.

— Tá, apenas me escute, certo? Você teve um dia difícil, eu tive um dia difícil, seu dia foi pior, nós dois podíamos melhorar nosso dia saindo para comer panquecas e tomar milkshakes no Starlight Diner.

Wanda para de cortar e se vira devagar para encará-lo, com a faca ainda na mão.

— Panquecas. Eu falei que tinha sobras para jantar e você quer comer *panquecas*.

— Sim. — Ele sorri com seu sorriso mais cativante, aquele que a encanta desde que eram bebês, e ela franze a testa.

— E isso não tem nada a ver com uma certa srta. Stacy gostar de ficar lá depois das aulas?

— Não, jamais! — Ele consegue parecer quase chocado com a sugestão. — Quero dizer, se ela estiver lá, eu não me oporia a me juntar a ela...

— Você paga.

É aí que ele sabe que ganhou. Seu sorriso se alarga.

— Claro que pago. Sou seu irmão mais velho.

Wanda desliga o fogo e larga a faca antes de pegar uma tigela e começar a enchê-la com água para colocar as batatas na geladeira. No meio do gesto, ela para, suspira e acena com a mão livre. As batatas cortadas se refazem e suas cascas retornam, ficando inteiras novamente. Peter parece impressionado.

— Eu não sabia que você podia fazer isso — comenta ele.

— Tenho praticado — responde ela. — Vou pegar meu casaco. Vamos balançando?

— Vamos balançando — confirma ele.

Meia hora depois, quando o Doutor Estranho volta, encontra uma casa vazia e um bilhete no balcão dizendo que eles estarão de volta antes da meia-noite. Ele balança a cabeça com carinho frustrado antes de tirar as sobras de frango de Wanda da geladeira e reaquecê-las com um estalar de dedos. Às vezes, eles o fazem se sentir tão *velho*.

O STARLIGHT DINER NÃO MUDOU EM TRINTA ANOS E PROVAVELMENTE permanecerá o mesmo por mais trinta. O linóleo está sempre um pouco sujo, as mesas de fórmica são arranhadas e sem brilho, e as cabines de vinil foram remendadas centenas de vezes. Ainda assim, o ar tem um cheiro limpo e fresco, rico em hambúrgueres fritando e batatas fritas recém-preparadas, e a luz é constante e reconfortante. Uma jukebox toca em um canto. Poderia ser qualquer ponto no tempo, e esse tempo vai durar para sempre. Na iluminação artificial do Starlight Diner, eles são imortais.

Na mesa do canto, uma cabeça loira familiar está debruçada sobre um livro aberto. Peter dá um sorriso pequeno e apaixonado e desfila — sim, desfila — naquela direção, deixando Wanda rindo por trás da mão enquanto o segue.

— Gwendy! — chama ele, sentando-se ao lado de sua namorada, que ergue o olhar enquanto o braço dele passa sobre seus ombros.

Wanda não consegue se imaginar ficando tão tranquilamente inconsciente do que está ao seu redor. Talvez possa ter sido assim um dia, mas foi há muito tempo, e as coisas eram diferentes naquela época.

— Acha que colocar um *y* no final do nome de alguém o torna esperto? — pergunta Gwen. — Porque não o torna esperto, faz você parecer que está formando um elenco para um programa infantil. Oi, Wanda.

— Gwen — cumprimenta Wanda com um sorriso. Ela vai para o outro lado da mesa, senta-se e olha pensativa para o sanduíche meio comido de Gwen. — Com fome?

— Fome e exercício de matemática — responde Gwen. — Mandei uma mensagem para esse seu irmão para ver se vocês dois gostariam de se juntar a mim. Por minha conta.

— Não precisa fazer isso.

— Não, mas eu quero.

Wanda sorri de novo e, quando a garçonete vem ver como estão, pede um sanduíche e um milkshake de baunilha, enquanto Peter pede um hambúrguer e uma xícara de café. Não vai mantê-lo acordado. Ele tem um metabolismo que trata a cafeína como o início de uma piada que nunca é contada.

Wanda acha que está fazendo um ótimo trabalho ao esconder a maneira como os eventos anteriores da noite estão passando e repassando no fundo de sua mente, uma ladainha interminável de preconceito e culpa. E talvez ela esteja... para quem não a conhece tão bem quanto Gwen, que não é tão perceptivo. Gwen sorri para Peter, baixando os cílios, e pergunta:

— Pode pegar alguns guardanapos extras para nós? E talvez colocar algo na jukebox?

— Uma coisa é ser antiquado, outra é desperdiçar meus trocados — brinca Peter, antes de beijar a mão de Gwen e ir fazer o que lhe foi pedido. Gwen imediatamente muda seu foco para Wanda.

— Quer conversar? — pergunta ela. — Às vezes é mais fácil conversar com alguém que não conhece você desde que usava fraldas.

Wanda percebe que é uma oferta genuína. Mas não é como se pudesse contar a Gwen que foi agredida porque as pessoas têm preconceito contra mutantes e têm medo de seus poderes. Mesmo que pudesse compartilhar seu segredo, Peter também tem um. Mas as palavras surgem de qualquer maneira, junto com as lágrimas que ela conseguiu evitar a noite toda.

— Às vezes, as pessoas podem ser tão *horríveis* — diz ela, e falar isso em voz alta tira um peso do seu peito. — E vis. E se acham superiores. E são brutas. E apenas... apenas horríveis.

Gwen estende a mão e pega a dela, segurando-a em silêncio até que Wanda se acalme.

— Sim. Você está totalmente certa.

Gwen solta a mão de Wanda quando Peter volta, virando-se para sorrir para ele.

— Por que demorou tanto, Parker?

— Parecia que você e Wanda queriam um momento — explica ele.

Gwen ri e o clima mais leve retorna. Não demora muito para que Wanda ajude Gwen com seu exercício de matemática enquanto preguiçosamente mergulha batatas fritas em seu milkshake, ignorando os sons de engasgo teatrais de Peter. Gwen apenas sorri, e a noite é longa e adorável, e, quando eles seguem caminhos separados, Wanda já quase esqueceu o cinema, o garoto com a fúria irracional nos olhos, o burrito batendo em seu peito.

— Obrigada — diz ela, enquanto o Homem-Aranha os leva de volta ao Sanctum. — Eu precisava disso.

— Todos nós precisávamos — afirma ele, pousando-os no telhado. — Agora durma um pouco, Wandy. Não sei o que seu mestre esquisito vai fazer conosco amanhã.

Wanda acena com a cabeça, abre a porta do telhado e volta para dentro.

A MANHÃ CHEGA CEDO E BRILHANTE, COM PANQUECAS E OVOS FRITOS E AS notícias diárias, as manchetes rotulando o Homem-Aranha como uma ameaça mais uma vez — como Peter consegue ser tão indiferente a isso é algo que Wanda talvez nunca saiba — e um artigo menor sobre um lote de manteiga contaminada em um teatro no centro da cidade, que enjoou um auditório inteiro de espectadores, deixando-os arrependidos de sua escolha de entretenimento noturno. Wanda ergue um olhar severo do papel para seu mestre quando lê isso, mas ele está saboreando seu café e não lhe dá atenção.

Eles terminam depressa, e Wanda lava a louça com um aceno de mão, meio grata pela oportunidade de se exibir para Peter, que não consegue ver a prova de seu controle crescente com a frequência que ela gostaria que ele visse.

Ele parece apropriadamente impressionado, e os dois seguem o Doutor Estranho até o solário, onde ele desenhou um complicado círculo ritual no chão. Tiveram quase dois anos para se acostumarem com ele: os dois entram sem questionar, e ele os acompanha um segundo depois.

Este é raro. Ele não apenas move as mãos. Ele fala, do jeito que Wanda sempre faz quando está tentando um encantamento complicado. Ela busca a mão de Peter, agarrando-a e apertando-a com força. Nenhum dos dois está uniformizado, mas ele não se sente tão confortável com as artes místicas quanto ela, mesmo que siga a orientação dela nesses assuntos; ele precisa de garantias.

O círculo se ilumina, branco-dourado e radiante, e, em um clarão luminoso, eles desaparecem.

―

ELES REAPARECEM EM UMA ESTRADA QUE FAZ UMA CURVA, ATRAVESSANDO UMA ampla extensão de área verde cuidadosamente mantida, há uma cerca de pedra e um portão de ferro atrás deles e uma mansão no final do caminho. Wanda solta a mão de Peter e ofega ao perceber que estão usando seus uniformes, de Homem-Aranha e Feiticeira Escarlate, em vez de se vestirem como os irmãos Parker.

— Vamos visitar um conhecido meu — informa o Doutor Estranho. — Pareceu melhor não os colocar em uma situação que os fizesse sentir que eu esperava que revelassem suas identidades. Só porque nós dois somos forçados a enfrentar o público, não significa que espero o mesmo de vocês. Entendem?

— Sim, senhor — respondem eles, quase em uníssono.

— Dito isso, este homem já conhece suas identidades. Seu dom particular é a leitura de mentes, e ele é poderoso o bastante para muitas vezes fazer isso sem querer. Ele sabe sobre vocês há anos. Estamos mantendo seu segredo dos outros que podem encontrar aqui.

— Outros, senhor? — pergunta Peter. Wanda não pergunta nada, apenas o encara com uma compreensão silenciosa.

Ela sabe onde eles estão. Nunca esteve aqui, mas ouviu descrições e ela... ela sabe onde estão.

— Se vão rotular você de mutante, deve saber o que essa palavra significa tanto na carne quanto no papel — declara o Doutor Estranho. — E alguns desses mutantes podem ter algo para lhe ensinar. A magia escolhe seus próprios recipientes. Às vezes, as pessoas nunca sabem por que foram escolhidas. Se a genética for suficiente para chamá-la de lar, então as mutações de algumas pessoas podem colocá-las em contato com o místico. É algo bastante simples de verificar.

— Certo, senhor — fala Peter, e aperta a mão de Wanda mais uma vez, antes que os três comecem a seguir pelo longo caminho em direção à mansão.

Mais tarde, Wanda vai relembrar esse momento e compará-lo com a aproximação do Edifício Baxter, a maneira como ela vestiu sua fantasia de Glinda, a Bruxa Boa, como se fosse uma espécie de armadura contra a descoberta e o julgamento, como se isso fosse um jogo e seus poderes fossem desaparecer quando o livro se fechasse e o mundo real voltasse à tona. Antes ela tinha caminhado com Peter e mais ninguém, mas agora caminha com seu irmão e seu mestre, três penitentes a caminho da Cidade das Esmeraldas.

Talvez seja aqui que ela conseguirá finalmente descobrir de onde vêm seus poderes. Talvez seja aqui que ela se entenderá um pouco melhor. É difícil não ficar ressentida com o Doutor Estranho por decidir isso em seu nome, mas, se ele tivesse perguntado, ela teria mesmo conseguido superar os próprios medos e preconceitos e aceitar? Ela não tem certeza e está satisfeita por estar aqui.

Ela deveria ter estado aqui há anos.

É impressionante. Parece quase inevitável, uma sensação que não desaparece quando eles se aproximam da porta e o Doutor Estranho toca a campainha, e a porta é aberta por um homem alto e de peito largo com pelo azul cobrindo todo o corpo, do qual a maior parte está exposta graças a um uniforme que tia May consideraria pouco mais do que um calção de banho.

O homem fica calado por um momento, piscando para eles. Em seguida, seu rosto se abre em um amplo sorriso que exibe vários dentes impressionantemente longos e afiados, e ele dá um passo para o lado, dizendo jovialmente:

— Eu não sabia que estávamos esperando uma visita hoje, doutor! Quem são seus companheiros?

— Você os reconhece, dr. McCoy — responde o Doutor Estranho, entrando com Peter e Wanda logo atrás. — Estamos aqui para ver Xavier. Ele está me esperando. Por favor, avise-o que chegamos.

— Sem apresentações? — pergunta o homem azul. Ele olha para Wanda e suspira. — É uma pena quando as boas maneiras são deixadas de lado. Muito bem. O professor sem dúvida já sabe da sua chegada há algum tempo, mas ainda respeita as normas das coisas. Se me seguirem, eu os levarei até ele.

O saguão de entrada é enorme e grandioso, todo em madeira clara e com uma luz etérea. Isso faz com que a casa no Queens, onde Peter e Wanda cresceram, pareça apertada e pequena de uma forma que o Sanctum Sanctorum nunca fez. O homem azul os conduz em direção a um corredor, baixando a voz conforme prossegue:

— Somos uma escola em atividade e as aulas estão em andamento, por isso, agradeço a vocês se falarem baixo e não atrapalharem nossos professores. Logan fica particularmente irritado quando as pessoas interrompem seus planos de aula. — Ele ri, como se isso fosse de alguma forma hilário.

O Doutor Estranho acha menos graça.

— Os planos de aula de Logan em geral consistem em socar as pessoas — observa ele. — Duvido que ele esteja dando aula aqui dentro em um dia como este.

— Permita-me me divertir *um pouco* enquanto você vem aqui clandestinamente, arrastando dois dos mais novos e empolgantes heróis de nossa bela cidade com você! Um homem não pode viver apenas de seriedade.

— Talvez não, mas haverá tempo para gentilezas depois do nosso encontro.

— Eu vou cobrar isso de você — declara o homem azul. Então caminha até um par de portas fechadas, abre-as e faz sinal para o trio passar.

A sala é grande, dominada por estantes de livros e uma janela que vai do chão ao teto atrás de uma enorme mesa de carvalho. Um homem está sentado ali, com a careca brilhando à luz do sol, e somente quando ele se afasta da mesa é que Wanda percebe que está usando uma espécie de cadeira de rodas de alta tecnologia. Ele flutua cerca de trinta centímetros acima do chão, da mesma forma que o mestre dela às vezes flutua, e um cobertor cobre suas pernas.

Ele desliza em direção a eles, o motor de sua cadeira é praticamente silencioso. Ela não consegue ver como ele está controlando o movimento da cadeira; deve fazer parte da tecnologia que a faz funcionar. Ela olha para Peter e, apesar da máscara, percebe que ele quer começar a fazer perguntas e talvez desmontar peças tanto quanto ela. É rude analisar os dispositivos de mobilidade de outra pessoa, mas um desejo não é rude, e sim agir com base nele. Wanda mantém as mãos atrás das costas, guardando sua paciência o melhor que pode.

— Olá, Stephen — cumprimenta o homem, quando chega perto o bastante. Seu sotaque é um que Wanda conhece bem, aquela mistura particular de dinheiro e boas maneiras que vem dos jardins cultivados e das casas muradas da classe alta, nativa e estrangeira ao mesmo tempo, como se a riqueza os elevasse a uma nacionalidade totalmente diferente. Ele dirige sua saudação ao Doutor Estranho, como era de se esperar.

O mestre de Wanda sorri com um raro grau de camaradagem genuína, com os dentes brancos brilhando abaixo da borda preta do bigode.

— Charles — cumprimenta ele, com a própria versão do mesmo sotaque surgindo com mais força do que de costume, um mímico se adaptando ao ambiente. — Você parece bem como sempre.

— Assim como você, Stephen. Assim como você. Agora... — O homem, Charles, volta sua atenção para Wanda e Peter. Seu olhar é gentil, mas intenso; ele parece ver tudo o que há para ver sobre eles. Wanda se sente suja e pequena sob o olhar dele, como se ela devesse ter tomado mais de um banho naquela manhã. Não se sente julgada, apenas... indigna, de uma forma claramente desconfortável. — Estes são...?

— Professor Charles Xavier, permita-me apresentar minha aprendiz, a Feiticeira Escarlate, e seu... colega, o Homem-Aranha.

— Esplêndido — fala Charles. — Ouvi falar muito de vocês dois. Ora, alguns dos meus alunos cruzaram seu caminho na cidade enquanto faziam as próprias patrulhas. Eu estava esperando conhecer vocês pessoalmente.

— Prazer em conhecê-lo — responde Peter.

— É um prazer — diz Wanda, aproximando-se um pouco mais do irmão, como se achasse que ele pode protegê-la de toda essa situação estranha, como se houvesse *alguma* proteção para essa situação. Ela olha para o Doutor Estranho, que permanece perfeitamente calmo. Curiosamente, isso ajuda. Ele os trouxe aqui e não pareceria tão relaxado se houvesse algum perigo.

— Vocês dois sabem que sou um leitor de mentes, se as fórmulas quadráticas com as quais nosso amigo aracnídeo está preenchendo seus pensamentos servirem de referência, e, embora seja verdade que às vezes olho para seus pensamentos superficiais sem querer... Rapaz, se vai usar matemática para me impedir de ver coisas que prefere que não sejam vistas, por favor, certifique-se de que suas equações sejam resolvidas, ou vai dar a *nós dois* uma dor de cabeça, e eu não acho que qualquer um de nós vai gostar disso.

O Homem-Aranha faz careta e vira o rosto, envergonhado. O Professor Xavier continua:

— Embora eu possa "ouvir" coisas que vocês pensam em voz alta, ou que venham em minha direção especificamente, não vou bisbilhotar, e qualquer coisa que eu "ouvir" e que vocês não pretendiam me contar será mantida na mais estrita confidencialidade. A menos que estejam planejando algum grande ato de super-vilania com o qual eu precise me preocupar ou que possa afetar a segurança de meus alunos. Somos mutantes aqui. Entendemos que às vezes segredos são uma forma de autoproteção, e não vou procurar os seus.

— As boas maneiras são a primeira regra do telepata — explica o Doutor Estranho. — Vocês podem confiar em Charles, caso contrário, eu não os teria trazido até aqui.

— Agora que resolvemos isso, mocinha... — O Professor Xavier volta sua atenção para Wanda. — Seu professor me contou que aconteceu algo desagradável ontem à noite. Pessoas atirando a palavra *mutante* em você como uma espécie de maldição. Ele diz que você está preocupada que elas possam estar certas.

— Não... não exatamente preocupada — diz Wanda, hesitante. — Não sabemos de onde vêm meus poderes, apenas que eu os tenho, e sempre me questionei um pouco. Ser uma mutante pode... pode tornar algumas coisas mais difíceis para mim, mas pelo menos responderia à pergunta de por que sou assim. A maioria das pessoas com poderes que conheço sabe como os conseguiu, e só quero saber a mesma coisa.

— Será mais fácil para você se não for uma mutante, é verdade — admite o Professor Xavier. — Mas temos uma maneira rápida de descobrir.

— Não gosto de agulhas — informa Wanda. O Homem-Aranha pega a mão dela, apertando-a de forma tranquilizadora.

O Professor Xavier sorri.

— Nada de agulhas, prometo. É totalmente não invasivo. E... Homem-Aranha? Prometi não cavar ou compartilhar seus segredos, mas um pequeno conselho: se não contar ao mundo que ela é sua irmã, as pessoas farão suposições quando virem você segurando a mão dela desse jeito. As pessoas não são justas nem razoáveis, e você deve poder oferecer conforto aos seus amigos, mas é inevitável, e rumores são difíceis de reprimir. Se as pessoas começarem a chamá-la de sua namorada antes que inevitavelmente admita sua verdadeira relação, você pode enfrentar uma reação negativa além daquela com a qual está preparado para lidar.

O Homem-Aranha deixa cair a mão dela como se de repente estivesse quente demais para segurar, e Wanda recua, com expressão enojada.

— Não quero vomitar no seu tapete — diz ela. — Por favor, não me obrigue a fazer isso.

— Muito bem, então, vamos — fala o Professor Xavier. Então conduz sua milagrosa cadeira de rodas flutuante para fora da sala, seguido pelo trio.

O Homem-Aranha se recupera antes de Wanda. Ele se inclina na direção dela, murmurando:

— Nunca pensei que encontraria alguém que fizesse seu chefe parecer relaxado. Você acha que o ar estoico e as polissílabas são parte de ser um super-humano sênior? Vamos adquirir o vocabulário deles quando envelhecermos?

— Sossega — responde ela. — Você já é irritante o suficiente sem engolir um dicionário. — Mas ela está sorrindo, e o Homem-Aranha sorri ao ver.

O homem azul não está mais lá quando saem do escritório de Xavier. Eles seguem Xavier pelos corredores da casa até um elevador — e isso, mais do que qualquer outra coisa, prova que este lugar é grande demais para ser razoável; quem precisa de elevador em uma residência particular? Algumas das portas pelas quais passam estão abertas, e, olhando por elas, Wanda vê aulas em andamento, alunos mais novos que ela ou Peter aprendendo sobre superpoderes como se fosse parte normal de um currículo. Alguns dos alunos são mais velhos, em idade universitária e mais. A variedade faz com que ela olhe para o Professor Xavier com uma pergunta queimando em sua mente.

— Somos totalmente credenciados — diz ele, aparentemente do nada. — Nossos alunos podem usar seus diplomas para se transferirem para qualquer outro programa no país, talvez no mundo; Oxford reconheceu nosso sistema, embora nem todas as grandes universidades tenham reconhecido. A Latvéria, por exemplo, ainda não estendeu a reciprocidade acadêmica a nenhum dos nossos estudantes, e duvido que o façam. Todos os mutantes são bem-vindos aqui, não importam a idade ou o nível de escolaridade. Aqueles com mutações físicas frequentemente acham difícil obter qualquer tipo de escolaridade formal antes de chegarem até nós. Nosso programa de alfabetização de adultos está sempre lotado.

Quer dizer que, se for uma mutante, ela terá companheiros. Pessoas da sua idade que entendem o que é navegar pelo mundo como um super-herói e um forasteiro. A ideia é mais tentadora do que ela espera. Ela é uma Parker e sempre será, mas isso não muda o fato de que sempre foi um pouco diferente de todos ao seu redor, não era americana o suficiente, não era *certa* de alguma forma indefinível que as pessoas sempre foram capazes de notar e captar. Alguns professores falaram na cara dela que os romani foram exterminados no Holocausto, que são criaturas fantasiosas como unicórnios ou elfos — ou feiticeiras, supõe ela. Ela pode se passar por branca sem muitos problemas, mesmo quando não está tentando, e às vezes isso a faz querer gritar, como se ela estivesse negando a si mesma apenas por deixar as pessoas olharem para ela e fazerem as próprias suposições.

É complicado ser adotada, em especial quando se é de outra etnia em um país que mal reconhece a existência de pessoas como ela. Ela tem todos os privilégios inerentes ao fato de ser uma garota branca americana de classe média e gosta deles, mesmo quando sente que na verdade não os merece e nunca os merecerá.

O Professor Xavier lhe dá um sorriso tranquilizador, visivelmente captando mais disso do que ela pretendia projetar, e juntos os quatro entram no elevador, que os leva bem abaixo das fundações da casa, descendo mais fundo até que Wanda começa a se preocupar com a estabilidade estrutural de qualquer coisa inserida tão profundamente na terra. No momento em que ela de fato começa a temer o que vai acontecer a seguir, o elevador para, e as portas se abrem, revelando um longo corredor branco que parece mais ainda saído de uma história de ficção científica do que o Edifício Baxter.

Ela e o Homem-Aranha ficam fascinados e saem para olhar ao redor com silenciosa admiração. O Professor Xavier e o Doutor Estranho saem atrás deles, trocando um olhar indulgente. Claramente, esta é uma reação comum entre as pessoas que veem este lugar pela primeira vez.

O Professor Xavier passa por eles para assumir a liderança.

— Por aqui — diz desnecessariamente. E eles o seguem pelo mundo brilhante em direção a um destino desconhecido, passando por portas fechadas e grandes janelas de vidro em salas tão tecnológicas quanto o corredor. É difícil continuar avançando com tanta ciência fascinante a poucos metros de distância, mas eles conseguem. Wanda não quer decepcionar o Doutor Estranho, e o Homem-Aranha não quer inspirá-lo a lhe dar um daqueles olhares que dizem "sua irmã é minha aprendiz, e você é irrelevante para nossas necessidades", e assim eles continuam avançando até chegarem a uma porta de metal. O Professor Xavier pressiona a mão contra a placa fixada na parede, e a porta se abre, revelando uma sala do outro lado, quase totalmente preta.

Uma passarela se estende da porta até uma plataforma iluminada no que Wanda supõe ser o centro da sala. Apenas isso revela o possível tamanho do espaço; a escuridão consome tudo, tornando impossível distinguir paredes individuais. Um corrimão os impede de cair uma distância desconhecida até o andar abaixo.

O Professor Xavier os conduz pela passarela, e, quando chegam, ela se acende, uma tela surge no ar à sua frente e um estranho capacete desce do teto. Xavier o segura com as duas mãos, virando-se para falar com Wanda em tom sério.

— Este é o Cérebro — informa ele. — Com esta máquina amplificando minhas habilidades naturais, posso detectar todas as mentes mutantes do mundo. Temos uma frequência sutil em nossos pensamentos que os não mutantes não têm, e é consistente o suficiente para que eu consiga detectá-la. Se você for uma mutante, aparecerá aqui.

Wanda engole em seco e assente, com medo até de falar. Xavier abaixa o capacete até a cabeça, e luzes começam a aparecer na tela.

Ela espera para ver se uma luz aparecerá para ela.

O DOUTOR ESTRANHO FICOU LÁ DENTRO PARA CONVERSAR COM O PROFESSOR Xavier antes de levá-los para casa. Depois de extrair uma promessa solene do Homem-Aranha de não agarrar Wanda e se afastar, permitiu que ele a levasse para o terreno da mansão para dar uma volta ao ar livre.

Wanda fica calada enquanto eles caminham, está calada desde que o Cérebro confirmou que ela não era uma mutante. O Homem-Aranha fica lançando pequenos olhares para ela, tentando entender, até que finalmente agarra seu braço e a faz parar.

— Ei — diz ele. — O que está se passando por essa sua cabeça? Eu não sou aquele professor. Não consigo ler sua mente. E vamos ambos ser gratos por isso. — Ele faz uma cara exagerada, e a expressão transparece em sua máscara, e Wanda ri. Só um pouquinho.

— Eu teria me mudado quando nós dois tínhamos 14 anos — afirma ela.

— Ah, sim. O ano em que você ficou apaixonada pelo Jeff Goldblum.

— Pelo menos eu não fiquei apaixonada pela Beverly Crusher.

— Ei, não insulte a melhor médica da Frota Estelar!

Ela ri de novo, desta vez com mais entusiasmo, depois balança a cabeça.

— E eu... eu não sei. Ser mutante parece muito difícil. Definitivamente, causa muitos problemas, e muitas pessoas os odeiam sem um bom motivo. Nós temos poderes. Eles não *nos* odeiam como odeiam os mutantes.

— Vamos apenas ser gratos por isso, está certo? — fala Peter. — Não *quero* que as coisas sejam mais difíceis do que já são.

— Nem eu. É só que... não parece justo, sabe? Dizem que é porque qualquer um pode ser mutante, seu filho pode ser um mutante, e isso é assustador, mas qualquer um pode sofrer um acidente, como você. Poderia ter sido nosso professor de ciências quem foi picado pela aranha. Ou Gwen. Ou eu, se não estivesse doente naquele dia.

— Você seria apavorante com poderes de aranha *e* magia do caos — comenta o Homem-Aranha.

(Em sua câmara, América pisca e faz uma anotação mental para procurar *aquela* linha do tempo, que certamente deve ter se ramificado desta pelo menos uma vez; o Multiverso parece gostar dos Aranhas, e os cria a partir de qualquer matéria-prima que consegue encontrar por aí.)

Wanda ri pela terceira vez ao ouvir isso, a risada mais calorosa de todas.

— Pode imaginar? Eu estaria prendendo as pessoas e depois enfeitiçando-as, e tudo ficaria confuso e complicado. Não. É melhor assim. Acho que esta deve ser a melhor maneira como as coisas poderiam ter acontecido para nós.

— Acho que sim — concorda o Homem-Aranha. — Poderia ser melhor. Menos pessoas poderiam estar mortas. Mas, se você vai ter magia de qualquer forma, pelo menos assim seremos super-heróis juntos e ninguém vai ficar para trás. Estava acabando comigo guardar segredos de você.

— Igualmente — concorda Wanda. — Não é justo o modo como as pessoas tratam os mutantes. Eles também são pessoas, mesmo que não sejam o mesmo tipo de humano, e qualquer um pode ser picado por uma aranha radioativa ou atingido por lixo radioativo ou, não sei, mergulhado em uma poça de magia do caos radioativa. No final das contas, tudo se resume à radiação.

O Homem-Aranha olha ao redor, certificando-se de que estão sozinhos, antes de perguntar gentilmente:

— Wanda, você está *decepcionada* por não ser uma mutante?

— Não. Sim. Quero dizer... eles são uma comunidade. Você olha para eles, olha para este lugar, e fica óbvio que eles são uma comunidade. Acho que parte de mim queria saber que pertencia a algo maior do que eu. Que eu tinha raízes de verdade. É egoísta, mas é isso.

— Sua família são suas raízes — declara ele.

Ela sorri para ele.

— Eu sei. Apenas me deixei levar um pouco, só isso.

— Você não lamenta por isso, lamenta?

Wanda hesita.

— Não — responde ela enfim. — Não lamento por ser uma Parker, e não há nada no mundo pelo qual eu abriria mão de você. Mas, às vezes, eu gostaria de *saber*. De onde vim, como cheguei aqui, se faz parte da origem dos meus poderes. Ser uma mutante teria sido uma resposta.

Peter assente. Ele não tem nada a dizer sobre isso; sempre foi mais privilegiado nisso do que ela.

— Sendo assim, estou decepcionada, mas não estou triste. Faz sentido?

— Sim, sim.

— Vamos voltar. — Eles se viram, então, lado a lado, mesmo que não de mãos dadas, e retornam em direção à mansão.

Estão quase chegando quando uma mulher alta e loira, usando um macacão de malha verde, vem andando rapidamente por um dos jardins, acenando na direção deles. Eles param para acenar de volta.

— *Kushti divvus!* — chama a mulher, assim que ela está perto o bastante para não precisar gritar. Continua se aproximando deles, movendo-se para agarrar as mãos de Wanda. — *Pey romani!* — A partir daí, ela fala rápido demais para Wanda acompanhar, suas palavras estão ligeiramente fora de sintonia com as que Wanda tem estudado em suas aulas de idioma, e de repente ela é lembrada à força de como todos no restaurante são cuidadosos em suas discussões com ela, da maneira como simplificam seu vocabulário e evitam conceitos difíceis. Ela estuda há anos, mas tem a capacidade de conversação de uma criança de oito anos. Simplesmente não tem imersão suficiente fora de ambientes controlados, e, por mais importantes que sejam as aulas de idioma, ela nunca foi capaz de dar-lhes a atenção que desejam.

— Eu... sinto muito — gagueja Wanda. — Eu... *kek mandi jinnavvas?*

— Ah. — A expressão da mulher se franze no mesmo instante, e ela solta as mãos de Wanda. — Sinto muito, quando o professor me contou... eu presumi. Eu devia ter pensado... sinto muito. — Seu sotaque é britânico, mais aparente quando ela fala inglês do que quando fala o dialeto do romani que estava usando. Suas orelhas são pontudas. Não há nenhum outro sinal visível de sua mutação. — Eu sou Meggan.

— Sem codinome?

— Não importa tanto para mim, já que sou obviamente uma mutante — explica Meggan, batendo na ponta de uma orelha. — Pessoas normais não andam por aí parecendo que vão lhe oferecer uma mecha de cabelo em troca de levar o anel para Mordor. De qualquer forma, *sinto muito*. O Professor Xavier me disse que havia uma jovem romani de visita, e pensei em vir cumprimentá-la. Eu devia ter imaginado que mesmo que falasse a língua romani, você não necessariamente falaria o mesmo dialeto que eu. A comunicação pode ser difícil quando há um continente no caminho e não há meios de comunicação dominantes lembrando a todos como uma frase deve ser.

— Ah — diz Wanda. Ela olha para as próprias mãos e depois estende uma delas para Meggan. — Sou a atual aprendiz do Doutor Estranho. Eles me chamam de Feiticeira Escarlate. Mas eu adoraria me encontrar e falar língua romani com você na próxima vez que estiver na cidade. Seu professor tem como entrar em contato com meu mestre?

— O telefone, normalmente — responde Meggan, com uma pitada de divertimento. — Se nos encontrarmos fora daqui, há alguma chance de você me dizer como as pessoas a chamam?

— Sim — concorda Wanda. — Quando nos encontrarmos longe daqui.

— Está combinado. — Meggan pega a mão dela e aperta, sorrindo. — Passei de pessoas me chamando de imunda porque sou romani para pessoas me chamando de imunda porque sou uma mutante. Eu também manteria meu nome em segredo se achasse que poderia fazê-lo, mesmo que por algum tempo. Deve ser bom andar pelo mundo e não ter as pessoas pensando que já conhecem você.

— É — diz Wanda.

— Vou usar chapéu — fala Meggan, quase despreocupadamente. — Não por vergonha, veja bem, nenhum de nós tem nada do que se envergonhar, mas porque quero passar um bom dia com você. Vou ligar para seu mestre assim que souber quando estarei livre, certo?

— Tudo bem — Wanda concorda e observa enquanto Meggan volta para o jardim, como um desastre natural que passou brevemente e agora está seguindo em frente.

— O que aconteceu? — pergunta o Homem-Aranha.

— Minha aprendiz marcou um encontro com uma amiguinha — afirma o Doutor Estranho atrás deles, parecendo achar graça. Ele aparecer do nada é tão comum, que nenhum dos dois estremece, eles apenas se viram para olhá-lo. — Agora vamos para casa?

— Sim, por favor — assente Wanda, e assim o fazem.

CAPÍTULO DOZE

QUEIMANDO PONTES

É FÁCIL GOSTAR DE GWEN STACY. ELA É INTELIGENTE E ENGRAÇADA UMA VEZ que a conhece — o humor dela é mais seco que o de Peter, menos brincalhão e mais afiado. Quando Gwen faz um comentário sobre algo, é melhor que haja alguém por perto para estancar o sangramento. A primeira vez que ele a trouxe para casa, ela encantou tia May em questão de minutos, enquanto ela e Wanda se entreolhavam com cautela, como dois tigres ocupando a mesma colina pela primeira vez. Peter estava alegremente alheio à tensão entre elas, apenas se importando com o fato de as duas mulheres mais importantes de sua vida conhecerem a garota que estava tentando se tornar a terceira.

Até que Gwen deu um sorriso para Wanda, repentino como o nascer do sol, e perguntou:

— Já conseguiu o novo livro do Gaiman? — E tudo ficou bem.

Se Wanda tem as aulas com o Doutor Estranho e no restaurante complicando sua experiência na faculdade, Peter tem Gwen. A inteligente, doce e desconfiada Gwen, que não vai ficar no escuro para sempre; ela vai descobrir as coisas mais cedo ou mais tarde. Wanda vem cutucando-o cada vez mais, tentando fazê-lo entender que mentiras são ácidas para o amor e que, quanto mais ele esperar, pior será. Ela mal o perdoou por esconder seus poderes dela, e os dois tinham muito mais história juntos do que ele tem com Gwen, e ele era um super-herói havia muito menos tempo quando ela descobriu. Ele precisa contar.

Mas a segunda vida secreta dele já cravou seus dentinhos afiados no mundo de Gwen. O pai dela está morto — agora todos são membros de um clube terrível e profundamente exclusivo, a Associação de Órfãos, e sua inscrição se deve inteiramente aos atos dos inimigos de Peter. Ele voltou do funeral do capitão Stacy completamente acabado, entrou cambaleando no Sanctum Sanctorum e interrompeu Wanda no meio de uma aula ao desabar na frente dela, enterrando a cabeça em seu colo. Ela ficou com medo, quando ele fez isso, de que algo tivesse acontecido com Gwen também; que o coração dele estivesse irremediavelmente partido.

Mas não, era apenas a culpa que o comia vivo, cravando os próprios dentes afiados em seu coração repetidas vezes. Ele não podia contar a ela depois disso, argumentou: se o fizesse, ele a perderia, e, então, ela ficaria sozinha.

Wanda quase conseguia ver a lógica disso, conseguia entender quando ele deixou Gwen partir para a Europa sem impedi-la de mudar sua vida para um novo rumo, e ela manteve contato com Gwen durante todo o tempo em que esteve fora, duas moças trocando informações, cartas através do oceano, ambas censurando-se cuidadosamente pelo bem dos sentimentos uma da outra; porém, enquanto Gwen protegia Wanda da profundidade de seus sentimentos por Peter, Wanda estava protegendo Gwen de uma montanha de segredos que não eram dela para compartilhar.

Foi quase um alívio quando Gwen contou que estava voltando para Nova York. Era estranhamente mais fácil mentir para ela cara a cara, e Wanda sentia falta de ter outra garota da sua idade por perto para conversar. A tolerância de Gwen às especiarias era muito maior que a de Peter. Quando queriam privacidade, elas apenas iam para o restaurante e dividiam uma travessa de aperitivos, com os temperos queimando suas línguas e risadas enchendo suas bocas.

Era perfeito. *É* perfeito. Wanda sabe que vai ser igualmente bom de novo, tem que ser, porque não é assim que acaba. Não no escuro, não com a voz cacarejante do Duende Verde pairando no ar, esperando ser levada pelo vento. Ele tem sido um dos vilões mais persistentes de Peter desde o início. Wanda já o enfrentou várias vezes, tanto ao lado do Homem-Aranha quanto sozinha, nunca intencionalmente — todas as vezes ela teve problemas com seu mestre, embora nunca tenha procurado o Duende. Ela gosta de pensar que se defendeu bem contra o vilão. Raios hexagonais são bons para destruir motores de planadores, e as bombas de abóbora dele raras as vezes explodem quando estão perto o suficiente dela para causar algum dano de verdade, mas ela não foi capaz de capturá-lo. Nem o Homem-Aranha, não ainda, não por tempo suficiente para fazê-lo parar.

E agora, aqui, nesta noite. Wanda estava no Sanctum preparando o jantar para si e seu mestre, já que esta é uma de suas raras noites de folga tanto do restaurante quanto da patrulha; ela não tem o hábito de preparar refeições elaboradas para o Doutor Estranho, mas tem um piquenique com Meggan e Gwen amanhã e quer levar as sobras. Lasanha não é uma boa comida para piquenique, a menos que seja comida fria em um pote e tenha aquela consistência pegajosa que massas têm depois de passar doze horas na geladeira mantendo tudo junto.

Ela estava ali, então Peter apareceu, entrando pela janela exatamente do jeito que o mestre dela lhe dissera para não fazer, implorando para que ela o acompanhasse, porque não havia tempo, e o Duende estava com Gwen. O Duende a agarrou e a levou, e Peter precisava recuperá-la antes que algo terrível acontecesse, porque algo terrível *ia acontecer*, ia mesmo. Algo terrível já estava acontecendo.

Wanda parou e o encarou, com carne moída e orégano escorrendo de seus dedos, sem saber como reagir. E nesse momento seu mestre apareceu, e, com um aceno de mão dele, ela estava vestida para a noite na cidade — túnica vermelha, máscara sobre os olhos —, escondida do mundo.

— Vá. — Foi tudo o que ele falou, e de alguma forma essa foi a coisa mais alarmante de todas. O Doutor Estranho era um homem de muitas palavras no que dizia respeito a ela; palavras demais, às vezes, ficava mais encantado com o som da própria voz do que com os encantamentos que ela evocava com as palmas das mãos abertas. Ele dar a ela um comando tão direto era assustador e estranho, e ela deixou cair as mãos de repente limpas e correu atrás do irmão, seguindo-o janela afora e noite adentro. Depois, o braço dele passou em volta da cintura dela, e os dois balançaram no ar como tinham feito tantas vezes antes.

Mas desta vez foi diferente, não foi? O ar estalava com um gosto como o de uma tempestade iminente, embora o céu estivesse limpo, e, pela primeira vez, Wanda sentiu como se estivesse acessando o sentido--aranha de Peter, na verdade *sentia o sabor* do perigo no vento. Não era um tempero agradável. Não tornava o ar mais doce nem a fazia se sentir mais viva. Na verdade, fazia-a querer retornar para o Sanctum e fechar as persianas atrás de si, isolando o mundo, enquanto ela se enrolava no cobertor mais macio que pudesse encontrar e se aconchegava no quarto reservado para seu uso nas noites em que ela dormia lá. Estava com medo.

Ainda está com medo agora, parada na ponte onde o Homem-Aranha a colocou no chão, com o vento fazendo o possível para empurrá-la de sua posição e derrubá-la no rio lá embaixo. Está tão distante e escuro, que parece preto como uma estrada de asfalto, e, se ela cair desta altura, sabe que será tão duro quanto uma estrada. Esta não é uma queda a qual uma pessoa sem aprimoramentos físicos possa sobreviver.

O Duende sabe disso. O Duende está *contando* com isso, enquanto balança Gwen como uma isca — e como ele sabia que deveria ir atrás dela? Como ele sabia que ela era a maneira de ferir o Homem-Aranha? Peter sempre tinha sido tão *cuidadoso*. Depois que o Duende Verde descobriu a identidade secreta de Peter — e, por extensão, a de Wanda —, conseguiram forçá-lo a entrar em uma teia de fios elétricos mergulhados em produtos químicos voláteis. Pela lógica, o choque deveria ter matado o homem. Em vez disso, graças a uma probabilidade bem distorcida, causou-lhe amnésia grave e neutralizou a ameaça que ele representava.

Assim sendo, como ele recuperou a memória? Como ele *sabia* que deveria mirar em Gwen? Ele sobe mais alto com seu planador, com uma mão em volta da garganta de Gwen e a outra cobrindo a metade inferior do rosto dela, e a mulher está aterrorizada demais com a distância entre ela e o chão para sequer lutar. Seus olhos encontram a Feiticeira Escarlate onde ela está, na torre da ponte, implorando silenciosamente por ajuda.

E não há nada que ela possa fazer. Com o vento e as próprias emoções tão intensas, se ela atingir o planador do Duende com um raio hexagonal, é provável que lance Gwen despencando para a morte. Ela vem praticando sua levitação, mas ainda é uma coisa desajeitada, pouco confiável e com probabilidade de falhar antes que ela possa fazer qualquer coisa. A Feiticeira Escarlate não vai salvar Gwen nesta noite. Isso dependerá do Homem-Aranha, como acontece com frequência, e ambos sabem disso. Ambos *acreditam* nisso. Talvez todos os três acreditem. Isto é um jogo para o Duende Verde, um jogo que, no fim das contas, vai terminar com a humilhação e o desmascaramento do Homem-Aranha, mas nada mais.

Por certo, nada mais.

O Homem-Aranha está balançando pela ponte há cinco minutos, tentando agarrar o Duende Verde sem derrubar Gwen de seu lugar no planador, tentando parar o homem sem movê-lo o bastante para piorar as coisas. A Feiticeira Escarlate realizou algumas reviravoltas de probabilidade para ajudá-lo a bater com mais força e a se esquivar com mais facilidade, mas, tal qual o Homem-Aranha, ela está limitada pela necessidade de evitar Gwen, de conter seus golpes.

O Duende não está contendo os dele. Suas provocações tornam-se cada vez mais selvagens à medida que a luta avança, e, enquanto o Homem-Aranha mais uma vez balança e erra, o Duende impulsiona seu planador mais alto, até que ele esteja no nível dos olhos da Feiticeira Escarlate. A máscara dele cobre seu rosto todo, mas ela é uma heroína mascarada há tempo suficiente para saber que ele está sorrindo para ela, frio e cruel; a expressão fica evidente na maneira como sua garganta fica tensa e suas orelhas se levantam bem de leve. Wanda acha que verá aquele sorriso em seus sonhos pelo resto da vida.

É melhor do que o que vem a seguir, quando o Duende voa ainda mais alto, até o topo da torre, onde empurra Gwen para longe dele e na direção da estrutura. Ela grita — é o primeiro som que faz em minutos — e se agarra à ponte, esforçando-se para se segurar, enquanto o Duende desliza a alguns metros de distância e se vira para provocar o Homem-Aranha.

Não. Ele não está provocando o Homem-Aranha. Ele está zombando de *Peter*. Isso é pessoal, pessoal o bastante para fazer a bile inundar o fundo da garganta de Wanda, onde arde como o fogo da perdição, queimando-a e estrangulando-a.

— Eu tenho sua *mulher*, Parker! — berra o Duende. — E, assim como eu sabia que faria, você trouxe sua patética irmã na pressa de salvá-la! Posso matar qualquer uma delas e deixar a outra culpar você! Ou você pode se matar e as duas poderão viver! Escolha!

Ele não está mais segurando Gwen. Raios hexagonais são uma opção de novo. A Feiticeira Escarlate observa o ângulo entre eles, invocando o caos de dentro de si e se preparando para lançá-los.

Gwen enrijece, seu rosto fica ainda mais pálido do que antes, e Wanda percebe que, de alguma forma, apesar de tudo, ela realmente não acreditou nas afirmações do Duende de que o Homem-Aranha, o monstro que não conseguiu salvar o pai dela, também era o homem que ela amava. Mas identificar a Feiticeira Escarlate como irmã dele foi um passo longe demais — ela é uma prova de que o que o Duende está falando é verdade. Porque a máscara nunca bastou, não é? Gwen viu seu cabelo, sua boca, ouviu seu jeito de rir. Wanda tentou manter Gwen e a Feiticeira Escarlate separadas, mas nem sempre foi possível, não com a forma complicada como suas vidas têm sido. Gwen sabe que é ela, e, se Gwen conhece a verdadeira identidade da Feiticeira Escarlate, ela também conhece a do Homem-Aranha.

Os olhos de Gwen vão para a faixa vermelha e azul que se move depressa e que é o Homem-Aranha e sussurra uma única palavra, uma que o vento sopra e leva até a Feiticeira Escarlate na plataforma inferior, como se alguma coisa pudesse ser útil agora.

— Peter...? — sussurra ela.

O Duende inclina seu planador para baixo, cruzando a distância entre ele e a Feiticeira Escarlate em um instante. Ele é rápido — ela sempre soube que ele era rápido, já o viu lutar contra o Homem-Aranha mais vezes do que gostaria de contar, esquivando-se de golpes e teias que teriam esmagado um ser humano comum —, mas nunca usou essa velocidade contra ela antes, e seu raio hexagonal sai do controle, disparando para o céu para dar a algum asteroide ou satélite de televisão a cabo uma rajada de azar incomum. Ele a segura pelas costas da capa antes que ela possa preparar outro raio, puxando-a bruscamente para cima para colocá-la ao lado de Gwen.

Gwen se vira para encará-la com olhos arregalados e magoados, sem se agarrar à segurança que com certeza ela deve representar. A Feiticeira Escarlate é alguém familiar, alguém bem conhecido e, ela pensava, muito querida, mas Gwen a olha como se ela fosse uma extensão do Duende, como se ela tivesse criado esta situação insustentável.

— Gwen... — ela começa e para, e as palavras vão morrendo conforme a mágoa no rosto de Gwen se transforma em desgosto.

O Homem-Aranha e o Duende estão finalmente lutando com a brutalidade feroz que ela está mais acostumada a ver, trocando golpes e bombas e, sem dúvida, piadas cortantes que ela não consegue entender por causa do assobio do vento e das explosões ocasionais. Fechando os punhos, o Homem-Aranha os baixa contra a cabeça do Duende, e o Duende perde o controle de seu planador, lançando-os em espiral pelo ar e derrubando o Homem-Aranha. Ainda consciente, o Duende vira seu planador em direção às duas mulheres agarradas à ponte.

A expressão de Gwen muda mais uma vez, o medo retorna, e ela corre para ficar atrás da Feiticeira Escarlate. Isso não faz nenhum bem a ela: o Duende já está ali, e, ao mesmo tempo que a Feiticeira Escarlate dispara um raio de puro azar no motor do planador, ele agarra as duas.

— Homem-Aranha! — uiva ele, ignorando a maneira como seu motor começa a engasgar. — Ofereci a vida delas em troca da sua! Agora você pode escolher… qual delas sobrevive?

E de repente, elas estão caindo.

———

O VENTO É MAIS BARULHENTO DO QUE QUALQUER OUTRA COISA. WANDA TENTA agarrar o ar enquanto cai, forçando o medo a recuar, alcançando as correntes de caos que sempre a cercam. Seu mestre se move pelo espaço tão facilmente quanto pelo tempo, aparecendo e desaparecendo como se a distância fosse apenas uma anotação que alguém fez em uma apostila, e não algo que se aplica a ele. Ele está tentando ensinar-lhe a mesma habilidade, mas ela entende a física bem demais, sabe o quanto a Terra pode viajar em um instante, como é impossível calcular o movimento.

Ela nunca foi capaz de se atirar no vazio como ele faz, porque está consciente demais de quão improvável é que sobreviva para sair do outro lado. Só que agora ela conhece a física de sua queda igualmente bem e sabe o que vai acontecer quando atingir o fundo. Ponte ou água, não importa; desta altura, ela vai morrer de qualquer maneira. E, ao jogar as duas, o Duende criou uma escolha impossível. Irmã ou namorada? Família ou futuro? Ela não pode forçar Peter a tomar essa decisão, não *pode*, não quando sua magia está disposta a salvá-la se Wanda simplesmente parar de brigar e confiar nela, confiar que ela sabe o que está fazendo.

A Feiticeira Escarlate cai, há um clarão vermelho, e, da perspectiva de quem está na ponte, ela não está mais lá. Não que algum deles esteja olhando. O Duende está se esforçando para manter o controle de seu planador, que está emitindo um rangido horrível, como se estivesse prestes a explodir; o Homem-Aranha está focado em Gwen, não porque ela seja sua namorada, mas porque ela é uma civil. Ele sabe que a Feiticeira

Escarlate pode cuidar de si mesma e, se está depositando mais fé nisso do que deveria, precisa depositar sua fé em *alguma coisa* nesse momento.

E Gwen? Gwen está caindo. Gwen está caindo para sempre, caindo do céu como um anjo expulso do paraíso. Ela agarra o ar enquanto cai, desesperada por uma tábua de salvação.

A noite é profunda e fria, e Gwen Stacy está caindo.

———

WANDA TAMBÉM ESTÁ CAINDO, MAS, AO CONTRÁRIO DE GWEN, QUE CAI NA desolação e na escuridão, ela cai no carmesim, o mundo ao seu redor é reduzido a um túnel brilhante de vermelho sem fim. Reflete-se para sempre em todas as direções, como se ela estivesse despencando por um funil feito de espelhos. A cascata de luz e cor é geométrica e fractal, perfeitamente ordenada quando ela olha com atenção, infinitamente caótica à primeira vista.

Esta é a magia dela. Esta é a versão dela do vazio.

Este é seu lar.

— Ótimo — diz ela para o nada desordenado. — Bem, eu cheguei aqui. Agora, como faço para sair?

É aí que a mente dela sempre congela. Seu mestre diz que o trânsito é fácil: "Basta imaginar seu destino como ele é com exatidão e colocar-se lá, como se você fosse uma boneca e uma grande mão a tivesse movido pela casa de bonecas que você normalmente ocupa. Não há espaço entre eles, não há trânsito. Há aqui e depois há ali, e alternar entre os dois é tão fácil quanto pensar".

Mas Wanda nunca foi capaz de imaginar seu destino sem ficar presa na complicada matemática de descobrir até onde o planeta terá viajado, mesmo na fração de segundo que ela leva para se mover. Sendo assim, ela congela e cai, e pode continuar caindo para sempre caso não encontre uma maneira de romper o impasse; nem mesmo o Mago Supremo será capaz de encontrá-la aqui, nesta coluna de caos em cascata. Este lugar pertence a ela.

Este lugar *pertence* a ela. Ela força a respiração a ficar mais lenta, movendo-se deliberadamente no ar até ficar sentada de pernas cruzadas, como sempre faz quando começa um novo encantamento; apoia os pulsos sobre os joelhos e fecha os olhos, bloqueando a cascata geométrica.

Mas não o vermelho. O vermelho permanece, radiante como o nascer do sol, vívido como uma rosa. O vermelho nunca a abandona, não importa o que aconteça; e agora ela o puxa para perto, feito uma capa, como um escudo, e diz exatamente o que quer que ele faça, e seu poder, para sua surpresa e deleite, escuta.

Você demorou bastante. Não são palavras, são mais uma sensação, mas mesmo assim a envolve, e depois desaparece, e ela está parada na ponte, bem abaixo do lugar onde estava, de onde caiu.

Ela não sabe quanto tempo levou — o tempo pode ser estranho dentro do caos — e por isso olha desesperadamente ao redor, procurando pelo corpo quebrado de Gwen no asfalto. Ela não o encontra e, então, finalmente levanta os olhos, e lá está o Homem-Aranha, lançando freneticamente uma teia enquanto se apressa para impedir a queda de Gwen.

Ele entende a física tão bem quanto ela, os limites do corpo humano, a velocidade e a inércia e as leis do movimento e tudo o mais que precisa calcular. Ele os entende, mas não os vive, não mais: seu próprio corpo tem tolerâncias tão acima daquelas que o restante deles precisa contornar, que talvez não devesse ser uma surpresa quando sua teia se agarra ao pé de Gwen e a puxa para uma parada repentina e inevitável.

O vento é barulhento, mesmo tão abaixo, e o oceano é barulhento, e tudo está barulhento, o mundo é um mar de sons; porém, ainda assim, Wanda ouve o fim brutal do estalo quando a cabeça de Gwen é atirada para trás pela interrupção abrupta de sua queda. Ela se permite continuar a ter esperança de ter ouvido errado, enquanto o Homem-Aranha desce até a ponte, abaixando Gwen até a pista e se apressando para pegá-la nos braços.

Ele implora a ela que abra os olhos, que acorde, que faça qualquer coisa, exceto ficar ali, inerte e sem respirar. Começaram a atrair uma multidão, ou talvez a multidão estivesse lá o tempo todo: carros parados estão dando ré na ponte e uma viatura policial vem em direção a eles, com as luzes piscando em azul e vermelho.

É a luz vermelha que chama a atenção do Homem-Aranha. Pela primeira vez, ele tira os olhos de Gwen e olha descontroladamente ao redor, e só se acalma quando encontra Wanda congelada, observando-o sofrer. Sua própria dor está à espreita, ainda enterrada sob o choque e o trauma.

— Conserte — pede Homem-Aranha, e ele soa mais como Peter do que jamais soou enquanto usava o uniforme; ele soa como se tivesse oito anos e estivesse exigindo que ela consertasse um brinquedo quebrado. Há raiva, sim, mas sublinhada por um apelo de desespero. — Não *fique* aí olhando para mim, *conserte*!

— Eu... — consegue dizer Wanda, e ela fica aliviada ao descobrir que ainda tem uma voz para responder. — Não posso. Sinto muito, mas não posso.

— Você quer dizer que *não vai* — protesta o Homem-Aranha. — Use sua magia, volte no tempo e conserte. Faça com que o ar fique mais suave, para que ela não quebre ao parar de cair. Já vi você reparar pratos e recolocar cascas em batatas e sei que consegue fazer isso, então faça.

— P... Homem-Aranha, minha magia não funciona dessa maneira — explica ela. — Consertar um prato não é como ressuscitar os mortos. Não posso trazê-la de volta. Sinto muito. Eu faria se pudesse. Eu também a amava.

— *Traga ela de volta!* — uiva ele. E isso é como todos os protestos contra a injustiça do mundo que já existiram, todos embalados em uma única exigência dolorosa.

Lágrimas escorrem pelo rosto de Wanda — quando ela começou a chorar? — enquanto ela balança a cabeça e responde:

— Fiz tudo o que pude fazer para chegar até aqui em segurança. Não posso, não vou e sinto muito.

— Você pode fazer o que *quiser* — dispara ele, com puro veneno em seu tom. — Se *você* quiser, acontece. Sua magia sempre funciona quando você precisa, mas, quando *eu* preciso de você, ela não funciona de jeito nenhum; ou talvez beneficie você antes de todos. Vi você desaparecer e em seguida minha captura deu errado. Por acaso você tomou a sorte de todos para conseguir um pouso seguro?

Wanda não consegue falar. Peter não consegue parar.

— Por que são sempre as pessoas que amo que têm que morrer? Você sempre foi o denominador comum.

Wanda oscila sobre os calcanhares, tão atordoada como se ele a tivesse esbofeteado.

— *Como é?* Não tenho culpa que tenha esquecido como funciona a anatomia humana! E não é minha culpa que não tenha conseguido pegá-la com segurança! Não tente me culpar por isso.

O Homem-Aranha zomba dela.

— Você nunca pertenceu a este lugar. Eu nunca quis você de qualquer forma.

A voz de Wanda a abandona. Em uma acusação rápida, ele atirou tudo o que ela sempre temeu na cara dela, e ela nem consegue responder, não com as pessoas saindo de seus carros para ver melhor esse confronto sobre-humano, não com a polícia se aproximando. Ela precisa do irmão agora.

O que ela tem é o Homem-Aranha, indignado além de qualquer razão, atacando enquanto procura alguém para culpar.

— Você não tem tido nada além de azar desde que te conheci! Você é um azar, e tudo que você toca desmorona! Você foi amaldiçoada desde que a trouxeram para casa; deviam ter deixado você na Latvéria, em vez de impor você a mim! — Se não estivesse desmoronando sob o peso das palavras dele, Wanda estaria orgulhosa: mesmo perdido em sua dor e raiva, ele conseguiu se impedir de revelar sua conexão familiar onde os civis o ouviriam. — Conserte-a agora mesmo, conserte, ou, eu juro, nunca mais vou falar com você!

Ele ergue a mão, e, por um momento, ela pensa que ele a está chamando, pensa que talvez Peter esteja lutando para voltar à razão por trás da máscara de dor que nubla seus pensamentos. Então, vê o jeito como ele posiciona os dedos e percebe que está prestes a atirar uma teia nela, sua irmã.

Por isso, ela faz a única coisa que pode fazer. Usa seus poderes contra ele antes que ele possa acertá-la, invocando uma onda de caos, vermelha e ardente na escuridão, que pega a teia antes que possa fazer contato, isolando-o dela.

— Acho que você nunca mais vai falar comigo — ela diz, vira-se e vai embora.

CAPÍTULO TREZE
RÉQUIEM

ELA NÃO RETORNA PARA SEU DORMITÓRIO E NÃO VOLTA PARA O QUEENS: nenhum desses lugares parece um lar agora. Ela volta para o Sanctum Sanctorum, andando até não aguentar mais andar, depois fazendo sinal para um táxi. São necessárias quatro tentativas para encontrar um motorista de táxi que esteja disposto a aceitá-la com a promessa de pagamento quando ela chegasse ao destino; ela nunca precisou depender de transporte público ou veículos enquanto estava uniformizada e não está com sua carteira.

O motorista parece pensar que ela estava em uma festa à fantasia e foi abandonada por um amigo ou parceiro insensível; ele faz algumas perguntas para ter certeza de que ela não está bêbada demais para raciocinar e, então, acomoda-se em um silêncio raro para um taxista de Nova York, levando-a até o Sanctum sem mais comentários. O Doutor Estranho está lá fora quando chegam. O coração de Wanda dá um salto de alívio e gratidão ao vê-lo, e ela tropeça para seu abraço enquanto ele ainda está tentando pagar o motorista.

Eles não têm um relacionamento de abraços. Ambos gostam assim. Ele nunca demonstrou afeto fisicamente com ela, considera isso uma violação da relação mestre-aprendiz, e ela segue o exemplo dele e mantém distância. Eles não se abraçam. Mas aqui está Wanda, agarrada a ele como se fosse morrer se ele a soltasse. Ele termina de pagar o motorista, faz um gesto que vai garantir que esqueça tudo, exceto a gorjeta generosa que recebeu, e depois passa para a tarefa substancialmente mais difícil de levar Wanda para dentro de casa.

Ela está soluçando a essa altura, e o Doutor Estranho vagamente acha graça ao ver que ela não tem o que alguém chamaria de "choro bonito"; ela está com o nariz escorrendo e fungando, os olhos vermelhos e a pele pálida, e ele se vê estudando-a em busca de sinais óbvios de ferimentos, enquanto a conduz escada acima e atravessando as portas até a segurança do Sanctum.

Ela continua chorando, mas ele consegue soltar um braço e guiá-la pelo saguão sem precisar se preocupar com a possibilidade de ela tropeçar em obstáculos invisíveis. Ela fica sempre mais calma no solário, portanto, ele a conduz até lá e por fim a afasta para acomodá-la em uma poltrona macia. Uma travessa com chocolate quente e bolinhos já está ali perto, fornecida pelo Sanctum. Ele tenta não lembrar a Wanda que a casa cuida dos seus; ela obtém muita satisfação na cozinha, em saber que faz algo que ele não é capaz de fazer. Momentos como este são uma exceção.

Ele se senta em frente a ela, observando sinais de que suas lágrimas estão começando a diminuir. Depois de algum tempo, ela nota os bolinhos e pega um, mordiscando como se tivesse medo de que ele o arrancasse de suas mãos. O coração dele se parte um pouco ao vê-la desse jeito. Algo realmente terrível deve ter acontecido.

— Wanda — chama ele. — Pode me dizer o que há de errado?

Ela não responde, apenas continua mordiscando seu bolinho enquanto olha para ele com o coração partido nos olhos.

Uma abordagem diferente, então:

— Aprendiz, conte-me o que aconteceu. — Ele torna sua voz mais afiada, mais autoritária, mas não tão afiada como normalmente seria se estivesse dando uma ordem a ela; ele quer que ela responda, porém, quer agir com cuidado ao mesmo tempo, para lhe mostrar que entende sua dor, mesmo que não saiba exatamente a razão de ela a sentir. Para um homem como Stephen Strange, isso é mais difícil do que qualquer grande batalha ou desafio misterioso, e ele trocaria a expressão no rosto de sua aprendiz por uma luta de verdade em um instante caso a escolha dependesse dele.

Não depende dele. Wanda fica olhando em silêncio por mais alguns segundos, depois fecha os olhos e desaba como se estivesse exausta, como se tivesse acabado de perceber quão longo seu dia foi.

— Gwen... caiu — fala ela.

— Gwen. A srta. Stacy? A amada do seu irmão? — Ele sabe exatamente quem é Gwen Stacy. Ele está tentando atrair a atenção de

Wanda, mantê-la falando por tempo suficiente para que ele descubra o que aconteceu.

Ela dá um leve aceno de cabeça, voltando a mordiscar seu bolinho, ainda sem abrir os olhos.

— A srta. Stacy está bem?

Um aceno de cabeça e silêncio.

— Ela se feriu quando… caiu?

— Não — responde Wanda, com a voz muito baixa. — Peter a pegou antes que ela pudesse cair no chão. Agarrou-a no ar. — Sua voz fica ainda mais baixa quando ela diz: — Eu não sabia que um pescoço se quebrando soaria tanto como um talo de aipo.

O Doutor Estranho se recosta em sua cadeira, e um pavor repentino toma seu peito.

— Wanda, a srta. Stacy ainda está viva?

Eles podem fazer muito com cirurgias reparadoras atualmente. Ela pode não ficar paralisada ou, se ficar, pode não estar tão ferida a ponto de precisar de assistência para respirar. Charles pode ajudá-la na adaptação ao uso da cadeira de rodas; será uma mudança, mas ela é jovem e resiliente. Ela se ajustará às circunstâncias, se recuperará…

Wanda balança a cabeça novamente.

— Aprendiz… Wanda… a srta. Stacy está morta?

— Sim — confirma Wanda, com a voz quase inaudível. — A física a matou, eu acho, ou o Duende Verde, porque foi ele quem atirou nós duas da ponte.

— Vocês duas… — A preocupação elimina o medo, e o Doutor Estranho ajusta sua postura abruptamente. — Você caiu de uma *ponte*?!

— O Duende Verde nos atirou. Nós duas. Ele queria fazer Peter escolher quem ele salvaria. Mas eu não poderia fazê-lo escolher, porque, se ele me escolhesse, Gwen morreria e ele ia me odiar, e, se ele escolhesse Gwen, *eu* poderia odiá-lo. Por isso, busquei o caos, do jeito que você sempre me diz que sou capaz de fazer, e me joguei dentro dele, e ele me largou na ponte.

— Você fez um trânsito mágico? Sozinha, sem supervisão? Você poderia ter se machucado! Ou ficado perdida para sempre no vazio!

— Ou eu poderia ter me chocado de cara contra a ponte do Brooklyn. Isso foi melhor. Minha magia me ajudou, e aconteceu rápido o bastante para que eu visse Gwen cair. Eu vi Peter tentando pegá-la. Eu vi… — Seus olhos se abrem enquanto seu rosto se contrai, incapaz de suportar as imagens que aparecem por trás de suas pálpebras fechadas. — Eu vi o pescoço dela se quebrar quando ele a puxou para que parasse. Ele não a salvou. Ele não podia salvá-la. E eu não podia… eu não podia… — Ela começa a soluçar de novo, desta vez ainda mais forte, perdida em choque e tristeza.

— Ressuscitar os mortos é uma arte complicada e não é uma arte para a qual eu tenha lhe dado qualquer treinamento — declara o Doutor Estranho, confundindo o desespero dela com o que ocorre após um verdadeiro fracasso. — Não havia como você tê-la trazido de volta.

— Foi isso… foi o que eu falei para P-Peter quando ele mandou que eu a consertasse. Eu falei que não podia. Falei que minha magia não faria isso. Eu falei que não sabia como. Você nunca me ensinou como. — As lágrimas transbordam dos olhos dela e rolam por suas bochechas, pesadas e ininterruptas. A frente da túnica dela está molhada, uma umidade que se espalha escurecendo o tecido.

— Não sei se *poderia* ensiná-la a fazer, Wanda. Sua magia… não é propícia para esse tipo de aplicação. Você poderia estudar a vida toda e nunca se tornar uma curandeira competente. E mesmo os curandeiros mais fortes têm dificuldade em ressuscitar os mortos. Se tivesse conseguido capturar o espírito dela antes que escapasse, você poderia ter sido capaz de forçá-la a uma não vida involuntária, uma espécie de continuação aprisionada. Ela era sua amiga. Ela não merecia isso.

Wanda acena com a cabeça, sombriamente.

— Eu falei para ele. Eu falei para ele que não podia. E ele disse… ele disse…

O Doutor Estranho a observa, e seus próprios olhos escurecem. Ele pode adivinhar um pouco do que Peter disse. Ele é um homem orgulhoso e, pior, inteligente: homens orgulhosos e inteligentes sempre disseram coisas no calor do momento das quais se arrependeram mais tarde. Na verdade, a surpresa não é que Peter tenha dito algo imperdoável, mas que tenha demorado tanto para fazê-lo.

E, mesmo assim, sua aprendiz é Wanda, não o irmão dela. Se Peter disse algo imperdoável o bastante, não é Wanda quem não será mais bem-vinda dentro destas paredes.

A voz de Wanda fica mais baixa de novo, e ela prossegue:

— Ele disse que eu era uma maldição. Ele falou que, toda vez que alguém que ele ama morre, eu estou lá, eu sou o denominador comum. Ele disse que eu era uma maldição e que nossos pais deveriam ter me deixado morrer na neve na Latvéria… — As palavras dela se dissolvem nesse ponto, lavadas por outra onda de soluços.

O Doutor Estranho fica calado por vários segundos antes de se levantar, movendo as mãos em um gesto rápido e complicado. Por todo o Sanctum, janelas batem, trancando-se contra o mundo exterior. Ele abaixa as mãos e olha para Wanda.

— Seu irmão não é bem-vindo aqui até que você possa me olhar nos olhos e me dizer, com honestidade, que ele se redimiu pelo que disse a você esta noite — declara ele. — Que não apenas pediu desculpas, mas que curou as feridas que causou em seu coração. Esse dia pode nunca chegar. Isso é escolha dele. Mas não o aceitarei em meu lar, em nosso lar, se ele demonstra tanto desrespeito por minha leal aprendiz. Entendido?

Ainda sem palavras, Wanda encontra os olhos dele e se força a assentir.

— Ótimo — diz o Doutor Estranho. — Pretende voltar para seu dormitório esta semana?

Wanda assente mais uma vez, claramente infeliz.

— Tenho provas chegando. Preciso estudar.

— Não vou tentar proibi-la: você é uma mulher adulta e tem o direito de controlar sua educação. Mas *preciso* que prometa não entrar em contato com ele. Você não vai buscar a aprovação dele depois que ele demonstrou esse nível de desrespeito. Entendido?

Wanda suspira e desvia o olhar. Ela sabe que ele está certo — autoritário, mas certo.

— Eu prometo — concorda ela. — Não consigo imaginar estar perto dele agora. Mas ele provavelmente vai aparecer em alguns dias, vai se oferecer para pagar seu peso em batatas fritas e prometer ser meu motorista particular pelos próximos seis meses. No mínimo.

— Ele não precisa se humilhar, mas tem que ser sincero. Você não pode permitir que ele a trate dessa maneira. *Não vou* permitir que ele a trate dessa maneira.

— Eu ainda vou ao restaurante, sabe.

— Isso faz parte da sua educação. Presumo que você também queira continuar seus almoços com Meggan; ela ajuda em suas habilidades linguísticas, e você precisa de uma vida social. Além do seu irmão, o que talvez seja algo que não encorajei o suficiente.

Arrasada e abalada pela morte de uma amiga e pela rejeição do irmão, Wanda tenta a única objeção válida que lhe resta:

— Não tenho carro e levarei horas para ir daqui até o campus de trem.

— Eu a levo até lá.

Não é uma oferta. Wanda sabe quando foi derrotada; assente, quase humildemente, e coloca o bolinho mordiscado de lado antes de se levantar. Ela oscila, mas não cai.

— Gostaria de ir para o meu quarto agora, mestre, se estiver de acordo.

— Claro que estou — responde o Doutor Estranho. — Apenas... lembre-se de beber água. Você precisa se hidratar.

Wanda (que vai acordar amanhã com uma forte dor de cabeça causada tanto pela desidratação quanto pelo uso excessivo do caos) assente e diz:

— Eu vou — antes de se virar e sair cambaleando da sala.

O Doutor Estranho se põe de pé, indo em direção ao saguão de entrada. Passará o resto da noite sentado com um olho na porta, esperando Peter Parker vir implorando para pedir desculpas. Ele pretende dizer ao menino o que pensa, lembrá-lo de que o que separa os humanos dos animais é que, quando um humano está sofrendo, pode optar por não atacar as mãos que o ajudam. Ele quer olhar Peter nos olhos enquanto conta ao menino o quanto a irmã dele está sofrendo. Ele também quer ver o quanto Peter está sofrendo. Não pode estar ao lado do menino do jeito que está ao lado de Wanda, mas há outros que poderiam estar, se ao menos ele conseguisse lhes dizer que são necessários.

Ele não vai ter a chance.

Peter não aparece.

―

WANDA PASSA A SEMANA SEGUINTE SEM RECEBER UMA LIGAÇÃO OU VISITA de seu irmão repentinamente distante. Ela frequenta suas aulas nos três locais — a faculdade, o Sanctum, o restaurante — e tem um desempenho suficientemente adequado nos estudos para que suas notas não sejam prejudicadas, mas ela está oca, vazia e atordoada em um silêncio incomum pelo que aconteceu na ponte.

Meggan aparece no Sanctum depois que Wanda e Gwen não vão para o piquenique programado no parque, mas tem que ir embora quando suas habilidades metamórficas empáticas a transformam em uma réplica perfeita de Gwen, fazendo com que Wanda, de coração partido, comece a soluçar de novo. O Doutor Estranho a acompanha e promete que Wanda ligará assim que estiver se sentindo melhor.

Wanda não liga.

A morte de Gwen Stacy chega às manchetes em toda a cidade e em Nova Jersey. Jonah Jameson, do *Clarim*, está particularmente entusiasmado para publicar a história — uma morte que pode atribuir explicitamente ao Homem-Aranha? Um desentendimento público entre dois dos incômodos fantasiados da cidade, ocorrido acima do corpo que esfriava de uma jovem universitária? Ele sempre odiou o Homem-Aranha e estendeu um pouco de sua malícia para a Feiticeira Escarlate apenas devido à proximidade e, agora, finalmente, tem uma arma para utilizar contra os dois.

E ele a utiliza. No final da semana, conseguiu não apenas culpar o Homem-Aranha pela morte de Gwen Stacy, mas também por seu retorno à cidade, alegando que a ameaça lançadora de teias atraiu uma jovem inocente para a cidade apenas com o propósito de acabar com a vida dela. Ele usa todos os insultos com que pode se safar no jornal, alguns pelos quais, Wanda tem certeza, será multado, e quase todas as imagens que ele publica com essas explosões de calúnia e repulsa são creditadas a Peter Parker, fotografias que se voltaram contra a própria mão que as tirou.

Os colegas de classe de Wanda, acostumados com seu forte apoio ao Homem-Aranha, esperam que ela fique furiosa com os artigos ofensivos e ficam confusos quando ela os deixa de lado e se recusa a comentar. Ela não quer conversar sobre o Homem-Aranha, não quer conversar sobre a garota que morreu e *definitivamente* não quer conversar com os colegas que se lembram de Gwen visitando-a no campus. Aos poucos, os outros alunos montam sua própria versão da história: Gwen era uma amiga íntima de Wanda, e sua repentina recusa em defender o Homem-Aranha é porque ela também o culpa pela morte de Gwen.

Está mais perto da verdade do que poderia. Wanda não contesta, apenas segue o ritmo de seus dias, depois retorna ao Sanctum, ou à cidade para cumprir suas obrigações no restaurante. Quando tia May telefona, três dias após a semana de solidão de Wanda, ela dá desculpas educadas para não ter voltado para casa, diz que está de luto por Gwen e promete passar lá depois do funeral.

O funeral. Assoma à sua frente como um túnel se preparando para engolir um trem e, igual ao túnel, está cheio de sombras e perigos invisíveis, uma paisagem que ela não conhece nem compreende. Os pais de Gwen estão mortos, mas seus avós cuidam dos preparativos, e Wanda recebe um comunicado. Como todo o restante de sua correspondência, é redirecionado para o Sanctum por algum feitiço que ela não entende por completo, e, quando ela vê o envelope, parece que seu coração para por um longo momento.

Gwen está morta. Gwen nunca vai se formar na faculdade, nunca vai se casar nem terá filhos. Pensando em curto prazo, Gwen nunca mais fará outro sanduíche de queijo-quente, nunca vai rir tanto a ponto de leite com chocolate sair de seu nariz, nunca vai cobrir um cachorro-quente com mostarda e tentar defendê-lo como uma forma de alta gastronomia. Gwen acabou. Ela está morta, e o funeral é um resumo do que deveria ter sido uma vida longa e maravilhosa.

Uma coda composta pelo Duende Verde como um presente para o Homem-Aranha. A responsabilidade pela morte do tio Ben pode ser confusa e pouco clara — foi culpa de Peter por deixar o ladrão ir, de Wanda por revidar ou do ladrão por invadir a casa? —, mas a responsabilidade pela morte de Gwen é mais fácil de definir. O Duende Verde a agarrou, sim. Ele fez isso para atingir o Homem-Aranha, e, se não fosse pelo Homem-Aranha, Gwen não estaria morta.

Não importa o quanto ela revire os fatos, o quanto os examine de perto, Wanda não consegue encontrar uma maneira de se culpar. Não foi culpa dela.

Ela mantém esse fato em mente quando para diante de seu mestre com o comunicado do funeral nas mãos, dizendo-lhe que pretende comparecer.

O Doutor Estranho olha para ela com um olhar firme e avaliador, permitindo-se tempo para considerar adequadamente as palavras dela. Quando Wanda começa a se remexer, ele se move, bem de leve, e pergunta:

— *Ele* estará lá?

— Ela era namorada dele, e o relacionamento deles era muito sério. Não consigo imaginar que ele não esteja lá.

— E você se lembra da minha exigência para que você volte a passar tempo com ele?

Wanda ergue o olhar bruscamente, com uma carranca no rosto.

— Você falou que esse era o requisito para que ele pudesse voltar para cá, e não para que eu visse meu irmão — retruca ela. — Ele é meu *irmão*. Não posso contar à minha tia May que não vou voltar para casa no Dia de Ação de Graças porque Peter e eu somos super-heróis secretos desde o Ensino Médio e que ele me falou coisas horríveis depois que sua namorada foi atirada de uma ponte por seu inimigo! Isso não vai funcionar!

— Não posso controlar você, aprendiz, mas posso lhe pedir certas coisas. Uma é que você me respeite o suficiente para respeitar a si mesma. Se precisar falar com ele, sinta-se à vontade para repassar minhas exigências. Isso pode inspirá-lo a começar a buscar reparações. Eu preferiria que deixasse que ele viesse até você. Pode voltar para sua casa, é claro, e eu entendo que você o verá, mas não se precipite em uma reaproximação que só pode lhe fazer mal. Deixe-o perceber quão errado ele está em seu próprio tempo e permita-se descobrir quão forte é capaz de ser sem ele.

Ela desvia o olhar, com os olhos voltados para o chão, enquanto diz:

— Não vou me aproximar dele se ele não se aproximar de mim.

— Isso será suficiente para me deixar satisfeito. Obrigado, aprendiz.

Ele então se vira, voltando ao livro que estava traduzindo.

Wanda permanece no lugar por mais alguns segundos, até que ele ergue o olhar e pergunta, franzindo a testa:

— Ainda está aqui?

Ela some.

O CÉU ESTÁ CLARO COMO CRISTAL NO DIA DO FUNERAL DE GWEN. WANDA OLHA feio para ele enquanto caminha da estação de metrô até a capela funerária. É pequena, situada no meio de um quarteirão comum de um distrito comercial, com um longo toldo, como o de um hotel de luxo, oferecendo cobertura para os enlutados e familiares que tentam entrar. Wanda não é a primeira lá. O avô de Gwen está na porta quando ela chega, e ele não a reconhece, mas aperta a mão dela mesmo assim, antes de acenar para que ela entre.

Seu novo vestido preto é um pouco largo demais, escolhido dessa forma porque a folga torna mais provável que ele continue impecável quando ela o tirar; se tomar cuidado, vai poder devolvê-lo à loja onde o comprou, em vez de transformá-lo em uma lembrança macabra de um dia que nunca quis vivenciar. Ela não consegue imaginar usá-lo novamente. Por qualquer motivo.

A sala está meio cheia, os amigos e parentes distantes de Gwen andando de um lado para o outro, parecendo perdidos. Há um certo vazio que toma os olhos de uma pessoa quando ela perde alguém, e esse vazio está em todos os lugares que Wanda olha. Todos aqui estão de luto. Todo mundo aqui está sozinho.

Ela encontra um assento perto dos fundos e mal se acomodou quando tia May e Peter chegam, o braço da tia May está em volta dos ombros dele, Peter cambaleia como se tivesse envelhecido vinte anos nas últimas duas semanas. Wanda olha, mas não se move, e eles se acomodam perto da frente, aparentemente sem vê-la.

A cerimônia é curta e sincera, não denominacional, de uma forma que ela acha que Gwen teria apreciado — não que Gwen fosse apreciar algo sobre isso. Gwen teria apreciado não estar *morta*. Todos ficam de pé quando deveriam, se sentam quando deveriam e ouvem com o foco solene de pessoas que não têm ideia do que mais fazer. Apenas tia May e os avós de Gwen parecem confortáveis com todo o ritual. Todos os três estão chorando, mas há uma naturalidade em seus movimentos e em suas palavras que remete a outros funerais, a outros dias como este, a outras tristezas.

Viver uma vida longa significa sofrer continuamente. Essas três pessoas saíram na frente no luto. Agora é quando o restante deles começa a alcançá-los, quer queiram, quer não.

Quando a cerimônia oficial termina, é hora dos discursos, e Wanda afunda ainda mais em sua cadeira, com um leve medo de que alguém tente chamá-la e forçá-la a subir ao púlpito. Ninguém o faz; há oradores dispostos suficientes. Amigos de Gwen da Europa e da escola, primos, pessoas que Wanda não conhece. Até que Peter se levanta e Wanda volta a se endireitar, subitamente atenta.

Ele vai até o altar, com os óculos de que não precisa mais salpicados de sal das lágrimas que claramente derramou o dia todo, e o segura com as duas mãos, olhando para o púlpito como se achasse que anotações apareceriam de repente para ajudá-lo a chegar ao final desse discurso.

— Tive paixonites na escola primária — começa ele. — Todo mundo tem, eu acho, exceto talvez as pessoas que não se apaixonam, mas eram apenas isso: paixonites. Eu me apaixonava pelas meninas na hora do recreio e me desapaixonava na hora do almoço, quando elas não achavam graça de como eu gostava de fazer bolhas no meu leite com chocolate ou quando os irmãos delas me empurravam no parquinho. — Sua voz é chuva no solo ressecado do coração de Wanda: ela nunca ficou tanto tempo sem ouvi-lo, desde que tinha idade suficiente para se lembrar, e sente falta dele como sentiria falta de um membro, como sentiria falta de seus poderes.

— Achei que sabia o que era se apaixonar, por causa de todas aquelas paixonites, então conheci Gwen Stacy. Pela primeira vez na minha vida, era como se eu estivesse conversando com alguém que me entendia por inteiro, e não usava uma única migalha disso contra mim. Ela me acompanhava. Não importava o que eu dissesse, ela acompanhava. Ela era inteligente e engraçada e perfeita, e eu... — A voz dele falha, e ele tira os óculos para colocar a mão sobre os olhos. — Eu ia me casar com essa garota. Eu juro que ia. Eu a amava mais do que sabia que poderia amar alguém.

Wanda não vai ficar com ciúmes de Gwen no funeral dela, ela *não* vai, ela não é esse tipo de pessoa, mas ah, naquele momento ela quer; enquanto ouve seu irmão falar sobre Gwen Stacy como se ela fosse a única pessoa que realmente o amou, é difícil não sentir uma pontada de desconforto. Ambas estavam em perigo naquela noite, mas ele não se importa que ela pudesse ter morrido, apenas que *Gwen morreu*, e a culpa foi dele, não dela, então por que é ela quem está sozinha? Ela nunca pensou que o amor romântico importasse mais do que qualquer outro tipo. Se ele realmente amava Gwen mais do que qualquer outra pessoa no mundo, talvez faça sentido que ele esteja reagindo tão mal à morte dela. Afinal, ela era a única pessoa por quem valia a pena lutar.

Ele funga e enxuga os olhos, depois ergue o olhar e, por um momento, parece que está olhando diretamente para ela.

— Eu *odeio* o Homem-Aranha — declara ele, com uma ferocidade surpreendente. O caixão de Gwen está atrás dele, e sua foto sorrindo suavemente está ao seu lado, e ele está pregando a vilania do Homem-Aranha com uma confiança que Jonah Jameson teria invejado. — Eu o odeio pelo que ele fez e pelo que ele tirou de mim. Ele é um monstro. Ele sempre foi, e odeio que ele provavelmente esteja por aí se balançando como se nada tivesse mudado, como se ele tivesse o direito de se chamar de herói. Bem, nós sabemos a verdade, não é? Nós sabemos o que ele fez. Ele quebra tudo o que toca. Acho que ele terá que conviver com isso pelo resto da vida, se algum dia parar de se balançar por tempo suficiente para que o golpe o alcance. Gwen, eu amo você. Sempre vou amar. Sinto muito. Lamento não termos tido todo o tempo que deveríamos ter, todo o tempo que nos foi prometido. Se eu pudesse fazer tudo de novo, eu seria melhor, eu juro. Eu a amaria do jeito que você merecia ser amada desde o início e a protegeria. Se pudéssemos apenas fazer tudo de novo desde o início, eu acertaria desta vez, eu prometo.

Ele enxuga os olhos, recoloca os óculos e volta para seu lugar ao lado da tia May. Ele não olha para Wanda de novo. Nem uma vez durante o restante da cerimônia.

Quando os enlutados saem da funerária em direção ao cemitério, em uma longa viagem em carros pretos fretados com bandeiras no capô para sinalizá-los como parte do cortejo fúnebre, ninguém conversa. Wanda acaba em um carro com três primos de Gwen e fica impressionada mais uma vez com a quantidade de parentes que Gwen tinha. Essa garota que era órfã, assim como ela, mas de alguma forma ainda tinha uma rede de conexões ligando sua memória ao mundo. Wanda e Peter têm tia May. E um ao outro, mas agora parece que Peter não concordaria que ela faz parte do que o conecta ao resto da humanidade.

Gwen teve muita sorte, até o momento em que deixou de ter.

O lindo dia já não existe mais quando chegam ao cemitério; o céu foi escurecido pelas nuvens. É um golpe de azar no mutável verão de Nova York, e Wanda sabe que não é culpa dela. *Não pode* ser culpa dela. Tempestade é uma das mutantes mais poderosas que existem, porque ela controla o clima. Se a magia de Wanda fosse tão poderosa, ela saberia. Ela apenas dobra fios individuais de sorte, apenas dá nós nos momentos. Ela não escurece um céu de verão inteiro.

(América sabe a verdade. Contudo, apesar de todas as suas observações e ocasionais interjeições distantes, América é apenas uma observadora aqui. Não pode contar para Wanda o quanto ela é poderosa. Talvez seja uma coisa ruim. Talvez seja boa. Não há como saber, nem mesmo para ela.)

Os enlutados se reúnem ao redor do túmulo. Wanda fica para trás, com a cabeça baixa e as mãos cruzadas, e escuta enquanto entregam o corpo de Gwen à terra. O caixão é baixado, e Gwen desaparece. Gwen se foi, e o mundo está diferente agora.

Wanda se vira para ir embora, e lá está Peter, com malícia nos olhos e lágrimas no rosto. Ela o encara por um momento, incapaz de se conter. Ela não fala. Está mantendo sua palavra. Mas, se ele falar, pode responder e, ah, ela quer que ele fale com ela. Quer tanto que, quando ele finalmente abre a boca, ela mal registra as palavras a princípio.

— O que *você* está fazendo aqui?

— Peter... — consegue dizer ela.

Ele balança a cabeça.

— Você é uma maldição e não é minha irmã. Não quero você perto de mim.

Ela solta um gemido baixo e começa a estender a mão para ele. E ele, seu querido irmão, seu protetor, a afasta.

Ela cai de joelhos na grama do cemitério, rasgando a meia-calça e quebrando uma unha. Ela olha para ele. Ele paira acima dela, e, por um momento, ela teme que ele possa fazer algo pior do que empurrá-la.

Em seguida, ele se afasta. Ela se levanta, seus olhos ardem com lágrimas não derramadas. Mas essas lágrimas, pela primeira vez, não são por Gwen. Com as costas rígidas e com o pouco de orgulho que consegue reunir, ela se vira e caminha de volta para o carro, com terra caindo de seus joelhos.

Ela chega lá antes que a chuva caia.

Ela vai poder devolver o vestido.

CAPÍTULO QUATORZE

PASSAGEM

WANDA RETORNA AO SANCTUM APÓS O FUNERAL. PARA ONDE MAIS ELA DEVERIA ir? Ela não pode ir para casa, não quando sabe que Peter estará lá, e, embora o restaurante seja sempre uma opção, ela está sentindo o tipo de tristeza que não pode ser aliviada com um turno passado servindo pratos aos turistas ou se escondendo em uma cozinha. Quer tirar o vestido antes que possa manchá-lo de alguma forma, lavar a lama das mãos e dos joelhos e sentar-se sozinha no pomar até sentir que consegue respirar.

Naturalmente, quando ela abre a porta, encontra uma mulher loira sentada em uma das cadeiras desconfortáveis no saguão de entrada e um homem desconhecido de cabelos negros pendurado pelos joelhos no corrimão próximo.

Meggan sorri e acena para ela.

— Wanda, olá! Seu professor nos deixou entrar. Achei que você poderia precisar de um pouco de companhia depois do dia que teve.

— Eu estava planejando...

— Sentar e se afundar na sua tristeza e depois cancelar outro almoço? Eu ia sugerir um piquenique no parque, mas parece que o tempo tem outras ideias. Eu poderia ligar para a Tempestade, mas ela vai ficar zangada se eu lhe pedir que bagunce o andamento normal das coisas para que eu possa comer sanduíches na grama. — Meggan faz uma cara exageradamente azeda, claramente tentando arrancar um sorriso de Wanda.

Não funciona muito bem. Wanda volta sua atenção para o estranho, resoluta.

— Quem é seu amigo?

— Ah, este é Kurt. Kurt, esta é a Wanda. Eu lhe contei sobre ela. — Diante da expressão alarmada de Wanda, ela levanta as mãos. — Nada que eu não possa dizer a nenhum dos X-Men! Só que você é uma boa amiga e que temos passado algum tempo juntas na cidade. Kurt não podia se juntar a nós quando Gwen estava lá, por isso pensei que esta seria uma boa oportunidade para apresentar vocês dois. Para impedir que fique se lamuriando.

— Por que Kurt não podia se juntar a nós? — Wanda franze a testa enquanto o observa com mais cuidado. Nada nele parece mutante; ele poderia ser um estudante da faculdade dela.

— Fingir é um luxo entre estranhos, mas uma ofensa entre amigos — responde Kurt. Ele tem um sotaque alemão, ainda mais forte que o sotaque britânico de Meggan, e, enquanto fala, dá uma espécie de cambalhota complicada, saltando do corrimão e pousando de leve no chão. É tão parecido com o tipo de coisa que Peter faz casualmente, que faz o peito de Wanda doer ao encontrar a tão desejada familiaridade em um estranho.

— O que quer dizer com isso? — pergunta ela.

Ele toca o pulso e vira outra pessoa. A pele meio tom mais clara que a dela sumiu, substituída por pelagem azul, curta feito veludo. Suas orelhas são tão pontudas quanto as de Meggan, e suas mãos têm três dedos, bem como seus pés. O mais estranho de tudo é que ele tem uma cauda longa e sinuosa, e seus olhos são totalmente amarelos, sem íris ou pupilas.

Há uma decisão a ser tomada aqui, mas o Doutor Estranho os deixou entrar na casa, e Meggan ainda está sorrindo, embora haja uma certa tensão enquanto ela espera para ver como Wanda reagirá.

Wanda consegue encontrar um sorriso.

— Caí no cemitério e rasguei as meias — informa ela. — Podem se entreter por tempo suficiente para eu dar um pulo no meu quarto e me limpar?

— Pensei que poderíamos pedir uma pizza — conta Meggan, com a tensão diminuindo.

— Não é uma boa ideia. Eles nem sempre conseguem encontrar o Sanctum. Mas fiz jaxnija ontem à noite e sobrou bastante, se não se importarem com ensopado requentado.

— O sabor é sempre melhor no dia seguinte — afirma Meggan.

Kurt, entretanto, está observando Wanda.

— Você fez jaxnija?

— Não é ruim. Trabalho há anos em um restaurante especializado em culinária romani. Posso fazer um sanduíche para você, se preferir...

Meggan começa a rir.

— Vá se trocar antes que ele comece a propor casamento — fala ela.

Wanda vai rapidamente até seu quarto, onde veste jeans e um suéter quente após colocar curativos nos joelhos. Quando volta para baixo, Meggan e Kurt estão esperando, dois parentes sorridentes de orelhas pontudas dos quais ela não sabia que precisava tanto.

Eles levam o ensopado para o pomar e comem enrolados nos cobertores que Wanda estava imaginando, e tudo é quentinho, e eles estão vivos. Gwen se foi, e Peter está perdido em seu próprio labirinto de autorrecriminação e tristeza, mas eles estão vivos. O mundo segue em frente.

O MUNDO SEGUE EM FRENTE, MAS AGORA ESTÁ DIFERENTE.

Wanda continua frequentando suas aulas, mundanas, mágicas e culturalmente realizadoras. Ela vai para casa no Queens no fim de semana e Peter nunca está lá; ela se vê consolando tia May quando a mulher chora pela fratura óbvia e inexplicável em sua família. Peter ainda visita, mas nunca quando sabe que Wanda virá. Eles não discutem o assunto, mas repartem os feriados e as férias da faculdade entre si como um peru de Ação de Graças. Ele tem um emprego: primeiro como fotógrafo e depois uma série de estágios científicos; e ela faz seus turnos no restaurante. É fácil para ela inventar desculpas — para os dois é, e por quase quatro meses eles conseguem se coordenar sem se falar, evitando um ao outro sem esforço.

Até que chega a manhã de Natal.

O Sanctum está decorado conforme a tolerância do Doutor Estranho. Wanda acha que o lugar montou metade da decoração por conta própria, apenas para alfinetar o homem, que por vezes investe demais na aparência de mística profunda para o próprio bem: festões e ramos de azevinho enfeitam os corredores, e as árvores no pomar estão carregadas de bolas de vidro coloridas. Velas flutuam em tigelas de água na cozinha, queimando sem se consumirem em homenagem silenciosa a Santa Lúcia e à luz que ela traz no auge do inverno. Wanda não conseguiu encontrar muita coisa sobre as tradições festivas da Latvéria — além do Dia do Juízo Final, que é conhecido o suficiente para ter sido levemente parodiado em um episódio de *Saturday Night Live* que já foi retirado de circulação, mas ainda pode ser encontrado em fitas piratas. O que ela conseguiu descobrir contou-lhe que Santa Lúcia desempenha um papel importante na época mais escura do ano e é venerada na maior parte do interior. Wanda acende velas pelo lar que nunca conheceu e nunca conhecerá de verdade e espera que a luz possa alcançar aqueles que ela perdeu.

Ela não está morando no Sanctum; ainda mantém seu dormitório e dorme lá várias vezes por semana, atendendo aos requisitos de moradia e falando, para quem pergunta, que passa o restante do tempo com um parente na cidade. Sua colega de quarto não se importa com sua ausência, pois vê isso como um caminho barato para um quarto individual, e, desde que suas notas continuem boas, a faculdade não se envolve. Mesmo assim, ela passa a véspera de Natal em seu quarto no Sanctum, com a alta janela de mosaico de vitrais, dormindo sob a luz das estrelas e tentando não pensar em como este ano está mais frio que o ano passado.

A temperatura não mudou. Mas, no ano passado, ela estava envolvida no calor de sua família, e, embora o Doutor Estranho possa tentar, ele não é a mesma coisa. E, honestamente, ele não quer ser, mas faz um esforço por ela, e ela agradece, mesmo enquanto faz panquecas de maçã e canela na cozinha e espera que ele apareça.

— Você deveria ir para casa — comenta ele, assim que chega.

— Estou em casa, mestre — responde ela, colocando as panquecas em um prato.

— E essas portas estão sempre abertas para você, mas eu quis dizer seu verdadeiro lar, com as pessoas que a amam e se preocupam com você — argumenta ele. — Sua tia virá procurá-la em breve se você não for para casa por tempo bastante para que ela reclame sobre como você precisa comer mais.

Wanda dá de ombros.

— Peter vai estar lá.

— Provavelmente.

— Ele ainda não se desculpou. Você me disse para não passar tempo com ele até que ele pedisse desculpas.

O Doutor Estranho suspira. Ele falou isso e estava falando sério; ainda está falando sério. Isso não significa que ela pode cortar todos os laços tão facilmente. Ele se aproxima dela.

— Eu falei que você não deveria procurar a companhia dele ou a aprovação dele. Não lhe pedi que o evitasse por completo. A comunidade sobre-humana em Nova York é pequena. Não há como ficar longe dele para sempre, mesmo que tenha bons motivos para tentar.

— Depois das coisas que ele disse no funeral, estou *muito* empenhada em tentar.

— Seja como for, não quero incorrer na ira de sua tia.

— Quer dizer que você quer que eu vá para casa, no Natal, quando tia May não faz ideia de por que estamos brigados, e que eu não fale com ele caso ele ainda não esteja pronto para pedir desculpas? — Wanda bate a frigideira com mais força do que normalmente usaria. — Perdoe-me, mestre, mas essa é a coisa mais ridícula que você já me pediu para fazer. As pessoas nas ruas já estão começando a me tratar de forma diferente agora que não estou mais patrulhando com Peter.

— Diferente como?

Ela respira fundo e desliga o fogão.

— Magia é algo no qual as pessoas têm dificuldade de confiar, você sabe disso.

— Eu sei.

— Bem, só fica pior quando essa magia tem a ver com distorcer a sorte dos outros. As pessoas não confiam em mim. Não totalmente. Sempre houve uma dúvida se era seguro estar perto de mim, mas isso passava despercebido, porque eu estava com o Homem-Aranha. Todo mundo gosta do Homem-Aranha. Ele é engraçado, é um cara legal, e, se ele gostava de mim, eu devia ser confiável. E agora não estamos patrulhando juntos. Estou passando um tempo com mutantes e não vou parar de fazer isso. Meggan tem sido uma amiga incrível, e Kurt é um amor; acredito que eu estaria muito pior do que estou agora se não tivesse o apoio deles. Não vou nem dizer que não é culpa deles serem mutantes, porque não há nada *de errado* com suas mutações. Eles têm orelhas pontudas e superpoderes, eu tenho o caos no sangue, você tem poderes mágicos fortes o bastante para *me* assustar às vezes, e somos todos apenas pessoas! Mas as pessoas não confiam neles por causa da forma como obtiveram seus poderes e não confiam em *mim* porque não entendem como meus poderes funcionam! Havia um monte de feiticeiras más nas histórias com as quais cresceram. Se não consigo nem continuar amiga do Homem-Aranha, devo ser má.

O Doutor Estranho levanta uma sobrancelha.

— Você estava querendo falar tudo isso já há algum tempo, não é?

— Estava — admite ela.

— Ainda não quero que você volte a se aproximar dele, a menos que ele peça desculpas.

— Então, você não quer que eu volte a me aproximar dele de jeito nenhum, porque ele não vai pedir desculpas. Nunca conheci ninguém tão determinado a se agarrar à culpa como Peter Parker.

— Suponho que seja difícil conhecer a si mesmo.

— Como?

— Nada. Entendo que esteja em uma situação difícil agora, aprendiz, mas sua tia não merece sua ausência por causa disso. Por favor, vá para casa, coma o peru assado com purê de batatas dela e volte quando estiver se sentindo um pouco mais ancorada no mundo fora destas paredes. O inverno passa, a roda gira, e isso também passará.

Wanda suspira pesadamente e tenta mais um argumento:

— Nevou o dia todo, e os trens estão funcionando em horário de feriado. Vou levar horas para chegar lá.

— Eu levo você para o Queens. Posso deixá-la no final do quarteirão, assim você vai estar devidamente congelada quando chegar à porta e não vai levantar nenhuma suspeita. E pode me ligar quando estiver pronta para voltar.

Wanda faz uma pausa, observando-o com atenção. Se ele está se oferecendo para servir de táxi, realmente tem uma opinião forte sobre isso. Ele acha que ela está se isolando, e, sendo honesta, está até certo ponto. Ela nunca pensou que fosse invulnerável. Na verdade, ela passou a vida inteira sendo lembrada, rudemente, de que ninguém vive para sempre. Seus pais, os Parker — de quem ela mal se lembra; tia May sempre foi muito mais mãe para ela do que Mary Parker jamais teve a chance de ser — e depois tio Ben... pessoas morrem. Wanda sabe disso. Mas Gwen tinha a idade dela e de Peter. Gwen era brilhante, linda e cheia de vida e não tinha poderes, não tinha como revidar. Ela acabou de morrer, e não foi justo, e Wanda não sabe muito bem como entender a injustiça de tudo isso. Ela está tentando, mas é muito mais difícil do que jamais imaginou que poderia ser.

Mas, mais ainda, toda vez que seus alicerces foram abalados — quando o tio Ben morreu, quando seus poderes se desenvolveram, quando ela foi intimidada ou assediada na escola, quando a puberdade chegou e Johnny Nelson pensou que as alças do sutiã tinham sido projetadas para serem arrebentadas —, Peter esteve lá para segurá-la e evitar que ela desmoronasse. Ela o apoiou da mesma forma. Juntos, eram fortes o suficiente para resistir a praticamente qualquer coisa. Sozinhos...

Sozinha, ela não tem certeza se sobreviverá a isso. E é por isso que não quer ir para casa, não quer se sentar na cozinha no Queens enquanto tia May mexe seu famoso molho de cranberry e o ar cheira a peru assado e especiarias quentes, não quer estar no lugar onde ela sempre esteve segura, porque Peter vai estar lá. Peter, que *é* segurança, que *é* lar e porto seguro e a certeza de que tudo ficará bem. Ele é a outra metade de quem ela é, e, sem ele, ela sente que está lhe faltando um órgão. Ela quer que Peter note que o que ele lhe disse não foi apenas errado, foi cruel, cruel de uma forma que ela jamais esperou de seu irmão. Ela merece coisa melhor do que rastejar de volta para ele na primeira oportunidade.

Mas, se o vir lá, ela vai tentar. Sabe que vai tentar. Ela vai pedir desculpas por coisas que nem são culpa dela se isso significar que ele vai deixá-la voltar, e isso não é certo — não é justo com ela nem com aquilo pelo que ela passou ou com o que eles são um para o outro —, mas é verdade. Ela conhece a si mesma. Sabe no que é forte e no que é fraca.

E, quando o assunto é o irmão dela, ela é fraca.

— Eu realmente não acho que isso seja uma boa ideia — diz ela.

— Eu sei — responde o Doutor Estranho.

TRINTA MINUTOS DEPOIS, ELA ESTÁ NA VARANDA DA CASA ONDE CRESCEU, COM flocos de neve nos cabelos e as mãos enluvadas entrelaçadas, tremendo. Ela tem uma chave, mas não mora mais ali de verdade, e parece errado simplesmente entrar.

Respirando uma nuvem branca no ar, ela solta as mãos, estende uma delas e toca a campainha. O tom baixo e suave ressoa pelo ar, e ela sabe que preenche a casa; não é alto, mas não há lugar aonde possa ir para escapar dele. Recuando, ela esfrega os braços para mantê-los aquecidos. Até mesmo cruzar o quarteirão de onde o Doutor Estranho a deixou a fez ficar quase congelada.

Será que os poderes de aranha de Peter vêm com imunidade ao frio? Nunca discutiram o assunto, e ela sente uma pequena satisfação ao pensar nele balançando pela cidade com gelo nos cotovelos e tornando suas teias quebradiças. Ela não quer que ele se machuque. Ela quer que ele sofra, só um pouco, enquanto ela estiver sofrendo.

A porta se abre, e tia May está ali, radiante ao ver Wanda.

— Ah, querida! Temi que você não conseguisse vir, estando tão ocupada como tem estado ultimamente... coitada, você deve estar *congelando*, entre, entre.

Wanda sorri, com os dentes se chocando, e deixa tia May conduzi-la para a sala de estar gloriosamente decorada, onde o sofá está vazio; nem sinal de Peter. Wanda pisca diante disso, mas para quando tia May puxa a costura do ombro de seu casaco, dizendo:

— Você não vai se aquecer enquanto não tirar essas coisas frias. Agora vamos, querida, deixe-me pegar isso para você.

Wanda abre o zíper da jaqueta e deixa tia May retirá-la antes de tirar as luvas e seguir a tia até o armário. Não quer perguntar, não quer quebrar a alegria frágil enquanto tia May fala do tempo, dos vizinhos, de todas as coisas sobre as quais elas não tiveram a chance de conversar recentemente. Então, ela é pega de surpresa quando tia May se vira e a puxa para um abraço forte, tão forte, que, por um momento, Wanda não consegue respirar.

Ela inspira, e o aperto da tia May se afrouxa, só um pouco.

— Senti sua falta — fala ela, ainda apertando com força.

Tia May começa a chorar. Wanda não a solta. Ela não consegue pensar no que mais deve fazer. Por isso, ela a segura até que tia May se afaste e depois a solte e permanece onde está enquanto a tia dá um passo para trás, ficando fora de alcance.

— Tia May, o quê...

— Eu sei que vocês dois fazem coisas que não me contam. Vocês sempre fizeram. Isso é parte de ser jovem: vocês precisam ter permissão para sair escondidos em algum momento, e vocês eram jovens tão bons, que Ben e eu, bem, nunca nos preocupamos muito. Peter não ia colocar nenhuma garota em apuros, e você não ia voltar para casa com um bebê nos braços, nenhum de vocês ia começar a beber ou sair por aí vendendo os talheres para comprar drogas. Por isso, observamos de longe, e isso funcionou por muito tempo, até que cresceram, e os dois foram levados para um lugar onde eu não conseguia nem ficar de olho em vocês. Mas não me preocupei, porque eu sabia que vocês tinham um ao outro.

— Tia May...

— Peter não vem hoje. — As palavras são cortantes, largadas entre elas como lâminas de vidro que se quebram ao atingir o chão. — Ele ligou esta manhã para pedir desculpas. Ele tem muito trabalho da faculdade para fazer e diz que é mais fácil estudar quando os dormitórios estão vazios.

Wanda cobre a boca com a mão, desviando o olhar.

— Sinto muito. Eu não... Ai, eu sinto muito.

— Eu sei que vocês dois não estão se dando bem desde que a pobre Gwen morreu. Não sei o que aconteceu entre vocês e não vou tentar me intrometer; não seria justo com você, com Peter nem comigo. Não vou escolher lados. Mas, Wandy, querida... não posso perder nenhum de vocês. Vocês são tudo que me resta.

— Eu não falei para ele não vir.

— E ele não me falou que não viria por sua causa, assim como nunca me falou que é o Homem-Aranha. Há coisas que... eu nunca tive meus próprios filhos e nunca pensaria em apagar a memória de Mary, mas não acho que ela ficaria chateada por eu dizer que há coisas que uma mãe sabe. Não depois de vivermos juntos há tanto tempo.

Wanda não fala nada, apenas a encara.

— Eu não liguei os pontos até que Ben morreu. Eu sabia que *algo* estava acontecendo com Peter, mas foi durante a sua fase de "Furacão Wanda", e estávamos ocupados demais apenas tentando evitar que você derrubasse a casa ao nosso redor. Criar mais problemas perguntando a Peter por que ele saía escondido quase todas as noites parecia um desperdício de energia.

— Você sabia? Esse tempo todo?

— Como eu falei, não antes de Ben morrer, mas então Peter começou a sair ainda mais e a levar você com ele; há uma diferença no ar quando se está sozinho em uma casa, como se todos os fantasmas que você não quer saber que estão lá tivessem uma chance de recuperar o fôlego. Posso fingir que não falei com vocês porque não queria interferir, mas naquele momento eu estava tão mergulhada na minha dor, que não tenho certeza se sabia *como* interferir. Você estava tendo tantos problemas na escola, e Peter estava brigando, e eu tinha coisas mais importantes com que me preocupar do que algumas caminhadas noturnas pelo quarteirão.

— Mas...

— E aí você começou a aparecer nos jornais junto com o Homem-Aranha, e, honestamente, Wanda, achou mesmo que eu não reconheceria meus próprios filhos? Você nem mudou o cabelo, e lá está você com o sujeito que eu já suspeitava ser meu sobrinho, agitando as mãos e "murmurando encantamentos estranhos", segundo os jornalistas que escreveram sobre você. Em parte estou surpresa que Django não tenha aparecido nas redações para exigir que publicassem um esclarecimento.

— Django não sabe — fala Wanda, entorpecida.

Tia May lança-lhe um olhar que transmite precisamente o que ela pensa *desse* argumento.

— Aquele homem a viu crescer tanto quanto eu e percebeu quando você começou a sair correndo de lá a cada duas sessões, sem ficar até a hora de fechar.

— Você conversou com ele?

— Querida, honestamente, acha que eu levei você para a cidade, larguei você na porta de um desconhecido e fui embora? Django e eu nos falamos desde o começo. Nós nos mantemos cientes de como você está. Ele ainda não sabe que você é a Feiticeira Escarlate, mas, em algum momento, vai descobrir. Não tenho certeza se ele vai ficar empolgado com você ou com raiva por você estar se apoiando em estereótipos culturais. Sabe como ele lida com esse tipo de coisa.

As bochechas de Wanda ficam vermelhas, e ela olha para os pés, ainda calçados com as botas de neve e fazendo uma pequena poça no tapete do corredor da tia May.

— Eu não sabia... nunca pensei em vocês dois conversando.

— Bem, nós conversamos. Agora me conte o que aconteceu, Wanda. O que *realmente* aconteceu.

— Peter e eu estávamos lá quando Gwen morreu — começa Wanda, e mesmo essa explicação é como puxar a casca de uma ferida. Tristeza e culpa coagulada vêm à tona, misturando-se em um ensopado pegajoso e tóxico que reveste suas palavras, fazendo com que elas tenham um gosto amargo em sua boca conforme ela continua. Tia May escuta com os olhos arregalados e horrorizados, sem interromper, apenas permitindo que Wanda fale, e isso ajuda um pouco. Tia May não a está julgando.

Um fragmento de sua culpa se desfaz e desaparece, e sua voz fica mais firme quando ela continua.

— Eu usei minha magia para me transportar para o chão sem me chocar contra ele, e Peter usou uma teia para impedir a queda de Gwen. Ele...

Ela faz uma pausa, e o som nauseante do pescoço de Gwen se quebrando ecoa distante em seus ouvidos. Mais suavemente, ela termina:

— Ele a parou rápido demais. A força partiu seu pescoço. Ela morreu instantaneamente. Ele exigiu que eu usasse meus poderes para trazê-la de volta, mas não é assim que minha magia funciona. Não posso curar as pessoas.

Há algo quase cômico em estar aqui usando palavras como *poderes* e *magia* na frente da tia May, que sempre representou o outro lado de sua vida, o lado no qual ela vai para a aula e enfrenta uma colega de quarto vagamente racista, não o lado em que ela é aprendiz do Mago Supremo e pode um dia herdar seu manto. Não sabe como reconciliar as metades de sua vida. Elas não se encaixam.

— Ai, querida. Ele devia saber que você não era capaz de fazer isso. Era óbvio que você adorava Gwen, desde a primeira vez que Peter a trouxe para casa, mas, se pudesse ressuscitar os mortos, Ben estaria aqui conosco agora. Eu sei. Tenho certeza de que Peter também sabe.

— Não me importa o que ele sabe ou não sabe — declara Wanda, e a raiva em sua voz surpreende as duas. — Ele me falou algumas coisas genuinamente *horríveis* enquanto estava descontrolado, e não posso... eu não conseguiria viver comigo mesma se rastejasse de volta para ele sem que me pedisse desculpas. Estou esperando que ele peça desculpas. Que entenda por que o que ele disse foi errado.

Tia May fica quieta por um longo momento. Por fim, ela diz:

— Ele é um menino teimoso, nosso Peter. Ele herdou isso do pai, dos dois. Aqueles irmãos Parker nunca encontraram uma parede de tijolos que não achassem que poderiam atravessar à força. Isso os tornava capazes de fazer grandes coisas, mas também significava que podia ser difícil fazê-los admitir quando estavam errados.

— Eu sei. Talvez eu esteja esperando um momento.

— Mas você não está esperando sozinha, está?

Wanda balança a cabeça.

— Não, tia May, não estou sozinha. Tenho amigos, tenho o restaurante e tenho meu mestre.

A expressão da tia May se aguça ao modo das parentes mais velhas cujos filhos acabaram de admitir algo que pode ser perigoso.

— Seu... o quê?

— Quando estávamos tentando me ajudar a controlar minha magia, Peter me levou ao Quarteto Fantástico, e o dr. Richards me apresentou a um amigo dele. O dr. Stephen Strange. Ele é o Mago Supremo da Terra.

— Eu nem sabia que tínhamos um desses. Parece algo que você pediria no Taco Bell durante o Halloween.

Wanda imagina tia May falando isso na cara do Doutor Estranho e não consegue conter uma risadinha.

— Bem, nós temos, e ele concordou em me aceitar como sua aprendiz. Tenho estudado com ele há vários anos. Ele me ensina a não machucar a mim mesma ou aos outros, e eu tiro o pó de vez em quando. Foi ele quem insistiu que você gostaria de me ver hoje.

— Bem, então, suponho que tenho uma dívida de gratidão com este homem, tanto por cuidar de você quanto por garantir que uma velha não passasse o feriado sozinha.

— Lamento que Peter não venha.

— Eu também lamento, querida, por ele. Onde quer que ele esteja agora, poderia estar aqui, conosco, bebendo meu famoso chocolate quente. — Tia May a encara com severidade. — E esse seu "Doutor Estranho" também, sabe.

Wanda pisca.

— Acabei de descobrir que você sabe que somos super-heróis. Acho que não estou pronta para ver você tomando chocolate quente com meu mestre.

— Você vai estar — afirma tia May sabiamente. — Agora tire essas botas, está encharcando o tapete.

— Sim, senhora.

DEMORA A MAIOR PARTE DA TARDE E PARTE DO INÍCIO DA NOITE, MAS, ENQUANTO tia May se prepara para tirar o peru do forno, Wanda pega o telefone e disca um número com um código de área que ela tem certeza de que ninguém mais compartilha, esperando que o Doutor Estranho atenda.

— Já está pronta para voltar? — pergunta ele.

— Minha tia sabe que sou a Feiticeira Escarlate — informa ela.

Há uma longa pausa. Em seguida, em um tom mais áspero, ele pergunta:

— Você contou a ela?

— Não, ela descobriu sozinha, depois que descobriu que Peter era o Homem-Aranha.

A pausa é ainda mais longa desta vez, e Wanda quase ri. Não devia ser engraçado, mas ainda assim...

— Precisa de mim para fazê-la esquecer? É um feitiço complicado, mas ela mora sozinha... eu poderia fazer se fosse necessário.

— Não. — Wanda olha para tia May colocando o peru pequeno, pouco maior que um frango grande, sobre o balcão. — Ela merece saber. É mais fácil se ela souber. Melhor também. Significa que ela entende por que não posso falar com Peter agora.

— Então, por que está ligando?

— Diga ao seu mestre que o purê de batata ficará pegajoso se passar muito tempo! — grita tia May.

— Porque gostaríamos que você viesse para a ceia — responde Wanda.

— Ceia.

— Isso.

— Ceia de Natal.

— É.

— Com sua tia, na casa dela, no *Queens*.

— A casa não se mudou recentemente, então... sim.

O telefone fica mudo.

Wanda recoloca o fone delicadamente no gancho, virando-se para tia May.

— Ele chega em breve — informa.

A campainha toca.

Wanda se apressa em atender, e lá está o Doutor Estranho, ainda com sua habitual túnica azul e capa vermelha, parecendo totalmente deslocado com a rua suburbana espalhada atrás dele como um cartão postal de um país das maravilhas invernal. Ele está segurando uma garrafa de vinho em uma das mãos e um buquê de rosas brancas na outra. Entrega as flores a Wanda quando ela faz um gesto para que ele entre, e ela as pega automaticamente, piscando para as pétalas.

— Cadê sua tia? — pergunta ele.

— Na cozinha. — Wanda ergue os olhos das rosas e fecha a porta atrás de si. Ele não tira as botas, observa ela; não precisa. Não há sequer uma partícula de neve nelas. Uma vida inteira de boas maneiras entra em ação, anulando o protocolo que normalmente pratica no Sanctum, e ela pergunta: — Posso pegar sua capa?

— Pode — concorda ele, com um aceno preguiçoso de uma das mãos. A capa se desabotoa e flutua até cair no braço de Wanda, permanecendo imóvel enquanto ela a leva até o armário de casacos e a pendura cuidadosamente lá dentro.

O Doutor Estranho espera que ela retorne e a segue pela casa até a cozinha, olhando em volta conforme eles avançam. Não é um trajeto longo — apenas da sala até o corredor e depois até o ambiente aconchegante do cômodo onde tia May já está pondo a mesa. Ela ergue o olhar quando os dois entram e sorri radiante.

— Ah, você deve ser o Doutor Estranho! — fala ela. — Sinto muito que tenhamos demorado tanto para nos conhecermos, pelo menos do seu ponto de vista. Acabei de descobrir que você existia há algumas horas.

— Sra. Parker — cumprimenta ele, pegado de volta as rosas com Wanda e oferecendo-as à tia May. Ela as pega, e seu sorriso fica ainda mais radiante. E não desaparece quando ele coloca o vinho na mesa. — Obrigado pelo convite. Você tem uma casa adorável.

— É sempre melhor com a mesa cheia — diz ela. — Agora sente-se, sente-se.

O Doutor Estranho se senta.

— Gostei dele — declara tia May ao passar por Wanda para pegar o feijão verde. — Saiu-se bem com este.

— Sim, tia May — diz Wanda.

Eles se sentam ao redor da mesa, comem, riem e brindam ao ano que está por vir, e tudo é caloroso e radiante, e, por algum tempo, tudo está bem novamente.

Mas Peter nunca volta para casa.

CAPÍTULO QUINZE

REPUTAÇÃO

— MAIS UM! — ORDENA O DOUTOR ESTRANHO, QUANDO O RAIO HEXAGONAL DE Wanda atinge a parede e se desfaz, sem deixar nem mesmo uma queimadura para trás. — Você tem que se *concentrar*, aprendiz!

— Eu *estou* me concentrando! — Wanda faz uma careta para ele, tirando o cabelo emaranhado de suor do rosto. — Tente *você* fazer melhor com todos esses manequins atirando flechas em você!

As flechas são coisas macias, criações de ar enrijecido que se dissolvem assim que a atingem; deixam hematomas, mas não ferem nada além de seu orgulho. Os manequins aos quais ela se refere são uma roda de figuras feitas de tecido que cercam o círculo onde ela está, cada uma armada com um arco e uma aljava cheia de flechas esculpidas de vento.

— Eu já fiz — informa ele, com muito mais calma. — Não peço a você que faça nada que eu já não tenha feito e agora estou pedindo que se concentre. Se for pega por outro grupo de criminosos como foi ontem à noite, saber como combater vários projéteis e ao mesmo tempo revidar pode ser essencial.

— Nem me lembre — geme Wanda.

O Doutor Estranho apenas bate palmas e refaz o círculo.

Wanda mal tem tempo de respirar antes que os manequins estiquem seus arcos e atirem novamente. Desta vez, a primeira saraivada de flechas encontra um escudo vermelho que as captura e as estilhaça, enquanto a segunda atinge um escudo mais curvo, fazendo-as ricochetear. Metade dos manequins cai, empalada pelas próprias flechas. A outra metade aponta para ela de novo.

Wanda cai de joelhos, mudando a altura e o ângulo do alvo, enquanto começa a disparar raios hexagonais contra eles. Está ficando mais rápida, e outros quatro caem antes que os restantes possam lançar suas flechas. Então lança outro escudo entre ela e eles, parando as flechas. Agora é só ela contra três manequins, e ela tem tempo para mirar antes de derrotá-los. Levantando-se mais uma vez, lança ao Doutor Estranho um olhar desafiador.

— Isso foi foco suficiente? — pergunta ela.

O raio de energia que ele lança em resposta atinge o escudo que ela já ergueu entre eles. Ele pisca uma vez, surpreso, depois acena em aprovação.

— Muito melhor — responde ele. — Se puder fazer isso sempre, concordo que está pronta para patrulhar por conta própria.

— Eu não sou uma *criança*.

— Não, mas é minha aprendiz, e, se eu tiver que recolher seu corpo no necrotério da cidade, fica péssimo para mim. Sem falar no fato de que sua tia sabe onde moro, e ela é uma mulher formidável. Prefiro evitar a ira dela.

— Tia May não é muito de ira.

— Você já morreu?

Wanda balança a cabeça.

— Não que eu tenha notado.

— Quer dizer que você não faz ideia de quão "furiosa" ela pode ficar caso você morra. Como eu também não sei, e prefiro que não descubramos, se isso puder ser evitado.

Wanda cruza os braços.

— *Peter* patrulha sozinho.

— Os poderes de Peter são de natureza mais física. Eu preferiria que ele também não fizesse isso, já que será totalmente impossível conviver com você caso algo aconteça com seu irmão, mas ele se sai melhor sozinho do que você provavelmente se sairia. E, mais importante ainda, a morte dele, embora trágica, não traria sua tia à *minha* porta. Ela não espera que eu cuide de Peter.

Wanda o encara feio, sem entusiasmo. Ela sabe que tia May e seu mestre estão em contato desde as festas de final de ano, e, na maior parte do tempo, tem sido algo bom — é mais fácil explicar onde ela está quando pode contar à tia sobre o Sanctum, quando pode praticar sua magia em casa, no Queens. Ela não sabe se Peter já sabe que tia May descobriu seu segredo. Ela acha que não, já que tia May está cada vez mais irritada com ele.

Ela nunca tinha percebido quanto tempo passava bancando a pacificadora de sua pequena família. Era algo que sempre fazia automaticamente, mantendo-os todos juntos, mantendo-os unidos. E agora, que praticamente deixou de ter interações familiares, as coisas estão começando a se deteriorar.

(Não estava certo, pensa América, observando o desenrolar da cena. Havia incontáveis linhas do tempo em que tia May e Peter se saíam bem sem uma terceira pessoa para suavizar o terreno entre eles. Mas ela observou estas pessoas por vislumbres de anos e viu a forma que criaram entre eles: não é idêntica à de nenhuma outra família Parker que ela viu. Tendo Wanda como seu apoio, Peter cresceu um pouco menos disposto a desacelerar e pedir desculpas, um pouco mais determinado a se manter sozinho. E tia May dividia seu carinho e mimo entre dois alvos, não acumulando tudo em Peter. Esta versão de Peter Parker é mais teimosa em alguns aspectos, mas também menos dependente de uma única pessoa para sua estabilidade emocional. Ela não consegue dizer se isso é melhor ou pior do que o *status quo* a que ela está acostumada, mas é definitivamente diferente.)

Wanda suspira.

— Eu realmente não tenho mais ninguém com quem patrulhar.

— E quanto a Meggan?

— Ela vai voltar para a Inglaterra no final do mês e também já tem uma equipe, uma equipe inteira, de pessoas com quem pode trabalhar.

— Está bem, e o Quarteto Fantástico?

— Eles são amigos de Peter antes de serem meus. Foram educados quando nos encontramos, mas não acho que gostem muito de mim agora que perceberam que estamos brigados. E, mesmo que estivessem dispostos a formar uma equipe, você não me deixa avançar para ameaças reais. *Eles* lidam com ameaças reais. O mesmo vale para o Capitão América. Já nos encontramos vezes suficientes para sermos educados um com o outro, mas estamos em níveis diferentes, e ele sabe disso.

Seus poucos encontros verdadeiramente perigosos, entre vilões menores e monstros, aconteceram porque Peter considerou que ela estava pronta, não porque seu mestre tivesse aprovado. Se depender do Doutor Estranho, ela vai lidar com assaltos e ladrões de carros pelo resto da vida.

Ele franze a testa.

— Posso ligar para Reed...

— Mestre, por favor, não tome isso como insolência da minha parte, mas não se atreva.

Ele fica imóvel, exceto por uma sobrancelha levantada.

— Explique.

— Não sou uma criança e não preciso que marque encontros para eu brincar com os outros heróis — fala ela amargamente. — Se eles não querem se associar comigo porque acham que seria virar as costas ao meu irmão, a decisão é deles, e não vou tentar forçar a questão. Vou continuar saindo com os X-Men quando eles estiverem na área e ver se consigo fazer com que o Cavaleiro Negro concorde em formar uma equipe quando ele estiver na área. Ele se dá bem com magia e, quando não está com os Vingadores, normalmente aceita passar uma noite nas ruas.

"Se dar bem com magia" é um eufemismo no que diz respeito ao Cavaleiro Negro, cujos poderes derivam de uma fonte de magia tão antiga e imprevisível quanto a do mestre dela. Não são amigos próximos, mas ele já a viu em ação vezes suficientes para estabelecer uma espécie de respeito relutante. Eles se dão bem juntos.

— Acredito que Dane pretende estar em Nova York no fim de semana — informa o Doutor Estranho, pensativo. — Vou contatá-lo.

— Por enquanto, acabei com seus manequins. Você falou que, se eu conseguisse fazer isso, confiaria em mim para patrulhar sozinha esta noite. Então, esteja ele disponível ou não, eu vou sair.

— Não gosto disso.

— Eu sei, mestre.

— Eu devia ter proibido isso quando você quis sair às ruas com seu irmão pela primeira vez, devia ter lhe dito que o lugar de um aprendiz era ao lado de seu mestre, não lutando contra pequenos delitos. Mas você pegou gosto por isso agora, e é tarde demais para exigir um padrão mais elevado.

— Eu também sei disso, mestre — responde Wanda, com um sorriso repentino. Ela aprendeu a sentir a vitória chegando. Ela consegue sentir o gosto no ar.

— Muito bem. — Ele acena com a mão. — Fique nas áreas turísticas, ao redor da Times Square. É provável que encontre mais assaltos lá e é menos provável que encontre algo do qual não consiga dar conta.

— Sim, mestre — concorda, sorrindo para ele, e sai correndo para se preparar para a noite que se inicia.

—

A PATRULHA SOLO DE WANDA FOI MAIS EXAUSTIVA DO QUE ELA ESPERAVA. Sua capacidade de usar seus poderes para se mover ainda é algo tênue, propensa a falhar nos piores momentos possíveis, e isso significa muito mais caminhadas e escaladas em escadas de incêndio do que ela está acostumada. Ainda assim, ela prende dois assaltantes e impede um grupo de adolescentes de quebrar as janelas de uma mercearia — pequenos atos de heroísmo para ela, que quer fazer muito mais, mas enormes para as pessoas cujas vidas ela acabou de melhorar.

Ainda assim, enquanto ela está em uma banheira de água gelada na manhã seguinte, esperando que a dor incômoda no quadril diminua, tem que se perguntar se realmente vale a pena interceder em crimes tão insignificantes. Ela não consegue imaginar que alguém como o Capitão América, que se lançou nas agonias da Segunda Guerra Mundial depois de obter seus poderes, ficaria impressionado com seu currículo até agora.

Essa é outra coisa que ela está escondendo melhor de seu mestre. Como ela cuidadosamente recorta e salva cada artigo que narra os últimos atos heroicos dos Vingadores. Como ela acompanha quem entra na equipe, quem sai da equipe e por quê. Como ela anda testando poses de super-herói que poderiam funcionar bem em uma possível missão em grupo. Se puder se juntar a um supergrupo adequado, as preocupações que as pessoas têm sobre seus poderes morrerão, e ela finalmente será livre. Será uma heroína. Só precisa de sua chance.

Ela finalmente está começando a relaxar quando a esfera de quartzo na pia toca, e a voz de seu mestre informa sonoramente:

— O Cavaleiro Negro está disponível para sair com você esta noite. Por favor, esteja preparada para a coleta às dezoito horas.

Wanda suspira e afunda na água, deixando o frio envolvê-la. Ela pediu isso. Se recusar porque está dolorida, apenas provará que seu mestre está certo em mantê-la perto de casa. Ainda assim, ela se ressente da necessidade de voltar à tona para tomar ar, com cubos de gelo flutuando ao seu redor na superfície da banheira.

Ela mexe os dedos, reativando a esfera.

— Sim, senhor — diz. E pronto: ela vai patrulhar de novo. Desta vez com o Cavaleiro Negro, o que significa que terá reforços e poderá enfrentar desafios maiores. Supondo que ela consiga encontrá-los, e distorcer a probabilidade significa que ela *sempre* os encontrará.

O dia passa em uma confusão de dores e lições, durante as quais ela faz o possível para esconder o primeiro item da lista. No momento em que seu mestre lhe diz que o Cavaleiro Negro está esperando no telhado, ela está mais do que pronta para partir. Ela acena e sobe as escadas, preparada para salvar a cidade, ou pelo menos alguns bairros.

O Doutor Estranho sorri enquanto a observa partir. Ela acha que conseguiu esconder dele suas dores, mas ele não se deixa enganar tão facilmente; tudo isso faz parte do treinamento dela. Ele vai perdê-la para a vida de heroína em breve, para os Vingadores ou para uma equipe criada por ela mesma, e não será uma aplicação adequada de seus talentos, mas ela brilhará lá, e ele sabe que é o que ela quer.

Ele está aqui para ensiná-la e prepará-la para o mundo, não para impedi-la.

E, mais do que qualquer outra pessoa, ele mal pode esperar para vê-la brilhar.

DANE WHITMAN NÃO É UM HOMEM DE MUITAS PALAVRAS. WANDA ÀS VEZES se pergunta se suas expectativas sobre o quanto as pessoas falam foram completamente distorcidas por uma infância e adolescência passadas com Peter, mas ela não se questiona muito se puder evitar — no momento, prefere não pensar em Peter. Não é ela quem precisa encontrar o caminho até um pedido de desculpas, e, até que ele o faça, tudo o que pensar nele vai fazer é causar dor num momento em que ela já está magoada pela ausência dele. Sendo assim, ela tenta focar no agora.

Além disso, patrulhar com Dane é melhor do que patrulhar com qualquer outra pessoa *porque* ele não fala muito. Ela patrulhou com Johnny uma vez, e ele ficou tentando descobrir por que ela não estava patrulhando com Peter. Dane não faz perguntas. Dane encontra bandidos, detém bandidos, entrega bandidos às autoridades e segue em frente. Ele é agradavelmente descomplicado, e ela gosta disso.

Eles estão no topo de um dos edifícios híbridos que circundam a área, comercial no andar inferior e residencial acima disso. Descer não será um problema. O Cavaleiro Negro tem seu cavalo voador, e Wanda tem trabalhado em algo recentemente que sabe que vai impressioná-lo. Meggan riu por quase uma hora quando Wanda demonstrou para *ela*, e o senso de humor de Meggan é tal que, se algo a faz rir, Wanda sabe que fará com que pessoas menos quixotescas a olhem com admiração, mesmo que apenas por um momento.

Às vezes é bom inspirar admiração, não apenas risadas.

Eles estão aqui porque uma visão aérea é quase sempre melhor para detectar problemas. Apesar dos anos morando em uma cidade que tem quase tantos super-heróis quanto gatos vadios, os nova-iorquinos nunca adquiriram o hábito de olhar para cima. Os turistas fazem mais isso e ficam sempre encantados quando avistam alguém escondido em um telhado, mesmo que seja alguém que os jornais rapidamente classificam como vilão. Eles vêm de suas cidades pequenas e distantes para ver super-heróis tanto quanto os shows da Broadway, e humanos normais vestindo fantasias baratas do Homem-Aranha e rondando para tirar fotos na frente das grandes lojas de brinquedos não são a mesma coisa.

Eles estão vigiando a rua há uma hora, e, embora tenham avistado três batedores de carteira e dois carrinhos de cachorro-quente sem licença, nenhum foi sério o suficiente para justificar a intervenção de um super-herói. Na verdade, Wanda se sente mal pelos batedores de carteira — eles não estariam trabalhando em uma área com essa densidade de policiais e heróis se não estivessem desesperados, e qualquer turista que carrega tanto dinheiro e toma tão pouco cuidado provavelmente precisa de algumas lições sobre a vida na cidade grande para levar para casa. Quanto aos carrinhos de cachorro-quente, as licenças são proibitivamente caras, e ela não trabalha para a prefeitura. Ela fica mais do que feliz em fingir que não está vendo nem ouvindo, especialmente na economia atual.

Então Dane toca o joelho dela, e ela olha para onde ele está apontando, seguindo o dedo até uma figura escondida numa reentrância sombria próximo à porta de um café fechado. Está escuro o suficiente para que ela não tenha avistado o homem a princípio, assim como nenhuma das pessoas que passavam na rua.

Espreitar não é crime, nem mesmo em Manhattan. Mas espreitar com uma faca do comprimento do seu antebraço em uma das mãos é um pouco mais questionável, e, enquanto Wanda observa, o homem sai de seu esconderijo sombrio e agarra pelas costas da jaqueta uma mulher que passa, arrastando-a para dentro da escuridão.

Certo. Já é crime suficiente, mesmo que a mulher ainda não tenha gritado. Dane corre até Aragorn, seu cavalo voador, gesticulando para Wanda segui-lo.

Ela balança a cabeça, subindo na beira do prédio. Antes que ele possa chamá-la de volta, ela dá um passo adiante e está caindo, com o ar chicoteando ao seu redor, doce, fresco e repleto do cheiro do diesel dos escapamentos e da gordura distante das frituras — a grande contradição de Nova York. Ela alcança o caos, e uma luz vermelha envolve seus pés, desacelerando e interrompendo sua descida.

O Doutor Estranho diz que ela será capaz de voar sem o impulso de uma queda até o final do ano, usando apenas magia para mudar sua relação com o ar. A ideia é emocionante. Aqui está algo novo, algo que ninguém pode dizer que é perigoso ou estranho, mesmo que esteja associado à sua magia. Quase todos os outros heróis que ela conheceu são capazes de voar. Meggan é capaz de voar. É como se fosse um complemento automático da maioria dos superpoderes, como chantilly em uma caneca de chocolate quente.

Ela ainda está se acostumando com a sensação de voar. Ela não fica mais leve que o ar, e o ar não fica mais pesado que o normal; é como se ela estivesse negociando uma trégua com a estrutura molecular do mundo ao seu redor, e, se Peter estivesse aqui, provavelmente estaria pedindo a ela que fizesse isso em um laboratório, para que ele pudesse tentar medi-la.

Ela chega à rua antes do Cavaleiro Negro e de Aragorn, todos se movem com determinação em direção à alcova sombria. Ela levanta uma das mãos, invocando uma bola de luz vermelha, enquanto a multidão começa a recuar, dando-lhes espaço para trabalhar, saindo da provável linha de fogo. Algumas pessoas estão sacando suas câmeras. Ela não tenta afastá-las. Contanto que fiquem longe para que ela e Dane possam evitar um crime, algumas fotos não serão uma coisa ruim. Mostrem-na sob uma boa luz.

— Pare, malfeitor — grita o Cavaleiro Negro, desmontando de Aragorn com a Espada de Ébano já em sua mão.

Wanda não gosta daquela espada. Ela jura que já a ouviu sussurrar algumas vezes quando chegou muito perto da lâmina. Com certeza seu mestre teria dito algo se ela fosse ruim, certo? Não consegue imaginar que ele a deixaria sair com um homem que carrega uma espada amaldiçoada como se fosse um canivete.

Sua bola de luz revela o homem no beco, iluminando seu macacão preto justo com o característico parafuso amarelo no peito, dividindo-o em dois. As partes pretas de sua fantasia — porque é uma fantasia, todos estão usando fantasias, tanto os heróis quanto os vilões — se misturam às sombras ao redor dele mais do que deveria ser possível. Ele ainda está segurando a faca, mas daqui é óbvio que a lâmina é feita de sombra solidificada, e não de algo tão comum quanto o aço.

Ela o conhece. Ele não é um grande vilão, mas é um supervilão mesmo assim. Este não é o tipo de pequeno crime de rua que ela deveria estar procurando. Seu mestre ia querer que ela se retirasse, deixando isso aos cuidados do Cavaleiro Negro.

Seu mestre não está aqui.

O homem com a faca zomba ao ver a Feiticeira Escarlate e o Cavaleiro Negro e puxa a mulher para mais perto de seu peito. Ele está com o braço dela dobrado atrás das costas; a bolsa dela está no chão entre eles, seu conteúdo foi espalhado por toda parte.

— Isso não diz respeito a você, Vingador — dispara ele, olhando para o Cavaleiro Negro.

Wanda luta contra uma onda de irritação. Ela é aprendiz, mas esta é *sua* patrulha, *sua* educação; Dane é o seu apoio, não o herói encarregado desta missão.

— Exato — retruca ela. — Isso diz respeito a *mim*. Solte-a, Blecaute.

— Esta tecnicazinha de laboratório está roubando das Indústrias Stark — fala Blecaute, puxando a mulher para mais perto de seu peito. — Muito, muito má. Ela deveria saber que pegar uma bateria que extrai energia da Força Negra atrairia o tipo errado de atenção. Ela não é inocente.

— Por favor, ele está mentindo — suplica a mulher. — Por favor...

Wanda levanta as mãos, o ar ao redor delas brilha em vermelho e estala com um caos mal contido. Ela já lutou contra o Blecaute antes, embora nunca o tenha procurado; sabe que as energias que os dois produzem têm tanta probabilidade de causar explosões quanto de se anularem caso se encontrem. Ao forçar esse confronto em uma área povoada, ele a impede de usar a mais eficaz de suas defesas.

Os civis ao seu redor estão descobrindo isso, pelo menos. A maioria veio para Manhattan esperando ter um vislumbre da vida dos super-heróis, mas essa é uma visão mais próxima do que esperavam. A maioria está começando a se dispersar, embora alguns estejam puxando câmeras, ficando mais perto do que deveriam, na esperança de conseguir uma foto impossível.

O Blecaute avança alguns passos, empurrando sua refém à sua frente. A mulher, que ainda não gritou, choraminga. Ela está se mantendo rígida para manter alguma distância entre a garganta e a lâmina, e lágrimas escorrem por seu rosto.

— É isso que vai acontecer — declara o Blecaute, em perfeita calma. — Eu vou embora e vou levá-la comigo. Assim que estivermos fora de vista, vou libertá-la, e vocês não vão me seguir. Entendido?

A Feiticeira Escarlate assente. Ele está mentindo, é claro; vilões sempre estão, o que torna aceitável ela mentir para ele em resposta. Ele parece perceber isso, porque lança um raio de escuridão sólida contra ela, um fragmento da dimensão da Força Negra trazido para a realidade da luz do dia, onde não deveria estar. Ela o desvia com um escudo de caos, e ele explode em fragmentos prismáticos, cheios de arco-íris contrários à natureza do Blecaute. A multidão ofega, e há alguns aplausos dispersos, as pessoas tratam a exibição como um espetáculo criado para seu entretenimento.

Wanda quer gritar. Não percebem quão perigoso isso é, o quanto precisam fugir? O Blecaute lança mais um raio e depois outro, e ela desvia os dois, aproximando-se sem olhar para ver onde caíram. Ninguém está gritando, o que significa que ela não acertou em ninguém, e é isso que importa agora. O Cavaleiro Negro avança com ela, e eles o encurralam, o Blecaute não tem para onde ir, a menos que tenha poder acumulado para abrir um portal, mas, se fizer isso, perderá a bateria que afirmava estar buscando, e isso terá sido em vão. Seu orgulho não permitirá que recue.

A Feiticeira Escarlate emaranha o caos entre os dedos, transformando-o em um chicote que pode usar para arrancar a faca sombria da mão dele. A refém deve ser a prioridade deles agora. Ela estala o chicote, lançando faíscas.

Mais tarde, Wanda tentará reviver o momento e descobrirá que não consegue; tudo aconteceu rápido demais para acompanhar. Há um som no ar, alto e fino, como o bater das asas de um beija-flor — algo quase fora do alcance da audição humana. Depois, surge um borrão que passa na frente dela, fazendo seu cabelo voar para trás. Parece que alguém ligou um secador de cabelo nela por um momento, o ar é aquecido pela velocidade com que se move.

O borrão só é visível por um instante, mas, nesse instante, o Blecaute e sua refém são separados por uma força sobre-humana — ele desaparece na alcova sombria, a mulher cai na calçada, onde não se move. Ouve-se um estalo, e o ar fica com gosto de ozônio, e Wanda sabe que o Blecaute abriu um portal, abandonando a bateria como um grande risco.

Wanda flexiona as mãos, faz a luz vermelha desaparecer e olha para o Cavaleiro Negro.

— O que é que foi isso? — ela pergunta.

Ele não tem uma resposta.

Um dos espectadores, gritando estridentemente, tem, e Wanda se vira com uma sensação sombria de inevitabilidade ao ver que a ex-refém está sangrando. A faca do Blecaute não foi derrubada com ele, foi empurrada, cortando a garganta da mulher e matando-a. O Cavaleiro Negro se apressa para assumir o controle da cena, mas, mesmo quando as sirenes começam a soar à distância, Wanda ouve os turistas murmurando sobre culpa e como ela, com negligência, desviou aqueles raios de escuridão.

Isso é ruim.

OS JORNAIS SABEM O QUE ACONTECEU OU PELO MENOS ACHAM QUE SABEM; é uma das manhãs em que Wanda acorda em seu dormitório, mantendo as aparências necessárias para evitar que sua colega de quarto tente assumir o controle de todo o lugar como se fosse seu. Ela não tem assinatura de jornal, mas vários exemplares são entregues na sala comunal, e, quando Wanda desce as escadas, vestida, com os cabelos úmidos e bocejando por trás da mão em concha, encontra meia dúzia de seus colegas agrupados em torno das mesas, o que só pode significar que algo aconteceu.

Às vezes, é um desastre natural ou um assassinato de grande repercussão em algum lugar do mundo, porém, mais frequentemente, é um dos heróis locais fazendo algo que atrai comentários públicos. Wanda não se aproxima a princípio, está mais focada em chegar até a máquina de café comunitária, mas um garoto um tanto fofo de sua aula de economia gesticula para ela, acenando para que se aproxime.

Wanda já passou por muita coisa e, de certa forma, por coisas muito mais sérias do que a maioria de seus colegas, mas não é imune à atração de um garoto bonitinho que quer lhe contar algo. Ela caminha em direção a ele.

— O que está acontecendo, Andy? — pergunta ela.

Em resposta, ele brande a primeira página do jornal.

— Eu lembro que você gostava muito daquele tal Homem-Aranha. Bem, parece que a ex-parceira dele finalmente passou de vez para o outro lado.

E ali, em fonte tamanho trinta, está a manchete que a condena: FEITICEIRA MÁ? FEITICEIRA ESCARLATE FALHA AO LIDAR COM MELIANTE EM TRAGÉDIA TURÍSTICA.

O artigo é acompanhado por uma foto dela e do Cavaleiro Negro parados ameaçadoramente na frente do Blecaute. O ângulo da foto obscurece a faca na mão do homem; parece que ele está apenas segurando a mulher à sua frente, o que de alguma forma não é suficiente para justificar o nível de força que ela está sendo acusada de usar.

O crédito da foto é, sem surpresa, de Peter Parker.

Segundo o repórter, Blecaute já havia se rendido quando a Feiticeira Escarlate usou seus terríveis poderes mágicos para derrubá-lo, levando à sua fuga e à morte de sua refém.

Wanda supõe que é compreensível que alguém que apenas viu a foto pudesse acreditar nesta narrativa: suas mãos *estão brilhando* na foto, seu chicote de caos, pendendo ameaçador, e a espada de Dane é grande e visivelmente muito afiada. O que ela não consegue entender é por que ninguém que estava lá falou algo contestando ou quão rápido todos parecem aceitar. Ela olha ao redor do grupo e não vê nenhuma defesa a favor de seu alterego, ninguém protestando contra os claros maus tratos a uma de suas poucas heroínas.

Ela devolve o jornal para Andy e murmura:

— Tenho que ir. — E sai do dormitório sem se preocupar em pegar o café que foi buscar. Ela está acordada o suficiente sem ele.

Ela caminha para a primeira aula no piloto automático, assiste à palestra sem ouvi-la e se resigna a um dia perdido. Irá às aulas, para não chamar muita atenção, mas vai passar a noite no Sanctum, na companhia segura do Doutor Estranho, que sabe que ela não fez aquilo de que é acusada. Mesmo a casa no Queens não parece segura agora — Peter pode estar lá, já que ela não programou ir hoje à noite, e ela não tem certeza se conseguiria sobreviver ao fato de ele acreditar que se tornou uma vilã.

E as pessoas que usam força excessiva contra indivíduos sem poderes *são* vilãs, sem dúvida. Ela não é assim. Ela *não* é. Ela apenas não sabe como fazer o mundo enxergar isso.

Ela tem que encontrar uma forma.

CAPÍTULO DEZESSEIS

REUNIÃO DE FAMÍLIA

ELA NÃO SAI EM PATRULHA HÁ DUAS SEMANAS.
 O Blecaute tenta conseguir a bateria novamente. Desta vez, ele escapa impune, apesar dos esforços de metade dos Vingadores. Wanda não está lá. A família da mulher que morreu está falando em abrir um processo contra a cidade por permitir que vigilantes superpoderosos circulem livremente; o advogado deles prometeu-lhes um acordo milionário. Wanda não se importa. Ela conhece a lei e sabe que não a violou. Apesar das tentativas contínuas das pessoas de registrar mutantes, ela não é uma mutante e, portanto, está perfeitamente dentro de seu direito de utilizar seus poderes de qualquer maneira que não prejudique o público.
 Se a colocarem em uma sala com um telepata por cinco minutos, ela conseguirá provar que não fez nada de errado. Infelizmente, todos os telepatas disponíveis são mutantes, e é improvável que o público acredite que eles exoneraram alguém que decidiu mudar de lado.
 Ela passa essas duas semanas vagando deprimida pelo Sanctum, evitando a casa no Queens e tirando um período sabático de suas aulas, auxiliada pela tia May, que liga para a faculdade e fala de uma vaga tragédia familiar que inevitavelmente manterá Wanda longe até que possa ser resolvida. Ela ainda está pagando as mensalidades — a administração não se importa se ela está lá ou não, e caberá a ela recuperar o trabalho que está perdendo. Mesmo assim, não aguenta voltar enquanto ainda está nos jornais desse jeito, e não importa o que faça — ela ainda está nos jornais.
 Jonah Jameson não a odeia tanto quanto odeia o irmão dela — ela tem quase certeza de que ele não odeia *hemorroidas* tanto quanto odeia o irmão dela —, mas ela foi associada ao Homem-Aranha por tempo suficiente para que ele fique feliz em explorar sua súbita vilania para

obter todas as vendas que conseguir. Seu desaparecimento dos olhos do público é considerado uma prova de que ela se tornou desonesta. Se ela fosse uma *verdadeira* heroína, argumenta ele, ia se apresentar e se defender no tribunal da opinião pública. Sua recusa em fazê-lo só prova que ela está errada.

— Mestre, você viu isso? — pergunta ela, mostrando-lhe o último artigo, no qual é desafiada a explicar-se, de preferência à polícia.

— Vi — responde ele.

— E?

— E nenhum aprendiz meu será preso por algo que não fez. É ridículo até mesmo considerar a ideia por um momento. Pare de remoer isso, Wanda. Eu também fui pintado como vilão na minha época. Vai passar.

— Peter não está me defendendo! — Peter tirou a foto que a condenou. Ele não apenas a tirou, mas *vendeu*, o que é uma traição maior do que ela imagina.

— E como você sugeriria que ele fizesse isso sem trair sua identidade secreta ou a dele? Acredito que ele ainda seja procurado para o interrogatório relacionado à morte da jovem srta. Stacy. Assumir a responsabilidade por um assassinato na frente da polícia foi desleixo da parte dele, mesmo considerando a pressão que sofreu. Se ele disser que você é irmã dele, simplesmente vão vasculhar a sujeira com mais cuidado e encontrar algo que os colocará no seu encalço. Deixe pra lá, Wanda. Você não pode fazer nada sobre isso.

— Não posso patrulhar, não posso ir às aulas, não posso mudar a opinião das pessoas… o que eu *posso* fazer?

— Praticar. Você está melhorando no teletransporte. Eu gostaria de vê-la estabilizar suas distorções do caos e ser capaz de se transportar de uma ponta a outra do Sanctum até o final da semana. — O Doutor Estranho olha para ela suavemente. — Sei que você é capaz disso, Wanda. Preciso que você seja capaz de fazer isso sem o risco de se esparramar no asfalto.

Wanda faz careta.

— Não quero praticar meu teletransporte.

— Então, encontre outra coisa para fazer. Apenas pare de pensar nas notícias. Você não pode mudar o que estão dizendo; só pode esperar que enxerguem o quanto estão errados.

Wanda suspira e junta sua braçada de jornais.

— Estarei na cozinha, mestre.

— Vejo você no jantar.

Ela se afasta, indisposta a se jogar no vazio para economizar alguns passos. Quem precisa de teletransporte? Existem outras maneiras de se locomover. Ela viu rumores sobre um novo velocista na cidade, alguém capaz de cobrir distâncias como se não fosse nada...

Alguém que podia se mover tão rápido, que não passaria de um borrão para qualquer um que não estivesse vendo o mundo em supervelocidade.

Sentindo-se como se tivesse sido atingida por um raio, Wanda corre para a cozinha e espalha os jornais sobre a mesa em busca de menções a um velocista — e em busca de crimes não resolvidos. É uma intuição, mas ela é boa em reconhecer padrões e, se tem uma intuição, sente que deveria explorá-la. Vale a pena investigar de qualquer maneira.

Houve uma série de invasões a casas e assaltos a pequenas lojas durante a última semana, principalmente nos bairros periféricos, mas vem avançando cada vez mais para dentro da cidade. Ninguém viu os ladrões. Mesmo quando há imagens de vigilância, elas nunca mostram uma pessoa, apenas coisas desaparecendo das prateleiras e, ocasionalmente, um borrão estranho. Wanda se pergunta se há também um som como o de um mosquito de aço batendo as asas, se há uma rajada de vento sem fonte.

Ela recorta os artigos para ler mais tarde e vai praticar seu teletransporte conforme foi orientada a fazer. Isso a mantém ocupada durante a maior parte da noite, e ela consegue se jogar no caos duas vezes, por isso está exausta e coberta de suor quando desaba em uma cadeira no solário, cercada pelo luar e pelo silêncio.

Ela adormece ali e acorda na própria cama, movida durante a noite por seu mestre ou por seus criados invisíveis. Realmente não importa no final das contas. Ela coleta os jornais da manhã e repete sua busca por esse velocista misterioso, acrescentando às suas anotações os locais que foram afetados. Há um padrão se desenvolvendo ali, um padrão que ela consegue rastrear, embora ainda não consiga prever.

Ela está criando a própria teia, feita não de fios pegajosos, mas de informações, e acha que, assim como a teia de seu irmão, pode ser usada para capturar um criminoso.

Na terceira manhã, o Doutor Estranho a pega com a tesoura e a fixa com olhar severo.

— Existe algum motivo para você ter desfigurado meu jornal matinal antes que eu pudesse lê-lo, aprendiz? — pergunta ele.

Para sua surpresa, Wanda assente.

— Sim.

— Há uma razão além de testar minha paciência?

— Você sabe que eu não toquei no Blecaute. A morte daquela mulher não é minha culpa.

— Dane expressou o mesmo sentimento. Ele diz que, apesar do estalar do chicote que você manifestou, o Blecaute apenas voou para trás, intocado. Acredito que é por isso que você está levando a culpa: as pessoas estão presumindo que sua magia poderia ter interagido com os poderes dele de uma forma que colocou a refém em risco.

— Sim, mas não interagiu. Houve um barulho estridente, e um vento bagunçou meu cabelo pouco antes de o homem ser jogado contra a parede. Acho que temos um velocista na cidade.

— Ouvi alguns rumores nesse sentido. Você ainda não explicou por que está roubando o jornal.

— Seja quem for, claramente não está interessado em ser aclamado como herói, ou não teria sido tão descuidado com uma civil. Portanto, tenho observado crimes de pequena escala, sem um autor claro e sem provas em vídeo do que aconteceu. Estou construindo uma maquete de onde os ataques ocorreram. Até agora, parece que aquela pobre mulher é a única pessoa que foi ferida, mas não podemos esperar que isso aconteça para sempre. — Ela olha para ele, quase desafiadoramente. — Preciso dos jornais para encontrar as próximas peças do padrão.

— E o que vai fazer caso encontre esse velocista?

— Ainda não sei — admite ela. — Mas terei provas de que não machuquei ninguém e, mesmo que sejamos os únicos a saber disso, vou me sentir melhor. Por favor, posso ficar com os jornais?

O Doutor Estranho hesita. Ele não quer que ela seja puxada para uma perseguição inútil a algum velocista que na verdade não existe — mas ele sempre lhe disse para confiar em seus instintos, e, se seus instintos estão lhe dizendo que há algo para encontrar, ela provavelmente está certa. Ele quer que ela sinta que pode confiar nele para apoiá-la. É sua primeira aprendiz, e ele quer fazer o que é certo por ela. Mesmo que Reed tenha virado as costas para Wanda, ele estará ao lado dela até o fim.

Finalmente, com cautela, ele assente.

— Você pode ficar com eles, mas tente deixar a seção econômica intacta para mim, se puder fazer a gentileza.

Ela pega os jornais e sai correndo antes que ele mude de ideia. A pesquisa de hoje revela mais cinco crimes que podem se enquadrar no padrão. Ela os coloca no mapa e depois remove dois que claramente não pertencem a ele. Podem existir casos discrepantes, mas não parecem certos e, neste estágio, ela está se concentrando muito na sensação de que confia em seus instintos.

Olhando para o que ela tem agora, nota-se que se formou uma espiral clara, começando em um ponto em Staten Island e seguindo a partir daí, ficando um pouco mais larga a cada dia. Às vezes, há casos em pontos anteriores da espiral, como se quem estivesse fazendo isso estivesse voltando e revisitando crimes anteriores, mas, geralmente, a coisa progride.

— Mestre, vou sair — anuncia ela, enquanto devolve os jornais para ele.

O Doutor Estranho olha para ela.

— Sozinha?

— Sozinha. Há algo que preciso investigar. Tenho praticado meu teletransporte; se eu for encurralada ou algo parecido, posso voltar para cá imediatamente. — Está exagerando um pouco a verdade. Ela vem praticando, mas ainda não está boa o suficiente para que seu retorno seja garantido, por mais surpresa que esteja.

— Hum — diz ele, e, por um momento, ela teme que ele lhe peça que chame Dane ou Kurt ou alguém para acompanhá-la no que ainda pode ser uma missão inútil. Ela consegue entender a importância de ter reforço, em especial neste momento, mas sabe que morrerá de vergonha se tiver que levar uma babá e seu palpite não der certo. Ela pode ter um pouco de orgulho.

— Tudo bem — responde ele, finalmente. — Se isso significa que você está disposta a sair de casa, suponho que possa sair sozinha. Apenas lembre-se do seu uniforme.

— Sim, senhor — concorda ela e corre para seu quarto para se preparar para a missão. Ela vai encontrar esse velocista.

Ela vai limpar o próprio nome.

DE ACORDO COM O PADRÃO QUE ELA DESCOBRIU, O PRÓXIMO ALVO PROVÁVEL é uma pequena residência em Forest Hills. Não há ninguém lá quando Wanda chega, caindo do céu como uma folha. Ela pousa levemente no quintal, notando a falta de carros na entrada e a falta de luz nas janelas. As cortinas estão fechadas. É possível que os moradores estejam trabalhando; afinal, mal passa do meio-dia. Mas, ao subir a calçada, ela percebe os jornais empilhados perto da porta e um pequeno monte de avisos de entrega perdida no batente da porta. As pessoas que moram aqui não voltam para casa há pelo menos uma semana.

Isso pode explicar por que é um alvo interessante o suficiente para atrair esse criminoso teórico. Ela sai da varanda e circula a casa, bem ciente de como está exposta até estar em segurança no quintal. Eles têm uma macieira. Claramente foi cuidada; essas pessoas estão de férias, não foram embora. A casa não está abandonada. Isso a faz se sentir um pouco melhor, embora ainda constrangida, enquanto avança para verificar a porta dos fundos.

Está trancada. Mas a cidade já pensa que ela é uma vilã, e a probabilidade de uma tranca não funcionar quando alguém tenta usar a maçaneta nunca é zero; um pouco de caos forçado na fechadura, e ela se abre sem qualquer sinal de que tenha sido arrombada ou manipulada.

Ela entra. Encontra a sala de estar. Ela se acomoda no sofá para esperar, sentada em uma sombra profunda, onde qualquer pessoa que passar pela porta da frente não a verá de imediato. Se os proprietários voltarem para casa inesperadamente, ela poderá descobrir até que ponto a prática de teletransporte está indo bem. Ela espera que seja bem o suficiente para que seu mestre não precise vir e pagar sua fiança na delegacia local, uma vez que ela já é uma vilã em todos os jornais.

Ela revisa os encantamentos e pequenos feitiços que tem memorizados enquanto espera, aproveitando o tempo como uma oportunidade para revisar o material que deveria estar estudando hoje. Terá que voltar às aulas de verdade em breve, caso contrário, nunca vai conseguir tirar o atraso, e a assistência financeira não será favorável ao fato de ela reprovar um semestre inteiro, não importa que desculpas tia May dê. Mas é cada vez mais difícil pensar em um diploma universitário como algo pelo qual vale a pena se esforçar enquanto ela está trabalhando para se tornar uma Mestra das Artes Místicas, algo que a livrará da necessidade de um emprego comum.

Ela permanece na faculdade principalmente por causa da tia May e porque seu mestre a incentiva. Ele era cirurgião antes de se tornar o Mago Supremo; teve o que ele insiste em chamar de "vida comum", algo que faria sentido em um currículo. Ele acredita que a experiência lhe foi valiosa e diz que ajudou a prepará-lo para alguns dos aspectos mais estranhos da vida que leva agora. Ele quer que Wanda tenha a mesma oportunidade.

Wanda quer fazer os dois felizes e por isso permanece, mas não tem certeza se vai ficar até o fim. O diploma simplesmente não parece importar mais como antes, e suas prioridades estão mudando. Peter vai ficar. Ela não tem dúvidas quanto a isso. Tia May vai ter o diploma da faculdade, mesmo que não consiga dois, e Wanda acha que ela vai ficar satisfeita com isso.

Uma constante nos crimes que ela sinalizou como potencialmente associados a esse velocista misterioso é: eles acontecem em plena luz do dia. Isso é parte do que a faz acreditar que deve haver superpoderes envolvidos nos incidentes — nunca há testemunhas. Sem dúvidas haveria testemunhas de *alguns* dos crimes se estivessem acontecendo em velocidade normal.

Ela está pensando nisso quando a maçaneta da porta da frente é chacoalhada. Só por um momento, mas a porta não se abre, e ela ainda está sentada no canto, esperando que o possível intruso tente de novo, quando a porta encantada dos fundos se abre e uma brisa sopra pela sala, como um vento descontrolado soprando de dentro para fora vindo do nada. Ele gira em círculos pela sala de estar e, a cada passagem, outro pequeno elemento do ambiente desaparece: um castiçal de prata, um pequeno relógio de aparência antiga.

— Pare! — grita Wanda, levantando-se. O vento não para, e ela ouve um zumbido, quase inaudível, mas certamente presente. Ela não tem muito tempo. Sabia que isso aconteceria rápido, porque é isso que os velocistas *fazem*, mas estava prevendo um pouco mais de tempo do que isso.

Em um ato de desespero, ela recorre ao primeiro truque que aprendeu com seus poderes: ela estende os dedos, como se estivesse se livrando de uma teia de aranha, e um escudo vermelho brilhante surge contornando o lado de fora da sala. O vento continua a girar, e ela sabe que prendeu seu alvo: agora é só uma questão de tempo.

— Você não pode sair, nem mesmo se me derrubar — informa ela. — O escudo permanece até que eu o libere intencionalmente.

O vento para, tornando-se um homem. Ele tem mais ou menos a idade dela, e sua pele é do mesmo tom que a dela, pálida o suficiente para ser um caucasiano bronzeado, escura o suficiente para que algumas pessoas façam perguntas sobre como ele pega tanto sol. O cabelo dele, por outro lado, é o mais branco que ela já viu em alguém tão jovem. Ele e Tempestade poderiam ir ao mesmo salão. Ele está usando óculos de proteção e pisca enquanto os tira e os coloca na testa para olhar para ela.

— Wanda? — pergunta ele. E ela reconhece o próprio nome, e reconhece o sotaque dele (da Latvéria), mas não reconhece mais nada, nem mesmo quando ele se aproxima dela, deixando cair suas bugigangas roubadas e abrindo os braços, não como se estivesse se preparando para agarrá-la, mas como se esperasse uma recepção amorosa. — Eu deveria saber que seria você quem me encontraria — afirma. E, embora ela não se mova, ele continua avançando, interpretando seu choque como um convite e passando os braços ao redor dela. — Eu deveria saber que você estaria procurando por mim do mesmo jeito que estive procurando por você. *Pensei* que fosse você com o homem estranho com a espada, mas você não falou nada, e eu não queria arriscar sua identidade secreta. É assim que vocês chamam aqui, não é? Uma identidade secreta? Um eufemismo tão encantador.

Wanda o encara, brevemente silenciada pelas divagações dele — e por seu abraço indesejado, que não é apertado o suficiente para ser doloroso, mas é muito mais apertado do que ela espera de um estranho. Ele a solta e dá um passo para trás, e a perplexidade toma conta de suas feições.

— Você está com raiva por eu não ter falado naquele momento? Achei que o presente da minha intervenção seria suficiente para provar as minhas boas intenções.

— Lamento — responde Wanda, com a língua parecendo espessa e desajeitada. — Não faço ideia de quem você é.

O estranho recua como se tivesse sido golpeado, com choque e mágoa estampando seu rosto e logo sendo substituídos por uma raiva taciturna que parece confortável demais ali: ajusta-se às linhas de suas feições como se ele tivesse sido criado para fazer cara feia para o mundo, não para sorrir.

— É claro que não me conhece — declara ele, e sua voz fica cortante e fria. — É claro que eles negaram até *isso* a você.

— Eles? — pergunta ela. — Eles quem?

— Os malditos imperialistas que roubaram você do seu lugar de direito ao meu lado! — responde ele. — Fomos feitos para crescer juntos, duas metades do mesmo todo, unidos um ao outro, e para nunca nos separarmos! Aqueles porcos americanos arrancaram você dos braços da nossa pobre mãe chorosa! Eles roubaram você da sua família, do seu país, de *mim*! — Sua voz falha na última palavra, com angústia claramente não fingida.

Wanda dá meio passo em direção a ele, tomada pela vontade de oferecer conforto. Ela não tem ideia de quem é esse estranho, embora esteja formando o início de um entendimento — um que é azedo e amargo em seu coração, mas, ainda assim, dá sentido à situação.

— Sinto muito, realmente não sei quem você é — fala ela. — Pode me dizer seu nome, por favor?

— Pietro — informa ele. — Pietro von Doom.

— Pietro... — ecoa ela. Tudo o que consegue pensar é que é uma forma de Peter: se esse homem é seu irmão, ela sempre teve um irmão chamado Peter. Ela conhece o nome "Von Doom", sabe que pertence a um homem que luta contra Reed Richards e o restante do Quarteto Fantástico sempre que surge a oportunidade, sabe que pertence a um vilão. Esse homem, esse Pietro, também é um vilão? Ela ainda não sabe, mas, se ele for um vilão, ainda está dizendo que é irmão dela, e lidar com um significará lidar com o outro.

A expressão de Pietro se suaviza ao ouvir o próprio nome, mas a raiva permanece. Não é dirigida especificamente a ela, mas é forte, rígida e presente.

— Sim — diz ele. — Pietro. Fui adotado pelo senhor de nossa gloriosa nação depois que nossos pais faleceram, nosso pai em circunstâncias misteriosas, nossa mãe de coração partido depois que você foi roubada de nós. Eu devia ter impedido. Devíamos ter crescido juntos nos salões do palácio, na bela Latvéria, sob o céu da Latvéria.

— Pietro, pare — pede Wanda. — Você está indo rápido demais para mim. — Tudo o que ela sabe sobre sua adoção, o que não é muita coisa, pois nunca quis ir a fundo, nunca quis aprender nada que pudesse significar que ela teria que partir, lhe diz que ela era órfã quando os Parker a encontraram. Mas como podia ser órfã e roubada dos braços da mãe ao mesmo tempo? Não fazia sentido. Um deles tem que estar errado.

— Eu vou rápido demais para todos — diz ele. — É meu maior presente e minha maldição eterna. Ninguém consegue me acompanhar. Eu sempre soube, querida irmã, que você chegaria mais perto do que o restante deles, e, veja, você... você me pegou, como ninguém mais conseguiu.

— Certo. — Wanda exala e afasta o cabelo do rosto, tentando abrir o espaço que precisa para pensar. — Tá bom. Digamos que você seja quem diz ser e que eu seja sua irmã. Prazer em conhecê-lo.

A carranca dele se aprofunda e, por um momento, ele parece realmente magoado.

— Você não está me conhecendo, Wanda, nós compartilhamos um *útero*. Se não tivessem roubado você de nós, saberia disso.

Wanda balança a cabeça.

— Ninguém roubou ninguém, e, mesmo que o tivessem feito, eu era um bebê quando me trouxeram para os Estados Unidos, o que significa que você também seria um bebê. Não havia nada que você pudesse ter feito para impedi-los de me levar.

— Então, você admite que eles levaram você!

— Sim, admito que meus pais adotivos me levaram da Latvéria — responde Wanda. — Terei que conversar com minha tia para saber as circunstâncias. Nós nunca discutimos isso quando eu era criança. — Ela era jovem demais quando os Parker morreram para saber que perguntas queria fazer, e o assunto se tornou doloroso demais depois que eles partiram. Nunca houve um bom momento para tocar no assunto.

Bem, estava surgindo agora, na forma de um homem de cabelos brancos que olhava para ela como se ela fosse ao mesmo tempo a resposta para todas as suas perguntas e a fonte de todos os problemas da sua vida.

— Por que você está roubando pessoas?

— O quê?

— Estava esperando por você aqui porque tem roubado coisas por toda a área e eu queria fazê-lo parar. — Ela fica um pouco mais aprumada, tentando parecer mais confiante do que necessariamente se sente. — Eu sou uma super-heroína.

— Eu sabia que você seria super — declara ele. — Eu sou, e você é minha irmã gêmea, por isso, sabia que você também devia ser realmente espetacular.

O elogio faz a respiração de Wanda ficar presa na garganta. Já faz muito tempo que alguém a elogiou apenas por existir, e não por dominar uma magia complicada ou um encantamento complexo. Pietro olha para ela como se tudo o que ela precisasse fazer fosse existir e isso a tornará infinitamente magnífica.

— Eu... — consegue dizer antes de não poder falar mais nada.

Pietro parece não notar, já que continua falando.

— As coisas que roubo eu levo porque essas pessoas têm muito, e eu tenho muito pouco. Os Estados Unidos são uma nação de ladrões. Eles não merecem nada, mas levam tudo. Estou simplesmente pegando de volta um pouco do que eles roubaram.

— Você está ferindo pessoas.

— A única pessoa que machuquei foi o homem que ficou perto demais de você com o poder nas mãos e a intenção de fazer mal — afirma ele, com a voz ficando fria. — Eu o machucaria de novo se ele ameaçasse você.

— Pietro, uma mulher *morreu*.

— Não pela minha mão nem pela sua. Infelizmente, os humanos normais são coisas frágeis, e coisas frágeis se quebram.

Wanda o observa em busca de algum vestígio de remorso. Não encontra nenhum. Finalmente, ela franze a testa e tenta outra abordagem.

— O Cavaleiro Negro estava segurando uma espada e você não o atacou.

— O homem que você chama de Cavaleiro Negro é conhecido até na Latvéria. Ele não oferece nenhum perigo às donzelas, apenas aos malfeitores. A presença dele me disse que eu estava certo em bater no homem que tanto ameaçou você. Não machuquei ninguém que não merecesse.

Wanda não sabe mais o que dizer ou como fazê-lo entender que o que está fazendo é errado. Parece uma das questões éticas que Peter e o Doutor Estranho costumavam lhe dirigir quando ela começou a sair em patrulha. Parece um teste e uma armadilha.

— Pietro, você precisa parar de roubar das pessoas. Do contrário, vai ser rotulado de vilão. Pessoas como eu... nós lutamos contra vilões.

Ela não tem nenhum vilão próprio como Peter tem. Ainda assim, lutou contra vários deles e sabe que são muito mais violentos e imprevisíveis do que as brigas que ela enfrenta com criminosos comuns. Às vezes, ela sente que seu super-heroísmo está andando com rodinhas de treinamento, controlado por pessoas que se sentem responsáveis por ela.

Eles falam que ela é poderosa e, então, colocam limites nela sempre que podem, como se tivessem medo de que, sem isso, ela fosse se esforçar demais e ultrapassar as barreiras do vazio. Até mesmo seu mestre a puxa de volta sempre que ela parece ir longe demais. Isso irrita, mas ela não consegue se ressentir totalmente. Não depois de todos que já perdeu.

Ela não quer brigar com o irmão se houver alguma maneira de evitar. Olha para ele suplicante, depois, lentamente, estende a mão e remove a máscara.

Ele encara o rosto exposto dela como se fosse a coisa mais linda que já viu na vida, como se estivesse esperando para vê-la desde que se tornou capaz de desejar qualquer coisa. Ele começa a estender a mão para tocá-la, depois se interrompe com um esforço visível.

— Se eu me tornar um vilão aos olhos dessas pessoas que a cercam, vai lutar contra mim?

Ela não responde, apenas olha para ele com tristeza.

Pietro suspira.

— Sendo assim, suponho que não posso ser um vilão, posso? Vim aqui procurar minha irmã e me recuso a perdê-la uma segunda vez por causa dos bens mesquinhos dessas pessoas. Seguirei as leis deste país incivilizado pelo seu bem.

— Obrigada, Pietro — ela responde e recoloca a máscara, desfazendo a parede de caos radiante ao mesmo tempo. — Agora, esta não é nossa casa; precisamos sair daqui antes que os proprietários voltem. Você quer vir comigo?

Pietro acena com a cabeça, relutante, e ela lhe oferece o braço, levando-o de volta à porta que ambos usaram para entrar. Ela a tranca de novo antes de sair, e ele a segue, permitindo que ela feche a porta atrás dele.

Lado a lado, diferentes, mas de alguma forma iguais, os dois caminham pelo quintal até a frente e descem até a calçada. Pietro é uma visão estranha em seu macacão azul, com cabelos brancos reluzindo ao sol do fim da tarde; Wanda é quase tão estranha ao lado dele, com túnica vermelha, capa e máscara.

Pietro parece impaciente andando na velocidade de um humano normal, nervoso e desconfortável com o ritmo definido por Wanda, mas ele não corre na frente.

— Você vai adorar a Latvéria, irmã — declara ele, como se estivesse tentando convencer os dois. — A neve nas montanhas ainda me deixa sem fôlego, e o nascer do sol é mais lindo do que qualquer outro neste mundo. Papai ficará muito feliz em conhecê-la. Ele não conseguiu adotá-la junto comigo, é claro. Por muito tempo pensamos que você tinha morrido na infância, e, quando você começou a aparecer nos jornais americanos, nós a reconhecemos imediatamente, mas não sabíamos seu nome civil. Ele já me falou que vai lhe dar o nome dele. Você será uma princesa do país mais lindo do mundo.

Wanda não sabe o que responder. Ela engole em seco.

— Não vou voltar para a Latvéria com você, Pietro. Minha vida está aqui. Minha família está aqui.

— Sua família de ladrões.

— Você é tão romani quanto eu, Pietro. Sabe quão pesada essa palavra pode ser. Estou falando da família que me criou, que me ama e sempre cuidou de mim. Não preciso ser uma princesa. Eu sou uma Parker.

Pietro bufa.

— O que quer dizer com "pensou que eu tinha morrido na infância"? Você falou que eles me arrancaram dos braços de nossa mãe.

Ele desvia o olhar.

— Eu estava, talvez, falando hiperbolicamente. O meu pai sabe tudo o que acontece na Latvéria. Quando um homem terrível veio de fora das nossas fronteiras e raptou duas crianças, ele soube. Ele enviou seus homens para trazer as crianças para casa. Ele *interveio*, Wanda, ele tomou medidas para consertar as coisas. Mas houve uma grande explosão, e seus agentes lhe disseram que a segunda criança havia morrido. Que só eu sobrevivi. Quando ele descobriu o contrário, você já havia partido muito tempo antes, e era impossível recuperá-la sem causar um incidente diplomático. Se você tivesse uma família de sangue viva além de mim, teria sido possível, mas, sem esse vínculo, você já estava perdida para nós.

— Como?

— Um burocrata tolo acelerou sua adoção por dois turistas americanos.

— Isso não deveria ter lhe dito onde me encontrar?

— O homem era um covarde. Quando percebeu o que tinha feito, incendiou a embaixada em um esforço para esconder sua maleficência.

Ele morreu no incêndio, e perdemos seu rastro. Estive de luto por você minha vida inteira. Mal posso esperar para levá-la para casa.

— Não vou voltar para a Latvéria com você.

A expressão de Pietro se contorce, com confusão, raiva e agonia.

— Claro que você vai. Papai me enviou aqui para encontrar você.

— Talvez eu vá fazer uma visita algum dia, mas aqui é meu lar. Eu sou americana.

— Eu não posso... Não é assim que... Você deveria estar feliz em me ver. Você não está feliz em me ver?

— Para falar a verdade, ainda não. Estou, acima de tudo, confusa. Preciso conversar com minha tia. Preciso de um tempo, Pietro, para poder decidir o que seremos um para o outro. Sinto muito.

— Apenas venha comigo. Vamos para onde estou ficando. Podemos conversar com privacidade e posso convencê-la.

Wanda solta a mão dele.

— Não, sinto muito, mas não. Ainda não o conheço bem o bastante para ir a algum lugar privado com você. Fico feliz em conversar, mas até confiar não ficarei sozinha com você. Encontre-me amanhã de manhã, na delicatéssen perto do Edifício Baxter. Se você não estiver lá, saberei que não deixará de tentar me convencer a fazer o que quer e saberei que não posso ser o que você quer que eu seja.

Ele agarra a mão dela, movendo-se a uma velocidade humana normal — quando não está usando seus poderes, ele ainda é rápido. Ele seria mais rápido do que ela se ela, não estivesse usando os próprios poderes para se elevar no ar, para longe dele.

Ela para cerca de três metros acima do solo, ignorando as pessoas que começam a olhar e a apontar, e diz:

— Amanhã.

Em seguida, voa para longe, com confusão e agitação fervendo em seu peito.

— ENCONTROU O QUE PROCURAVA? — PERGUNTA O DOUTOR ESTRANHO DEPOIS que ela volta para o Sanctum. Ela entra pela porta do telhado que costumava usar com Peter, e só isso é suficiente para fazê-la sofrer pelo irmão que ela conhece e ama, o irmão a quem ela deseja recorrer neste momento de terrível contradição.

— Não, senhor — responde ela. — Mas eu encontrei o velocista.

O Doutor Estranho franze a testa.

— Pensei que você estava procurando...

— Ele é meu irmão.

— Ah. Isso muda um pouco as coisas. Os poderes de Peter sofreram mutação?

— Não, quero dizer que ele é meu irmão biológico, da Latvéria. Ele se autodenomina "Von Doom", diz que cresceu em um palácio e veio aqui me procurar. Ele falou que os Parker me roubaram dos nossos pais.

— E o que você acha?

— Acho que nunca me aprofundei muito na maneira como fui adotada. — Ela se deixa cair, curvada, na cadeira mais próxima. — Eu amava minha família, e tia May e tio Ben ficaram arrasados ao perder meus pais. Peter estava com medo de que me mandassem embora. Por isso, eu nunca perguntei. Mas eu me lembro dos Parker. Não muito, mas o suficiente. Mary costumava cantar para eu dormir à noite, e foi ela quem disse à tia May que queria que eu tivesse contato com minha ancestralidade. Ela teria feito isso se eles tivessem me roubado?

— As pessoas fazem coisas estranhas quando a culpa as domina — diz ele. — Ela poderia ter feito isso de qualquer modo.

— Vou ter que conversar com a tia May. — Ela suspira pesadamente. — Gostaria de poder conversar com Peter. Eu sei por que não posso, mas... isso não parece algo que eu deva tentar enfrentar sem ele.

— Eu compreendo.

— Ótimo, porque eu não. — Ela fica de pé, instável. — Vou para a cama, mestre. Tenho um compromisso pela manhã, mas não deve interferir nas minhas aulas.

— Boa noite, aprendiz. Que seus sonhos lhe mostrem as respostas de que você precisa.

Ela não olha para trás enquanto se afasta.

Ela está quase na cama quando percebe que está chorando.

CAPÍTULO DEZESSETE

TRAIÇÃO

WANDA ACORDA EM UM MUNDO QUE PARECE O MESMO DE ONTEM, MAS QUE se transformou além de qualquer razão. Ela tem perguntas em que nunca pensou antes. Ela tem um irmão com quem não está proibida de falar e que deseja ansiosamente conhecê-la. Ela detém um criminoso superpoderoso sozinha — e, claro, esses dois são a mesma pessoa, mas, ainda assim, é algo que ela nunca fez antes.

Ela se sente cheia de confiança enquanto se veste e desce as escadas, com a intenção de tomar um café da manhã rápido antes de sair para se encontrar com Pietro. Em vez disso, quando chega à cozinha, encontra seu mestre barrando seu caminho, com um exemplar do *Clarim Diário* em uma das mãos.

— Você foi vista — informa ele com frieza.

— Eu sei.

— Sabe? — Ele lhe entrega o jornal, e ela olha para a primeira página.

É uma excelente fotografia aérea dela e de Pietro. Pietro está segurando o pulso dela, e o momento da foto faz parecer que ela está correndo com ele por vontade própria. O título é igualmente ruim.

FEITICEIRA FUNESTA PLANEJA PARCERIA COM VELOCISTA SUSPEITO?

— Eles não conseguiram nem manter a aliteração consistente — murmura ela.

— Uma pequena ofensa — diz o Doutor Estranho. — Eles conectaram seu novo irmão à recente onda de atividades criminosas. Você não foi a única a notar o efeito turvo de seus poderes, e, aparentemente, ele quase foi apreendido pelo Homem-Aranha em várias ocasiões, nenhuma das quais foi tornada pública anteriormente. Esta imagem faz parecer que sua descida à vilania foi concluída e que você o está ajudando em sua má conduta.

E SE... WANDA MAXIMOFF E PETER PARKER FOSSEM IRMÃOS?

Os olhos de Wanda deslizam automaticamente para os créditos abaixo da imagem, impressa em letras tão pequenas, que é fácil ignorar se não estiver olhando de propósito.

Peter Parker.

Seu estômago se embrulha, e ela deixa cair o jornal no chão, dando um passo para trás como se estivesse com medo de que ele fosse mordê-la.

— Por que ele faria algo assim?

— Não sei. Sinto muito.

— Eu também sinto muito.

— Por quê?

— Porque eu sei que você queria que eu esperasse ele se desculpar, e não posso esperar mais. — Ela encara o Doutor Estranho, ao mesmo tempo calma e horrorizada. — Tenho que ir falar com ele. Agora mesmo.

— Creio que você tem mesmo, sim. Talvez fosse melhor se o chamasse para vir até aqui.

— Sim, mas isso dá a ele uma escolha, e seria muito pior se ele decidisse não vir — diz ela. Então puxa um véu vermelho ao redor de si.

Quando o véu desaparece, apenas um instante depois, ela se foi, e o Doutor Estranho está sozinho. Ele pega o jornal, suspirando.

Todos os jovens precisam ser tão dramáticos?

WANDA CAI PELO TÚNEL VERMELHO, COM OS BRAÇOS JUNTO AO CORPO e as pernas unidas, controlando sua passagem de uma maneira que ela quase nunca conseguiu; a fúria aparentemente servia para alguma coisa, mesmo que não a deixasse com a mente lúcida.

Ela vai matá-lo. Ele quer ajudar o mundo a torná-la uma vilã — ah, ela vai mostrar a ele por que isso não é algo que ele desejaria que ela fosse. Ela vai garantir que ele entenda o tamanho do erro que cometeu e depois vai matá-lo e tem certeza que tia May vai entender quando ela lhe contar exatamente o que ele fez para merecer isso.

Ela sai do vermelho e cai nas sombras do dormitório de Peter. Ela sabe, pelas atualizações cuidadosas da tia May sobre como ele está, que o colega de quarto foi reprovado na faculdade mais cedo no semestre, e

Peter ainda não tem um novo; assim como a colega de quarto de Wanda, ele está aproveitando o luxo de um quarto individual não oficial até a administração conseguir encontrar alguém para morar com ele.

Ele ainda está dormindo, o monte formado por seu corpo está encolhido embaixo das cobertas. Wanda olha para ele. Como ele *ousa* dormir tão tranquilamente depois da forma como a traiu? Ele não merece dormir em paz. Ele nem merece uma *cama*.

Sua magia, respondendo à sua raiva e ao desejo meio formulado naquele pensamento, aumenta, e tarde demais Wanda percebe o que está prestes a fazer. Ela tenta chamar o caos de volta, mas um objeto em movimento tende a permanecer em movimento, e um feitiço, uma vez lançado, tenta se completar.

A cama de Peter desaparece. Ele cai um segundo depois, batendo com força no chão e acordando em um emaranhado de lençóis, balbuciando, enquanto se levanta e olha freneticamente ao redor do quarto. Wanda não sabe o que o sentido-aranha dele poderia estar lhe dizendo agora — sua determinação de cometer um assassinato desapareceu assim que ela o viu, anos de amor e confiança lavaram sua raiva —, mas ela ainda está furiosa o suficiente para perder o controle sobre seus poderes, e uma feiticeira descontrolada não é algo seguro para compartilhar um quarto.

A varredura frenética de Peter pelo quarto a encontra parada imóvel a alguns metros de distância, e ele salta dos cobertores, grudando-se no teto com as pontas dos dedos das mãos e dos pés. Ele está vestindo calça de moletom da Empire State University e sem camisa, e ela fica grata pela primeira, embora um pouco desconfortável com a segunda.

— Quer colocar uma blusa antes que eu comece a arrancar seu couro por invasão de privacidade e por se comportar como um completo idiota? — pergunta, com um tom frio o bastante para criar gelo nas janelas. Literalmente: sua magia ainda está em alerta máximo e pronta para responder, e o vidro congela como se estivessem em meados de janeiro, ficando opaco com o frio.

— Wanda? — Peter desce do teto, olhando para ela. — Wanda, o que está fazendo...

— Não pergunte o que estou fazendo aqui — retruca ela. — Você *sabe* o que estou fazendo aqui. Como você *pôde*?

E SE... WANDA MAXIMOFF E PETER PARKER FOSSEM IRMÃOS?

Peter é um homem inteligente — inteligente o suficiente para não se fazer de bobo quando é claramente pego em flagrante.

— Você viu as fotos — fala ele. — Achei que consegui umas muito boas, levando tudo em conta. Obrigado por desacelerar aquele cara o bastante para eu ver o rosto dele; antes era tudo apenas um borrão.

— Obrigado? *Obrigado?!* — Ela cerra os punhos quando recomeçam a brilhar, lutando para conter o caos que quer se libertar e devorar o quarto ao seu redor. — Você é uma *cobra* mentirosa, traidora e implacável, Peter Parker, e não sei como vou conseguir perdoá-lo por essa invasão da minha privacidade.

— Invasão da sua privacidade? Wanda, você estava em público com um suposto supervilão! Logo *depois* de você estampar os jornais por causa de uma patrulha fracassada! Nós não trabalhamos assim!

— "Nós" não trabalhamos de jeito *nenhum*, Peter — retruca ela. — Não *trabalhamos* mais juntos.

— E de quem foi a escolha?

— Sua, quando você decidiu me chamar de maldição. Ou não percebeu que foi então que parei de deixar você me usar como seu saco de pancadas pessoal?

A expressão de Peter se fecha.

— Não pode me culpar por ficar mal quando Gwen morreu, Wanda, não é justo.

— *Não* estou culpando você por ficar mal quando ela morreu! Estou culpando você por esquecer que você não é a única pessoa que a amava e por me atacar como se eu fosse ficar parada e aguentar, como se fosse meu *trabalho* deixar você abusar de mim! Não estou aqui para você abusar. Não é para isso que irmãs servem. Se é que me considera uma irmã. Depois do que você disse, não tenho certeza.

— Eu sabia... depois que eu falei aquilo, depois que você foi embora, eu sabia que o que eu tinha dito não estava certo, mas, Wanda, eu não estava falando sério. Fiquei em choque e não tinha a intenção de falar aquilo.

— Isso só torna tudo pior, porque, se não tinha intenção de falar aquilo, você falou só para me *magoar*. Não entende como isso é pior? — Ela olha para ele, ainda encarando-o, lutando contra a necessidade de implorar. Ela só quer que ele entenda por que ela está com raiva.

Ela quer que ele lhe dê a consideração que ela tem dado a ele durante toda a vida. — Pelo menos, se você estivesse falando sério, estaria me dizendo a verdade.

— Eu... sinto muito, Wanda. — Peter esfrega a nuca com uma das mãos, parecendo envergonhado. — É por isso que está me evitando?

— Ah, você percebeu? Quase me enganou.

Ele abaixa a mão, suspirando.

— Acho que mereço isso, mas, sim, percebi. Eu percebi no mesmo instante. Eu estava chorando, estava *morrendo*, estava mergulhado tão fundo em meu sofrimento, que parecia que estava me afogando, e você sempre foi aquela a quem eu poderia me agarrar quando as coisas ficavam tão ruins, mas não estava lá. Não consegui encontrar você. E, então, tia May não quis me contar como você estava, nem o Doutor Estranho, e percebi que tinha estragado tudo mais do que pensava. Eu não sabia o que fazer.

Ele não parece notar a maneira como a luz vermelha lampeja no fundo das pupilas de Wanda e a raiva se manifestando em sua expressão.

— Você estava conversando com meu mestre?

— Eu não chamaria aquilo de "conversar". Era mais eu perguntando a ele onde você estava e ele fechando portas na minha cara. Ele me perguntou se eu estava pronto para pedir desculpas todas as vezes e, quando eu não estava, falava que eu podia tentar novamente depois.

Ah, ela vai ter uma conversa com ele mais tarde. Agora, porém, Peter é o alvo da raiva dela e merece ser.

— Você poderia ter tentado entrar em contato *comigo*. Você ainda tem telefone? Ou *você* poderia ter parado de me evitar. Não fui a única a manter distância.

Peter começa a protestar; ela reconhece todos os sinais, a forma como os ombros dele ficam retos e como sua lombar fica tensa, como se defender a própria inocência fosse a coisa mais pesada do mundo. Então, ele para, afundando onde está.

— Mas eu não podia. Enquanto eu ficasse longe de você, enquanto continuasse muito bravo com você para parar e pensar no porquê, não estaria sozinho em minha dor. Gwen se foi. Ela realmente se foi e nunca... — Ele inspira fundo, o que se transforma em um soluço entrecortado. — Ela nunca mais vai voltar. É tudo culpa minha.

Isso não é como o tio Ben: ela não vai discutir com ele sobre quem é culpado pela morte de Gwen. Ela não fez nada de errado. Desse modo, em vez disso, ela faz o que Gwen gostaria que fizesse, respira fundo, faz uma pausa longa o suficiente para ter certeza e diz:

— Sinto muito.

Peter olha para ela, com lágrimas nos olhos.

— Eu também sinto, Wandy. Eu só estava tentando fazer você sofrer tanto quanto eu estava sofrendo. Não foi justo. Eu ataquei você porque era o alvo seguro mais próximo. Você é minha irmã. Eu amo você. Não queria afastar você.

— Se me disser algo parecido de novo, vou atirar um raio hexagonal no seu fígado — avisa ela.

Peter assente.

— Justo. Se eu disser algo parecido de novo, vou ter feito por merecer.

— Eu teria cedido e vindo confrontá-lo há muito tempo, mas meu mestre me proibiu de fazer isso.

— O Doutor Estranho? Por quê?

— Ele falou que eu merecia coisa melhor do que rastejar por seu amor. Que eu deveria simplesmente recebê-lo. Eu não deveria ter que provar que sou boa o suficiente.

Peter suspira.

— Ele está certo. Meu Deus, Wanda, desculpe-me por ter feito você se sentir assim.

— Mas não é por isso que estou aqui — fala ela, lembrando-se da sua situação. — Aquela foto… que diabos, Peter?

Ele estremece.

— Desculpe.

— Você está falando isso muito hoje. O que estava *fazendo*?

— Você não estava falando comigo, nunca estava no seu dormitório ou em casa, e o Doutor Estranho e Django não me contavam *nada* quando eu perguntava como você estava. Eu precisava fazer algo para saber que você estava bem.

— Então você começou a me seguir?

Peter assente, parecendo culpado.

— Eu não podia me aproximar de você, não quando ainda estava tão triste e com tanta raiva, e ninguém me deixava entrar, então, era uma maneira de saber que você ainda estava bem o suficiente para fazer suas patrulhas e de ver como você estava, mesmo que fosse sempre através de uma lente. Às vezes, eu me sentia um pouco mal com isso, mas não o bastante para parar. Eu só queria saber que você estava bem. Essa era a forma que eu tinha de saber. Era a única maneira.

— Certo. Primeiro, perseguição ainda é perseguição, mesmo quando é com sua irmã. Segundo, vender as fotos para o *Clarim Diário* foi sua maneira de ter certeza de que eu estava bem?

Peter faz uma careta, parecendo envergonhado.

— Eu precisava do dinheiro, e eles precisavam de fotos para os artigos que já iam publicar. Eu juro, não tive nada a ver com os primeiros artigos sobre você estar se tornando uma vilã.

— Mas você vendeu as fotos para eles.

Peter para. Ele parece exausto; há olheiras profundas sob seus olhos que não podem ser explicadas com o despertar precoce. É quase o bastante para fazer Wanda se perguntar que tipo de apoio ele teve enquanto ela lidava com as coisas sozinho; tia May está brava com ele, e ele nunca teve um mentor como o Doutor Estranho tem sido para ela. Ele faz amigos com mais facilidade, mas, ao mesmo tempo, de maneira mais superficial, e ela não é a única que está sofrendo. Enquanto ela estava se curando na companhia de pessoas que a amam, ele estava sozinho.

— Acho que deveríamos ter superado isso há um tempo, hein? — pergunta ele.

— Talvez *você* devesse ter feito isso — retruca ela. — Eu só estava esperando você perceber o quanto estragou tudo.

Ele parece, por um momento, que vai chorar, e ela se acalma um pouco.

— Apenas não faça isso de novo — diz ela.

Peter assente.

— Sim, tenho seguido você. Eu não poderia ir ao Sanctum, então, esperava você sair e depois a acompanhava para ver o que você estava fazendo. Fiquei chocado quando vi você invadindo aquela casa. Fiquei por perto para ver se conseguia descobrir o que você estava fazendo, até que o velocista apareceu… Como você sabia? Ele tem se comunicado com você?

— Não. Eu apenas mapeei todos os crimes que pareciam ser dele e depois marquei o próximo ponto no meu mapa. Ele apareceu algumas horas depois. Foi tudo matemática.

— A matemática é um superpoder — concorda Peter. — Mas, assim que o vi, soube que precisava tirar fotos. As pessoas têm se perguntado sobre o velocista há semanas, e ali estava a prova de que ele era real, não apenas uma espécie de lenda urbana de super-herói. Fiquei animado. Acho que não pensei no fato de você aparecer em todas as fotos até que fosse tarde demais e Jonah perguntasse se eu achava que você estava se unindo àquele cara. Você não está, está?

— Ainda não — responde Wanda. — Acho que talvez me una no futuro. Ele afirma… — Ela faz uma pausa. Este é Peter. Ela sempre confiou nele para tudo. E, sim, ele a magoou muito, mas ela precisa conversar com alguém da sua idade sobre o que está acontecendo, ou vai explodir. O irmão dela parece um confidente tão bom quanto qualquer outro. — O nome dele é Pietro von Doom. Ele é da Latvéria. E ele afirma que é meu irmão.

— Quer dizer biológico? Desde antes de nossos pais trazerem você para casa? Wanda, isso é incrível. Estou tão feliz por você! — Ela pensa ter visto o rosto dele vacilar por um momento, antes de ele acrescentar: — Espero que ele esteja interessado em um "leve dois, pague um", porque isso significa que ele também é meu irmão.

— Não acho que a adoção seja transferível — ela fala e sorri, embora provavelmente fosse isso que Pietro temia quando falou sobre ela substituir sua ancestralidade por coisas americanas. Ela tem seu irmão americano, e agora… seu irmão da Latvéria. Ela pode encontrar espaço em sua vida para os dois, mesmo que não seja fácil.

— Ele diz que é meu irmão gêmeo da Latvéria e que, quando os Parker me adotaram, não o adotaram. Ele estava procurando por mim. Ele não tinha certeza absoluta de que eu era a Feiticeira Escarlate, então, não se apresentou, mas imaginou que em algum momento nos encontraríamos. E nos encontramos!

— Wanda…

— Ele tem algumas ideias estranhas sobre o imperialismo americano; o que é um problema genuíno, mas não significa que não haja problema em vir aqui e começar a cometer crimes, por mais irritado que esteja com o estado da política global. Mas ele parecia sincero e se parece comigo. A ponte do nariz, o formato dos olhos. Ele se parece comigo e não tinha certeza se eu teria superpoderes; ele suspeitava, porque *ele* tem superpoderes, mas não tinha *certeza*. Quer dizer, por que ele se daria ao trabalho de inventar toda essa história sobre ser parente de uma adotada aleatória de uma família que não tem muito dinheiro, posição diplomática ou algo assim? Ele pode estar tentando me enganar, mas não acho que seja isso e quero descobrir. Quero conversar mais com ele. E acho que isso começa comigo conversando com a tia May. Algumas das coisas que ele falou sobre minha adoção... Não quero pensar que mamãe e papai poderiam ter feito algo errado quando me trouxeram para casa, mas tenho que encarar a ideia de que é possível. Se nossa briga acabou, pode vir comigo conversar com ela?

— Claro, Wandy — concorda Peter, parecendo um pouco perplexo com a enxurrada de palavras.

— Obrigada.

— Mas antes de fazermos isso... acha que poderia trazer minha cama de volta?

INVOCAR UMA CAMA NÃO É TÃO FÁCIL QUANTO FAZÊ-LA DESAPARECER, e eles levam mais duas horas para partir para o Queens. O quarto de Peter está mais uma vez equipado com todos os móveis que deveria ter, e os dois estão uniformizados quando ele passa o braço ao redor da cintura dela e salta da beirada do telhado do dormitório. Há um momento glorioso de queda livre antes de ele lançar uma linha de teia no prédio mais próximo, puxando-os para cima; e, então, estão balançando pela cidade, estão flutuando, estão voando.

Ela pode voar sozinha agora — vai ter que mostrar para ele em breve —, mas essa ainda é uma das melhores coisas que já fez na vida. Ela se segura no pescoço de Peter enquanto eles balançam, rindo sem parar, deleitando-se com o vento soprando em seus cabelos, o leve frio em seus ouvidos, até mesmo a maneira como ocasionalmente balançam em meio a uma nuvem de fumaça ou vapor, esfriando e esquentando com o ambiente.

Quando ela voa, sua magia a envolve em um envelope de quietude, sem insetos em seu rosto ou penas em seus cabelos. Quando o irmão dela balança, ele se torna um só com a cidade. Quando ela voa, está separada dela. Este é um momento de reencontro: ela está de volta ao lugar ao qual pertence depois de mais de um ano de solidão indesejada. No momento, ela só quer ser parte de alguma coisa. Portanto, ele balança, ela se agarra, e a risada dela é uma doce trilha sonora para o momento, levando-os até o Queens.

O Homem-Aranha entra no beco que sempre usaram para trocar de roupa e muda para sua própria identidade civil em questão de segundos antes de olhar com expectativa para Wanda. Ela retorna o olhar, ainda de túnica e capa. Ela não está usando máscara, mas isso é corrigido com bastante facilidade; com um gesto da mão, ela a puxa do nada e a coloca no rosto.

Peter pisca.

— Hum?

— Confie em mim — fala ela.

— Eu sempre confio — responde ele, encarando-a, inquieto.

Wanda oferece as mãos, e, quando ele as segura, é ela quem os atira para o céu, uma luz vermelha os envolve, enquanto ela o puxa para perto e os leva mais alto, deixando o beco para trás. Peter grita e se agarra, e ela volta a rir, levando-os para a casa onde cresceram, sempre familiar, tão mudada desde que os dois a deixaram. Não ficou menor; apenas parece ter ficado. Talvez eles tenham ficado maiores de alguma forma.

Talvez ainda estejam.

Ela pousa no quintal, soltando Peter. Ele dá um passo para trás e olha para ela, perplexo. Ela oferece apenas uma das mãos dessa vez, e, quando ele a aceita, continuam no chão, enquanto ela o puxa até a porta dos fundos.

— Confie em mim — pede ela.

— Eu confio.

— E isso significa tudo para mim, acredite.

Ela abre a porta, entrando no corredor, que cheira a chá e velas de canela.

— Tia May? Nós estamos em casa.

— "Nós"? — A resposta é imediata e seguida pela cabeça da tia May inclinando-se para fora da cozinha, com uma expressão perplexa no rosto. Dura apenas um instante antes de se dissolver em um sorriso brilhante e lacrimejante. — Vocês encontraram o caminho de volta um para o outro! Ah, meus queridos, eu sabia que era somente uma questão de tempo!

— Tia May? — Peter parece totalmente confuso.

Wanda ri ao soltar a mão dele e se aproximar da tia, depois tira a máscara e a capa, colocando uma na mesinha onde deixam a correspondência e pendurando a outra no cabide.

— Achei que você ainda não tinha contado para ela oficialmente. Que vergonha, Peter.

— Que vergonha... Você *contou* para ela? — A voz dele se eleva e guincha como não acontecia desde a puberdade.

Agora é a vez da tia May rir.

— Ela não me contou nada sobre *você*, querido, e não confirmou nada sobre si mesma até que eu falei para ela que era bobagem continuar fingindo quando eu sabia exatamente quem ela era. Talvez você pudesse ter escondido se fosse apenas um de vocês, mas realmente acha que sua velha tia é tão decrépita a ponto de não perceber que estava morando com *dois* adolescentes superpoderosos? Eu teria merecido perder a guarda de vocês dois nesse caso.

— Você *sabia*?

— Querido, eu sei desde antes de você ir para a faculdade. Nunca contei a ninguém. Tem sido mais fácil desde que Wanda soube que eu sei, e agora posso conversar com aquele mentor charmoso dela. O Doutor Estranho é um belo de um homem.

— Eca — diz Wanda. — Que nojo.

Peter não diz nada, apenas faz cara de revoltado e se aproxima de Wanda, enquanto tia May ri mais uma vez.

Então ela dá um tapa no braço dele. Ele grita e pula, mais assustado do que de fato machucado.

— Por que isso?

— Por não me *contar* — explica ela. — Tenho dado dicas o ano todo, Peter. Ou achou que foi coincidência meu clube do livro ter lido *A teia de Charlotte*[2] duas vezes seguidas? Foi o melhor livro sobre aranhas

---

2   No original, *Charlotte's Web*, de E. B. White (1952). (N. E.)

que pude encontrar. A maioria deles coloca as aranhas como vilãs. Não queria que você achasse que eu pensava isso de você.

— Nem percebi — admite Peter, envergonhado. — Sinto muito, tia May. Achei que estava protegendo você.

— A ignorância quase nunca é proteção, Peter.

É uma oportunidade perfeita: Wanda não pode deixar passar.

— É por isso que estamos aqui — informa. — Porque ignorância nunca é proteção, e preciso fazer algumas perguntas sobre minha adoção.

Tia May faz uma pausa. Ela está esperando por essa conversa há anos e, de alguma forma, começou a cair na confortável crença de que nunca aconteceria. Agora que chegou o momento, honestamente, ela não se lembra de como planejava lidar com isso.

— Vamos para a cozinha, queridos — fala ela por fim. — Será mais fácil com uma bebida quente à nossa frente.

É A MAIS FAMILIAR DAS CENAS FAMILIARES: OS TRÊS EM VOLTA DA MESA DA cozinha, tia May com uma caneca de chá, Wanda com chocolate quente e Peter com seu café. A única coisa que têm em comum é o leite, que todos tomam, aliviando e adoçando as bebidas.

Tia May envolve a caneca com as mãos, olhando para suas profundezas marrom-claras.

— Você precisa entender — diz finalmente. — Este não foi um daqueles casos em que um casal americano vai à Europa comprar um bebê. Nenhum dinheiro mudou de mãos. Eles estavam na Latvéria a trabalho; estavam acompanhando algumas anomalias de dados que seu pai havia identificado. Em vez disso, o que encontraram foi uma menina órfã e sem mais ninguém no mundo.

— Temos certeza disso?

Há um tom agudo na pergunta de Wanda que faz May erguer a cabeça, subitamente atenta, como um cervo captando o som dos caçadores nas árvores.

— O que quer dizer, querida?

— Conheci um homem da minha idade. O nome dele é Pietro e ele afirma que sabe coisas sobre minha adoção. Mamãe e papai alguma vez falaram alguma coisa sobre um segundo bebê?

— Richard falou... ele falou que havia sinais de que existiam dois bebês antes de eles chegarem ao local, mas que só tinha você quando chegaram lá. Destruiu Mary por dentro saber que havia uma criança que eles não conseguiram salvar.

— Então eu *tinha* um irmão antes de Peter. — Wanda se sente brevemente descolorida por dentro, como se algo tivesse sido escondido dela. Mas foi? Se eles pensavam que o menino estava morto, contar a ela teria feito algum bem? É melhor crescer sem saber ou crescer sofrendo por alguém que nunca mais voltará para casa?

— Não temos certeza se o segundo bebê era um menino, mas parece que você teve, sim — responde tia May.

— Por que nenhum de vocês nunca me contou? Quando me incentivou a ler sobre a Latvéria, a aprender a falar romani, por que não me falou que eu não estava sozinha no começo?

— Porque, pelo que qualquer um de nós sabia, a pobre criança já estava morta antes de Richard e Mary encontrarem você. Não havia nada que qualquer um de nós pudesse ter feito para mudar o passado. Parecia cruel contar que você sobreviveu se ele não conseguiu; e depois Richard e Mary morreram, então, seu tio Ben morreu, e parecia que toda vez que eu reunia coragem para lhe contar mais sobre sua adoção, alguém mais falecia. E você nunca perguntou. O que é injusto da minha parte dizer e faz parecer que estou colocando a culpa do meu silêncio em você, quando foi a minha covardia que me impediu de falar qualquer coisa. Mas parecia consentimento na época. Eu não estava lhe contando algo que você nem queria saber. Como poderia estar privando-a de sua história se você nunca perguntou?

Wanda sabe que a tia está certa. Quantas vezes essas perguntas não formuladas a levaram à decepção? Como na vez em que seu coração se partiu, mesmo que só um pouco, em um lindo dia no Condado de Westchester. Mas é possível que uma resposta tenha, literalmente, chegado até ela.

— Bem, minha história está aqui agora — declara Wanda. Ela não está com raiva, não mesmo; sua confusão é grande demais. Preenche o mundo inteiro. Até que consiga processar o que acabou de descobrir, a raiva estará além dela. — Nasci na Latvéria e passei algum tempo lá, mas tudo o que sei está aqui. Sou Wanda Parker, não Wanda von Doom ou Wanda quem quer que eu fosse. E sei que mamãe e papai fizeram o melhor que puderam. Eles realmente lhe contaram sobre ele?

Que tipo de irmã ela é se nunca pensou em procurá-lo?

— Eles nunca viram seu irmão gêmeo, apenas inferiram sua existência a partir do local onde você foi encontrada. Mary não conseguia falar muito sobre isso. Ela começava a chorar quando tentava. Richard... — Ela faz uma pausa, organizando seus pensamentos. — Richard disse que você foi um de seus maiores sucessos, e era isso que permitia que ele dormisse à noite, apesar de seu maior fracasso. Eles amavam vocês dois, muito. Acho que, às vezes, Mary esquecia que gerou apenas um de vocês.

Wanda pega a mão de Peter, e ele a segura, e os dois as mantêm unidas, os dedos entrelaçados da maneira familiar que passaram tanto tempo construindo entre eles. Tia May não deixa de perceber o gesto, e uma pequena linha de tensão, tão forte e constante, que ela parou de perceber, se solta atrás de seu esterno. Seus filhos estão unidos de novo. Eles não estão sozinhos no mundo, que é muito maior, mais estranho e mais assustador do que ela imaginava quando tinha a idade deles.

Vai ficar tudo bem.

— Por que está perguntando, querida? — pergunta ela, para disfarçar seu alívio.

Wanda olha para as profundezas de seu chocolate.

— Eu... Pietro é... acho que conheci meu irmão.

Tia May suspira. A mão de Peter agarra firmemente a de Wanda, apertando-a com força.

— Espere... o quê? — pergunta tia May.

Com a voz hesitante, Wanda explica tudo: o estranho velocista. Sua reação quando ela o pegou. As coisas que ele contou para ela sobre si mesmo, sobre ela mesma, sobre os Parker. Alguns detalhes são novos para Peter; ele não a solta enquanto ela explica as coisas, apenas a segura com força, como se nunca mais planejasse soltá-la. Quando termina, ela olha para tia May, esperando que a mulher que sempre foi capaz de confortá-la faça isso de novo para fazer o mundo fazer sentido.

Em vez disso, tia May segura a xícara de chá com as duas mãos, o rosto pálido e olha para o vapor.

— Eu sinto muito, Wanda. Sinto muito, muito mesmo.

— Por quê?

— Porque me perguntei, algumas vezes, se você poderia ter familiares sobreviventes na Latvéria. A maneira como você veio até nós foi tão abrupta, tão... sortuda. Como se tudo tivesse que acontecer *exatamente* assim para que desse certo. Pensei em entrar em contato com a embaixada depois que Richard e Mary morreram, em investigar mais a fundo as circunstâncias de como tudo aconteceu, mas nunca o fiz.

— Por que não?

— Você se lembra quando Ben e eu lhe contamos que seus pais haviam morrido? Como Peter reagiu?

Wanda assente.

— Ele disse que não poderíamos levar sua irmã embora e estava com tanta raiva, e era tão óbvio que sua raiva estava mascarando um terror genuíno; ele tinha acabado de perder a mãe e o pai e estava com medo de que isso significasse que ele ia perder você também. Cada vez que pensava em entrar em contato com a embaixada, lembrava-me de Peter gritando comigo e não conseguia. Não podia correr o risco de ligar para eles e eles falarem que eu estava certa em fazê-lo, porque precisavam levá-la de volta. Você é minha sobrinha, irmã de Peter, e aqui é o seu lugar. E, com o passar do tempo, sem você fazer perguntas, eu sentia cada vez mais que estava certa, como se não adiantasse abrir velhas feridas. Sinto muito, Wanda. Fiz a escolha por você e não sei se foi a certa.

— Pietro não acha que foi — afirma Wanda, quase entorpecida. — Ele é... eu não sei o que ele é. Ele tem poderes, assim como eu, mas ele é... ele é tão estranho. Ele passou a vida toda me procurando, e eu nem sabia que ele existia. Pedi-lhe que se afastasse e parasse de tentar me pressionar. Espero que ele o faça. Ele afirma que veio para cá me procurar, e, se for verdade, acho que tentará ficar de bem comigo.

— Então, o que você vai fazer? — pergunta Peter.

— Quero conhecê-lo, pelo menos um pouco — diz Wanda. — Não sei dizer se ele parece uma pessoa legal ou não, porque só nos vimos uma vez, mas ele é meu irmão e veio aqui por minha causa. Isso não quer dizer que devo uma chance a ele?

— Não acho que você deva nada a ninguém — afirma tia May. — A relação de sangue não é a única que importa.

— Eu sei — responde Wanda. — Mas também sei como é ser rejeitado pela família, e Pietro não merece isso. Eu quero tentar.

Peter tenta puxar a mão. Wanda não desiste.

— Não — diz ela. — Acabei de conseguir você de volta, não pode se afastar de novo. Não.

Ele olha para ela, calado e desesperado, e isso parece errado. Peter balbucia. Peter tagarela. Peter não fica silenciosamente infeliz.

— O que foi? — pergunta ela.

Ele balança a cabeça. Ela o chuta por baixo da mesa.

— O que *foi*, Peter? — repete ela.

— Eu não sou suficiente? — pergunta. Ele parece culpado por perguntar, como se não quisesse fazer isso ser sobre si quando deveria ser sobre ela.

Wanda descongela só um pouco.

— Para mim você é — responde ela. — Você é o irmão de quem sempre vou precisar. Mas Pietro não merece ficar sozinho porque nossos pais pensaram que ele estava morto quando me adotaram. Se eles soubessem sobre ele, tenho certeza de que todos teríamos crescido juntos. Temos que dar uma chance a ele.

Pouco a pouco, a rigidez deixa os ombros de Peter, e ele para de tentar tirar a mão da dela. Ele assente, quase de má vontade.

— Tudo bem. Por você, estou disposto a tentar.

— Isso é tudo que eu precisava de você — diz Wanda, e seu sorriso é tudo.

CAPÍTULO DEZOITO

UM NOVO COMEÇO

O SORRISO DE WANDA SOME QUANDO SAEM DA CASA, E NEM BALANÇAR ACIMA da cidade pode trazê-lo de volta. Ela segura o pescoço de Peter mais forte que nunca, e ele lança pequenos olhares ansiosos para ela, tentando descobrir o que fez de errado, até que finalmente os leva a uma escada de incêndio e recua enquanto a solta.

— E então? — diz ele.

— E então o quê? — pergunta ela.

Ele abre os braços, gesticulando impotente.

— Não posso me desculpar se não sei o que fiz de errado *desta* vez.

— Eu não perdoei você totalmente por dizer aquelas coisas horríveis e me deixar sozinha. Você não as teria dito se não as pensasse, pelo menos em algum nível. Mas minha raiva grande terminou, e a pequena raiva vai desaparecer se você simplesmente não a cutucar. Não, agora estou brava com Django e meu mestre por não me contarem que você tinha mudado de ideia. Como eu podia esperar você se desculpar se eles não me diziam que você havia *tentado*?

— Sobre isso... — diz ele, parecendo envergonhado.

— O que você fez?

— Só fui ao Sanctum duas vezes. Na primeira vez, eu ainda estava com raiva e queria retomar nossa briga de onde paramos. Seu mestre me disse para não trazer essa energia para a casa dele e que eu poderia voltar quando estivesse pronto para me desculpar. Não vi por que precisava me desculpar. Fui embora. Quando voltei, foi porque senti sua falta e queria ver se poderíamos voltar a ser amigos. Mas eu ainda não estava planejando me desculpar e ele me fez ir embora de novo.

— Ah. — Se ele não tivesse vindo pedir desculpas, é claro que seu mestre não o teria deixado entrar. Isso não extingue a raiva dela, mas a acalma; dizer a ela que Peter esteve lá seria apenas uma tentação da qual ela não precisava. — E Django?

— Passei pelo restaurante algumas vezes, uma vez com Johnny, uma vez com o Capitão, para pegar comida e perguntar sobre você. É engraçado. Eu sei que ele não sabe sobre mim, mas ele foi perfeitamente amigável com os dois e muito frio comigo. Não respondeu quando perguntei como você estava.

Peter é a pessoa mais inteligente que ela conhece, mas às vezes ele pode ser muito estúpido. Se tia May descobriu sobre eles, e Django descobriu sobre *ela*, é provável que a Feiticeira Escarlate e o Homem-Aranha estarem brigados tenha lhe dito exatamente quem era Peter.

— Você sempre foi uniformizado?

— Sim.

Outro pedaço de sua raiva desaparece. Se Peter tinha aparecido uniformizado perguntando por Wanda, Django não teria como contar para ela sem revelar que conhecia sua identidade secreta. Ele estava guardando um segredo inesperadamente complicado que ela nunca lhe deu permissão para compartilhar.

— Ah — fala ela.

O Homem-Aranha olha para ela, ansioso e esperançoso.

— Estamos bem?

— Estamos melhorando — ela responde e faz um gesto para que ele se aproxime. — Vamos. Balance-me para casa.

Ainda é início de tarde, e ela sabe que as pessoas os verão balançando pela cidade. Peter nem está tentando esconder o fato de que a está carregando, e isso é outra parte de seu pedido de desculpas. Ele a pousa no telhado do Sanctum, prometendo voltar naquela noite para levá-la em patrulha, depois afasta-se, deixando-a entrar e encarar o Mago Supremo.

O PERDÃO DE WANDA A SEU IRMÃO TEIMOSO NÃO GARANTE O DO MESTRE DELA, e, quando Peter retorna ao telhado do Sanctum naquela noite, encontra a porta trancada para ele. Isso não está certo, a porta nunca está trancada quando ele pousa no telhado. Ele balança a maçaneta várias vezes, franzindo a testa como se apenas seus olhos fossem suficientes para servir de chave.

E talvez sejam, porque, quando ele tenta abrir a porta de novo, a maçaneta gira e o deixa entrar. O Sanctum parece mais sombrio do que no passado, com os corredores repletos de sombras que surgem do nada, agarrando-se e desafiando a luz. O papel de parede tem a cor de um hematoma antigo.

Peter faz uma pausa no meio do corredor e, sentindo-se um pouco tolo, dirige-se às paredes.

— Está certo, já entendi — fala ele. — Você está bravo comigo por ter sido injusto com Wanda. Eu falei para ela que sentia muito. Conversamos sobre o que aconteceu. Ela me perdoou. Não acredito que estou falando isso para uma *casa*, mas será que poderia tentar parar de guardar rancor antes que eu tropece em um degrau e quebre o pescoço ou algo do tipo? Isso só vai chateá-la ainda mais.

O Sanctum, que é uma casa, por mais mística e impressionante que seja, não responde; no entanto, quando Peter recomeça a andar, as sombras se afinam, finalmente respondendo à luz da maneira como a física diz que deveriam, e as escadas estão tão bem-iluminadas quanto sempre estiveram. Ele desce sem problemas, mesmo estando tentado a se agarrar à parede e ir por esse caminho, que parece menos sujeito aos caprichos da arquitetura raivosa.

É bom estar de volta ao Sanctum, mesmo que pareça que a própria casa está julgando seu comportamento recente. Ele segue a voz de Wanda até o solário, onde ela está de uniforme, acomodada em uma das poltronas e explicando alguma teoria mágica complicada para seu mestre. Por sua vez, o Doutor Estranho parece um professor tolerante que permite que um aluno explique algo que ele já sabe, com o objetivo de fixá-lo com mais firmeza na mente desse aluno. Ele ergue o olhar quando Peter passa pela porta, e sua a boca se estreita em uma linha tensa.

Wanda para de falar, adivinhando com precisão o que chamou a atenção de seu mestre.

— Mestre... — começa ela.

Ele faz sinal para ela ficar calada, e ela se cala, enquanto ele se move para se colocar entre os dois, com uma expressão fria.

E SE... WANDA MAXIMOFF E PETER PARKER FOSSEM IRMÃOS?

— Sr. Parker... — diz ele. — A que devemos o prazer?

— Estou aqui para levar minha irmã para patrulhar? — responde Peter, com a afirmação de alguma forma se transformando em uma pergunta. Ele limpa a garganta e tenta mais uma vez. — Quero dizer, olá, doutor. Estou aqui para pegar Wanda, vamos sair em patrulha.

— Vão mesmo, é? — diz o Doutor Estranho.

— Vamos — declara Wanda, levantando-se. — Eu lhe contei esta tarde que íamos sair, e você disse que estava tudo bem, desde que eu pudesse defender minhas ideias sobre a decadência entrópica no espaço dobrado do caos. E foi o que acabei de fazer, e você ficou muito satisfeito com o que eu tinha a dizer, até decidir ficar bravo com Peter de novo. Ele se desculpou. Estamos bem agora.

— Tão fácil assim?

Ela hesita. Não quer ferir os sentimentos do irmão, mas seu mestre saberá se ela mentir. Ele sempre sabe.

— Não — admite. — Não tão fácil assim. Ainda estou magoada, e vai demorar um pouco até que eu consiga relaxar e confiar que ele não vai me magoar. Mas ele falou que sentia muito e sabe o que fez de errado e não fará isso de novo.

— Não posso tratá-la como se ela não valesse o mundo — diz Peter. — Ela é minha irmã, e eu a amo mais do que tudo, e isso significa que sou capaz de magoá-la mais do que qualquer outra pessoa e que tenho que ter cuidado com ela.

— Hum — diz o Doutor Estranho.

— Eu vou — diz Wanda.

— Aprendiz...

— Eu *vou*. — Ela olha feio para seu mestre. — Sei que está tentando me proteger, e eu realmente sou grata, mas ele é meu irmão, e estou lidando com isso. Eu prometo.

O Doutor Estranho olha para ela por um momento em silêncio antes de acenar com a cabeça e, silenciosamente, se afastar. Ela não é a adolescente desajeitada e destreinada que era quando Richards a trouxe à porta dele. Também não é a mulher adulta que acredita ser; ela está no campo crepuscular do início da idade adulta, quando tudo é possível, mas as experiências de que ela precisa para navegá-la ainda estão à sua frente. Apesar da pressão dos seus próprios desejos, ele não consegue impedi-la de sair e ter essas experiências. Ele não pode protegê-la de tudo. Às vezes, ele tem que deixá-la ir.

Quanto a Wanda, dói um pouco vê-lo sendo tão frio com Peter, que costumava ser a única pessoa no mundo que Wanda realmente acreditava que nunca a machucaria. Dói mais saber que ele tem motivos para fazê-lo. Mas ele os segue até o telhado e acena, conforme os dois se afastam, e não tenta impedi-los de ir, e é melhor do que poderia ter sido, muito melhor.

— Parece que você não precisa mais que eu providencie o transporte — comenta Peter, quando param em um outdoor. Ambos estão mascarados: ela deveria estar pensando nele como Homem-Aranha agora, mas ele era seu irmão antes de ser um herói, e ela acabou de conseguir seu irmão de volta. Ainda não está pronta para fazer a troca quando estiverem sozinhos. Além disso, o Homem-Aranha é como uma segunda máscara para ele, assim como a Feiticeira Escarlate é para ela; ele fala de maneira diferente, move-se de maneira diferente e até se comporta de maneira diferente. No momento, ele é Peter Parker em uma fantasia de elastano, e ela gosta mais assim.

— O que quer dizer?

— A coisa do voo...? — Ele faz um gesto de decolagem de avião com uma das mãos, levantando-a no ar.

— Ah. Sim, posso fazer isso agora.

— Então, por que estou nos balançando?

— Ainda não sou a melhor nisso. Nem sempre posso levar um passageiro comigo e, mesmo quando posso, não é *fácil*. Exige muito de mim. — Ela dá de ombros. — Se você tem que balançar de qualquer maneira, parece melhor conservar minha energia até que haja algo que precise ser atingido.

— Faz sentido. Quer dizer que estava patrulhando sozinha enquanto eu estava sendo um idiota?

— Sozinha ou com o Cavaleiro Negro. Eu preferia sozinha. — Os olhos dela se voltam para a rua, procurando crimes e impedindo-a de olhar para o rosto mascarado dele. — A maioria das pessoas que encontrei enquanto estava com ele queria saber por que você e eu brigamos, assim elas poderiam descobrir se eu estava errada e se precisavam se preocupar com a possibilidade de eu me tornar uma vilã. As pessoas gostam mais de você do que de mim.

— Bem, isso é estúpido. Você é muito mais simpática do que eu!

— Sim, mas nunca falamos publicamente sobre nosso relacionamento, portanto, não é como se eu pudesse dizer "Meu irmão disse algumas coisas desagradáveis depois que sua namorada morreu, e agora não estamos nos falando".

— Não sem revelar minha identidade secreta e, provavelmente, a sua ao mesmo tempo —concorda Peter, mais baixo. — Sinto muito, Wandy. Eu não sabia que as coisas estavam tão difíceis para você.

— Teria mudado alguma coisa se você soubesse?

Peter fica calado por um longo tempo. Quando Wanda olha em sua direção, ele está de costas para ela, com as mãos frouxas ao lado do corpo.

— Eu não sei — admite ele finalmente. — Eu quero responder "Sim, claro, tudo teria mudado se eu tivesse percebido o quanto você estava sofrendo", mas esse desejo vem da parte de mim que não quer acreditar que sou capaz de magoar você, nem mesmo um pouco e, em especial, não de propósito. Por isso, acho que devo dizer que não sei. Eu estava sofrendo e precisava de alguém a quem pudesse culpar, além de mim mesmo, porque, se eu tentasse carregar tanta culpa sozinho, isso ia me quebrar.

— Que tal culpar o Duende Verde?

— Essa teria sido a escolha saudável, sim.

De alguma forma, é isso que faz os dois caírem na gargalhada, e o vento chicoteia o som e o espalha pela cidade, onde se dissolve em nada. Quando terminam, Wanda enxuga os olhos pelos buracos da máscara e diz:

— Senti falta disso.

— Eu também. Bem, se tem patrulhado sem mim, provavelmente está acostumada a trabalhar sem rodinhas, não é?

— Você está perguntando se pode parar de evitar as lutas realmente perigosas? Sim. Seria ótimo.

Ela o vê sorrir por trás da máscara, e em seguida ele a segura por baixo de um braço e os lança no ar, atirando-os em teias na noite.

Wanda apenas se segura. Esta noite, deixará Peter conduzir.

SUA PRIMEIRA PARADA É UM ASSALTO BEM COMUM A UMA JOALHERIA, NOTÁVEL apenas porque há seis homens armados envolvidos. Quando ela patrulhava com Peter antes, ele parecia nunca encontrar mais de três criminosos ao mesmo tempo. Os homens não têm poderes e não representam muitos desafios. Eles são facilmente subjugados. Somente quando o Homem-Aranha prende o último deles na parede é que Wanda percebe onde estão; ele os levou para Hell's Kitchen. Este é o território do Demolidor, e ele normalmente tem o cuidado de dar ao herói sem medo um amplo espaço. Eles não são inimigos nem nada, ele apenas respeita os limites do outro homem.

— Homem-Aranha — sibila ela. — O que estamos fazendo aqui?

— Combatendo o crime — responde ele, um pouco alto demais. — Como uma equipe. — Ele a pega de novo, e eles vão embora. Só quando colocam vários quilômetros entre eles e a cena do crime é que ele fala: — O Demolidor ouve tudo o que acontece em Hell's Kitchen. Devia estar ocupado quando o assalto começou. Ele vai assegurar que as pessoas saibam que estamos trabalhando juntos de novo.

— Ah. — Wanda nunca considerou usar o poder da fofoca para reforçar sua reputação, em vez de destruí-la. É uma boa ideia. — Que esperto.

— Tenho meus momentos — diz ele, antes de começar a balançá-los descendo cada vez mais, movendo-se com o foco repentino que significa que seu sentido-aranha captou algo que vale a pena perseguir. Não é justo que ele tenha um radar para bandidos e que ela só possa confiar na sorte e, de vez em quando, no rádio da polícia.

Mas, então, lá está o museu, com luzes acesas e gritos vindos de dentro, onde um baile de gala de caridade estava em pleno andamento antes de ser tão rudemente interrompido.

— Por que alguém se interessa em fazer festas de caridade? — pergunta o Homem-Aranha, colocando-a na calçada enquanto solta sua teia. — São como erva de gato para bandidos. É como se quisessem ser atacados por monstros fantasiados.

— Alguma ideia de quem está aí?

— Não.

— Vamos descobrir.

As portas estão abertas, presas para permitir que os entediados e os ricos pudessem entrar para aliviar o peso em suas bolsas e em suas consciências ao mesmo tempo. Há uma recepção, provavelmente para verificar os convites de quem já pagou e retirar dinheiro de quem ainda não pagou. Não há ninguém ali. Uma das cadeiras está tombada, e há uma mancha de sangue no assento que permanece de pé, ainda brilhante e molhada, refletindo a luz dispersa do lustre.

O Homem-Aranha imediatamente troca o chão pela parede, enquanto Wanda invoca energia suficiente para pairar a alguns centímetros do solo, emulando o Doutor Estranho de uma forma que antes ela teria pensado ser impossível.

Juntos, eles avançam mais.

(Assistindo, América tem que resistir à vontade de dar um soco no ar e torcer. Eles ainda não estão lutando contra nada, mas não estão lutando *entre si* também. Ela está encantada agora. Ela os observa há tempo suficiente para querer vê-los encontrar o caminho para a felicidade de alguma forma, por mais impossível que pareça. Ela viu o que parece ser o final desta história. Ela quer que eles tenham um meio melhor.)

Eles caminham pelo museu, e qualquer som que possa denunciar sua presença é mascarado pelos gritos vindos de dentro do salão principal adiante, onde as luzes piscam e oscilam descontroladas. O Homem-Aranha gesticula para Wanda pegar a porta da direita, enquanto ele segue para a esquerda.

Dentro do salão, a cena é de puro caos. As luzes acima balançam em arcos erráticos, desencadeados por rajadas de areia e água vindas de baixo. Duas figuras se movem no meio da multidão, agarrando os participantes assustados e despojando-os de seus objetos de valor. Um deles é um homem que parece inteiramente feito de areia; o outro é metade homem, metade água sólida. Juntos, eles têm seus cativos cercados por paredes que parecem ser feitas da substância de seus próprios corpos, e Wanda presume que é apenas a extensão do lugar que os impede de fazer o mesmo para bloquear as saídas.

Ela entra no salão sem ser vista, invocando tanto caos quanto suas mãos conseguem segurar. O Homem-Aranha está quase no meio do salão, movendo-se de quatro pelo teto, e ela não vê que bem os poderes dele farão aqui — dá para prender areia com uma teia? Ela não tem certeza se o dela será muito melhor.

Ao chegar lá, ele salta, descendo para o meio da briga, soltando em tom bem-humorado:

— Vão se importar se eu entrar na festa? *Dá* pra invadir uma festa já invadida? Já sei! Vão se importar se eu *desinvadir* a festa?

Os dois super-humanos se voltam contra ele, carrancudos, e disparam jatos de areia e água contra o Homem-Aranha. Ele salta, e ambas as explosões atingem o mesmo filantropo, fazendo-o cair esparramado.

— Ei! — grita Wanda, sem saber o que fará com a atenção deles, mas com certeza tem mais chances de sobreviver do que os humanos normais que eles decidiram vitimizar. — Escolha alguém do seu... não, isso não vai dar certo, você é duas vezes maior que eu.

As figuras resmungam uma rápida consulta entre si, e o homem de água avança na direção dela, deixando o Homem-Aranha para lutar sozinho contra o de areia. Wanda dá um gritinho e se lança, ficando na horizontal, e seu pairar torna-se um voo conforme ela foge pelo corredor em busca de abrigo em uma exibição. A explosão de água destrói a exposição, mas a deixa apenas ligeiramente úmida.

Jogando-se de volta à área aberta, Wanda o acerta com vários raios de caos carregado. Seu corpo líquido parece absorvê-los sem qualquer efeito, embora uma expressão confusa cruze seu rosto, deixando-o brevemente perplexo.

Wanda gira no ar, voltando em direção ao Homem-Aranha e seu oponente. Ela tem que virar para o lado para desviar de uma mesa arremessada pelo vilão atrás dela. Não atinge nenhum dos convidados, mas se choca sem causar danos em uma parede, quando ela passa pelo Homem-Aranha estendendo a mão. Ele a agarra e ela o puxa consigo, ao voar para a frente, até que ele prenda uma teia no teto e leve os dois para cima abruptamente. Wanda aproveita que não precisa olhar para onde está indo e atira vários raios hexagonais no homem de areia.

— Você sabe *se mover* — comenta o Homem-Aranha, enquanto abaixo deles seus oponentes circulam, aproximando-se um do outro. — Consegue pairar?

— Claro.

O Homem-Aranha a solta, e ela flutua onde está, lançando mais raios de puro caos contra o par. O Homem-Aranha balança mais baixo, lançando teias na direção deles, e, à medida que a má sorte concentrada dela atinge cada vez mais os alvos, as teias dele começam a se prender nos itens que os dois vilões semissólidos puxaram para dentro de si. Talvez ele não consiga prender água, mas pode prender detritos e, ao amarrar e unir uma quantidade suficiente deles, aproxima cada vez mais um do outro.

Eles percebem o verdadeiro perigo de sua situação tarde demais, quando o homem de água esbarra no homem de areia. Wanda vê suas expressões breves e horrorizadas, e em seguida eles se chocam, as duas figuras se tornam uma com duas cabeças, e a lama cobre os fios da teia de seu irmão. Ela flutua suavemente até o chão, mantendo-se afastada, enquanto o Homem-Aranha termina o processo de uni-los.

Lá fora, o som das sirenes indica que ajuda está a caminho.

— Homem-Aranha! — chama um curador, correndo para apertar a mão dele. — Muito obrigado. Não sei o que teríamos feito se não tivesse aparecido naquele momento.

— Eu não fiz isso sozinho — declara ele, com a voz mais uma vez um pouco mais alta do que o necessário. — Metade dos agradecimentos deveria ir para minha parceira, a Feiticeira Escarlate. Sem seus feitiços, eu ainda estaria tentando descobrir como prender um líquido com uma teia.

Wanda não está acostumada com tantos olhares voltados para ela sem que ninguém a acuse de nada. Tem que se forçar a permanecer ereta, orgulhosa e heroica, com um sorriso no rosto e uma luz vermelha caindo em cascata das mãos. Ela se sente uma fraude.

— A Feiticeira Escarlate? — pergunta outro convidado. — Pensei que ela era uma vilã!

— Ela nunca foi uma vilã — declara o Homem-Aranha com firmeza. — Ela apenas tem um conjunto de poderes que às vezes a coloca no lugar errado na hora errada. Sinto muito pela sua festa, pessoal. Espero que a noite seja melhor a partir de agora.

Depois disso, ele tira Wanda do chão, e os dois se afastam da sala movimentada e dos supervilões presos, saindo para o ar fresco da noite. Eles voltam ao telhado antes que Wanda comece a rir.

— Isso foi *incrível* — diz a ele.

— Formamos uma equipe muito boa — concorda ele. — Não vamos mais brigar.

— Peter... eu sou sua irmã. Nós vamos brigar. É o que os irmãos fazem.

— Então, vamos sempre fazer as pazes.

Ela não quer discordar disso, sendo assim, eles partem noite adentro, em busca de mais crimes para impedir, juntos de novo, como sempre deveriam estar.

―

PETER A DEIXA NO TELHADO DO SANCTUM UM POUCO ANTES DA MEIA-NOITE, quando as estrelas parecem partículas contra o céu iluminado, e até Nova York está considerando as virtudes de uma soneca rápida. Ela se despede, conforme ele se afasta, esperando até ter certeza de que ele se foi antes de descer do telhado e voar por conta própria, afastando-se de Greenwich Village.

Pietro está esperando atrás da delicatéssen onde ela disse que estaria. Ele parece impaciente, como se estivesse esperando há horas, e talvez esteja, mas ela suspeita que seja mais uma questão de ele parecer impaciente se tiver que ficar parado por mais de três segundos seguidos. Como deve ser viver a vida no modo acelerado? Eles são claramente da mesma idade, então, ele não envelhece mais rápido no tempo que lhe é dado, não ganha vinte segundos a cada segundo dela ou algo assim. Ele apenas estende os segundos que tem mais do que qualquer outra pessoa, como tia May transformando a última xícara de farinha em uma leva inteira de waffles quando Wanda tinha dificuldade para transformá-la em um.

Ela pousa atrás dele, quase silenciosa, e não fica surpresa quando ele se vira, tenso e pronto para lutar. Incomoda-a um pouco que o primeiro impulso dele seja lutar, e não fugir. Ele claramente foi feito para fugir, e ela não tem certeza do que poderia impedi-lo caso ele quisesse tentar. O fato de ele reagir com agressividade à surpresa conta muitas coisas que ela não quer ouvir sobre a maneira como ele cresceu, a vida que viveu sem ela.

— Sou só eu — fala ela, com as mãos erguidas, as palmas voltadas para fora, mostrando a ele que está desarmada. Não que esteja de fato desarmada, com o caos pronto e esperando para preencher suas mãos, mas ela faz o que pode.

Pietro continua a observá-la com cautela por um momento antes de relaxar, e seus lábios se abrem em um sorriso.

— Wanda!

— Não quando estou fantasiada — repreende ela, depressa. — Feiticeira Escarlate, por favor.

— *Tsc*. Esse não é um nome para se chamar uma irmã.

— Talvez não, mas é o nome que uso quando estou vestida assim.

— Então, eu preferiria que nos encontrássemos à paisana, mas vou chamá-la de "Feiticeira" por enquanto.

— Obrigada. Eu... bem, conversei com minha família adotiva.

— E aí?

— E eles acharam que você estava morto quando me adotaram, Pietro. Eles sabiam que havia dois bebês, mas não conseguiram encontrar você. Eles pensaram que você estava morto e que eu não tinha mais família na Latvéria. Eles me adotaram para me dar uma vida melhor, não porque estavam tentando me separar de você. Eles não sabiam que você estava lá para terem nos separado.

Pietro a encara, com uma dor visível nos olhos gélidos. Ele quer acreditar nela, mas algo em seu passado — talvez a mesma coisa que coloca chumbo em seus calcanhares e raiva em suas mãos quando é surpreendido — o está impedindo, e isso a magoa.

— Eles não me machucaram, não me separaram de nossa ancestralidade e não me *roubaram*, Pietro. Eles querem conhecer você.

Isso, pelo menos, parece chocá-lo.

— Me conhecer? Por quê?

— Porque você é meu irmão! E agora que sei que você existe, quero que faça parte da minha vida. Bem, eles sempre farão parte da minha vida, e isso significa que preciso que as duas partes da minha vida se unam.

— Eles... — Ele gesticula, um tanto desajeitadamente, apontando para o uniforme dela. — ... sabem?

Wanda assente.

— Eles sabem. Minha tia descobriu, e meu irmão é como nós. Ele também faz isso.

Pietro faz careta.

— *Eu* sou seu irmão.

— Ele também. Se quer que isso funcione, você e eu tendo qualquer tipo de relacionamento, precisa aceitar isso. Crescemos juntos, ele se preocupa comigo, e somos um pacote.

— Deveria ter sido *eu*.

— Talvez, mas não foi, e não podemos mudar isso agora. Quer fazer parte da minha vida? Tem que reconhecer que ele sempre fará parte das coisas.

Pietro olha para ela, suas mãos se flexionam, abrindo, se fechando em punhos, abrindo, fechando, repetidamente, até que por fim, emburrado, ele desvia o olhar.

— Está bem — responde ele, com ressentimento escorrendo das palavras feito mel. — Vou conhecer esse seu "irmão".

— Fico tão feliz. — Wanda hesita. Isso foi ideia da tia May, mas, mesmo depois de tudo que ela passou, tia May às vezes pode ser um pouco idealista. Pietro é irmão dela, sim. Ele também é um super-humano que não pensou duas vezes antes de usar seus poderes para o crime. Ela não quer levá-lo até a porta da tia May.

É por isso que ela diz o que diz em seguida.

— ESPERE... VOCÊ FEZ O QUÊ?

Pareceu uma boa ideia no momento. Agora, diante de seu mestre e enfrentando as consequências de seus atos, Wanda não tem tanta certeza. Isso é algo que ela tem em comum com Peter: falar antes de pensar.

— Convidei meu irmão para jantar conosco no Sanctum — repete ela, docilmente.

— "Conosco" se refere a...?

— Você, eu, Peter e tia May.

— E estamos fazendo isso aqui, e não na casa da sua tia, que é, tenho certeza, o motivo pelo qual você foi autorizada a estender o convite?

— Não achei uma boa ideia convidar um super-humano que acabei de conhecer para ir à casa da minha tia — admite ela. — Tia May não tem nenhum poder. Se ele não for tão confiável quanto diz, pode machucá-la.

— Bem, pelo menos você ainda tem esse nível de bom senso — comenta o Doutor Estranho. Ele aperta a ponte do nariz. — Quando esta refeição acontecerá?

— Amanhã à noite.

— Entendo. E ele sabe...?

— Ele sabe que você é meu mestre e o Mago Supremo e que não poderá voltar se o aborrecer.

— Ou se ele aborrecer *você*, aprendiz. Como já aprendeu, não me importo se você reivindica alguém como irmão. Se não respeitarem a sua posição nesta casa, não serão bem-vindos aqui. Nem agora, nem nunca.

— Eu entendo.

— E quem vai cuidar do cardápio?

— Eu mesma, mestre. Não passo metade do meu tempo em um restaurante à toa.

O Doutor Estranho olha para ela, essa mulher jovem, idealista e ainda esperançosa que ele assumiu como sua responsabilidade, e quer agradecer a Richards pelo presente que ela tem sido e amaldiçoá-lo ao mesmo tempo, porque já faz muito, muito tempo desde que ele se abriu o suficiente para o potencial dano que pode ver avançando em sua direção, inevitável e cada vez mais próximo.

(— Sei como você se sente — murmura América, sozinha em sua fortaleza, ainda observando. Sempre observando.)

— Muito bem — diz ele. — Amanhã à noite. Não faça com que eu me arrependa.

— Não vou, mestre — diz, aliviada, e sorri para ele enquanto ele se vira e vai embora.

CAPÍTULO DEZENOVE

JANTAR

O DOUTOR ESTRANHO TEM QUE ADMITIR QUE ESTA FARSA, POTENCIALMENTE desastrosa como é, pode ter valido a pena só pelos aromas que tomam conta da casa. Wanda passou a manhã no Dosta e voltou para casa com várias bandejas lacradas com comida já preparada, que juntou às pilhas de mantimentos que têm sido alvo de seus preparativos contínuos. Aparentemente, sua segunda família está tão entusiasmada com a ideia de que ela possa se reunir com alguém de seu passado quanto ela.

O ar cheira a especiarias, a carne assada, vinho tinto e molhos ricos e, acima de tudo, a pão assado. É um banquete a cada inspiração e terá um sabor ainda melhor quando colocado sobre a mesa para ser devorado. May Parker chegou há uma hora: ela está na cozinha com Wanda, as duas estão cozinhando juntas, num processo que se tornou confortável e tranquilo durante anos compartilhando um espaço, fazendo malabarismos com panelas em trempes limitadas e cortando coisas em balcões estreitos. O tamanho da cozinha aqui no Sanctum é uma bênção, ele sabe: Wanda já lhe disse isso várias vezes, normalmente quando sente que ele não valoriza o que tem.

Ele é o mestre aqui, mas há momentos em que sente que esta casa é tão adequada para ela quanto para ele, se não mais. Ela estará aqui muito tempo depois de ele partir, e o pensamento é mais reconfortante do que qualquer outra coisa: ele está deixando um legado, uma tradição de estabilidade de que seu ofício precisava há algum tempo, que ele não sabia que estava procurando até que a tivesse.

Há uma batida à porta, e ele se vira para atender, caminhando a curta distância em vez de acenar com a mão e abri-la do outro lado da sala. Peter não se impressiona mais com ele e quer intimar esse novo "irmão" que Wanda adquiriu. Ele está ciente de que a maioria dos homens que lidam com mulheres da idade dela em uma posição de mentor intimidam namorados, não irmãos, e ele quase inveja esses homens pela simplicidade dos relacionamentos que eles têm de enfrentar. Namorados podem ser expulsos. Irmãos, nem tanto, ou pelo menos não com tanta facilidade.

A porta se abre para revelar um jovem ansioso, cujo cabelo precisa da visita de uma escova, segurando uma garrafa de suco de maçã espumante como a maioria dos homens seguraria uma garrafa de vinho. O Doutor Estranho suspira e dá um passo para trás, acenando para que ele entre.

— Peter.

— Senhor. — Peter Parker entra no Sanctum Sanctorum. Ele quer explorar, ver como esta estranha mansão antiga mudou enquanto ele era *persona non grata* em seus corredores. Em vez disso, acena educadamente para o dono da casa e lhe oferece o suco de maçã. — Eu trouxe cidra.

— Estou vendo. Sua tia e sua irmã estão na cozinha, se quiser se juntar a elas. Estarei lá em breve.

Peter fica parado sem jeito por um momento antes de perceber que o Doutor Estranho não vai aceitar a cidra. Ao se virar, ele olha para trás e pergunta:

— Esperando por Pietro?

O Doutor Estranho acena com a cabeça.

— Exato.

— Sabe, "Pietro" tem a mesma raiz que "Peter". Não é curioso termos o mesmo nome?

O Doutor Estranho olha para ele sem piscar, aquele olhar firme e inabalável que sempre faz Peter se sentir com cerca de sessenta centímetros de altura. Ele se recusa a se permitir desviar o olhar.

Enfim, depois de muito tempo, o Doutor Estranho acena com a cabeça relutantemente.

— Talvez nunca saibamos onde o poder de Wanda se originou, mas o caos a acompanha desde que ela nasceu; precisou apenas de tempo para amadurecer antes que ela pudesse começar a usá-lo para os próprios fins. Acredito que ela pode ter distorcido as probabilidades há mais tempo do que qualquer um de nós poderia ter certeza.

— Então, acha que ela sempre deveria ter tido um irmão chamado Peter e simplesmente dobrou a sorte até que ela lhe desse um?

— Coisas mais estranhas já aconteceram, diz o feiticeiro ao herói que tem força e velocidade proporcionais às de uma aranha.

Peter faz outra pausa.

— Você acabou de fazer uma piada?

— Eu nunca vou admitir se tiver feito. Agora vá. Estou farto de você.

Rindo baixinho, Peter se afasta.

O Doutor Estranho retoma sua espera.

Cerca de quinze minutos depois, há outra batida, e, mais uma vez, o Doutor Estranho se move para atender a porta com as próprias mãos. Não sabe exatamente por que, mas não quer mostrar a esse estranho a extensão de seu poder — e isso inclui as pequenas tentativas de impressionar que quase não nota mais. Há momentos para demonstrações ousadas de poder e momentos para manter as cartas bem perto do corpo, escondidas de todos que ainda não precisam vê-las. Este é um destes momentos.

Desta vez, o homem na soleira da porta é desconhecido, embora carregue um fantasma de Wanda no formato de seu rosto, na inclinação de seus ombros e até no ângulo de seus membros. Eles nunca poderiam ter sido idênticos, mas ele se questiona se eles percebem quão semelhantes são, apesar das diferenças de coloração e gênero. O homem tem cabelos brancos, olhos azuis e está de mãos vazias. Ele está usando roupas normais, pelo menos; com base nas descrições de Wanda, o Doutor Estranho estava um pouco mais preocupado que ele não entenderia discrição e apareceria vestido de macacão de elastano. Em vez disso, ele usa calça marrom, um moletom cinza e um blusão azul. Ele poderia se misturar em qualquer multidão.

— Bem-vindo — cumprimenta o Doutor Estranho. — Você é…?

— Pietro von Doom — informa o homem. — Minha irmã me convidou para jantar aqui.

— Eu sou o dono desta casa, o Doutor Stephen Strange. Você pode me chamar de "Doutor" ou "Doutor Estranho", como preferir. — O Doutor Estranho dá um passo para o lado para deixá-lo passar. — Entre livremente, pois não tem intenção de fazer mal.

Pietro parece não estar impressionado, mas também não está surpreso com essa saudação arcaica, como convém a alguém que, pelo nome, cresceu sob os cuidados de Victor von Doom. O homem pode não ter o domínio das artes místicas do Doutor Estranho, mas poucos têm, e ele é mais do que apenas um amador — qualquer pessoa criada na casa de Doom entenderia a importância do ritual e da hospitalidade. Embora não pareça saber o valor de trazer um presente ao anfitrião; nesse aspecto, a tutela da tia May já se mostrou superior.

Pietro entra. O Doutor Estranho fecha a porta, e Pietro empalidece, sentindo a mudança no ar ao seu redor, a maneira como desacelera e para, tornando-se uma coisa contida; este é o território do Mago Supremo, e ele não tem poder aqui.

— Por aqui — fala o Doutor Estranho, gesticulando para que o velocista incerto o siga, conforme ele caminha pelo saguão em direção à sala de jantar.

Eles não costumam fazer as refeições em um ambiente tão formal. É grande demais para ele e Wanda, ainda mais para ele sozinho; mas, como esta noite é um acontecimento de certa importância, parecia mesquinho fazer com que sua aprendiz recebesse a família à mesa da cozinha. A mesa da sala de jantar é uma longa extensão de carvalho polido, iluminada de cima por lustres pendentes e de lado por uma lareira acesa, com tons laranja e vermelho-claros dançando sobre os talheres e pratos à espera. Metade da comida havia sido colocada no lugar, e, quando eles chegam, Wanda e tia May emergem da porta da cozinha com mais bandejas, e Peter as segue com uma cesta de pãezinhos e o que parece ser um pernil de cordeiro assado inteiro, que ele segura descuidadamente com uma das mãos como se não pesasse nada.

O Doutor Estranho havia visto Peter atirar um carro. O cordeiro não pesa nada comparado a isso.

— Pietro! — exclama Wanda, colocando os pratos na mesa e sorrindo para ele. Então ela faz uma pausa, pisca e olha para a comida, subitamente envergonhada. — Desculpe. Eu cozinho quando fico nervosa, às vezes, e estava muito nervosa hoje. Eu, nervosismo e uma cozinha completa: não é a melhor combinação.

— O cheiro está incrível — Pietro deixa escapar, e o Doutor Estranho sente simpatia por ele, mas só um pouco. — Fez tudo isso sozinha?

— Ah, não — responde Wanda. — Minha tia May ajudou muito, e peguei algumas coisas no restaurante onde trabalho antes de vir para cá. Tia May, este é meu irmão biológico, Pietro.

— É um prazer conhecê-lo, meu jovem, e espero que você saiba que qualquer pessoa da família de Wanda é minha família — fala tia May.

O Doutor Estranho não acha que ela nota a forma como os cantos dos olhos de Pietro se estreitam quando ela fala isso, como se ele não gostasse que ela lhe oferecesse essa conexão.

— Encantado, é claro — Pietro responde e faz uma leve reverência na cintura, uma mão apoiada no quadril oposto e a outra dobrada atrás das costas. É cortês, antiquado e bem característico da Latvéria. A mão oculta poderia segurar qualquer coisa, poderia estar preparando um ataque a curta distância.

Mesmo assim, tia May parece encantada com a demonstração de boas maneiras, sorrindo para Pietro enquanto coloca os pratos na mesa.

— Já volto, queridos — diz e beija Wanda na bochecha antes de desaparecer na cozinha mais uma vez.

Peter não disse uma palavra. Seu silêncio é incomum o suficiente para ser notável. Quando o Doutor Estranho o olha, ele está observando Pietro como um cachorro na coleira confrontado com outro canino. Ele parece um pouco inseguro, um pouco confuso, como se, de alguma forma, pensasse que esse momento não chegaria de verdade, como se o irmão recém-descoberto de Wanda fosse permanecer para sempre hipotético e fora de alcance.

Pietro é quem quebra o silêncio. Ele olha Peter languidamente de cima a baixo antes de dizer:

— O irmão americano, presumo.

— Sinto muito — diz Wanda. — Pietro, este é Peter, meu irmão adotivo. Peter, este é Pietro, meu irmão biológico.

— Prazer em conhecê-lo — mente Peter.

— Igualmente — responde Pietro.

O Doutor Estranho consegue resistir à vontade de revirar os olhos.

NÃO MUITO DEPOIS, TODOS ESTÃO SENTADOS, SERVINDO SEUS PRATOS. NÃO havia maneira de acomodar todo mundo sem deixar alguém desconfortável, portanto, desistiram de tentar depois de alguns segundos olhando para as cadeiras como se elas fossem algum tipo de quebra-cabeça lógico ridículo. Peter e tia May estão de um lado, Pietro e Wanda do outro, com o Doutor Estranho na cabeceira da mesa, perto o suficiente para bater as cabeças dos dois homens mais jovens caso sinta necessidade.

— Onde aprendeu a cozinhar *sarmi*? — pergunta Pietro, colocando vários rolinhos de repolho recheados em seu prato. — Têm um aroma incrível.

— Tia May queria que eu entrasse em contato com minha ancestralidade assim que eu tivesse idade suficiente para entender o que "adotada" significava e para saber que tinha ancestrais em uma parte do mundo que não compartilhava com ela e Peter — explicou ela. — Ela encontrou um restaurante de propriedade de uma família romani e os convenceu a me deixar estudar lá, para aprender a culinária e o idioma, para que eu tivesse uma ideia melhor de onde vim.

— Ela tratou você como uma empregada em sua própria casa? Wanda pisca.

— Ah, não, de modo algum. Eu quase não cozinhava em casa, e as aulas de culinária estavam tão ligadas às minhas aulas de idiomas, que pareciam a mesma coisa. Por muito tempo, eu não conseguia lembrar os tempos verbais a menos que estivesse preparando risoto enquanto isso. Eu queria cozinhar mais do que eles deixavam.

— Não tenho estômago para temperos fortes — contribui Peter. — Wandy sempre me impressionou, mas nem sempre pude saborear os resultados.

— Entendo — diz Pietro, desconfiado.

— Tínhamos tarefas — continua Wanda, não notando o golpe das suspeitas dele. — Eu tirava o pó e lavava a louça quase todos os dias, e Peter cortava a grama e levava o lixo para fora, até que ambos completamos doze anos e confrontamos tio Ben sobre as divisões sexistas do trabalho doméstico. Depois disso, nos revezamos fazendo o que precisava ser feito.

— Tio Ben? — Pietro olha em volta, como se achasse que de alguma forma eles poderiam ter escondido dele uma sexta pessoa.

— Ele faleceu há vários anos — conta tia May, pegando um pedaço de pão. — Foi muito trágico, e ainda sentimos muita falta dele.

— Acho que sempre sentiremos — diz Wanda. — Meus pais adotivos morreram quando éramos muito pequenos. Tia May e tio Ben basicamente nos criaram.

— Se as pessoas que a adotaram morreram, por que você não foi mandada de volta para a Latvéria? — pergunta Pietro.

— Não sabíamos que ela tinha família lá para a qual voltar — responde tia May. — E, mesmo que soubéssemos, éramos a única família que ela conheceu, e ela tinha acabado de perder os pais. Ela e Peter estavam perturbados. Separá-los não teria melhorado as coisas e poderia tê-las tornado um bocado piores.

Pietro faz careta e olha para o prato, espetando um pedaço de ensopado de coelho com o garfo.

— Tenho sido muito feliz aqui, Pietro — fala Wanda. — E você? Conte-nos como foi crescer na Latvéria.

— Não preciso de sua caridade — rosna Pietro. Wanda se afasta, parecendo assustada.

— Eu não estava… eu só quero *saber*. Não cresci lá, então, quero saber como foi.

Pietro fica calado por um longo momento, ainda olhando para o prato. Depois, hesitante, ele fala:

— Nossos pais morreram e minha irmã desapareceu, levada através do mar por pessoas que não falavam a nossa língua nem conheciam nossos costumes. Fui encontrado por um lacaio do rei, que viajava por motivos oficiais, e ele teve pena de mim, levando-me consigo para o palácio, onde nosso amado monarca me reivindicou como seu. Fui criado nos salões do palácio, tive acesso aos melhores tutores que a Latvéria tinha para oferecer; e, quando estes eram insuficientes, aos melhores tutores do *mundo*. Não me faltava nada, mas havia um vazio em minha vida, um vazio que sempre existiu, desde que me lembro. Quando eu tinha sete anos, fui até o rei, meu pai, e perguntei-lhe por que sofria tanto, pelo que eu ansiava. Ele me contou, então, que eu tinha uma irmã, nascida de minha mãe, e que a havíamos perdido antes que eu chegasse até ele. Assim que ele contou isso, eu soube o que estava faltando e o que precisava encontrar. Comecei minha busca imediatamente. Tudo o que fiz desde então foi voltado para o objetivo de um dia trazer você para casa.

— Devo me perguntar — comenta o Doutor Estranho, em tom cuidadosamente neutro. — Como ele sabia da existência dela se você era um órfão sem nome ou família quando chegou até ele? Como, se ele não tinha conhecimento das circunstâncias da adoção de sua irmã antes disso?

Pietro não fala nada, apenas espeta novamente o ensopado, pegando um pedaço de carne. O Doutor Estranho franze a testa. O silêncio dura alguns segundos, mas Pietro não oferece respostas.

— Lamento que tenha se sentido assim — oferece Wanda.

— Suponho que você não tenha — diz Pietro, sem fazer nenhum esforço para esconder a amargura em sua voz para suavizar um pouco seu tom. — Suponho que você nunca soube que estava faltando alguma coisa.

— Lamento, mas não — responde Wanda. Ela parece genuinamente arrependida. — Eu não estava sozinha. Eu não tive *tempo* de ficar sozinha. Eu tinha Peter e meus tios, e minhas aulas, e minha vida sempre foi muito ocupada. Eu gostaria que você estivesse nela, mas eu não sabia que deveria sentir sua falta, por isso nunca soube que você estava faltando.

— Entendo — replica Pietro. Então se levanta, empurrando a cadeira para trás com um arranhar das pernas no chão. — Obrigado pela sua hospitalidade, Doutor Estranho. Honrou sua casa e levarei a notícia de sua recepção a meu pai. Tudo estava delicioso. May, foi uma alegria conhecê-la. Wanda, como me substituiu com tamanha exatidão, não vou incomodá-la novamente.

Então, ele vai embora, correndo para fora da sala a uma velocidade que nenhum deles é capaz de acompanhar. A porta da frente bate menos de um segundo depois, e o Doutor Estranho suspira, fazendo um gesto no ar.

— Nosso convidado foi embora; os escudos estão selados — declara ele. — Ele não voltará a menos que seja convidado.

Wanda parece que está prestes a protestar. Ele a reprime com um olhar.

— Não — repreende. — Eu sei que ele é seu irmão, mas não. Ele não vai entrar e sair quando quiser, não até que o conheçamos melhor. Ele pode tocar a campainha como qualquer outro visitante não convidado.

Wanda cede, olhando para o prato ainda cheio, e suspira pesadamente.

— Eu esperava que fosse melhor — lamenta ela. — Eu fiz algo errado?

— Você não estava infeliz — afirma tia May, com a voz fria. Wanda e Peter olham para ela. — Vocês eram jovens demais para se lembrarem, mas, quando eram pequenos, nos encontramos para brincar com algumas crianças da sua creche cujos pais achavam que era uma pena que o pobre Peter nunca fosse ter uma irmã "de verdade", que Wanda nunca teria uma família "de verdade". Eles tinham certeza de que vocês dois deviam estar desconfortáveis, porque estávamos forçando vocês a ficarem juntos quando não era para ficarem. Alguns até insinuaram que, quando vocês crescessem, teríamos que mandar Wanda embora ou haveria problemas, porque Peter nunca seria capaz de vê-la como uma irmã.

Ela para de falar, pega o copo e toma um longo gole, ignorando a forma horrorizada como os irmãos olham para ela e as expressões de nojo em seus rostos. Wanda e Peter trocam um olhar.

— Eca — falam em uníssono.

É um som infantil e sincero, e o Doutor Estranho ri, vivo e estranhamente alegre na atmosfera triste da sala. Tia May olha para ele e sorri e, então, também começa a rir, e restam apenas Peter e Wanda parecendo enojados e infelizes.

Peter olha para Wanda do outro lado da mesa.

— Lamento que não tenha sido do jeito que você queria.

Ela dá de ombros.

— Você não fez nada de errado, e eu também não. Sinto que ele veio esta noite já preparado para ficar chateado porque não lhe pedi imediatamente que me levasse de volta à Latvéria para morar em um palácio e nunca mais pensar nos Estados Unidos novamente.

— Ainda assim posso lamentar.

— Pode. — Ela sorri para ele, quase timidamente, e diz: — Acho que você é o irmão que eu deveria ter, e é por isso que tudo aconteceu desse jeito.

— Acha mesmo?

— Acho. Além disso, você é inútil sem uma irmã para quem se exibir e lhe dizer o que fazer. E de que outra forma você conseguiria uma?

— Não olhe para mim — diz tia May, ainda rindo. — Eu nunca planejei ser mãe. Vocês dois foram uma surpresa muito inesperada.

— Ainda há tanta comida — observa Wanda, com tristeza. — Acho que nunca vamos conseguir comer tudo isso.

— Por que não guardamos o suficiente para o jantar de amanhã e empacotamos o restante para levar para o refeitório onde sou voluntária? — sugere tia May. — Eles me conhecem, aceitarão minha comida caseira, e assim você sabe que não será desperdiçada.

— Eu acompanho vocês — declara o Doutor Estranho de modo enfático. — É uma noite agradável para um passeio.

Wanda e Peter trocam um olhar, surpresos demais para falar qualquer coisa.

———

HÁ BANDEJAS DE ENTREGA DO RESTAURANTE SUFICIENTES PARA EMBALAR TUDO, e uma pequena manipulação criteriosa do espaço pelo Doutor Estranho as acomoda em uma única caixa térmica pesada demais para qualquer um deles carregar, exceto Peter. Ele a levanta como se não fosse nada, fazendo tia May sorrir e Wanda murmurar sobre se exibir. Mas ela também está sorrindo quando ela e o Doutor Estranho entram em um círculo de sal e pedras semipreciosas, realizando um ritual que ambos sabem de cor. Eles fazem uma pausa quando estão na metade, gesticulando para que Peter e tia May se juntem a eles no círculo, e, depois de uma hesitação momentânea, eles o fazem.

Há um clarão de magia vermelha e laranja misturada, de Wanda e o Doutor Estranho trabalhando juntos, e os quatro aparecem na sala escura da casa no Queens. Tia May dá um gritinho, tapando a boca com as mãos. Peter lança um olhar para Wanda.

— E você me chama de exibicionista.

— Sem ajuda só consigo transportar a mim mesma — diz ela.

— Essa parecia uma maneira mais rápida de transportar a comida e evitar que Pietro nos seguisse de volta para casa se ele estivesse lá fora e com intenções não muito boas — explica Doutor Estranho.

Wanda franze a testa e desvia o olhar; não gostou dessa facilidade em supor más intenções de Pietro, assim como não gostava quando as pessoas presumiam isso dela. Mas não protesta, e mais do que tudo, isso diz que ele tomou a decisão certa. Ela não quer pensar tão mal do irmão, mas não discute; consegue ver como é importante fazer as coisas dessa maneira.

O Doutor Estranho não comenta seu desconforto e concentra-se na tia May.

— Sra. Parker, você poderia nos levar à cozinha comunitária?

— Claro — assente tia May, abaixando as mãos e gesticulando para que os outros a sigam.

Wanda acompanha os outros, e, em grupo, eles saem de casa e descem a rua até a estação de trem. Precisam fazer apenas duas paradas, mas ver o Doutor Estranho no metrô é algo que Wanda não vai esquecer tão cedo.

O pessoal da cozinha comunitária fica encantado com a grande oferta de comida caseira fresca, e eles se veem pressionados a ajudar no serviço, lado a lado com os voluntários que já estavam de plantão naquela noite. O Doutor Estranho mantém uma expressão severa, mas sem julgamento, todo o tempo, como um professor universitário coletando trabalhos de seus alunos; a mulher responsável no momento faz uma pausa para dizer à tia May que ela pode trazê-lo quando quiser, já que esse tipo de calma constante e invariável é muito reconfortante para alguns dos frequentadores habituais.

Wanda fica satisfeita quando algumas pessoas, ao receberem a primeira porção de algo incomumente picante, se animam e voltam para pegar mais. Como esses são os pratos que alguns outros nem tocam, há o bastante para todos. Quando a comida acaba, todos estão satisfeitos e cheios, e eles reúnem suas bandejas, preparando-as para a viagem até a casa da tia May.

Peter e Wanda caminham lado a lado enquanto voltam para o metrô, com os ombros quase se tocando.

— Estou feliz que você seja minha irmã — diz Peter.

— Eu também — responde Wanda.

O Doutor Estranho se teletransporta para casa assim que dá boa-noite para tia May. Peter veste seu uniforme, e o Homem-Aranha passa o braço em volta da cintura de Wanda antes que os dois desçam do telhado e balancem noite adentro, e tudo está em paz, e tudo está calmo, e tudo está exatamente como deveria estar.

(América consegue imaginar todo um futuro a partir deste momento, uma versão do mundo em que tudo corre perfeitamente e como deveria; uma na qual o Homem-Aranha e a Feiticeira Escarlate se tornam os maiores heróis da sua geração, lutando lado a lado contra ameaças físicas e místicas, nunca recuando, nunca desistindo do que é certo e necessário.

Ela consegue imaginar isso. Ela apenas não consegue ver.

Porque, no final, não é isso que acontece.)

CAPÍTULO VINTE

INTERFERÊNCIA

AS SEMANAS SEGUINTES SÃO UM BORRÃO DE AULAS E PATRULHAS. WANDA e Peter reencontram o ritmo para patrulhar juntos, e, em pouco tempo, é como se nunca tivessem parado. A habilidade de voar dela torna tudo mais fácil para ambos, assim como a disposição de seu mestre em deixá-la enfrentar supervilões menores. Ela não está mais restrita a assaltantes. Os jornais ainda não acreditam que ela esteja do lado do bem, mas seus artigos começam a assumir um tom menos negativo — todos exceto os do *Clarim Diário*, que trata sua conexão com o Homem-Aranha como prova de sua vilania. Wanda não se importa tanto, até que Jonah escreve um artigo acusando-a de seduzir o Homem-Aranha para o lado do mal. Ela se importa muito com *isso*.

Irmãs não são tão incomuns, então, resolvem o problema com Jonah Jameson fazendo com que o Homem-Aranha teça uma grande faixa nas portas de entrada do jornal, que diz:

Ela é minha irmã, seu imbecil!

Isso muda o teor dos artigos que os jornais publicam sobre os dois juntos. Wanda não tinha percebido o quanto a incomodava que tantas pessoas estivessem tentando transformar sua associação em algo do tipo "eles vão ou não vão", até que acabou, mas, agora que parou, ela nem está preocupada em entregar outra pista sobre sua identidade secreta.

Eles estão voltando para um telhado depois de impedir um assalto a banco quando um zumbido baixo faz vibrar seus tímpanos, e Pietro aparece na frente deles. Ela não questiona como ele chegou até ali sem voar: ele é tão rápido, que ela tem quase certeza de que pode subir paredes.

Ele fica ali, olhando com ar de desprezo para os dois, arrogante e frio. Ela sorri ao se virar para encará-lo.

— Pietro! Não vejo você há semanas! Como vai?

— Achou mesmo que seria fácil assim me substituir? — pergunta Pietro. Não é uma exigência; é uma pergunta calma e branda, feita no mesmo tom que ele usaria para perguntar se ela queria beber alguma coisa ou se precisava colocar um suéter. Ainda assim Wanda fica tensa. Algo na maneira como ele se porta é alarmante, não importa quão calmo ele pareça.

— O que você quer dizer?

— Quero dizer que mal nos conhecemos, e aqui está você, anunciando sua relação com outro homem nos jornais locais! Reivindicando-o publicamente, mesmo que você nunca tenha me concedido a mesma cortesia! — A calma dele se rompe, substituída por uma dor crua e óbvia que ela quase, mas não totalmente, reconhece como prima da dela. Como ela sofreu durante o período em que ela pensou que seu irmão a havia rejeitado, como ela sofreu pela vida que sempre imaginou que eles teriam.

Ela e Pietro não se conhecem há tanto tempo quanto ela e Peter, mas, à sua maneira, ele está sofrendo a mesma perda. Portanto, ela força seu tom a continuar firme e fala:

— Só fizemos isso porque o editor de um jornal estava tentando insinuar que estávamos nos pegando, e foi muito nojento para não responder. Se quiser começar a patrulhar conosco, podemos contar a eles sobre você também.

— Ficaríamos felizes em receber você — oferece Peter.

— Uma equipe familiar — sugere Wanda.

— Recuso-me a ser o segundo melhor no pequeno drama terrível que é a sua vida — declara Pietro, com absoluta frieza. Ele olha para Peter. — E me recuso a ser substituído.

Wanda não recebe nenhum aviso antes que Pietro se mova. Peter, com seu sentido-aranha, sim, então salta no ar quando o velocista corre atravessando o espaço onde estava, como um borrão que se transforma em imobilidade repentina e furiosa.

Pietro olha para onde Peter está colado na parede. Suas mãos estão fechadas em punhos; seu tom não é mais calmo.

— Venha até aqui e me enfrente como um homem! — brada ele. — Mostre um pouco de coragem, covarde!

— Primeiro, não sou covarde. Segundo, na verdade eu passei em física. Na sua velocidade, um golpe certeiro poderia me mandar para o hospital; você mataria alguém sem poderes. Então, não. Não vou descer aí e deixar você me bater e quebrar metade das minhas costelas. Você vai ter que aprender a viver com a decepção.

Pietro se vira. O fato de ele fazer isso devagar o suficiente para que Wanda o veja se mover significa que ele está agindo deliberadamente: ele *quer* ser visto. O olhar que ele dá a ela é perigoso, frio e aterrorizado. Ele tem medo de alguma coisa. Não parece que ele tenha medo *dela*. Do que ele poderia ter medo?

— Se não vou ter uma irmã, que seja — diz ele. — Mas não carregarei a culpa por não ter levado uma filha da Latvéria de volta para casa. Não sou o único que quer ver seu rosto sorridente nos corredores do palácio, *phen*. — Ele cospe a palavra romani para "irmã" com tanto veneno, que ela quase se torna um insulto. O medo ainda está lá, em camadas espessas, e é o medo que o torna perigoso. Um animal assustado sempre ataca.

As mãos de Wanda se erguem antes que ele termine de falar, mas nem isso é veloz o bastante, nunca poderia ser veloz o bastante; ele se choca contra ela com a velocidade de um trem de carga, e um braço envolve seu pulso e a arranca do chão. Ela nunca se moveu tão rápido em sua vida. É tão rápido, que o *ar* dói, cortando seus lábios e olhos como se tivesse se tornado sólido e afiado, e mesmo assim Pietro está correndo, Pietro não está diminuindo a velocidade.

Ele está falando alguma coisa, mas ela não consegue entender, suas palavras são consumidas pelo som turvo do mundo ao seu redor e pela velocidade impossível com que ele fala.

— *Me solta!* — rosna ela, chutando contra ele, e só quando ele a larga é que ela percebe que cometeu um erro, porque está voando, forte e veloz, em direção ao chão.

No tempo entre ser largada e o impacto, ela completa o movimento que começou antes de ser agarrada e, então, está caindo no vermelho, no caos, e o impulso vai se esvaindo neste lugar onde a física é sua para brincar e comandar. Ela cai até não sentir mais que está caindo e depois sai do vermelho e cai no telhado onde deixou o Homem-Aranha apenas alguns segundos antes.

Ele corre para o lado dela assim que ela termina de rolar pelo telhado, ajudando-a a se sentar e checando se há ferimentos.

— Sinto muito — fala ele. — Eu devia ter percebido que ele iria atrás de você em seguida, eu devia ter percebido… sinto muito, Wanda, você não merecia isso.

— Não, mas agora acabou e ele não vai fazer de novo. Eu não vou deixar. — Wanda olha para o Homem-Aranha, levantando-se e tirando a poeira de seu uniforme com algumas passadas rápidas de sua mão. — Por enquanto, leve-me para casa. Acho que já estou farta de patrulhar esta noite.

O Homem-Aranha assente e, na verdade, parece aliviado. Pietro não pode acessar o Sanctum sem a permissão do Doutor Estranho — e isso nunca vai acontecer.

Eles voltam para o Sanctum em silêncio, e, se eles se abraçam um pouco mais do que o normal antes que o Homem-Aranha relutantemente se solte e se afaste balançando, nenhum dos dois pode ser culpado por isso.

É CEDO NA TARDE SEGUINTE QUANDO O DOUTOR ESTRANHO CHEGA E ENCONTRA Wanda no pomar. Ela está colhendo frutas da grama sob a romãzeira, limpando-as e colocando-as cuidadosamente na cesta que está esperando pela colheita.

— Aprendiz.

— Senhor? — Ela não deixa cair a fruta que está segurando, mas se endireita ao se virar para encará-lo, já atenta. Ela não tem aula hoje, nem na faculdade, nem particular com seu mestre, assim sendo, esta é uma intrusão rara, uma possível oportunidade para mais aprendizado… ou um sinal de que ela fez algo errado e está prestes a receber uma repreensão.

— Vamos dar uma volta.

Ele se vira e se afasta, com a capa ondulando atrás dele. Wanda joga a romã na cesta e corre atrás dele, ansiosa para alcançá-lo.

Quando ela caminha ao lado dele, ele olha para ela, para a maneira como se comporta. Ela sempre prestou a ele o respeito devido a um mestre, mas se torna mais confiante a cada dia, a cada ano. Ela poderia estudar com ele por mais uma década ou mais e ainda não aprenderia tudo o que ele sabe, mas ele está começando a sentir que ela poderia aprender ainda mais se estudasse no mundo, por conta própria. O tempo deles hoje, por mais precioso que tenha sido, está acabando.

— Tenho olhado para o seu futuro, aprendiz.

— Meu futuro, senhor?

— Você não pode ser uma aprendiz para sempre.

— Não posso? — Wanda parece alarmada. Ele volta a olhar para ela, tentando ler a preocupação em seu rosto. — Não estou pronta para parar de estudar. Não até terminar a faculdade, pelo menos.

— Está dizendo que sabe melhor do que eu?

— Não, senhor! Eu só... — Ela tropeça e hesita. Se ela contradisser seu mestre, é uma má aprendiz; se não o fizer, poderá não ser mais aprendiz. O dilema está claro. Ela olha para ele, implorando para que ele entenda. — Eu não quero ir embora.

— E eu não vou forçá-la. Não importa o que aconteça entre nós, você sempre terá sido minha aprendiz, e eu sempre terei sido seu mestre. Mas a vida segue em frente, e as coisas não podem continuar como estão para sempre.

— Então, o que quer que eu faça?

— Tenho conversado com os Vingadores.

Wanda para de andar e o encara. Ele avança mais alguns passos, depois para e se vira para olhá-la.

— O Capitão América se lembra de você com carinho, e o Cavaleiro Negro falou em seu favor — explica ele, tão tranquilamente como se não tivesse havido pausa. — O Capitão está muito interessado em se encontrar com você. Ele acha que você poderia ser um trunfo para a equipe.

— Trunfo?

— Sim. Atualmente, eles não têm nem remotamente alguém com o seu conjunto de poderes, e, à medida que obtém mais e mais controle sobre suas habilidades, você se torna cada vez mais valiosa. O fato de ter se reconciliado com o Homem-Aranha apenas doura a pílula.

— Espere, eles estão dispostos a conversar comigo porque acham que isso os ajudará a recrutar Peter? Porque ele não quer se juntar a uma equipe; e nem precisa, seus poderes significam que ele pode agir solo nesta cidade o quanto quiser. E se eles só querem falar comigo porque esperam recrutá-lo, não quero ter nada a ver com eles. Eu não sou um caminho para Peter.

— Não, eles sabem que seu irmão não vai se alistar só porque você o fez, embora haja uma esperança natural de que ele possa estar disposto a considerar uma posição auxiliar se isso significar trabalhar mais com você. Eles querem você pelo que você pode oferecer. Eles querem a Feiticeira Escarlate. Está disposta a conversar com o Capitão América?

A boca de Wanda está seca, e as palmas das suas mãos, úmidas, a ansiedade transborda por todos os poros. Ela está disposta a encontrar a face dos Estados Unidos, o homem que representa o país que a acolheu e a criou para ser uma heroína por mérito próprio? Ela está pronta para sair do abrigo seguro dos cuidados de seu mestre e andar com as próprias pernas?

— Eu... estou — responde ela.

E o Doutor Estranho sorri.

— OS VINGADORES? SÉRIO?

— Eu falei para eles que você não ia se alistar só porque eles me recrutaram.

O Homem-Aranha está grudado na lateral da parede enquanto eles conversam, sentado de pernas cruzadas e apoiado nas mãos. Ele parece perfeitamente confortável assim, e Wanda se ressente, só um pouco, por não poder tratar a gravidade como uma simples ideia ou um brinquedo.

Ela está sentada na beirada do telhado com as mãos entre os joelhos e a capa balançando suavemente com a brisa, e sua atenção está fixa no irmão. Ambos estão mascarados; estavam em patrulha quando fizeram uma pausa para conversar, e Wanda decidiu contar a ele o que estava acontecendo.

— Eles estão tentando me recrutar há muito tempo — fala ele, e, por um momento, Wanda teme que ele faça este momento ser todo sobre si mesmo. Mas ele sorri por trás da máscara e diz: — Fico contente que eles finalmente tenham percebido em qual de nós deveriam se concentrar. Ah, Wandy, isso é *incrível*! Você vai ser uma ótima Vingadora!

— Eu *disse* para eles que me recrutar não significava recrutar você — repete ela. — Eu amo você, mas não quero trabalhar com você, nós íamos enlouquecer um ao outro.

— Exato. — Ele parece irritantemente aliviado e ainda animado por ela. — Mas, se você quiser, sem dúvida deveria. Acho que seria bom para você.

— Bom para mim? Como assim?

— Você sempre foi boa em projetos em grupo, e estar em uma superequipe é como um projeto em grupo. Você conhece Safira? Ela se chamava Jessica quando éramos crianças, Jessica Jones. Bem, ela diz que eles se revezam cozinhando para toda a equipe. Você pode fazer o seu espaguete mundialmente famoso e queimar a língua de todos eles.

— Meu espaguete é delicioso, você é que tem tolerância para temperos como uma criança!

— Seu espaguete é uma arma de guerra biológica!

— Você está seriamente propondo que eu cometa um ato de guerra biológica contra o *Capitão América*?

O Homem-Aranha está rindo, e ela está rindo, e a noite está clara e radiante, e ela vai. Ela vai até os Vingadores, vai conversar com o Capitão América e vai ver se encontra um lugar na equipe. Ela vai sair das sombras e tentar.

CAPÍTULO VINTE E UM

CENA DO CRIME

NO DIA SEGUINTE, O DOUTOR STEPHEN STRANGE E WANDA PARKER APARECEM do lado de fora da Mansão dos Vingadores em um redemoinho de poder que é uma mistura de vermelho e laranja. Ele está atrás dela, sua capa esvoaça e forma uma esfera semiaberta, protegendo os dois. Em seguida, a magia desaparece, e a capa volta a ser um pedaço de tecido plano e imóvel.

— É aqui que deixo você — informa ele.

Wanda olha para ele, com medo.

— O quê?! — exclama.

— Esta é a sua reunião. Sua... entrevista de emprego, por assim dizer. A maioria das pessoas não traz seus mestres quando é entrevistada para um novo cargo. Estarei no Sanctum quando você terminar.

Ele dá um passo para trás e depois desaparece, o redemoinho de poder que o leva embora é laranja sem nenhum traço de vermelho. Wanda fica olhando por um longo momento antes de se virar de novo, olhando para a mansão.

É maior que o Sanctum, pelo menos por fora. Ela tem certeza de que tem um número fixo de quartos que nunca mudam, uma planta baixa que permanece estável dia após dia, uma equipe composta principalmente de carne e osso, e não de espíritos invocados. Ainda assim, parece o lugar que ela passou a considerar seu lar, o bastante para que ela consiga dar os primeiros passos em direção à porta, e, depois de dar os primeiros passos, os próximos vêm com mais facilidade.

Logo, ela está na porta da frente. Ela toca a campainha antes de perceber que está entreaberta, apenas o suficiente para deixar passar um pouco de vento. Ela para antes de abri-la. De acordo com seu mestre, Jarvis, quem quer que seja, deveria encontrá-la e levá-la até o Capitão América. Ela quer seguir as formalidades. Ela quer esperar.

Ela não consegue. A curiosidade vence, e ela empurra a porta, fazendo-a se abrir para revelar o saguão de entrada. É uma sala espaçosa, impressionante, mas não grandiosa como o Sanctum é. Não é nem tão ridícula quanto a Mansão X. Essas pequenas comparações a levam além da soleira, e ela está lá dentro, na Mansão dos Vingadores.

Sozinha.

— Olá? — chama. — Tem alguém aqui?

Não há resposta, desse modo, ela começa a avançar mais pela mansão, parando de poucos em poucos metros para chamar mais uma vez, na esperança de que alguém venha romper o silêncio. Ninguém faz isso, e, quando vê uma porta aberta à sua direita, ela se apressa um pouco, correndo para chegar lá.

— Oi? Tem alguém...

A frase morre pela metade quando ela olha para a sala à sua frente em choque silencioso e com os olhos arregalados e os fantasmas de suas palavras não ditas ainda presos em seus lábios. O corpo do Capitão América está caído em uma poltrona de couro, sua garganta é uma ruína de carne rasgada e pele retalhada. O sangue escorre por seu braço, deslizando ao longo de seus dedos antes de cair e se juntar à poça que se forma no chão.

Ele não pode estar morto há muito tempo. Sua pele ainda está corada, e não cerosa e pálida, e, embora ela não tenha chegado perto o suficiente para tocá-lo, há uma certa rigidez visível em pessoas que estão mortas há mais de uma hora. Ela já viu mais vezes do que gostaria de lembrar, e ele não a tem.

Uma chave gira em uma fechadura em algum lugar atrás dela, a porta se abre e, em seguida, os Vingadores estão se amontoando na porta, todos eles, olhando e gritando conforme a enormidade da cena na frente deles começa a se assentar.

— Assassina — grita Safira. E o momento congelado se desfaz, os Vingadores invadem a sala para assumir posições ao redor dela, preparados para impedi-la de escapar.

Wanda agarra o caos com mais força do que nunca, enchendo as mãos e puxando-o sobre si mesma, pintando o mundo de vermelho. Ela cai na escuridão do espaço que pertence apenas a ela, despencando entre lençóis congelados de memória, caindo, caindo e caindo pelo que parece uma eternidade, como Alice perdida na toca do coelho, Wanda perdida na escuridão caótica e sempre em expansão.

E, de repente, ela se choca contra o chão do Sanctum, em pânico e perturbada demais para ter controlado sua descida de alguma forma significativa, e se encolhe em uma bola e chora. Ela chora como se seu coração estivesse partido, como se estivesse morrendo, e continua chorando quando seu mestre sai correndo das profundezas da casa para abraçá-la. Seu teletransporte descontrolado a trouxe até aqui porque aqui é onde ela sempre esteve segura: até mais que na casa no Queens onde ela cresceu, onde foi feliz, mas onde seu tio morreu e onde ela descobriu que era órfã duas vezes. A casa no Queens não é segura. O Sanctum é seguro.

Ela conta a ele o que aconteceu, e ele fica consternado, mas não tanto quanto ficaria se ela tivesse mais controle sobre a própria descida; ele já sabe um pouco da situação, sabe que o Capitão América está morto, sabe que os outros Vingadores estão procurando por ela por conexão com o assassinato dele. Ela caiu por muito mais tempo do que percebeu. Ela sente que ainda está caindo.

E, então, há alguém na porta, na porta da frente, e ela sabe, lá no fundo, que os Vingadores vieram atrás dela. Todo mundo sabe que ela é aprendiz do Doutor Estranho: para onde mais ela fugiria se fizesse algo tão terrível quanto aquilo de que foi acusada?

Mas não, é Peter, o Peter dela, e ele sabe que ela não fez aquilo e vai defendê-la. Ele vai ajudá-la a fugir de tudo isso. Ele não pode trazer o Capitão América de volta, mas pode protegê-la. Ele pode. Peter diz alguma coisa. Seu mestre responde, os dois trocam palavras, desconfiados e frios, e isso está errado. Isto está *errado*. Eles já superaram isso; eles pediram desculpas, ela sabe que pediram desculpas, ela sabe que Peter está do lado dela de novo.

A menos que tudo aquilo tenha sido um sonho do caos e ele esteja aqui para feri-la. Ela não sabe, e essa é a pior parte de tudo.

O Doutor Estranho sai da frente da porta, deixando seu convite claro.

— Sim, Homem-Aranha, a Feiticeira Escarlate, minha aprendiz, está segura no lugar onde deveria estar; você pode entrar se não tiver intenção de fazer mal a ela.

Wanda relaxa um pouco. Se a reaproximação deles fosse um sonho, seu mestre não deixaria Peter entrar no Sanctum.

E SE... WANDA MAXIMOFF E PETER PARKER FOSSEM IRMÃOS?

Ela se levanta do chão do armário, enquanto o Homem-Aranha entra correndo pela porta e olha freneticamente ao redor. O Doutor Estranho suspira, fechando a porta e virando-se para observar o jovem revistando o saguão de entrada. Os jovens não têm paciência. Seria mais irritante se não fosse algo tão universal, mas, do jeito que as coisas estão, é profundamente frustrante.

— Wanda — chama. — Você tem uma visita.

Wanda morde o lábio, lutando contra a necessidade de ir até Peter e a gritante sensação de perigo em seu sangue, antes de respirar fundo e sair do armário, pálida e trêmula, mas presente, sem faíscas vermelhas nos olhos ou ao redor das mãos.

— Oi — consegue dizer, e a voz é quase um sussurro.

A gravidade significa muito pouco para o Homem-Aranha; de alguma forma, a força e a velocidade proporcionais de uma aranha incluem pular seis metros atravessando o saguão para puxar Wanda para um abraço apertado, que ela retribui com um soluço ofegante e agradecido, agarrando-se a ele como se ele fosse a única tábua de salvação restante no mundo. Ele a segura da mesma maneira, e o Doutor Estranho desvia o olhar, não querendo se intrometer. Ele não pode deixá-los ficar assim por muito tempo. Eles têm muito com que se preocupar e mais ainda contra o que se preparar. Mas a experiência lhe ensinou que entrar no meio dos dois quando eles não estão prontos nunca termina da maneira como qualquer um deles gostaria.

Wanda se afasta, chorando de novo, e aponta com uma das mãos para a máscara que cobre o rosto de Peter.

— Não consigo ver... por favor, deixe-me...

— Sinto muito. — Peter se afasta e tira a máscara. Seu cabelo está arrepiado em todas as direções, e as marcas de lágrimas em suas bochechas são claramente óbvias. — Eu sei que você não gosta quando não consegue ver meu rosto. Mas as identidades secretas funcionam melhor com uma máscara. O que aconteceu? Você está ferida? Encontrei o Cavaleiro Negro, e ele não me contou o que estava acontecendo, apenas que estava procurando por você. *Todos* os Vingadores estão procurando por você. Wanda...

— O Capitão América está morto. — Parece estranho falar isso de forma tão direta, como se fosse apenas mais um fato. A neve é fria, a água é molhada, e o Capitão América está morto.

Peter recua, chocado e angustiado. Wanda não recua. Ela conhece o irmão melhor do que qualquer pessoa no mundo; alguns dias ela acha que talvez o conheça melhor do que a si mesma. Ela não vê nenhuma acusação nos olhos dele, nenhuma recriminação, nenhum medo. Ele não acha que ela fez isso. Não; ele *sabe* que ela não fez isso, porque a conhece e é a única pessoa no mundo que nunca questionaria se ela era ou não capaz de tal coisa.

Deixe que todos pensem que ela é uma vilã; ela ainda terá o irmão ao seu lado.

— Sua irmã é procurada para interrogatório sobre o assassinato de Steven Rogers, também conhecido como o Capitão América — informa o Doutor Estranho, com palavras quase serenas. — É uma coisa terrível aquilo de que ela é acusada, mas não é nenhuma surpresa. Na verdade, deveria ser um alívio.

— Um alívio? — questiona Peter. — Como?

— A morte sempre cercou Wanda, desde o início — explica ele. — Por onde ela anda, a morte a segue. Ia alcançá-la em breve, e, agora que isso aconteceu, podemos enfrentá-la juntos. — Ele olha de relance para Wanda, e sua expressão é complicada, unindo mentor preocupado, figura paterna atenciosa e amigo próximo, tudo ao mesmo tempo. — Ela não precisa fazer isso sozinha.

(América estremece diante da simples verdade nas palavras do feiticeiro. Ele está certo, é claro; ele sabe o que convidou para dentro de sua casa quando concordou em ensinar Wanda a controlar seus poderes. Ele não sabe quão cruciais foram as mudanças na versão deste mundo de Wanda para a própria realidade, mas o restante... ele sabe. Ele teve bastante tempo para experimentar e estudar seu caos e provavelmente entende a magia dela tão bem quanto Peter compreende seu coração. E o que é pior: eles não vão questioná-lo.

Ele está certo e também errado. Onde seus pés tocam, o mundo floresce.)

— Talvez seja melhor nos afastarmos das janelas — sugere o Doutor Estranho. E assim eles atravessam o Sanctum até a cozinha, cenário de tantas boas lembranças, e a porta da sala de jantar é firmemente fechada para manter lembranças menos agradáveis afastadas. Eles se sentam à mesa da cozinha; Peter pega alguns biscoitos do dia anterior do pote, e o Doutor Estranho prepara um chocolate quente, e tudo pareceria normal, até mesmo aconchegante, não fosse pela tempestade que ela sabe que está forte lá fora.

O Capitão América é um ícone. Ele é amado pelo que às vezes parece ser toda a comunidade sobre-humana — até mesmo alguns dos vilões admiram o homem. Ele foi o primeiro deles e é o melhor entre eles, o início de uma era que ainda está se desenrolando, encontrando sua forma e sua fundamentação. E agora ele está morto, e, ao que parece, foi ela quem fez isso, mas ninguém vai acreditar que não foi ela, nem mesmo se Xavier entrar na cabeça dela e proclamar sua inocência. Os preconceitos contra mutantes são arraigados demais, e ela é bem conhecida como simpatizante deles; haverá pessoas que pensarão que Xavier está mentindo em favor dela, e os rumores continuarão. Enquanto uma só pessoa pensar que isso foi obra dela, ela não estará segura.

Há apenas um dia, ela e seu mestre estavam discutindo o fato de que ela em algum momento teria que deixar o Sanctum; não poderia ser aprendiz para sempre. Agora parece que ela nunca poderá partir, como se ela fosse viver e morrer aqui, porque nenhum outro lugar será seguro para ela, não por muito tempo. Ela será uma fugitiva a vida toda. Ela nunca mais será uma heroína. Ela...

A mão de Peter em seu pulso a puxa para fora da espiral em que ela estava caindo, e ela volta para a mesa, para as pessoas em quem confia para protegê-la, mesmo quando o restante do mundo se recusa. Ela olha para eles e suspira profundamente. Não pode se deixar levar pelo medo se eles ainda acreditam nela, se ainda precisam dela. Não seria justo retribuir a confiança que depositaram nela com esse tipo de covardia.

— O que faremos agora? — pergunta Wanda.

— Não podemos ir direto aos Vingadores, eles nunca acreditarão em você — fala Peter. — Parte disso é culpa minha, se não tivéssemos ficado brigados por tanto tempo, eles poderiam ter menos dúvidas quanto a sua lealdade, mas não importa de quem é a culpa quando é real e verdadeira e algo com que teremos que lidar. Acho que começamos com a pergunta: quem sabia que você estaria lá hoje? Você foi ativamente incriminada ou estava no lugar errado na hora errada?

— Eu... não contei para ninguém — responde Wanda, devagar. — Meggan e eu deveríamos almoçar na sexta-feira, e eu ia contar para ela como foi a reunião, mas não contei a ela que ia acontecer. Você sabia, e meu mestre sabia, e o Capitão América sabia, mas isso é tudo de que tenho certeza.

— Se o Capitão América sabia, podemos presumir que alguns dos outros Vingadores poderiam saber — pondera o Doutor Estranho. — Jarvis com certeza saberia, mas o restante da equipe… Não posso ter certeza de que ele contou sem perguntar. Eu poderia ligar para o Cavaleiro Negro, mas…

— Se ligar enquanto eu estiver aqui, você os trará até mim — argumenta Wanda. — Dane pode conseguir passar pelas proteções. Ele teve o acesso permitido tantas vezes, que não podemos ter certeza de que o barrariam.

— E se você fosse para outro lugar? — sugere Peter. — Você poderia fazer seu teletransporte e ir para algum lugar seguro, então, mesmo que ele apareça para revistar o local, não estará aqui para ele encontrar.

— Não vou voltar para casa — declara Wanda. — Se houver *alguma* chance de eles conseguirem me encontrar, não vou colocar tia May em risco.

— Não acredito que eles possam rastreá-la quando você se move no caos, ou já estariam à nossa porta — afirma o Doutor Estranho. — Mesmo assim, apoio não colocar May em perigo. Ela é uma mulher muito amável e merece mais do que ter as forças do bem atraídas até sua porta para capturar sua filha.

Wanda franze a testa.

— Posso ir para o restaurante — sugere.

— Como?

— Mestre, precisa entrar em contato com o Cavaleiro Negro. Saber quantas pessoas poderiam ter usado isso como uma oportunidade para me ferir nos diz a forma do crime, e estabelecer que você não está me abrigando aqui nos deixa mais seguros. Quero poder dormir à noite sem medo de que o Gavião Arqueiro atire uma flecha explosiva pela minha janela. A menos que as proteções bloqueiem isso também.

— Não especificamente — responde o Doutor Estranho. Seu tom indica que as proteções *vão* bloquear antes que ele termine de ajustá-las.

Wanda se põe de pé, deixando de lado o biscoito meio comido.

— Ligue para o Dosta quando terminar e for seguro para mim voltar para casa. Django vai me esconder. Não preciso contar a ele do que está me escondendo; ele é um romani nos Estados Unidos. Ele sabe que às vezes uma sala nos fundos com uma porta sem identificação é o maior tesouro que temos.

— Lembre-se de colocar roupas normais antes de ir — diz Peter.

Ela lança para ele um olhar fulminante.

— Eu sempre consegui lembrar disso desde que descobri como usar meus poderes, e você sabe — responde ela. — Vejo você quando for seguro.

Em seguida, ela sai da cozinha, indo em direção às escadas.

No fim das contas, ela troca de roupa, pega a carteira e a mochila, mas nada mais. Ela ainda acredita, de verdade, que vai voltar.

—

A FEITICEIRA ESCARLATE É UMA FUGITIVA PROCURADA, MAS WANDA PARKER é uma estudante universitária comum, e ela se lembra disso ao sair da estação de metrô para a luz radiante da tarde, piscando ao sol. Ela se teletransportou do Sanctum diretamente para uma alcova protegida no metrô, assustando o morador de rua que estava dormindo lá, de modo que ele acordou dando um grito, forçando-a a cambalear para trás murmurando desculpas rápidas. Dez dólares dos seus trocados foram suficientes para acalmá-lo ainda mais do que as desculpas, e agora aqui está ela, livre e tranquila, nas ruas da cidade de Nova York.

Ela nunca se sentiu tão exposta.

Ela caminha depressa até o restaurante, obrigando-se a andar ereta e a manter o olhar longe da calçada. Andar rápido não é nada estranho em Manhattan. Andar rápido como se estivesse tentando escapar de alguma coisa pode ser. Ela precisa parecer natural. Então ela está nas escadas e se dirigindo para a segurança, para o espaço familiar que tem sido primeiro um segundo e depois um terceiro lar para ela por tantos anos. Seu coração fica mais leve a cada passo, sua respiração fica mais fácil, porque ela sabe que pode ficar aqui o tempo que for necessário. Ela sabe que Django não fará perguntas. A família dela não está aqui, mas ela ainda estará protegida.

Mas, quando ela abre a porta, encontra um cliente sentado perto da janela, de onde tem uma vista perfeita da rua abaixo. Ele está flertando com uma das garçonetes, e a cadência de sua voz é suave e relaxada, embora ela só entenda uma palavra a cada três; ele está falando o que parece ser o romani da valáquia com a facilidade confiante de alguém que aprendeu a língua desde o berço.

As aulas de Wanda foram em anglo-romani, o dialeto falado por Django e sua família, mas nem todos os funcionários vêm da mesma região, e parece que Pietro encontrou infalivelmente aqueles que compartilham de sua língua materna. Ele pisca sedutoramente para a mulher, que ri por trás da mão, depois balança o garfo cheio para Wanda, oferecendo uma saudação alegre na mesma língua.

— Sinto muito — diz ela, ao se aproximar. — Eu não falo esse dialeto. Olá, Pietro. O que está fazendo aqui?

Sua expressão se fecha, o charme sedutor se torna uma fria infelicidade.

— Nossa língua compartilhada é mais uma coisa que esta nação roubou de você. Você deveria falar tão lindamente quanto eu, deveria ter aprendido muito antes de aprender esse inglês imundo, mas aqui está você, furtada de mais uma coisa que era sua por direito. Como não se sente furiosa?

— Porque sou feliz — retruca ela. — E porque eu *falo* romani, apenas não esse dialeto. Este país fez o possível para garantir que eu não perdesse a noção de onde vim ou de quem eram meus ancestrais. Não é perfeito, e minha família não é perfeita, mas pelo menos um esforço foi feito. O que você está *fazendo* aqui?

— Você já me perguntou isso.

— Sim, e você não respondeu, sendo assim, vou continuar perguntando até que você responda. Quer mesmo isso?

Pietro franze a testa.

— Durante nosso… malfadado jantar, vi algumas sacolas de comida deste lugar. Os restaurantes nos Estados Unidos não imprimem seus logotipos nas sacolas como forma de publicidade? É assim que funciona na Latvéria. Vi o nome, gostei da comida, procurei o lugar. Essas pessoas sabem quem você é de verdade, irmã? Sabem de onde você vem?

— Eles sabem que fui adotada quando era bebê e sabem que minha tia me trouxe até eles para que eu tivesse uma noção da minha cultura — responde ela.

— Ah, mas eu quero dizer quem você *realmente* é. — A voz dele fica mais baixa, e ele se aproxima, tentando ser sutil. — Eles sabem que você é uma princesa do nosso povo? Sabem onde você estava ontem à noite?

— Você foi adotado pela realeza, eu não, e não conto a eles todos os momentos do meu dia — retruca ela. — *Por que* você está *aqui*? Achei que tinha deixado bem claro que cansei de fazer sua vontade. O que você quer de mim?

— Você precisa vir para a Latvéria comigo, Wanda. — A declaração é direta e aparentemente honesta. Ele olha para ela com firmeza enquanto fala. — Meu pai insiste em conhecer você.

Mais uma vez, Wanda ouve o medo ali e se pergunta o que isso significa. Ela respira fundo, apertando a ponte do nariz antes de dizer:

— Eu *não* quero. Você ia machucar meu irmão. Você quase me machucou. Não confio em você, Pietro, e você não me deu motivos para confiar. O que você poderia dizer para me fazer mudar de ideia?

— Quero que você volte para casa comigo, de volta para a Latvéria. Meu pai, o rei, também seria seu pai, se você concordasse. Seu lugar é lá, não aqui. Você deveria ser uma joia de nossa pátria, não a areia na sola das botas dos Estados Unidos. Eu quero minha irmã. Quero que sejamos a família que sempre devíamos ter sido. Os *gaje* gostam de nos acusar de roubar crianças, de dizer que destruímos coisas bonitas, mas roubaram você de mim. Eles destruíram a infância que teríamos compartilhado um com o outro. Eles não tinham o direito de tirar você de mim.

— Eles não estavam me tirando de você. Ninguém sabia que você existia. Eles estavam me tirando de uma situação na qual eu estaria sozinha.

— E isso justifica *me* deixar sozinho por todos esses anos?

— Acontece se ninguém sabe que você existe! A minha adoção foi *legal*, Pietro. Houve *registros*. Se o seu pai, o rei, estivesse tão preocupado em colocar você em contato comigo, ele poderia ter facilitado isso há muito, muito tempo. Ele não o fez porque sabia que não havia nada para facilitar. Ele sabia que eu era uma Parker e que nunca mais voltaria para a Latvéria, nem mesmo por um irmão que nunca tive a oportunidade de conhecer! Lamento que você sinta que algo foi roubado de mim e lamento que sinta que eu fui roubada de você, mas esta é a minha casa. Este é o meu lugar.

Pietro estremece, e a dor em sua expressão também a machuca. Ele ainda é irmão dela. Mesmo que ela não queira ir com ele, ele ainda é irmão dela. Ela odeia vê-lo tão magoado e com tanto medo.

— Ele não sabia até que você apareceu nos jornais...

Isso significa que o homem que ela conhecia principalmente como inimigo do Quarteto Fantástico não começou a encorajar Pietro a buscar o reencontro até saber sobre os superpoderes dela. O medo de Pietro começa a fazer um pouco mais de sentido.

— Mesmo com os Vingadores sussurrando seu nome para todos os ouvidos desta cidade, buscando provas de que você matou o maior herói deles? Venha comigo, Wanda. Venha para *casa*. Se voltar para casa, nunca mais terá sangue nas mãos. Você estará livre. Você vai poder desabrochar e florescer e se tornar exatamente quem o mundo pretendia que você fosse antes de ser tirada de nós. Você pode ter sua vida de volta. Sua vida *real*.

— ... os Vingadores estão procurando por mim? — A voz dela sai pouco mais que um sussurro, fino, quebrado e triste. Ela sabia que estavam procurando por ela, ela não estaria aqui caso não soubesse, mas ela pensou que eles estavam restringindo a busca à comunidade de super-heróis. Se os boatos já se espalharam, isso é pior do que ela pensava.

Pietro assente.

— Eles acham que você matou o capitão deles. Acham que tudo isso é culpa sua e podem não saber seu nome verdadeiro agora, mas vão descobrir. Eles vão desmascarar você e seu falso "irmão" e farão com que vocês dois sejam julgados por crimes que nunca cometeram. O que quer dizer que você não terá como se defender, porque não *há* defesa quando se é acusado de algo que não fez. Vindo comigo ou não, sua vida aqui acabou.

A cabeça de Wanda está girando. Ela não está pensando em quanto trabalhou duro para manter suas atividades extracurriculares em segredo; está pensando na tia May e em como vai destruí-la ver seus filhos julgados e punidos por coisas que não fizeram. Ela está pensando sobre o quanto trabalhou duro para se tornar uma heroína, para compensar seus poderes às vezes aterrorizantes e a maneira como eles tendem a influenciar a forma como as pessoas a veem. Ela está pensando na própria vida, aqui, nesta cidade, nesses lugares.

Ela está pensando no que poderia fazer na Latvéria. Sobre como ela poderia vivenciar os mesmos lugares que só viu através de cartões-postais colados com fita adesiva. Sobre como ela — talvez até ela *e* Pietro — poderia descobrir mais sobre seus pais biológicos. Sobre como, possivelmente, a Feiticeira Escarlate poderia ajudar outras pessoas por um tempo.

Ela está pensando em seu mestre e no quanto sentirá falta dele.

Pode ser bom sumir por um tempo. Assim, ela olha nos olhos de Pietro e pergunta, hesitante:

— Se eu for com você, vai me ajudar a voltar aqui quando eu estiver pronta? Eu não vou embora para sempre. Eu não acho que consiga.

— Claro — concorda Pietro. Ele se levanta, oferecendo-lhe a mão e jogando dinheiro na mesa ao mesmo tempo. As moedas caem em seu prato e afundam no molho. Ele não parece notar. — O que quiser, irmã. Sabe que eu só quero que você seja feliz.

Ela ainda ouve o medo nas palavras dele, mas agora está desaparecendo, substituído pela esperança. Isso a ajuda a acreditar nele. Ele pode não gostar do mundo que a criou, mas parece sincero quando diz que a quer feliz. Wanda estende a mão, com cautela, para a mão oferecida. Quando ela faz isso, Django surge vindo dos fundos; um dos garçons deve ter finalmente dito que ela estava aqui. Ele se aproxima com uma expressão preocupada no rosto.

— Wanda, querida, você está bem? — pergunta ele. — Este homem está incomodando?

Pietro diz algo afiado em romani. Django o encara sem expressão, é outra vítima de dialetos divergentes e não suaviza.

— Eu sei que você teve um dia difícil — fala ele. — Está tudo bem, você está segura aqui. Tenho um pouco do seu ensopado favorito para o prato do dia. Você vai se sentir melhor depois de comer.

Wanda hesita. Do jeito que ele fala, é como se soubesse que algo está errado. Mas ele não poderia saber que há algo errado, a menos que… Ela analisa o rosto de Django, procurando cuidadosamente o que já sabe que encontrará ali.

— Django? Por que você acha que não estou segura fora daqui?

— O mundo sempre pensa mal de nós muito rápido se tiver meia oportunidade para fazê-lo — declara ele solenemente. — Ser romani é ser odiado sem causa ou evidência, sempre. Nós protegemos os nossos.

— Isso não responde à pergunta.

Ele suspira pesadamente.

— Wanda, *chavva*, você tem sido minha responsabilidade, em parte, desde que ainda era a criança que eu vejo em você. Você sempre será. Realmente achou que eu não reconheceria seus olhos, havendo ou não uma máscara na frente deles? Você fez tanto bem e lutou com tanta ferocidade, e sabemos que não fez aquilo de que é acusada. Sabemos que você nunca seria capaz.

A respiração de Wanda fica presa na garganta enquanto ela o encara. Não é uma informação nova que Django descobriu o segredo dela — e de Peter —, mas essa verdade havia permanecido não dita entre eles.

— Desde a primeira vez que colocaram sua foto nos jornais, nós soubemos. E mantivemos o seu segredo, o seu e daquele seu irmão *gaje*.

A constatação a arrepia até os ossos: Wanda só tem se permitido ser a ficção educada de uma identidade secreta. Ela colocou os dois em perigo sem nem perceber que havia um risco. Eles não estão seguros. Eles nunca estiveram.

Ela se volta para Pietro, oferecendo-lhe a mão.

— Temos que nos apressar... por favor — fala. Tanto para salvar as pessoas que ela ama quanto para salvar a si mesma, e ela não dá ouvidos aos protestos de Django, enquanto Pietro a puxa, com muita delicadeza, para fora do restaurante e para o patamar, sob o toldo. Tudo está banhado pela sombra, mesmo com o sol diretamente acima, e ela fecha os olhos por um momento, aproveitando a escuridão.

— Está tudo bem, Wanda — afirma ele, ainda a guiando. — Eu nunca vou deixar você cair. E sei que você não matou aquele capitão idiota. Você nunca cortaria a garganta de um homem de forma tão desordenada. Você é uma dama de verdade, à sua maneira.

Wanda para de andar, tentando tirar a mão da dele. Ela falha quando ele a agarra com mais força, prendendo-a onde ela está. Sua expressão é educadamente curiosa quando ele se vira para ela, com o rosto sereno.

— Wanda, qual é o problema? — pergunta ele. — Foi algo que eu falei?

Ele parece muito distante, mesmo ainda segurando a mão dela, ainda prendendo-a no lugar.

— Eles realmente publicaram os detalhes de como ele morreu?

— O quê?

— Os jornais publicaram os detalhes de como o Capitão América morreu?

— Desculpe-me, Wanda, não sei onde eu ouvi isso. Agora vamos, temos que ir. Nosso transporte para a Latvéria partirá muito em breve...

— Não. Não irei com você até que responda à pergunta e, se mentir, eu vou saber, mais cedo ou mais tarde. Não pode me isolar de todos os jornais do mundo, de todas as linhas telefônicas. Vou descobrir quando os Vingadores divulgaram os detalhes da morte dele e saberei que você mentiu. Portanto, como sabe que a garganta dele foi cortada? Como você sabe, Pietro?

— Wanda... por favor, apenas confie em mim. Nada disso é importante, a menos que permita que seja. Estamos juntos, como sempre deveríamos ter estado. Você e eu. Mercúrio e a Feiticeira Escarlate. Seremos perfeitos. Tudo que precisa fazer é vir comigo.

— Não — responde ela, e, desta vez quando ela se afasta, sua mão escorrega da dele, e ela está livre para dar um passo para trás, saindo de seu alcance. Ele suspira, com os ombros caindo, e por um momento parece, de fato, imensamente magoado.

— Sinto muito — fala ele. — Eu realmente gostaria que não tivesse chegado a esse ponto. — Ele avança, mais rápido do que os olhos podem acompanhar, e agarra as duas mãos dela, prendendo-as onde estão. — Você não pode me enfeitiçar se não conseguir se mover, irmã — afirma ele, e sua voz é baixa e fria, a voz que ele usou quando se dirigiu a Peter no telhado. — Se não voltar para casa, não posso deixá-la aqui — informa ele. — Não posso permitir que você seja uma arma americana para ser usada contra seu próprio povo. Se não me deixar salvá-la, terei que destruí-la.

O medo dele faz sentido de repente. O carinho que ela às vezes vê nos olhos dele, a alegria beirando o espanto, é tudo real. Ele foi enviado aqui para levá-la de volta à Latvéria, para seu pai, porque ela poderia ser uma arma poderosa contra o regime de Destino caso se unisse às pessoas erradas — como o Quarteto Fantástico ou os Vingadores. Como deve ter sido fácil convencer Pietro de que tinha sido ideia dele ir buscá-la! Quão assustado ele deve ter ficado quando ela não reagiu da maneira "certa", quando percebeu que teria que matá-la caso ela não fosse embora com ele.

Wanda luta para libertar as mãos, tentando escapar. Ele a segura apertado. Porém, com ambas as mãos ocupadas segurando as dela, ele não pode de fato se virar e fugir com ela. Seus poderes podem não seguir exatamente as regras da física e da anatomia, mas o impulso diz que ele precisa ser capaz de acumular uma velocidade minimamente decente. Levantando uma perna, ela dá um chute mirando o joelho esquerdo dele. Ele se esquiva com facilidade.

— Wanda, Wanda, Wanda — diz ele, empurrando-a para o vidro da vitrine do restaurante. A cabeça dela bate contra o vidro, com força suficiente para que ela sinta nos dentes, e ela percebe que ele não está pegando leve; ele tem intenção de bater nela com toda a força necessária para derrubá-la. Ela para de lutar com tanta força. Se conseguir libertar a mão, ele vai poder arrastá-la no mesmo instante, e um ou ambos morrerão.

Ela não quer machucá-lo. Mesmo depois de tudo o que fez, ele é irmão dela, e ela não quer machucá-lo. Ela quer vê-lo ser julgado pelo assassinato do Capitão América, quer vê-lo pagar pelo que fez, mas ela mesma não quer machucá-lo. Ela chuta de novo, desta vez mirando mais alto, e ele bloqueia o pé dela com a coxa, sorrindo.

— Que malcriada, irmãzinha — diz ele, em um tom sarcástico e seboso. O carinho que ela ouviu ali se foi. Ele parou de fingir gentileza para atraí-la, está mostrando sua verdadeira face agora. — Você bate no seu irmão americano desse jeito?

Ele a bate no vidro outra vez, e desta vez ele cede com o impacto, fazendo-a tombar para dentro do restaurante em uma nuvem de cacos. Ela se levanta com uma velocidade nascida de um longo treinamento. Não é suficiente: Pietro é mais rápido do que qualquer outro ser vivo que ela já viu e que já existiu. A porta está balançando no batente, seja por causa do impacto, seja porque alguém entrou rápido demais para que olhos pudessem acompanhar. Suas mãos ficam vermelhas com o caos, e o vermelho contorna suas pupilas, começando a se espalhar por suas íris, conforme ela olha freneticamente ao redor em busca de sinais de que ele está ali.

— Wanda? — pergunta Django, com a voz trêmula.

— Tire todo mundo daqui! — ordena ela. — Não é seguro!

Ele começa a gesticular para que os funcionários venham até ele; até que sua cabeça vira para o lado, acompanhada pelo som distinto de osso se partindo. Ele cai mole no chão, revelando Pietro parado atrás dele, com as mãos ainda erguidas.

— Sério, Wanda? — pergunta ele. — Pensou que poderia me recusar e ainda proteger essas pessoas patéticas? Brincando de fazer tocaia enquanto o restante do mundo finge que não existimos, que todos os romanis morreram, quando na verdade nos trancafiaram e declararam que éramos monstros? Você achou que eu os *pouparia*?

Wanda respira fundo, olhando para ele, depois para o corpo do homem que lhe ensinou, cuidou dela, protegeu-a todos esses anos. Ele não é da família como May e Peter são, mas mesmo assim é *família*.

Pietro sorri.

Wanda grita.

É um som agudo e penetrante, cheio de harmonias impossíveis, ecoando nas paredes e estremecendo o vidro. Ele carrega o caos em seu rastro, é sua magia transformada em som e recebendo forma. Não é uma arma: é um farol, transmitindo sua angústia para qualquer um que esteja ao alcance.

Em sua câmara distante e impenetrável, seu lugar fora dos limites da realidade da forma como a maioria é capaz de compreender, América tapa os ouvidos com as mãos. O som continua, ecoando em cada centímetro da câmara, ao mesmo tempo que uma rachadura surge no espelho que ela está usando para observar os irmãos Parker levando suas vidas. Wanda não está *aqui*, mas poderia muito bem estar: ela está gritando como se estivesse, o som que se origina do cristal se espalha contra as paredes, quebrando espelhos supostamente inquebráveis.

América escuta e começa a entender por que essa versão de Wanda, nutrida e protegida pelo Doutor Estranho, guiada até o alcance total do que seus poderes podem se tornar, foi importante o bastante para aparecer na superfície de seu espelho para começo de conversa. Esse tipo de poder não é universal, não é garantido a todas as Wandas que andam pelos mundos. Este é o tipo de poder que elimina realidades se não for controlado, que quebra as regras do que deveria ser possível. Se não fosse pelo Doutor Estranho impedindo-a de ir longe demais antes que ela mesma o compreendesse por completo, ela poderia ter desfeito seu mundo muito antes de Pietro vir procurá-la.

América não deve intervir nos mundos que observa, deve permitir que se desenrolem conforme os próprios caprichos e desejos, porém, ela tem suas suspeitas sobre Pietro e a maneira como ele desapareceu no início, apenas para reaparecer no momento exato em que poderia causar mais danos. O grito está se esvaindo. Ela se volta para o espelho, tentando redirecioná-lo para a Latvéria e para o rei que ele mencionou — o dr. Von Doom. O vidro pisca, primeiro mostrando o contorno distante de uma figura encapuzada, e depois mostrando o próprio Destino, sentado em seu trono com o rosto apoiado na mão, entediado, majestoso e ameaçador, tudo ao mesmo tempo, um pesadelo da história de outra pessoa. O vidro oscila mais uma vez, a figura encapuzada retorna em um piscar de olhos, como se estivesse de pé atrás do trono nas escassas sombras ali reunidas, em seguida, o vidro escurece.

Alguém está escondendo dela a Latvéria. Alguém está interferindo de uma forma tão profunda que bloqueia até mesmo os olhos de uma Vigia, o que deveria ser impossível — nada deveria estar escondido dela. Mas o Destino está. De alguma forma, o Destino está.

Se o Destino está sendo escondido dos Vigias, quer dizer que alguém está violando as regras. Wanda é potencialmente forte o suficiente para moldar a realidade um dia, se ela puder crescer e se desenvolver no próprio ritmo, sem ser atrofiada nem forçada a canalizar mais poder do que atualmente é capaz de controlar com segurança. Destino adotou Pietro, educou-o como seu herdeiro e, quando chegou a hora certa, apontou Pietro contra Wanda feito um míssil.

América é uma Vigia. Ela deveria ser capaz de ver tudo o que este mundo contém. Que ela não consiga é impossível, mas de alguma forma, Destino está escondido de seus olhos. Destino, que quer Wanda. Isso deve ser um ataque orquestrado, mesmo que ela ainda não saiba o alcance exato dele. Mas de quem? Quem poderia manipular até mesmo um homem como Destino para ir tão longe?

Se estiver sob ataque, ela pode reagir. Todos os seres vivos podem lutar para sobreviver, e, sendo Vigia ou não, América ainda está viva.

América respira fundo, pressiona uma mão contra o espelho rachado e atravessa o vidro em direção ao ar úmido de uma tarde de Nova York. Os cheiros e sons da cidade a atingem de imediato: carne frita, fumaça de escapamento, lixo apodrecendo suavemente em sacos empilhados ao longo do meio-fio, um doce aroma de perfume de uma passeadora de cães que passava. É tudo lindo depois da falsa esterilidade de sua câmara. Os cheiros de amendoim torrado e urina de cachorro são igualmente maravilhosos e igualmente penetrantes para seu nariz pouco estimulado.

Ela não tem tempo para saborear estar de volta ao mundo em vez de ficar sozinha e isolada em sua câmara. Ela está aqui por um motivo. Com pesar, América se afasta das explosões sensoriais que acontecem ao seu redor e se volta para a razão pela qual ela emergiu neste lugar, nesta esquina:

Ali, diante dela, há uma biblioteca pública. E ali, encostado na parede da biblioteca e protegido por um pequeno beiral, está um dos últimos telefones públicos da cidade de Nova York. Ela pega o fone, quente e sólido em sua mão, e, mesmo aquela pequena sensação, do plástico aquecido pelo sol contra a pele, é quase insuportável.

Ela é uma Vigia. Ela não precisa de 25 centavos para fazer uma ligação e não precisa saber o número. Ela apenas aperta teclas, e, depois de alguns segundos, o telefone começa a tocar. Ela o segura junto ao ouvido e espera até que, com um clique, alguém do outro lado atenda.

— Alô? — diz uma voz familiar.

— Dr. Stephen Strange — responde. — Aqui é uma amiga preocupada. Sua aprendiz foi encurralada pelo irmão no local onde ela voluntaria seu tempo, e, caso você não se apresse, muita gente vai se ferir. Você pode nunca mais vê-la.

— Quem está falando? — questiona ele, imediatamente desconfiado.

— Uma integrante da vigilância do bairro. Você não tem muito tempo.

Ela desliga e vai embora, e tudo depende deles agora.

Sempre dependeu.

CAPÍTULO VINTE E DOIS

ENCONTRE SUA FAMÍLIA

O DOUTOR ESTRANHO DESLIGA O TELEFONE E DEPOIS SE VIRA PARA PETER, franzindo a testa.

— Sabe onde o Cavaleiro Negro patrulha a esta hora do dia? — pergunta. — Ou o Tocha Humana?

— Eu sei onde encontrar os dois e o Demolidor. Por quê?

— Wanda está em apuros. Pietro está com ela, e, se quisermos resgatá-la, precisaremos de mais do que apenas nós dois.

Peter recoloca a máscara com um único gesto brusco, saltando para a janela. Ele a abre e está prestes a saltar quando o Doutor Estranho ergue a mão.

— Nos encontramos no restaurante — diz ele.

Peter acena com a cabeça e vai embora.

WANDA NUNCA FOI A SUPER-HEROÍNA MAIS POPULAR DA CIDADE, MESMO ANTES de ser acusada de assassinato. Contudo, ela sempre teve aliados, pessoas que a conheciam bem o bastante para saber que ela está lutando ao lado deles e que merece o benefício da dúvida. Essas são as pessoas que o Homem-Aranha e o Doutor Estranho procuram, reunindo-as uma ou duas por vez até que sintam que podem conduzir esta batalha da maneira que precisam. É muito arriscado para Wanda e para os civis. Eles não querem estar equiparados. Eles querem ser uma força devastadora e vencer de forma tão rápida e limpa, que não haja chance de a batalha não se desenrolar a seu favor.

O Doutor Estranho e o Homem-Aranha chamam, e os heróis respondem, reunindo-se a uma distância segura e aguardando o chamado para intervir.

A vitrine frontal do restaurante, estilhaçada, não faz nada para bloquear os sons de gritos e coisas quebrando vindos de dentro ou as explosões ocasionais de luz vermelha vívida. De repente, a porta se abre, e Wanda é atirada por ela, caindo pelos degraus abaixo em um redemoinho de cachos e cotovelos. Em um pulo, ela fica de pé no patamar, com suor grudando seu cabelo à testa e sangue escorrendo por suas bochechas, e olha ao redor com os olhos arregalados de espanto.

O Doutor Estranho e o Quarteto Fantástico estão mais próximos de onde ela aterrissou. Seu mestre oferece a mão para firmá-la, enquanto Johnny Storm explode em chamas e olha para a porta do restaurante que ainda oscila. O Homem-Aranha está ali perto, grudado na lateral de uma parede, enquanto o Cavaleiro Negro, montado em Aragorn, espera na rua embaixo dele. Kurt está agachado em cima de um poste próximo, Meggan paira por perto. Todas essas pessoas parecem furiosas.

Wanda tenta se afastar ao avistar o Cavaleiro Negro. O Doutor Estranho balança a cabeça.

— Ele conhece você — declara ele. — Ele sabe que você não fez aquilo de que é acusada.

— Pietro é o culpado — informa ela, com um sussurro entrecortado. — Ele fez isso para que eu fosse com ele.

O Doutor Estranho volta sua atenção para a porta que balança.

— Ele ainda está lá dentro?

— Eu não sei — responde ela, lastimosa. — Ele pode estar a meio caminho de Boston a essa altura.

— Não acho que ele esteja — afirma o Doutor Estranho. — Ele ainda não conseguiu o prêmio.

— O prêmio?

— Você.

Como se tivesse sido invocado, Pietro aparece correndo do nada, colidindo com o Doutor Estranho e derrubando-o enquanto agarra Wanda. Eles estão em espaço aberto agora — sem paredes e sem coisas em posições desajeitadas para impedi-lo de ganhar velocidade.

— Eu amo você — declara ele. — Eu teria feito de você uma princesa.

Wanda agarra a cabeça dele enquanto ele corre.

— Você nunca me conheceu — cospe ela, e o chão se abre abaixo dele, é um caos vermelho ardente, enquanto os dois caem em seu túnel de memórias e vidros quebrados.

(A janela de América para a cena fica borrada por um momento, depois salta para outro espelho, tudo delineado em vermelho conforme a visão passa para o caos em cascata da magia de Wanda. Ela continua a observar. Ela vai observar até o fim.)

Pietro os solta enquanto eles caem, incapaz de se segurar, e se choca direto contra a primeira placa de memória congelada. Wanda já esteve aqui antes. Ela evita os painéis com elegância tranquila enquanto cai, manobrando-se para baixo do painel, onde pode acertá-lo quando ele cair. Ele rosna e a agarra no vazio, e, ao se esquivar, ela entra no caminho de outra placa vermelha. Ela a atravessa, com Pietro logo atrás dela...

E os dois estão no chão nevado, com árvores escuras ao redor deles, e um cubo aparece diante deles no centro da clareira. Uma porta está aberta na lateral do cubo, e uma moto de neve está estacionada ali perto, com pegadas na neve conectando os dois pontos. Pietro se recupera primeiro. Ele agarra Wanda mais uma vez, e ela o ataca com um jato vermelho antes de se virar e correr em direção ao cubo.

Esta memória é dela. Ela deve ter estado aqui antes. Ela apenas... não se lembra disso. É um paradoxo, mas esta é uma construção de puro caos. O paradoxo prospera aqui. Ela corre até a porta aberta, e Pietro a ataca antes que ela chegue lá, atirando os dois no chão.

— Você vem... comigo! — fala ele, depressa, e a agarra pelos cabelos. Ela o acerta com outro par de raios hexagonais, mas ele os afasta, começando a correr tão rápido, que o mundo fica embaçado e branco-prateado nas bordas, como se sua velocidade fosse sua própria forma de caos. Não é, ela consegue sentir, mas manifestar isso dentro de sua magia está dando a esta algumas das mesmas qualidades. Ele corre, ela é arrastada com ele e não consegue fugir.

Uma placa de vidro prateado reluzente se forma à frente deles, e ele mergulha nela, arrastando-a consigo para uma fria biblioteca de palácio, onde um garotinho com cabelos brancos como osso está sentado perto de uma lareira, abraçando um livro contra o peito e chorando.

Ele parece jovem, frágil e sozinho, e Wanda quer consolá-lo. É como se, na memória, ela pudesse reconhecê-lo totalmente como seu irmão. Uma figura usando armadura escura e capa verde anda de um lado para o outro, agitando as mãos para pontuar seu discurso.

— Falaram para mim que talvez apenas uma criança sobrevivesse, e eu *solicitei* aquela que fosse útil — declara ele. — Você foi um erro, garoto. Encontre aquela que perderam e pague por tudo que me custou. Entendido?

— Sim, p-pai — sussurra Pietro, e Wanda entende, mas ainda não perdoa.

Seu punho acerta o verdadeiro Pietro, o Pietro que está correndo, na traqueia. Ele a solta, e ela cai no chão nevado bem a tempo de ver os Parker emergindo do cubo, correndo em uma velocidade humana normal; Richard cambaleia um pouco, Mary carrega um bebê firmemente embalado nos braços. Wanda fica de pé, olhando para os fantasmas impossíveis de seus pais, enquanto eles correm para a moto de neve e sobem, Mary entrega o bebê a Richard antes de ligar o motor e sair em disparada.

A mão de Pietro agarra Wanda pelos cabelos, puxando com força, e ela grita enquanto se afasta.

— Trégua! — grita ela. — Apenas aqui, só por um momento, trégua!

Pietro fica paralisado, olhando para ela com profunda e absoluta confusão.

— Que bobagem você está dizendo agora? — pergunta ele.

— *Aquilo* — Ela aponta para o cubo — foi onde os Parker me encontraram e onde você me perdeu. Então, vamos descobrir o que aconteceu. Vamos ver a verdade, Pietro. Fui roubada ou fui salva?

Pietro hesita, e isso é o suficiente. Naquela que pode ser a única vez em suas vidas compartilhadas e separadas, Wanda é mais rápida do que ele, porque ela já está correndo em direção ao cubo.

(De quem é esta memória? América franze a testa diante da imagem. Nenhuma das pessoas que estão nela poderia ter visto isso, mas passam por ela do mesmo jeito, filhos do caos, presos no momento.)

Wanda chega primeiro ao cubo, mas apenas porque Pietro permite. Eles entram no caos de caixas quebradas e máquinas explodindo e sabem duas coisas ao mesmo tempo: que já estiveram aqui antes e que são os únicos seres vivos dentro deste edifício. Uma máquina que parece uma espécie de incubadora complicada está na parte da frente da sala, e eles se dirigem até ela, lado a lado, brevemente unidos, olhando para dentro.

Há dois espaços longos, como os canais dentro de um escâner grande e complicado. Um deles contém um cobertor de bebê esfarrapado. O outro está vazio. Nenhum dos dois contém uma criança.

— Já estivemos aqui antes — sussurra Wanda, e o cubo pisca ao redor deles, tornando-se o interior de uma carroça de madeira, com as paredes forradas com prateleiras, as prateleiras cheias de coisas, tudo surrado, mas limpo de uma forma que Wanda conhece da casa onde ela cresceu. Há ali um berço, grande o suficiente para duas crianças, e uma mulher ao lado dele, segurando um bebê contra o peito. Ela ergue o olhar e sorri para Wanda e Pietro, mas não poderia estar sorrindo para eles, ela não pode vê-los. Ela é apenas uma memória.

— Ah, amor — diz ela, em um dialeto romani que Wanda não fala, mas conhece o suficiente para reconhecer uma saudação.

Um homem atravessa os gêmeos como se eles não estivessem ali, e isso faz sentido, porque eles não estão. O sorriso da mulher era para ele. Wanda sabe disso. Ela ainda sente uma pontada no peito ao compreender.

Ele caminha até a mulher e dá um beijo em sua testa, oferecendo uma saudação mais longa e complicada. Depois, ele entrega a ela duas pulseiras esculpidas, cada uma com uma conta grande no centro. Um lado da conta é uma roda de carroça. O outro é uma inicial.

W e *P*.

A mulher sorri para ele, deslizando o *P* no pulso do bebê que tem nos braços. Ele pega o *W* e faz o mesmo com a bebê que não podem ver, Wanda.

Quando ele termina esse gesto, ouve-se um barulho terrível vindo de fora, e Wanda sabe que quem os roubou de seus pais está chegando. É um ser que ela realmente não entende, lidando com a ciência de uma forma que ela não consegue compreender, que transformará para sempre os bebês que se tornarão Wanda e Pietro. E, com essa compreensão, finalmente, *finalmente*, ela sabe.

Ela olha para Pietro. Tudo isso pode acabar agora, certo? A verdade está bem na frente dele. Ele pode parar de correr em direção a uma fantasia baseada em mentiras. Mas em um rosto tão familiar e ao mesmo tempo não tanto, Wanda não encontra paz, apenas mágoa e medo.

— Isso não muda nada — declara ele, em voz baixa, quase com tristeza.

— Pietro...

O caos ao redor deles já está mudando. Este momento, esta memória, está terminando.

E com ela, a trégua acaba.

— Nós dois fomos roubados — afirma Pietro, e a agarra pelo pescoço. — Vou levar você de volta.

Wanda planta um pé na barriga dele e se empurra para trás, saindo da coluna prateada, de volta à cascata vermelha, onde nada a toca sem seu consentimento. Pietro despenca atrás dela, incapaz de permanecer na memória sem ela.

Eles caem, cada vez mais rápido, até saírem do túnel e caírem no chão aos pés do Doutor Estranho. Pietro tenta se levantar, mas não consegue antes que um dos raios hexagonais dela o acerte na lateral da cabeça, atordoando-o. Ele cai de volta no chão e não se move quando Kurt aparece ao lado dele, agarrando-o pelos tornozelos, e os dois desaparecem em uma nuvem de fumaça sulfurosa.

Wanda olha em volta a tempo de ver o Homem-Aranha prender Pietro na parede, colando-o firmemente no lugar. Pietro está começando a se recuperar do choque combinado do raio hexagonal e da queda; ele grita e se debate contra a teia.

— Vão pagar por isso! — berra ele. — Vocês dois! Meu pai tem imunidade diplomática. Ele vai me tirar da prisão antes que percebam, e então vocês pagarão por tudo que fizeram! Eu conheço todos os seus segredos, *Wanda*.

— Todos os segredos da sua irmã, e você não sabe que a imunidade diplomática não é transferível — comenta o Doutor Estranho, depois passa a falar com Wanda. — O pai dele pode apresentar uma petição aos tribunais, mas duvido que vá muito longe, visto que Pietro assassinou o próprio símbolo dos Estados Unidos. Ele será colocado em uma prisão com anuladores de poder adequados e permanecerá lá por muito tempo.

— Django... — diz Wanda, lembrando. Lágrimas surgem em seus olhos.

O Homem-Aranha aparece ao lado dela, saltando da parede mais próxima.

— Sinto muito — diz ele. — Lamento não termos sido mais rápidos.

— Lamento não termos conseguido salvar nenhum deles — fala Wanda. Ela se vira para olhar para Peter. — Lamento não termos conseguido salvar Pietro. Sempre que tivemos a oportunidade, falhamos com ele. Eu lamento muito.

Peter não sabe o que responder. Apenas passa os braços em volta dela, e ela faz o mesmo com ele, e os dois ficam abraçados, enquanto ela chora.

Amanhã será um novo dia.

Eles têm muitos dias pela frente.

AGRADECIMENTOS

Este livro não teria sido possível sem minha fabulosa editora, Gabriella Muñoz, e sem os maravilhosos editores com quem trabalhei na Marvel Comics, Devin Lewis e Kathleen Wisneski. Eu amei esses personagens por conta própria. Vocês me ensinaram a entendê-los em um nível mais profundo, e estou muito grata.

Agradeço também a Joe Field, proprietário da Flying Colors Comics, que incentivou meu amor pelo Universo Marvel, e a Wing Mui, proprietária da Outsider Comics, por me ajudar a manter esse amor vivo. Agradeço ao meu irmão, Shawn, que responde a toda e qualquer pergunta sobre histórias obscuras da Marvel, mesmo quando questionado às três da manhã. Agradeço à minha agente, Diana Fox, por entender por que precisei encontrar um tempo para realizar este projeto, e obrigada a todos da Random House Worlds por tornarem este livro possível em primeiro lugar.

Finalmente, agradeço a Jay Edidin, que sempre foi uma fonte incrível de conhecimento sobre quadrinhos, e a todos no Zulu's Board Game Café, por sua tolerância infinita com meu jeito barulhento.

E muito obrigada a todos pela leitura. Isso não seria possível sem vocês.

América desliza os dedos pelo espelho rachado, suspirando satisfação e tristeza na mesma respiração. Não importa o rumo que sua vida siga, em sua essência, Wanda é sempre uma mulher que ama sua família e fará de tudo para protegê-la, não importa o que isso lhe custe ou a forma que essa família assuma.

Na imagem, Wanda abraça tia May antes de embalar seus últimos pertences da mudança para sua nova casa na Mansão dos Vingadores. Ela continuará suas lições na faculdade e no Sanctum, por enquanto, porém, ela está mais segura junto ao restante de sua superequipe e ainda é nova o bastante para que queiram mantê-la por perto. Peter está lá quando ela sai da casa no Queens pela última vez como residente, sorrindo enquanto acena, e América quase pode ver a sombra do tio Ben atrás de ambos, aprovando essa mudança. Suas vidas estão seguindo em frente.

Ela já viu o suficiente. É hora de seguir em frente também.

Como se tivesse sido desencadeada pelo pensamento, há uma ondulação suave no ar, e ela se vira para encontrar quatro de seus companheiros Vigias posicionados atrás dela, com as mãos cruzadas na frente deles, olhando-a de nariz empinado. Ela fica tensa por um momento, depois se curva.

— Se vocês tivessem me dito que viriam, eu teria feito biscoitos — diz ela.

— Você deveria ter visto nossa aproximação.

— Eu estava ocupada.

— Estava ocupada fazendo coisas que são proibidas — responde um dos Vigias, em um tom tão desaprovador quanto sua expressão. — Sabe que a intervenção não é permitida.

— Ela gritou tanto, que ouvi daqui... quebrou o portal de visualização! Ela é terrivelmente poderosa, e alguém estava tentando protegê-la de mim, porque não queria que o que estavam fazendo fosse testemunhado, nem mesmo por nós. Eu intervim porque não fazer isso poderia ter nos colocado em perigo também!

— A intervenção nunca é justificada — retruca outro Vigia. — Que isso não aconteça novamente.

O ar ondula, e ela está sozinha. Nem por isso ela foi punida — a menos que o isolamento seja a punição, o que poderia muito bem ser.

As peças são díspares demais. Não se encaixam muito bem. Alguém guiou os Parker para o Alto Evolucionário a tempo de interferirem e partirem com Wanda. Alguém protegeu Destino da atenção de América, o bastante para que ela não visse a ameaça de Pietro chegando. Final feliz ou não, parece que alguém está tentando atraí-la, como se essa vida de Wanda fosse um plano cuidadosamente orquestrado com a intenção de trazê-la, América Chavez, para Nova York. O que mais esse inimigo invisível faria para levá-la a um lugar onde ela pode ser ferida? E quantos inocentes está disposto a destruir no processo?

Ela está com muito medo de que a resposta seja infinita.

SOBRE A AUTORA

Seanan McGuire mora e trabalha no estado de Washington, onde divide sua casa um tanto peculiar com sua coleção de livros, bonecas sinistras e gatos enormes. Quando não está escrevendo — o que é bem raro —, ela gosta de viajar e pode ser encontrada regularmente em qualquer lugar onde haja milharais, casas mal-assombradas ou sapos. Autora vencedora dos prêmios Campbell, Hugo e Nebula, McGuire lançou seu primeiro livro, *Rosemary and Rue* (o começo da série *October Daye*), em 2009, e teve mais de vinte livros, em diversas séries, publicados desde então. Ela não dorme muito.

seananmcguire.com

SIGA NAS REDES SOCIAIS:
- @EDITORAEXCELSIOR
- @EDITORAEXCELSIOR
- @EDEXCELSIOR
- @EDITORAEXCELSIOR

EDITORAEXCELSIOR.COM.BR